HEYNE BÜCHER

SCIENCE FICTION

Herausgegeben
von Wolfgang Jeschke

Ein vollständiges Verzeichnis aller
im HEYNE VERLAG erschienenen STAR TREK-Romane
finden Sie am Schluß des Bandes.

L. A. GRAF

STAR TREK®
CLASSIC

EIN SUMPF VON INTRIGEN

Roman

Star Trek®
Classic Serie™
Band 82

Aus dem Amerikanischen von
RONALD M. HAHN

Deutsche Erstausgabe

WILHELM HEYNE VERLAG
MÜNCHEN

HEYNE SCIENCE FICTION & FANTASY
Band 06/5682

Besuchen Sie uns im Internet:
http://www.heyne.de

Titel der amerikanischen Originalausgabe
TRAITOR WINDS
Deutsche Übersetzung von Ronald M. Hahn

Umwelthinweis:
Dieses Buch wurde auf chlor- und
säurefreiem Papier gedruckt.

Redaktion: Rainer Michael Rahn

Erstausgabe by Pocket Books/Simon & Schuster, Inc., New York

Printed in Germany Juni 1998
Umschlaggestaltung: Atelier Ingrid Schütz, München
Technische Betreuung: M. Spinola
Satz: Schaber Datentechnik, Wels
Druck und Bindung: Ebner Ulm

ISBN 3-453-14002-8

Für unsere Lieblingseltern
Domenick und Evelyn Cercone.

Danke, daß ihr eine von uns
adoptiert und die andere lange genug
habt aufbleiben lassen,
um sich Star Trek *anzuschauen.*

HISTORISCHE ANMERKUNG

Dieses Abenteuer spielt kurz nach Beendigung der ersten Fünfjahresmission der *Enterprise* und den Ereignissen, die in dem Roman ›*Die verlorenen Jahre*‹ geschildert werden.

Prolog

USS *DeGama*
Sektor Donatu, Koordinaten unbekannt
Terrestrisches Datum: 25. Dezember 2269
23.00 Uhr Bordzeit

»Alle Mann auf Begegnung mit Feindschiff vorbereiten – in dreizehn Minuten, sieben Sekunden.«

Admiral James T. Kirk blickte von seinem Kaffee auf und umklammerte die warme Tasse frustriert mit den Händen. Er sehnte sich nach einem Bullauge oder einem Bildschirm – oder wenigstens nach einem Platz auf der Brücke des rasend schnellen Kurierschiffes. Er wollte wissen, was der Captain der *DeGama* dachte, was das Schiff empfand, während es den fremden Meldebojen entgegenjagte, wie die Mannschaft reagierte, wenn der Funkoffizier den fremden Kommandanten anrief und um Erlaubnis bat, an Bord kommen zu dürfen. Er wäre gern mehr gewesen als ein Passagier, der in einem fensterlosen Kasino auf die Nachricht wartete, wie das Unternehmen sich entwickelte.

Du möchtest der Captain sein, tadelte er sich im stillen. Doch der Wunsch war momentan unrealistisch und unbegründet. Das Recht, durch den Kosmos zu schwirren, hatte er vor vielen Monaten mit der Annahme seiner Beförderung zum Admiral aufgegeben.

Kirk schaute auf den Zeitmesser, der über den Nahrungsautomaten hing. Er zeigte 23.04 Uhr an. Was dauerte denn da so lange?

»Ich stelle fest, die Charakterisierung meines Sohnes war – Ihr Verhalten betreffend – exakter, als ich glauben wollte, Admiral.«

Kirk wandte sich, ohne sonderlich überrascht zu sein, von dem Zeitmesser ab und setzte ein freundliches Lächeln auf. Doch sein Gegenüber erwiderte das Lächeln nicht. Kirk mußte sich gelegentlich daran erinnern, daß auch ein lang währendes Zusammenleben mit Fremdlingen, die bestimmte Verhaltensweisen möglicherweise nicht schätzten, kein Grund war, ihnen zu entsagen. »Spock hat lange mit mir zusammengearbeitet, Botschafter Sarek. Ich würde von ihm erwarten, daß er bezüglich meines Verhaltens ziemlich zuverlässige Daten liefert.«

»So ist es.« Sarek trat mit jener glatten, stillen Würde durch die offene Tür, die Kirk von den Vulkaniern zu erwarten gelernt hatte; auch bei jenen, die so hochgewachsen und muskulös gebaut waren wie der Botschafter. Seine Füße erzeugten kein nennenswertes Geräusch auf dem Boden, seine Gewänder raschelten fast nicht. Sarek umrundete den langen Messetisch und nahm Kirk gegenüber Platz. Der Admiral richtete sich unmerklich auf und zog die Kaffeetasse ein Stückchen näher, als könne der starke Duft des Getränks Sareks Nase beleidigen.

»Spock hat oft über die menschliche Neigung gesprochen, emotionale Energie an Ereignisse zu verschwenden, die noch nicht eingetroffen sind. Eine Verhaltenseigenschaft, deren Unlogik er äußerst faszinierend fand.« Sarek faltete die Hände in dem braunen Stoff, aus dem seine Ärmel bestanden, und musterte Kirks Kaffeetasse kurz mit gehobener Braue, ohne seine Rede zu unterbrechen. Kirk war immer davon ausgegangen, daß Spock Zusatzinformationen sammelte, wenn er einen auf diese Weise musterte. Er fragte sich, was die befleckte Kaffeetasse Sarek verriet. »Ich habe Spock mitgeteilt, daß Sie ein außergewöhnlich intelligentes Menschenwesen sind; daß Sie Zeitbezüge genau verstehen und wissen, daß Sie unfähig sind, sie zu beeinflussen.« Der Botschafter legte den Kopf schief. »War meine Einschätzung falsch?«

»Eigentlich nicht, Botschafter; nein.« Kirk lächelte wehmütig und trank einen Schluck. Der Kaffee war lauwarm und schmeckte bitter und abgestanden. »Ich glaube, für Menschen ist Besorgnis eine Methode, die Zukunft zu planen – indem wir uns klarmachen, was sich aus dem, was wir tun, entwickeln kann.« Oder aus dem, was wir nicht tun.

Irgend etwas im Brennpunkt von Sareks dunklen Augen veränderte sich und erzeugte ein Echo dessen, was Kirk bei Spock stets für ein Stirnrunzeln gehalten hatte. »Das ist äußerst unlogisch. Man kann keine exakten Modelle konstruieren, solange sie auf ... imaginären Informationen basieren.«

Kirk lächelte, dann fiel ihm ein, daß seine Erheiterung ihn womöglich unhöflich wirken ließ. Er tarnte seine Reaktion mit einem Seufzer und stand vom Tisch auf. »Wie es auch sein mag, Herr Botschafter, Sie werden die Menschheit nie davon überzeugen ...« Er schüttete den Kaffeerest in den Müllschacht. »Ich mache mir keine Sorgen um die Zukunft.«

»Auch die Vergangenheit liegt außerhalb unserer Reichweite.«

»Ja ...« Kirk schenkte sich frischen Kaffee ein; er war dunkler und schwärzer als der vorherige. »Und die Gegenwart.«

Sarek sagte nichts. Kirk nahm die Tasse, kostete den Kaffee und entschied sich gegen Milch und Zucker. Aus irgendeinem Grund erschien ihm derzeit jeder Luxus unverdient und sündhaft. Er hatte es sich, seit sie vor sechzehn Stunden von der Erde aufgebrochen waren, nicht einmal gestattet, eine Mütze voll Schlaf zu nehmen. Es war ihm wichtig, in jedem Moment wach und bei Sinnen zu sein, damit sich die Galaxis in diesem Spiel, in dem alles auf des Messers Schneide stand, nicht in einen Konflikt stürzte, den keiner von ihnen überlebte. Außerdem war ihm wichtig, daß Sulu und Chekov über die lichtjahreweite Entfernung hinweg das Vertrauen hatten, daß ihr Captain sie nicht im Stich ließ, solange sie des Verrats und Mordes beschuldigt wurden. Kirk hoffte aufrichtig, daß sie dies wußten.

»Warum wollen Sie unbedingt die Verantwortung für Verbrechen übernehmen, die andere begangen haben?«

Kirk warf dem Botschafter einen überraschten Blick zu und verschluckte die wütende Antwort, die ihm auf der Zunge lag. Sareks Gesicht war so teilnahmslos wie immer. Er hatte die Brauen gehoben, was gleichbedeutend mit einer Frage war, sein Kopf war geneigt, als lausche er angestrengt der feinsten Bedeutung jedes Geräuschs. Kirks Feindseligkeit schwand, als sie mit der Unschuld vulkanischer Neugier konfrontiert war.

»Weil ich ihr Captain bin«, sagte er, wandte sich vom Replikator ab und ging in der Messe auf und ab. »Und weil sie zu meiner Mannschaft gehören.«

»Sie waren ihr Captain«, sagte Sarek sanft, als weise er ein Kind zurecht. Er drehte sich auf seinem Stuhl um und verfolgte Kirks Bewegungen. »Sie gehören nicht mehr zu Ihrer Mannschaft.«

Kirk empfand einen kurzen reißenden Schmerz und Verärgerung. Er wußte nicht genau, ob seine Gefühle eine Reaktion auf die Kälte des Botschafters oder das Thema waren, das er ansprach. »Es geht jetzt nicht nur um meine Mannschaft. Es geht darum, daß man sie zu benutzen versucht, um die gesamte Föderation zu destabilisieren. Das macht mich besorgt.« Er blieb stehen und paßte seinen hitzigen Blick dem stoischen Blick Sareks an, als könne er dem Vulkanier mittels schierer

Willenskraft alle komplizierten Gefühle und Überzeugungen verständlich machen, aus denen das Gewissen eines Menschen bestand. »Ich kann doch nicht zusehen, wenn man meiner Mannschaft übel mitspielt. Ebensowenig könnte ich es bei anderen Leuten.«

»Alle Mann auf Begegnung mit Feindschiff vorbereiten – in vier Minuten, vier Sekunden.«

Ein fast vergessener Sinn im hinteren Teil von Kirks Hirn bestätigte ihm die verstrichene Zeit, ohne daß er etwas über die Geschwindigkeit und Richtung der *DeGama* wußte. Sarek hingegen blickte kurz zum Interkom, dann auf den Zeitmesser, als wolle er die individuellen Punkte der Datenkette prüfen. »Ich habe mich für die Verhandlung zur Verfügung gestellt, weil Sie meinem Sohn und mir Dienste erwiesen haben«, sagte der Botschafter und schaute Kirk wieder an. »Ich verstehe aber noch immer nicht, wieso Sie glauben, irgend etwas von dem, das Sie hier – oder mit Ihren Kollegen von der anderen Seite der Neutralen Zone – tun, könne sich auf Vorkommnisse auf der Erde auswirken.«

»Weil es sich einfach auswirken muß.« Weil nichts von dem, was er auf der Erde bewerkstelligen konnte, etwas bewirken würde und weil er sich weigerte, zwischen dem Leben Sulus und Chekovs und der Zukunft der Föderation zu wählen. Weil es ihm noch nie geschadet hatte, ein Risiko einzugehen, und weil er nicht hinnehmen wollte, daß es diesmal anders war, auch wenn er nicht mit seinem Raumschiff zu diesem Treffen unterwegs war. Wenn nichts von dem, was er dachte, sagte oder tat, ihn hoffen ließ, die schrecklichen Irrtümer wieder geraderücken zu können, zu denen es daheim gekommen war, war alles, woran er im Leben glaubte, eine Lüge, und die Menschen waren wirklich nur kraftloses Treibgut in den sinnlosen Gezeiten der Umstände. »Es geht nicht anders«, sagte er erneut; und so fest, daß es wahr klang.

»Und wenn der Krieg, den Sie abwenden möchten, schon längst begonnen hat?«

Kirk trank noch einen Schluck Kaffee, dann nahm er sein rastloses Aufundabgehen wieder auf. Er wollte nicht antworten. Er konnte es auch nicht.

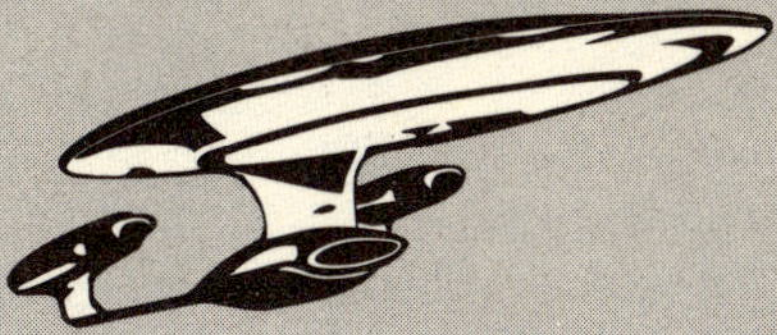

ERDE

1

New Harborplace
Baltimore, Nordamerika
Terrestrisches Datum: 14. Dezember 2269
17.30 Uhr Ortszeit

Gerüche.

Gerüche gefielen Uhura am besten, wenn sie zwischen ihren dienstlichen Einsätzen zur Erde zurückkam. Die Neuentdeckung der einmaligen Düfte sämtlicher Regionen und Städte dieses Planeten. An Bord der *Enterprise* bereiteten die Lebenserhaltungssysteme die Atemluft so wirkungsvoll auf, daß die meisten Gerüche verscheucht wurden, bevor sie einem nur in die Nase drangen. Ältere Schiffe und Raumstationen rochen meist unerfreulich nach gechlortem Kohlenwasserstoff, aber die Luft fremder Planeten enthielt stets einen Mißklang, der die menschlichen Sinne alarmierte und einen unterschwellig warnte, daß man eigentlich nicht zu Hause war.

Aber die Erde … Uhura atmete die abendliche Luft der Stadt Baltimore tief ein. Die Erde roch nach dem Meer, das in ihrem Blut floß, nach den Bäumen, die ihre DNS hatten, nach den Düften aller anderen Menschenwesen, die sich an Winterabenden auf städtischen Plätzen versammelten. Gar nicht zu reden vom süßen Geruch frisch gebackenen Brotes, dem heranwehenden Rauch von auf Holzkohle gegrilltem Fisch, dem würzigen, dunklen Aroma von Espresso …

»Ich sterbe vor Hunger.« Sulu sprach ihre Gedanken aus, bevor sie es selbst tun konnte. Er beugte sich über das Hafengeländer und warf einen Blick auf die halbversunkene geodätische Kuppel von New Harborplace. Die Lichter des Unterwasser-Einkaufzentrums funkelten durch das transparente Aluminium und erleuchteten das nachtschwarze Wasser von unten. »Hoffentlich besorgt Chekov uns bald einen Tisch da unten.«

»Glaubst du, es war eine gute Idee, ihn ins Restaurant zu schicken?« Uhura stellte sich auf die Zehenspitzen und beobachtete die dunklen Fischschwärme, die in der Unterwasserbeleuchtung dahinflitzten. Ihr wollener Umhang warf das gebrochene Glitzern satter Farben über das Wasser; die Spiegelung von Sulus Pilotenuniform neben ihr war ein dünner Silberstreif. Sulu hatte sie, wie üblich, persönlich zu ihrem wöchentlichen Wiedersehensdinner geflogen. »Du weißt doch, daß es ihm völlig schnuppe ist, ob wir überhaupt etwas zu essen kriegen. Wenn wir hier nicht so nahe an Annapolis wären, wäre er wahrscheinlich nicht mal gekommen, um mit uns auszugehen.«

Sulu schnaubte. »Stimmt. Aber seit er die Sicherheitsakademie besucht, bewegt er sich nur noch im Photonentorpedomodus. Gib ihm einen Auftrag, und er erledigt ihn. Falls nicht, explodiert er beim Versuch.«

Uhura wandte sich stirnrunzelnd von dem finsteren Wasser ab. Der besorgte Mißklang im normalerweise spöttischen Tonfall Sulus machte ihr Sorgen. Es war untypisch für ihn, besorgt zu sein. »Ist irgendwas?«

Sulu öffnete den Mund, um ihr zu antworten, doch eine vertraute Stimme, die von einer weiter entfernten Stelle des Hafens kam, unterbrach ihn. Uhura sah einen Arm mit einem roten Ärmel, der ihnen aus der Menge vor dem Eingang des Einkaufszentrums entgegenwinkte. Sie blinzelte überrascht. »Er kann unmöglich schon einen Tisch gefunden haben – es ist doch Freitagabend!«

Sulu lachte, doch diesmal hörte sie nur Fröhlichkeit in seiner Stimme. »Hoffentlich hat er niemanden betäuben müssen, um einen zu kriegen.« Er ergriff Uhuras behandschuhte Rechte und geleitete sie durch die Menschenmenge. Seine unverwechselbare Pilotenuniform führte dazu, daß man ihnen Platz machte. Die Menschen im östlichen Nordamerika bekamen nicht oft Testpiloten der Raumflotte zu Gesicht. Das Gemurmel interessierter Kommentare folgte ihnen durch die umlagerte Treppe bis zur Glasschwingtür. Als sie sich ihm näherten, hob Chekov den Kopf, um über die Massen hinwegzuschauen, als hätte ein ungewöhnliches Signal in seinem Inneren irgendeinen neuen Warninstinkt aktiviert.

»Da hinein«, sagte er knapp und hielt die Drehtür auf, um Uhura eintreten zu lassen. Geschäftige Kellner bahnten sich mit Gravtellern voller Meeresfrüchte und über ihnen schwebenden dampfenden Tabletts mit asiatischen Appetitanregern Wege durch die Tischreihen. Uhura widerstand dem Drängen, eine Portion zu entführen. Sie hatte nichts mehr gegessen, seit sie heute nachmittag in San Francisco in die Magnetbahn gestiegen war.

Sulu kam gleich nach ihr durch die Drehtür. Chekov folgte ihm auf dem Fuße. »Unser Tisch ist an der Ostseite«, sagte er in einem Tonfall, der von wenig Begeisterung kündete. Er geleitete sie durch die von Menschen wimmelnde geodätische Kuppel und in die Spiralröhre hinein, die zur nächsten führte. »Direkt an der Ostwand.«

»Neben dem Aquariumtank?« Uhura riß erfreut die Augen auf. »Chekov, wie, um alles in der Welt, hast du den Platz bekommen?«

Sulu schnaubte. »Er hat bestimmt jemanden bestochen. Diese Tische sind meist Monate im voraus reserviert.«

»Leute wie ich verdienen zwar nicht genug, um jemanden zu bestechen«, erwiderte Chekov, »aber ich habe ein paar Kollegen getroffen, die unbedingt wollen, daß wir uns zu ihnen setzen.«

»Kollegen?« Uhura musterte die Ecke, die sie gerade erreicht hatten. Außer Chekov, der die unverwechselbare schwarzrote Trikotuniform der Sicherheitsakademie trug, konnte sie niemanden erblicken. »Irgendwelche Kollegen von der Starfleet-Akademie?«

Chekovs Mund verzog sich zu einem zögernden Lächeln. »Nein. Alte Kollegen von der *Enterprise*.«

Er fuhr herum und wandte sich zwei Männern zu, die an einem Tisch vor der rückseitig erleuchteten Wand des Aquariums standen. Uhura stieß einen Freudenschrei aus und lief auf den Mann zu, der ihr am nächsten stand. Sie wollte ihn umarmen. Er war ein hagerer Zivilist in einem blauen Pullover und braunen Hosen. »Dr. McCoy! Wie geht es Ihnen?«

»Jetzt, wo ich Sie sehe, geht's mir besser, glaube ich.« Der Schiffsarzt trat zurück, als Sulu ihm begeistert auf die Schulter klopfte. Chekov drückte seine Hand. McCoy grinste sie an, und Uhura fand den Anblick seines vertrauten schiefen Grinsens unerklärlicherweise beruhigend. »Ich glaubte schon, ich hätte Gespenster gesehen, als ich Chekovs Spiegelung im Aquariumtank sah«, sagte McCoy, »aber ihr wirkt verdammt echt auf mich.«

»Echt genug, um Sie zum Essen einzuladen«, sagte Sulu. Uhura sah, daß Chekov zusammenzuckte. Sie schüttelte in seine Richtung beruhigend den Kopf. Wer sich – wie er – gerade in der Ausbildung befand, verdiente zwar nicht viel, aber Dozenten an der Starfleet-Akademie und erfahrene Testpiloten kannten solche Probleme nicht. Besonders Testpiloten kannten sie nicht.

»Was machen Sie in Baltimore, Sir?« fragte Uhura. Sie

streifte den schweren Wollmantel ab, und Kellner eilten mit zusätzlichen Stühlen herbei. »Ich dachte, Sie hätten sich nach Georgia zurückgezogen.«

»Ach, hab' ich auch.« McCoy musterte seine ehemalige Kollegin mit einem amüsierten Blick. »Ich gebe ein paar Gastvorlesungen an der Johns Hopkins-Universität und treibe mich ein bißchen mit dem einheimischen medizinischen Abschaum rum. – Den da kennen Sie, glaube ich.«

Uhura drehte sich um. Ihre Augen wurden groß, als sie den älteren Mann in der blauen Uniform des medizinischen Dienstes erblickte. »Sind Sie nicht ... Dr. Piper?«

»Lieutenant Uhura. Und Sulu, nicht wahr?« Der ehemalige Chefarzt der *Enterprise* schob die Hand über den Tisch und ergriff jene, die Uhura ihm entgegenstreckte. Er erwiderte auch Sulus freundlichen Händedruck. Dann wandte er sich zu Chekov um und schüttelte den Kopf. »Ich fürchte, Sie kenne ich nicht, junger Mann. Tut mir leid.«

Chekov nickte zurückhaltend. »Ich bin Fähnrich Pavel Chekov, Sir. Ich kam auf die *Enterprise,* als Sie schon gegangen waren.«

»Chekov ... hmm. Der Name kommt mir aus irgendeinem Grund bekannt vor. Es fällt mir bestimmt gleich ein.« Pipers Augen strahlten trotz seines zerzausten silbernen Haars und seiner herabhängenden Schultern noch immer mit dem intellektuellen Feuer, das ihn aus dem Außendienst in die höchsten Ränge der Starfleet-Forschung katapultiert hatte. Er gab ihnen mit einer Geste zu verstehen, sie sollten an dem runden Eichentisch Platz nehmen. Die goldenen Litzen seiner Uniformärmel funkelten im Licht. »Ich hätte nicht gedacht, daß ich meine alten Kameraden noch mal wiedersehen würde. Freut mich, daß Sie noch leben und Dienst schieben.« Sein fast britisch klingender Ostküstenakzent zeigte einen Anflug von Humor. »Natürlich im Gegensatz zu unserem Leonard.«

»Nun fang nicht wieder an, alte Rentner aufzuziehen, Mark«, knurrte McCoy. »Schließlich hast du ja nur ein Jahr in Gesellschaft dieser Chaoten verbracht. Ich war immerhin vier Jahre mit ihnen zusammen – da steht mir endlich Ruhe zu!« Er fuhr mit einer Hand durch sein schütter werdendes braunes Haar und setzte eine wehmütige Miene auf. »Im Gegensatz zur *Enterprise* kann ich nicht einfach in eine Orbitalwerft gehen und meine Schäden von Scotty reparieren lassen.«

Uhura hatte ihre Nase an die kalte, blaugrüne Wand des Aquariumtanks gepreßt und schaute entzückt den gefleckten Schatten der Hafenrobben zu, die Blasen gegen das transparente Aluminium spritzten. Der Name des Chefingenieurs weckte sofort ihre Aufmerksamkeit. »Haben Sie Mr. Scott getroffen, Sir?«

McCoy schnaubte. »Ob ich ihn getroffen habe? Bei seinem letzten Landeurlaub mußte ich ihn in eine grauenhafte schottische Bar ausführen. Er sagte, er hätte sich schwer abgeschuftet, aus den neuen Nahrungsreplikatoren an Bord guten Schafsmagen rauszuholen.«

Sulu setzte eine erschrockene Miene auf. »Ich wußte gar nicht, daß es so etwas wie guten Schafsmagen gibt.«

»Gibt es auch nicht«, stimmte McCoy ihm zu. »Aber das gesteht Mr. Scott erst dann ein, wenn er in jedem Restaurant in der Galaxis war, in dem so was auf der Speisenkarte steht.« Er nahm sein Glas in die Hand und trank einen großen Schluck, als hätte ihm schon die Erwähnung dieser schottischen Speise einen schlechten Geschmack beschert. »Er sagt, die Überholung der *Enterprise* geht so gut voran, wie er erwartet hat – trotz eines Planeten voller Ingenieure, die nicht die geringste Ahnung haben, wie man bei Warp neun einen Raumflug hinter sich bringt.«

Chekov und Sulu tauschten einen amüsierten Blick. »Wahrscheinlich deswegen, weil im Technikhandbuch steht, daß man Schiffe der Constitution-Klasse nicht so beschleunigen kann«, sagte Sulu. Er konnte sich vor Lachen kaum halten.

»Ohne Zweifel.« McCoy rieb nachdenklich seinen Nasenrücken. »Und wem bin ich während meiner Vorlesungsreise noch begegnet?« Er schaute Uhura an und hob eine Braue. »Wußten Sie, daß Janice Rand nun auch in der Kommunikationsbranche tätig ist? Sie ist in Island stationiert.«

Uhura riß die Augen auf. »Im Hauptkommunikationszentrum? Wie schön für sie.«

Dr. Piper lächelte. »Ich habe schon immer gewußt, daß diese junge Frau zu clever ist, um ewig Unteroffizier zu bleiben. Und da wir gerade von clever sprechen – was macht eigentlich Chris Chapel?«

»Studiert Medizin«, sagte McCoy stolz. »Sie macht gerade ihren Doppeldoktor in Medizin und Philologie. Fachgebiet Xenophysiologie.«

»An der Stanford-Universität«, fügte Uhura nicht ohne Freude hinzu. »Sie wohnt nicht weit von mir entfernt. Wir sehen uns alle paar Wochen.«

Sulu lachte leise. »Tja, ich kann zwar nicht behaupten, daß ich John Kyle oft treffe, aber ich rede fast jeden zweiten Tag mit ihm, wenn ich Testflüge über den Pol mache. Er ist auf der großen Transporterplattform unten in Tasmanien stationiert. Er sagt zwar, daß das Klima ihm gefällt, aber ihm fehlt das amerikanische Essen.«

»Da wir gerade von Essen sprechen ...« Uhura beäugte mit einem wehmütigen Blick ein an ihnen vorbeischwebendes Gravtablett. »Kann man hier was zu essen kriegen?«

»Kann nicht mehr lange dauern.« Sulu winkte und weckte sofort die Aufmerksamkeit einer vorbeigehenden Kellnerin. »Bringen Sie uns zum Anfang mal sämtliche Vorspeisen, die auf der Karte stehen«, sagte Sulu und warf ihr seine Kreditkarte zu. »Alles geht auf meine Rechnung.«

Dr. Piper und Dr. McCoy protestierten lautstark, und sogar Chekov grummelte vor sich hin. Sulu grinste alle an. »He, irgendwo muß ich die Gefahrenzulage, die ich kriege, doch wieder in den Wirtschaftskreislauf zurückbringen! Und wann kann man sie besser ausgeben als bei einem Essen mit alten Freunden?«

McCoys ausdrucksstarke Augenbrauen zuckten. »Gefahrenzulage, Sulu? Auf der Erde?«

»Ja.« Sulu fuhr stolz mit der Hand über das Abzeichen, das an der Schulter seines Pilotenanzuges leuchtete. Es stellte eine goldene Sonne über einem Berg dar. »Ich habe zwar gesagt, es wäre nicht nötig – nicht nach fünf Jahren auf der *Enterprise* –, aber der Basiskommandant hat darauf bestanden. Auch wenn ich eigentlich gar nichts Gefährliches mache ...«

»Nein, natürlich nicht.« Chekov grunzte skeptisch. »Schließlich weiß doch jeder, daß ein Fährentest eigentlich so was wie Urlaub ist.«

Sulu lachte. »Tja, für mich ist es wirklich wie Urlaub. Jeden Tag die Sonne von New Mexico, dazu der Sand und die Wildnis – es ist besser als ein Urlaubshafen. Und die Arbeit ist einfach.«

Uhura und Chekov tauschten einen verzweifelten Blick. Trotz wochenlanger Diskussion war es ihnen nie gelungen, Sulu zu dem Eingeständnis zu zwingen, daß das, was er als Freiwilliger im Experimentalflugzentrum von White Sands leistete, gefährlicher war als eine typische Schicht auf der Brücke der *Enterprise*. Das Problem, dachte Uhura ironisch, besteht darin, daß Sulu ein so guter Pilot ist, daß er die Wahrheit sagt, wenn er meint, für ihn sei die Arbeit einfach.

»Ich hab' da was gehört ...« McCoy lehnte sich zurück, als die Kellnerin einen riesigen Teller mit dampfenden Krabbenkuchen, asiatischen Klößen und diversen anderen Horsd'œuvres auf dem Tisch abstellte. »Sie haben die Position des Ersten Offiziers auf einem interstellaren Forschungsraumer abgelehnt? Welches Schiff war es noch mal?«

»Die *Resolution.*« Sulu beäugte den Gravteller voller Vorspeisen mit einem stillen Lächeln, dann drehte er ihn, bis der eingelegte Hering genau vor Chekov lag. Der Russe musterte ihn zwar mit gekränkter Miene, doch Uhura bemerkte, daß er ihn dennoch auf seinen Teller schaufelte. Sie unterdrückte ein Lächeln und griff nach einem Tangbrötchen und Flugfischeiern. »Sie sollte von Vulkan aus nach Epsilon Eridani aufbrechen.«

»Richtig ... in einen der vielversprechendsten Sektoren der Föderation.« McCoy deutete vorwurfsvoll mit einem gegrillten Hähnchenflügel auf den Piloten. »Doch statt den Job anzunehmen, haben Sie sich lieber entschieden, draußen in der Wüste neue Landefähren zu testen, um herauszukriegen, ob sie explodieren?«

Dr. Piper legte die Fingerspitzen aneinander und musterte Sulu mit gerunzelter Stirn. »Also das würde ich nicht gerade einen gerissenen Schachzug nennen, um beruflich vorwärtszukommen, mein Sohn.«

Sulu zuckte die Achseln und spießte einen neuen Hummerkloß auf. »Nein, aber es ist wenigstens ein zeitlich befristeter Auftrag.« Er deutete mit dem aufgespießten Kloß auf Uhura. »So wie ihr Lehrauftrag an der Flottenakademie.«

»So wie ...« In McCoys blauen Augen machte sich langsam Verständnis breit, und seine finstere Miene glättete sich. »Sie wollen wieder auf die *Enterprise!*«

Sein Erstaunen und der Anflug von Mitleid, den Uhura in seiner Stimme hörte, führten dazu, daß sie den Kopf einzog und an ihrem Krabbenkuchen herumstocherte. »Sie tun gerade so, als hätte das noch nie einer gemacht«, sagte sie und bemerkte, daß aus ihren Worten eine leichte Verteidigungshaltung sprach, obwohl sie sich bemühte, unbeteiligt zu klingen. »Es gibt doch viele Offiziere, die sich nach einer Überholung wieder auf ihr altes Schiff haben versetzen lassen.«

McCoy grunzte. »Jaaa, aber keine Stabsoffiziere! Junge Burschen wie Chekov, die erst noch ein paar Dienstgrade aufsteigen müssen, bevor sie wechseln.« Er musterte den Russen stirnrunzelnd. »Sie sind doch dafür vorgesehen, auf die *Enterprise* zurückzukehren, wenn Sie die Ausbildung zum Sicherheitsoffizier abgeschlossen haben, nicht wahr?«

Chekov setzte eine Miene auf, die weder Bestätigung noch Ablehnung zeigte. »Ich bezweifle, daß die Mannschaftsliste schon steht, Doktor.« Im Gegensatz zu Sulu und Uhura wollte er offenbar nicht so gern über seine Zukunftspläne reden.

»Aber Sie zwei«, nahm Piper erneut die Diskussion auf, als McCoy sich über sein Rippchen hermachte. »Sie müßten in den nächsten Jahren von einem Schiff zum anderen wechseln, um die nötigen Erfahrungen zu sammeln, bevor man Ihnen ein eigenes Kommando gibt.«

Uhura schüttelte fest den Kopf. Sie hatte während der langen Rückreise zur Erde ausgiebig über dieses Thema nachgedacht und war sich über diesen Teil ihres Entschlusses ganz sicher. »Ich will gar kein eigenes Kommando. Ich möchte auch nicht vor Langeweile eingehen, indem ich auf irgendeinem Handelspatrouillenschiff oder auf diplomatischen Missionen immer die gleichen alten Systeme anfliege. Ich brauche neue Welten und neue Kommunikationsprobleme, damit ich in dieser Hinsicht neue Fertigkeiten erlerne.« Sie wich McCoys Blick nicht aus. »Das bedeutet, daß ich einen Posten auf einem Schiff der Flotte kriegen muß – und das nächste, für das eine Mannschaft zusammengestellt wird, ist die *Enterprise*.«

»Hrrmm.« McCoy runzelte die Stirn auf eine Weise, die nur bedeuten konnte, daß er die Diskussion noch nicht aufgeben wollte. »Und wie kommen Sie darauf, daß die Flotte Sie wieder an Bord gehen läßt?«

Uhura zuckte die Achseln. »Ein paar Ehemalige müssen schon deswegen an Bord sein, um die Fähnriche anzulernen, die dann dort Dienst tun. Und dazu bin ich so gut geeignet wie jeder andere.«

»Und wenn der Ruf erschallt«, sagte Sulu leise, »ist es sicher hilfreich, wenn man auf der Erde stationiert ist.«

McCoy musterte ihn finster. »Erzählen Sie mir bloß nicht, daß Sie keinen Kommandoposten haben wollen. Ich sag's Ihnen gleich: Wenn Sie's tun, glaube ich Ihnen kein Wort.«

Sulu lächelte. »Doch, ich möchte einen haben. Irgendwann mal. Sobald ich dazu bereit bin. Aber das dauert noch eine geraume Weile.« Als McCoy etwas sagen wollte, hob Sulu eine Hand. »Ich bin zwar kein Vulkanier, Doktor, aber ich stamme aus einer langlebigen Familie. Ich hab' noch eine Menge Zeit.«

»Hrrmm.« McCoy richtete den Blick auf Chekov. »Und was ist mit Ihnen, junger Mann? Warum sind Sie nicht in der Kommandantenschule, statt Ihre Zeit mit der Ausbildung zum Sicherheitsoffizier zu vergeuden?«

Chekov erstickte beinahe an seinem Hering und griff nach dem nächsten Wasserglas. »Ich ... vergeude keine Zeit«, sagte er schließlich mit vom Husten noch rauher Stimme. »Außerdem können Captains nicht kommandieren, wenn die Sicherheitsabteilung sie nicht am Leben erhalten kann.«

»Klingt für mich wie ein Dogma Ihrer Zunft«, sagte McCoy unverblümt. »Sie sind doch viel zu klug, um sich von der physischen und mentalen Indoktrination, die man als Bordwache erhält, eine Gehirnwäsche verpassen zu lassen.« Er schenkte dem jungen Russen einen forschenden Blick. »Oder etwa nicht?«

Chekov setzte eine finstere Miene auf und zerlegte einen weiteren Hering, ohne ihn jedoch zu verzehren. »Ich kriege keine Gehirnwäsche verpaßt.« Er schaute McCoy plötzlich mit heftiger Direktheit an. »Und bevor Sie noch mehr über die Bordwache sagen, Doktor – denken Sie mal nach, wie oft diese Leute Ihnen das Leben gerettet und dabei das eigene verloren haben.«

McCoy war so anständig, beschämt dreinzuschauen. Dr. Piper grinste. »Geben Sie's ihm nur ordentlich, Chekov – Chekov!«

Sein unerwarteter Ausruf führte dazu, daß Uhura vor Schreck die Fischeier fallen ließ und Chekov auf die Beine sprang. »Was?« fragte er verdutzt.

»Mir ist gerade eingefallen, wo ich Ihren Namen schon mal gehört habe!« Piper kicherte und rieb sich in schierer Freude die Hände. »Sie waren bei der Landeeinheit, die die ersten klingonischen Intervaller erbeutet hat, nicht wahr?«

Chekov blinzelte, dann ließ er sich langsam wieder auf seinen Stuhl fallen. »Ja, ich glaube. Ich meine, ich war bei der Landeeinheit, Sir. Aber wir sind eigentlich erst in ihren Besitz gelangt, als wir die Klingonen von ihrem kampfunfähigen Schiff evakuiert hatten.«

»Aber Sie haben Intervaller im Einsatz gesehen?« drängte Piper mit ernsthaftem Blick und strahlenden Augen. »Aus der Nähe?«

Uhura sah den verwirrten Blick, den Chekov Sulu und ihr zuwarf, konnte ihn jedoch nur mit einem Achselzucken beantworten. »Ja, Sir«, sagte Chekov schließlich. »Wir haben es alle gesehen.«

»So wie fast alle anderen, die je auf einem Schiff der Flotte stationiert waren«, erklärte Sulu.

Der alte Mediziner breitete die Hände aus. »Ich bezweifle es nicht, Lieutenant Sulu. Aber wie viele Ex-Flottenoffiziere sind schon im Umkreis von fünfzig Kilometern um Baltimore stationiert?« Er musterte die anderen unter silbernen Brauen hervor. »Ich sag's Ihnen: Keiner außer Ihrem Freund, der in der Bucht von Annapolis ausgebildet wird.« Er deutete mit einem triumphierenden Finger auf Chekov. »Bei Ihrer Raumerfahrung haben Sie doch bestimmt Sicherheitsstufe eins, oder?«

Chekov machte ein finsteres Gesicht. »Ja, Sir. Aber warum sollte es eine Rolle spielen?«

Piper beugte sich vor. Seine Stimme wurde leiser. »Weil das Forschungsprojekt, an dem ich an der Johns Hopkins-Universität arbeite, Sicherheitsstufe eins verlangt.« Er wurde noch leiser. Seine Stimme war nur noch ein Murmeln, das Uhura durch das von außen hereindringende Rauschen der Wellen kaum noch verstand. »Ich erforsche, wie man die medizinischen Auswirkungen von Intervallertreffern mildern kann. Die Flotte gibt mir alles, was ich brauche – Intervaller und Grafiken, Strahlenanalysen und Krankengeschichten bisheriger Opfer. Alles – außer jemanden, der mir zeigen kann, wie die Klingonen diese verdammte Waffe wirklich eingesetzt haben!«

»Ist es wichtig?« fragte Uhura mit einem überraschten Blinzeln.

»Natürlich ist es wichtig.« Es war McCoy, der ihr antwortete. »Kurzer, gestreuter Beschuß erzeugt ein ganz anderes Trauma als langer und konzentrierter. Deshalb ist es auch so verdammt schwierig, daß wir einen Geweberegenerator bauen, der die richtige Kapazität hat, um Intervallerschäden rückgängig zu machen.«

Piper blickte angestrengt über den Tisch. Er ignorierte den Wortwechsel. »Was also sagen Sie, Mr. Chekov? Ich brauche Sie nur etwa zweimal pro Woche. An Tagen wie dem heutigen, an denen Sie sich freinehmen können. Sind Sie bereit, mir zu helfen?«

Chekov sagte eine geraume Weile nichts. Er musterte nur die Fetzen des Herings auf seinem Teller. »Bereit bin ich schon, Sir«, sagte er schließlich. »Aber ich weiß nicht, ob ich Zeit dazu habe. Ich müßte den Kommandanten der Akademie um Sonderurlaub bitten …«

Piper nickte. »Commodore DeCandido? Ich kenne ihn. Er wird Ihnen Urlaub geben.« Ein Lächeln kräuselte die Falten um seine Augen und verschmolz das intellektuelle Feuer zu freundlicher Wärme. »Machen Sie sich keine Sorgen, Mr. Chekov. Ich glaube, Sie werden es nicht bedauern.«

2

Starfleet-Sicherheitsakademie
Annapolis, Nordamerika
Terrestrisches Datum: 14. Dezember 2269
20.30 Uhr Ortszeit

Das Wetter.

Das Wetter war das einzige, was eine künstliche Umwelt nicht imitieren konnte. Und das einzige, was Pavel Chekov an planetarem Leben gefehlt hatte. Auf der *Enterprise* hatte er immer gewußt, welcher Tag gerade war. Dies erinnerte ihn an den Jahreszeitenwechsel oder die bevorstehenden irdischen Feiertage, aber klimakontrollierte Tage zeigten nie irgendwelchen Charakter oder eine Überraschung. Man konnte nicht zuschauen, wie sich der Himmel in der Abenddämmerung klärte. Man spürte auch nicht, wie die Haut vor Morgengrauen in Erwartung einer Temperatur von –33 Grad prickelte. Man konnte nicht aus dem Fenster schauen, vor sich hin träumen und zusehen, wie der Wind Blätter über die Straße wirbelte. Man konnte sich nicht in dem Strahl sonnen, den die Sonne einem aufs Haar warf, wenn der Wintertau wie seidene Vorhänge in der frischen und durstigen Luft verdampfte. Im Vergleich mit der Erde war ein Raumschiff wie ein Android gegenüber einem Menschen. Ohne Persönlichkeit, Leidenschaften, Seele.

Der Gehsteig unter Chekovs Füßen bebte leicht, als die öffentliche Bahn still unter ihm dahinfegte, zur nächsten Haltestelle eilte, nur so lange anhielt, daß man gerade eben aussteigen konnte. Er hatte nichts dagegen. Er mochte die abendliche Stille, wenn der Zug weitergefahren war; die Art, wie die langsamen, trägen Schneeflocken in der Luft alles irgendwie heller und wirklicher erscheinen ließen. Nichts im Physiklehrbuch konnte die mystische Ausdehnung des Winterhorizonts erklären. Dort, wo er geboren worden war, glaubte man entweder an die leise, absolute Macht des Schnees, oder man kuschelte sich in den Griff einer sechs Monate währenden Dunkelheit und versagte dabei, die Magie zu finden, die das einen umgebende Land bewahrte.

Auf halbem Weg von der Haltestelle entfernt, blieb er auf dem Hügel stehen, bückte sich, drückte die Handfläche auf den Boden und lächelte durch die Baumwipfel hinauf zu einem Hauslicht auf dem Gipfel. Schneeflocken wirbelten um das weiche goldene Leuchten, blitzten in einem kurzen, schnellen Leben auf, dann zog der Wind sie wieder in die Finsternis hinein. Es war, als sei man Zeuge eines winzigen, stummen Melodrams, dessen Akteure sich einer nur wenige Augenblicke währenden Lebensspanne erfreuten, die alles, was sie anzubieten hatten, in diesem tragisch begrenzten Zeitraum zur Schau stellten. Wie konnte man eine solche Pracht nicht bewundern?

Er hatte einst den Fehler gemacht, im Winterurlaub ins Freie zu treten und im Vorbeigehen die Kristallbildchen auf einem Glasfenster anzuhauchen. Sulu hatte ihn für verrückt gehalten.

»Du holst dir noch 'ne Lungenentzündung!« hatte er gerufen. Er hatte sich geweigert, sich näher an die Kälte heranzuwagen als bis an die offene Tür. »Komm sofort wieder rein!«

Chekov hatte eine Handvoll Schnee vom Fensterbrett gekratzt und ihn, als Uhura ihn mit einem warnenden Blick über Sulus Schulter hinweg gemustert hatte, auf dem Rückweg fallen gelassen. Manchmal war sie wirklich so gemein wie eine ältere Schwester. »Schnee gefällt mir«, hatte er zu erklären versucht, während Sulu die Flocken aus seinem Haar entfernte und Uhura ihn schalt, er werde sich bei einer Temperatur weit unter Null noch nasse Füße holen.

»Niemandem gefällt Schnee«, hatte Sulu mit der Gewißheit des Höherrangigen und Älteren erwidert. »Was einem gefällt, ist der Wintersport: Skilaufen, Eishockey, so was in der Art.«

Chekov hatte nur geseufzt und den Kopf geschüttelt. »Dir gefällt Wintersport«, erläuterte er. »Mir gefällt der Winter.«

»Schwachsinnsgeschwafel.«

»Nein«, sagte Uhura tadelnd zu Sulu. »Ich kann mir vorstellen, was er meint.« Sie, die Tolerante, schloß die Augen und lächelte das zauberhafte Bild an, das sie vor ihrem inneren Auge erblickte. »Wenn man mit einem Becher Crème de Mocha in der Hand in einer warmen Hütte sitzt und dick eingemummelt ist. Es gibt nichts Schöneres, als hinter einer Scheibe aus Transparentalu zu sitzen und dem Schneefall in den Bergen zuzuschauen.«

In Rußland führte niemand Transparentalu, und Luxus wie Crème de Mocha schlürfte man am besten genießerisch auf dem Eis am Gorki-Park, wo man zuschauen konnte, wenn der Dampf durch den Schneefall hochstieg und vor dem gefrorenen Himmel knisterte. Vielleicht ist es genetisch bedingt, hatte er damals gedacht. Er bedauerte die beiden wegen ihres ererbten Kaltblütermetabolismus. Und später, als sie sich um das Essen gezankt hatten, war er ins Freie geschlichen, um mit einer Kinderhorde Schneemänner zu bauen.

Als Chekov die feinen Eiskristallmuster betrachtete, die sich auf der Wolle seiner Ärmel bildeten, empfand er einen Stich des Bedauerns, da seine Freunde nun zu weit weg waren, um sich mit ihm übers Wetter streiten zu können. Er stand da, schob die Hände in die Manteltaschen und wurde sich schlagartig der Dunkelheit, der Kälte und Einsamkeit des späten Abends bewußt.

Das Tor der Sicherheitsakademie von Annapolis wirkte durch den wehenden Schneefall wie ein Festungseingang. Das Licht der Straßenbeleuchtung erhellte den dahinter liegenden Himmel, und die Heizungsrohre unter der Straße versprühten Dampf, der sich mit der allgemeinen Helligkeit paarte.

Chekov blieb vor dem winzigen Wachhäuschen stehen und fuhr sich mit der Hand übers Haar, um die Schneeflocken zu beseitigen. »Fähnrich Pavel A. Chekov«, meldete er sich. »Kadett ersten Grades.« Der Wächter im Inneren des Häuschens machte das Fenster auf, und Chekov gab sich alle Mühe, verfroren und eilig zu wirken.

»Wissen Sie, wie spät es ist, Mister?«

Zuerst konnte Chekov sich nicht vorstellen, warum der Lieutenant es für nötig hielt, ihm eine so offensichtliche Frage zu stellen. Er nickte kurz dem Zeitmesser zu, der hinter dem Mann an der Wand hing. »20.44 Uhr.« Er trat einen Moment auf der Stelle, damit sich seine Füße erwärmten, dann fiel ihm etwas ein, und er fügte ein »Sir« hinzu, bevor der Lieutenant irgend etwas Kritisches sagen konnte.

Er hatte offenbar nicht schnell genug gesprochen. »Ist Ihnen bewußt, daß die Sperrstunde für Sie um 21.00 Uhr beginnt, Fähnrich?« Der Lieutenant faltete die Hände auf dem Tresen, als wolle er sie einige Zeit dort liegenlassen. »Sie haben nur noch sechzehn Minuten, um die Basis zu betreten. Wissen Sie das, Fähnrich?«

»Jawohl, Sir.« Chekov stellte das Gezappel ein und nahm die Hände aus den Manteltaschen, um etwas stabileren Stand zu haben. »Ich weiß es, Sir.« Und es war seine verdammte Schuld, daß er es vergessen hatte.

Zwar nicht gerade die Sperrstunde, aber die andersartige Welt, die hinter den groben Mauern auf ihn wartete. Es war keine normale Akademie. Sie war nicht so wie die, in der er bis zu dem Tag, an dem er die Versetzung zur *Enterprise* erhalten hatte, trainiert, ausgebildet und ermutigt worden war. Annapolis war ein Ort bitterer Wahrheit und harter Realität. Es gab keinen Platz für Unsicherheit oder Eigensinn, wenn man versuchte, die besten menschlichen Waffen zu konstruieren. Ein Abend mit Sulu und Uhura hatte ihn zu dem Glauben verführt, er könne trotz alledem wie ein beliebiger Offizier einen Platz besetzen. So wahr dies möglicherweise auch an jedem anderen Ort in der Galaxis sein mochte, es konnte kein Teil seines Lebens sein, solange er innerhalb der Mauern dieser Institution mit ›Kadett‹ angesprochen wurde. Nicht zum ersten Mal stellte er fest, daß er sich nach dem Tag sehnte, an dem er seine Position offiziell antreten und diesem Ort für immer den Rücken kehren konnte.

»Sie wissen doch, Fähnrich: Hielte ich Sie nun für siebzehn Minuten hier fest, müßte ich Sie wegen eines Vergehens gegen die Dienstvorschriften melden.« Der Lieutenant sprach in dem Ton, dessen sich alle Angehörigen der Oberklasse befleißigten: zurückhaltend und von oben herab, aber nicht deswegen, weil sie irgend etwas persönlich meinten, das sie sagten. »In Ihrer Akte würde sich so was nicht gut machen.«

»Nein, Sir«, stimmte Chekov knapp zu. Er hatte den stoischen, unverletzlichen Tonfall des Musterkadetten schon drauf. »Es würde sich nicht gut machen, Sir.«

»Was also spielt für Sie eine wichtigere Rolle, Fähnrich? Ihre Personalakte oder Geselligkeit?«

Ich kenne gar keine Geselligkeit. Der Gedanke kam ihm urplötzlich, aber zumindest machte sie ihm die Antwort leicht, denn sie war ehrlich. »Meine Personalakte, Sir.«

»Was?« Die Stimme des Lieutenants nahm den abscheulich scharfen Tonfall an, der in Chekov stets das Gefühl aufwallen ließ, eine Ohrfeige bekommen zu haben. Er zuckte zwar schon lange nicht mehr zusammen, aber er hatte noch nicht gelernt, wie man den Ärger herunterschluckt, den derlei in einem aufwallen ließ. »Was haben Sie gesagt, Kadett?«

Chekov mußte zweimal Luft holen, damit seine Antwort so kalt und amtlich wie nötig ausfiel. »Meine Personalakte«, sagte er deutlich, schaute dem Lieutenant in die Augen und ermutigte ihn, ihm die Frage erneut zu stellen. »Sir.«

Ohne den Blick von Chekov abzuwenden, griff der Lieutenant unter den vor ihm befindlichen Tresen. Irgend etwas im Inneren des Wachhäuschens summte laut, und ein etwa mannshoher Abschnitt im Tor fuhr knirschend beiseite. »Achten Sie auf Ihren Tonfall, wenn Sie mit Vorgesetzten sprechen«, sagte der Lieutenant warnend und grimmig. »Sonst kommen Sie irgendwann noch in Schwierigkeiten.«

Chekov beschloß, nicht zu erwähnen, daß er Zeiten kannte, in denen seine Vorgesetzten ihn verstanden hatten, ohne ihn anzuschnauzen. Es war wohl eine kleine Ewigkeit her.

»Sie haben noch neun Minuten, um zu Ihrer Kompanie zu kommen. Bewegen Sie sich.«

Chekov schlüpfte mit leidenschaftslosem Nicken durch die Tür, dann legte er etwas Tempo zu, da der Lieutenant ihn noch sehen konnte – nur für den Fall, daß er auf die Idee kam, ihn zu piesacken, weil er seinen Befehl nicht ernst nahm.

Ein aus gelbem Licht gehauener Tunnel folgte dem Gehsteig am Rand der King-George-Street entlang. Sobald Chekov sich außer Sichtweite der Wachstube befand, ging er mitten über die Straße. Auch wenn er Schnee liebte, niemand machte einen Dauerlauf über einen matschnassen Gehsteig, wenn ihm eine warme, saubere Straße zur Verfügung stand. Er hatte die Akademie durch Tor 4 betreten, so weit wie möglich vom Halsey Field House entfernt, um aber dennoch offiziell in der Basis zu sein. Er hatte noch nie versucht, das Gelände in weniger als neun Minuten zu durchqueren. Mit einigem Glück würde er es auch nie wieder tun müssen.

Als er über die verlassene Straße lief, versuchte er anhand von Lichtmustern, Vorhängen und in den Fenstern und Vorgärten sichtbaren Urlaubsdekorationen zu erraten, welcher Ausbilder in welchem Haus wohnte. Für den Bruchteil einer Sekunde erinnerte er sich an die ausgefeilten Sandbilder, die im Winter die meisten Moskowiter Fenster ersetzten. Früher hatte er seiner Mutter geholfen, bunte Körnchen zwischen zerbrechliche Glasscheiben zu schütten, und er hatte sich gewundert, wie die Pigmente umeinander wirbelten und sich kräuselten, ohne sich je richtig zu vermischen. Bei diesem Gedanken durchpulste ihn ein unglaublicher Anfall von Heimweh. Er schüttelte mit einem widerwilligen Schnauben den Kopf, um die Melancholie zu vertreiben. Heute abend hatte er wohl ausschließlich Heimweh nach allen möglichen Orten. Sulu hätte ihn ausgelacht.

Er erreichte Halsey Field House drei Minuten vor der Sperrstunde. Chekov gab seine PK ein, schälte sich aus dem Mantel und warf das schwere Bündel, noch ehe der Computer den Zugriff akzeptiert hatte, in den Spind. Er kam nicht gern so spät zum Training. Die Vorschrift bestimmte, daß um 23.00 Uhr das Licht ausging, und das bedeutete, daß er kaum noch zwei Stunden hatte, um zu duschen und sich umzuziehen und auf den morgigen Unterricht vorzubereiten. Er mußte zur Inspektion in seinem Quartier sein, wenn die Blockkommandeurin ihren Rundgang machte. Wenigstens hatte der ungeplante Lauf von heute abend seinen Herzschlag so weit hochgetrieben, daß er am ersten Prüfpunkt registriert wurde. Er wurde in den Trainingsraum eingelassen, ohne daß man verlangte, daß er sich zuvor aufwärmte. Somit sparte er wenigstens eine Viertelstunde Zeit ein. Er hatte den Wert kleiner Zeiträume dieser Art schätzengelernt.

»Wenn Sie jetzt, nach fünf Jahren Navigation, zu uns kommen«, hatte Gloria Obersti, seine Divisionskommandeurin, am Anfang des Semesters geringschätzig gesagt, »müssen Sie verflucht viel aufholen.«

Sie hatte kein Geheimnis daraus gemacht, daß sie nicht glaubte, daß er es schaffen würde. Fast jeder andere Kadett der Akademie war schon Lieutenant. Zwar hatten nur wenige je auf einem Raumschiff gedient, doch waren sie ausnahmslos drei Jahre im Basendienst aktiv gewesen, bevor sie sich für höhere Lehrgänge eingeschrieben hatten. Nur Chekov war als Seiteneinsteiger aus der Kommandoebene gekommen. Obwohl er in Annapolis nie jemanden mit dem Grund für seine Entscheidung belastet hatte, war er sich mehr als jeder andere der Nachteile bewußt, die er sich ausgesucht hatte. Ihm fehlten drei Jahre Spezialtraining und Wissen über die neueste ausgeklügelte Waffentechnik der Föderation.

Chekov wußte selbst nicht, ob er die Zeit je würde aufholen können. Er blieb neben einem Übungsgerät stehen und musterte sein Abbild im Spiegel. Dies war das Problem, wenn man sich bei jedem Unternehmen, dem man sich zuwandte, zu sehr an den Erfolg gewöhnte. Konnte er dem Weg nicht folgen, für den er sich nun entschieden hatte, und sollte die Sicherheitsausbildung nicht zu schaffen sein, wußte er nicht mehr, was er machen sollte. Die Vorstellung, bei dem, was eigentlich der Anfang seiner Laufbahn sein sollte, ins Schwimmen zu geraten, ließ ihn innerlich zusammenzucken. Er ließ das Gewicht vorsichtiger als üblich sinken und stellte es fest auf die Haltestäbe. Jemand sollte eine Vorschrift erlassen, laut der es verboten ist, zuviel nachzudenken, wenn man trainiert.

Der morgendliche Unterricht und das abendliche Training waren ihm nach und nach zur täglichen Routine geworden. Eine Stunde vor Beginn des regulären Unterrichts eilte er mit einem jungen weiblichen Lieutenant zur Lehrplanunterweisung in die Bibliothek. Marina Franz war ein Jahr älter als er und die einzige Russin an der Akademie. Ihre gemeinsamen Dreiviertelstunden-Sitzungen gefielen ihm besser als alles, was ihm in Annapolis bisher begegnet war – teilweise auch deswegen, weil es offenbar sein Hirn beruhigte, täglich ein wenig Russisch zu sprechen, nachdem er viele Stunden jämmerlichem und schnellem Englisch gelauscht hatte; aber auch, weil Marina intelligent und hübsch war, eine Erinnerung an die Jahre, in denen er noch Zeit gehabt hatte, Frauen zu schätzen, ohne daß es mit ihren Fähigkeiten zu tun haben mußte, tagelange Verarbeitungen von Seminarnotizen in verständliche Skizzen umzuwandeln.

Eine halbe Stunde später verließ Chekov die Sporthalle. Seine Muskeln waren aufgewärmt und vibrierten, sein ganzer Körper war wach und leicht. Er lief zum Umkleideraum zurück und zog einen Pullover aus dem Stapel zerknitterter Klamotten. Er wischte sich mit dem Handtuch übers Gesicht, um wieder einen klaren Blick zu kriegen, dann zog er den Pullover über den Kopf und öffnete das Fach des obersten Spindbrettes, um die Phaserpistole an sich zu nehmen, die er zwischen seinem Zeug dort versteckt hatte.

Der Phaser war nicht funktionsfähig. Chekov hatte sich auch nie die Mühe gemacht, darum zu bitten, eine funktionierende Waffe außerhalb der Akademie-Exerzierhalle tragen zu dürfen. Außerdem spielte es keine

Rolle, ob das Ding schießen oder treffen konnte. Er brauchte nur seine Größe, sein Gewicht, die genaue Form, deswegen hatte er der Instandhaltung ein kaputtes Modell abgeschwatzt. Er hatte dem diensthabenden Techniker versprochen, ihm einen Monat lang Eishockeyunterricht zu geben. Zum Glück brauchte er erst im nächsten Jahr damit anzufangen.

Chekov legte die glatte schwarze Pistole in seine Handfläche, warf die Spindtür zu und trottete in die offene Sporthalle, wo er und hundert andere Kadetten jeden Tag zwei Stunden waffenlose Abwehr übten. Als er vor einem vom Boden bis zur Decke reichenden Spiegel stand, der seine Gestalt bis ins Unendliche reflektierte, da sich hinter ihm ein ebensolcher befand, mußte er das Gefühl, klein zu sein, herunterschlucken, und ihm fiel ein, warum er ganz allein hierhergekommen war.

In den ersten Monaten an Bord der *Enterprise* hatte er sich im riesigen Sporthallenkomplex des Raumschiffes umgeschaut und versucht, eine leere Ecke zu finden. Er hatte sich schließlich auf dem Beobachtungsbalkon verkrochen, die Aktivisten von oben gemustert und sich vom Anblick des Captains der *Enterprise* beeindrucken lassen, der sich mutterseelenallein im Trainingsraum abmühte: Kirk vor dem Spiegelbild, als stünde er seinem ärgsten Feind gegenüber, hielt einen Phaser im Vorhalt, als wolle er sein Spiegelbild in Schach halten. Als der Captain den Phaser zum ersten Mal von sich geworfen hatte, hatte Chekov angenommen, er sei des privaten Spiels müde, das er spielte. Dann stürzte sich der Captain mit grimmiger Entschlossenheit auf das Schießeisen, und Chekov war beeindruckt von der Schnelligkeit und Exaktheit, mit der er es hochriß und weiterlief.

Kirk übte das stille Planspiel immer wieder. Manchmal drehte er sich, um in Reichweite der Waffe zu kommen; manchmal ging er in die Hocke, wenn er sie endlich erwischt hatte; manchmal fluchte er frustriert und ausgelaugt, bevor er erneut in Ausgangsposition ging und die Sequenz von neuem in Angriff nahm.

Chekov wußte nicht, wann ihm klar geworden war, was der Captain da tat. Doch als er dahinterkam, waren die Ehrfurcht und der Respekt, die ihn durchpulsten, im Grunde nie wieder verblaßt. Kirk übte, wie weit er seine Waffe wegwerfen und wie er sie zurückerlangen konnte, bevor irgendein unsichtbarer Gegner auf ihn feuerte. Er übte tatsächlich eine Strategie, um aus einer Lage herauszukommen, die jeder andere für hoffnungslos gehalten hätte. Irgendwann während der Stunde, die er damit zubrachte, den neuen Captain zu beobachten, verstand Chekov, daß der Hauptfaktor, der außergewöhnliche Kommandanten von den Leuten unterschied, die lediglich ein Raumschiff befehligten, das Talent war, aus ihren Untergebenen – und sich selbst – alles herauszuholen, was sie hatten.

Als Navigator hatte er keine wichtigen Entscheidungen gefällt. Es hatte ihm nicht zugestanden, über den Verlauf eines beliebigen Manövers zu urteilen. Er war nicht mal verantwortlich für die Wahl seiner eigenen Rolle bei einem Unternehmen gewesen, geschweige denn für die der anderen. Am Ende des ersten Monats auf der Akademie hatte er sich jedoch in mancher Nacht mit klopfendem Herzen und ängstlich verknotetem Magen herumgewälzt, weil irgendein längst vergessener Alptraum ihn mit dem Wissen erfüllte, daß er es sein würde, der nach seinen zwei Ausbildungsjahren ein Kommando leitete. Er würde die Wachen für die planetaren Missionen auswählen. Er würde entscheiden, wer gut genug war und auf wen man verzichten konnte. Er würde die Subraum-Gespräche mit den Eltern jener führen, die von einem Unternehmen nicht zurückkehrten.

Er hatte gleich am nächsten Tag angefangen zu üben, indem er seinen Phaser wegwarf.

Und so übte er es heute abend wieder, wie damals, am Anfang: mit einigen leichten Würfen, wobei die Waffe nicht weiter flog als eine Armeslänge, um sich klarzumachen, daß er sie überall hinwerfen konnte, wo er sie haben wollte – und um seine Muskeln daran zu erinnern, wie sie sich dehnen und zusammenziehen mußten. Schon als junger Mann, als Interwandhockeyspieler in der Sekundarschule, war sein Haupttalent Ausdauer gewesen, nicht Schnelligkeit. Leider war Ausdauer jetzt nicht sonderlich hilfreich. Seine Bewegungen wirkten langsam und schwerfällig, als betriebe er bei einer Schwerkraft von 2 Ge Gymnastik. Chekov schnappte sich den Phaser bei jedem Zurückholen in der Absicht, ihn immer auf die gleiche Stelle der Wand zu richten. Doch jedesmal endete die unbewußte Erwartung dessen, wo das Ziel sich befinden sollte, frustrierend weit von der bewußten Stelle, wie ihm sein Blick nur eine Sekunde später sagte. Er wußte, daß eine sekundenlange Verzögerung in einem Notfall zu lang war.

Als er den Phaser diesmal hinter sich warf, schloß er, statt ihn im Spiegel zu betrachten, die Augen, um zu hören, wo er hinfiel. Dann fuhr er herum und stürzte sich mit weiterhin geschlossenen Augen und einer schwerfälligen Schulterrolle auf ihn. Als sich seine Hand beim ersten Versuch um das glatte Metall schloß, verlor er beinahe den Rhythmus, doch der Schwung war schneller als der Gedanke. Als er auf dem Knie hockte, riß er die Augen auf und richtete den Phaser instinktiv auf eine dunkle Bewegung an der gegenüberliegenden Wand …

… bis er auf das lächelnde Gesicht eines anderen Kadetten zeigte, dessen Reflexion sich in dem vom Boden bis zur Decke reichenden Spiegel zeigte.

Es war Chekov so peinlich wie eine Ohrfeige. Er senkte die Waffe, stand langsam auf, drehte sich um und nickte dem Lieutenant steif, doch respektvoll zu. »Lieutenant Leong ...«

Jim Leong lächelte. Er trat in den leeren Raum hinein, als fiele ihm nichts Besseres ein, als die Aktivitäten seiner Kollegen zu inspizieren. Es war ein Verhalten, das Chekov in den letzten paar Monaten zu verachten gelernt hatte. Als er dem Lieutenant am ersten Tag in der Akademie begegnet war, hatte er sich der Illusion hingegeben, sich mit ihm anfreunden zu können. Leong hatte ihm lächelnd die Hand geschüttelt. Seine exotischen Augen und sein leutseliges Grinsen hatten Chekov dermaßen an Sulu erinnert, daß er gern zu glauben bereit war, daß der schlanke, aus Kanada stammende Asiate auch Sulus Freundlichkeit und spielerische Geduld teilte. Doch Leong hatte nur eine Stunde gebraucht, um sich als egoistischer Prahlhans zu erweisen, dessen Grausamkeit so groß war, daß er sich selbst erwürgen konnte. Chekov hielt es insgeheim für schade, daß Leong in dieser Hinsicht offenbar kein Glück gehabt hatte.

»Mr. Chekov ...« Irgendwie gelang es Leong immer wieder, selbst die harmloseste Begrüßung wie eine Beleidigung klingen und allein durch sein Lächeln Chekov klein und dämlich wirken zu lassen. »Ich dachte, Sie hätten Besseres zu tun, als in dieser Art herumzuspielen.«

»Es ist kein ...« Chekov umklammerte den Phaser fester, um sich daran zu erinnern, daß sein Leben wichtigere Ziele verfolgte, als Leong zu bändigen. »Ich spiele nicht herum«, sagte er in dem Versuch, höflich zu klingen.

»Aber klar doch.« Leong blieb gelassen vor ihm stehen, legte den Kopf sinnierend schief und beäugte die Waffe in Chekovs Hand. »Würden Sie nämlich wirklich für die Sicherheit arbeiten, wüßten Sie, daß unsere Regel Nummer eins lautet, daß man sich nie ...« Seine Hand zuckte mit ungeheurer Schnelligkeit vor und griff nach dem Phaser. »... nie ...« Leong riß die Waffe an sich und versteckte sie hinter seinem Rücken. Erst dann merkte Chekov, daß sie weg war. »... die Waffe wegnehmen läßt.« Er lächelte und ließ den Phaser zwischen zwei Fingern wippen. »Und zwar von niemandem.«

Chekovs Arme sanken langsam zu Boden. Er hatte nicht vor, dieses Spiel mitzuspielen. »So einfach ist es nicht immer.«

»So einfach ist es nicht immer, Sir.«

»So einfach ist es nicht immer«, wiederholte Chekov dienstlich. »Sir.«

Leong genoß den kleinen Sieg mit einem fast geringschätzig klingenden Schnauben. »Natürlich ist es leicht. Aber das können Sie ja nicht wissen.«

So war Leong immer. »Wollen Sie damit sagen, Sir, daß ich meine Leute lieber erschießen lassen soll, wenn jemand meine Landeeinheit in Schach hält, statt meinen Phaser wegzuwerfen?«

»Ich will damit sagen, daß niemand Ihre Landeeinheit in Schach halten kann, wenn Sie Ihrem Beruf richtig nachkommen.«

Die Dreistigkeit von Leongs Aussage führte dazu, daß Chekov ihm am liebsten eine reingehauen hätte. In seinen vier Jahren an Bord eines Raumschiffes hatte er mehr unvorhersehbare Umstände und unfaire Situationen gesehen, als er sich an der Akademie und in den Diskussionen beim Unterricht hatte vorstellen können. Selbst wenn man sich vornahm, mit nichts zu rechnen und auf alles vorbereitet zu sein: Es war nicht das gleiche, wenn man einer Entscheidung gegenüberstand, mit der kein Kommandeur je zuvor zu tun gehabt hatte. Kirks dynamischer Stil hatte zwar rein gar nichts mit dem zu tun, was die Bücher lehrten, aber Chekov weigerte sich zu glauben, daß Kirk nur ein inkompetenter Kommandeur war – und er nur zu naiv, um dies zu erkennen.

Trotzdem, sagte der strenge Lehrmeister in seinem Inneren. Kirk ist nicht hier, und du mußt noch zwei volle Jahre mit Leong auskommen. Was also nützt dir hier und jetzt am meisten?

Chekov hätte beinahe mit den Zähnen geknirscht, bevor er es über sich brachte, die Hand in einer stummen Bitte nach der Waffe auszustrecken. »Danke für Ihren Ratschlag, Lieutenant Leong. Ich werde mein Bestes tun, um ihn nicht zu vergessen.«

Leong musterte Chekovs wartende Hand, als überrasche es ihn, sie überhaupt zu sehen. »Wissen Sie, Fähnrich, irgendwie werde ich den Eindruck nicht los, daß Sie mir nicht glauben. Möchten Sie den Phaser zurückhaben?« Er ließ die Waffe über Chekovs Hand schweben, ließ sie schließlich fallen und machte zwei Schritte zurück. »Beweisen Sie mir, daß Sie ihn verdienen.« Er formte mit Daumen und Zeigefinger ein L und peilte daran entlang, als blicke er über den Lauf einer Waffe hinweg. »Legen Sie den Phaser weg.«

Chekov bemühte sich, die trotzige Aura zu kopieren, die er oft bei Kirk gesehen hatte, heftete den Blick auf Leongs schiefes Lächeln und warf den nutzlosen Phaser weg. Er fiel mit einem leisen Klatschen auf die Matte, aber Chekov wagte es nicht, den Kopf zu drehen, um zu überprüfen, wo er gelandet war.

Leong vereinfachte die Situation etwas, indem er der Waffe einen amüsierten Blick zuwarf. »Jetzt soll ich also vor mich hinschwafeln, damit meine eigene Aufmerksamkeit abnimmt?« fragte er und wandte Chekov wieder seine gesamte Beachtung zu. »Das ist also die Situation, in der ich Ihnen meinen Plan erläutere, Ihr Schiff zu übernehmen – für den Fall, daß die Zuschauer über die Details noch nicht genau im Bilde sind?«

Es ist ja nicht so, daß er mich wirklich umbringen will. Es war doch nur eine Sache, die mit Demütigung zu tun hatte. Chekov nahm an, daß er sich am Ende des Experiments daran gewöhnt haben würde. Als er sich auf die Waffe stürzte, sagte er sich, daß er nicht erwartete, sie wirklich zu erwischen – er wollte einfach nur die Konfrontation beenden, damit er, wenn die Sperrstunde kam, wieder in die Unterkunft zurückkehren konnte.

Er hatte die Waffe noch nicht halb erreicht, als Leong ihn auch schon abfing. Chekov wußte zwar im Innersten seines Herzens, daß er nicht zur Seite springen konnte, um dem anderen auszuweichen, doch Eitelkeit verleitete ihn zu einem Versuch. Er rutschte knapp außerhalb von Leongs Reichweite, ließ sich fallen, um den hinter ihm liegenden Phaser zu packen, und knallte fest gegen eine der zahlreichen Spiegelwände, als Leong seine Drehung mit einem einzelnen, wohlplazierten Stoß umleitete. Das Glas summte unter der Gewalt des Aufschlags, und Chekovs Aufmerksamkeit brach in einen Gedanken atemlosen Dankes aus, daß die Wand nicht rings um ihn zusammengebrochen war.

»Das war aber ziemlich jämmerlich, Fähnrich.« Leong trat auf die Matte zurück und winkte ihn mit rücksichtsloser Ungeduld wieder auf die Beine. »Machen Sie's noch mal.«

Diesmal fand Chekov sich unter Leongs Knie wieder. Er wußte zwar nicht genau, wie er dort hingekommen war, aber er war atemlos vor Wut über das Grinsen selbstgerechter Verachtung, das sich über ihm zeigte. Wäre Leong kein Offizier gewesen, hätte Chekov versucht, ihm das Grinsen mit der gleichen unverblümten Gewalt auszutreiben, die ihm bei mehr als einem Landeurlaub und einem Dutzend Schulhofkeilereien geholfen hatte. Aber der Versuch, einem Militärgericht zu erläutern, daß er seiner weiteren Laufbahn entsagt hatte, weil er den Anblick eines Kommilitonen nicht mehr hatte ertragen können, schien ihm in seiner momentanen Lage auch nicht besonders bevorzugenswert. Er schlängelte eine Hand hinter Leongs geknicktes Bein und packte seine Fessel mit beiden Händen.

Der überraschte und verärgerte Blick in Leongs Augen war den kurzen Kampf fast wert. »Glauben Sie, ich könnte Ihnen das Knie brechen, wenn ich so fest drehe, wie ich kann?« fragte Chekov sachlich.

Leongs Gesicht rötete sich vor Zorn. »Ich glaube, ich könnte Ihre Kinnlade brechen, wenn Sie es versuchen. Wollen Sie's ausprobieren?«

»Meine Herren …«

Die leise Unterbrechung erfüllte Chekov mit Entsetzen. Plötzlich vom Gewicht von Leongs Körper befreit, löste er sich von seinem Gegner und nahm den herrenlosen Phaser an sich. Leong stand stramm. Irgendwie gelang es ihm immer, in Gegenwart von Vorgesetzten den Eindruck zu erwecken, er könne kein Wässerchen trüben. Chekov kam sich hoffnungslos unterlegen vor. Der junge Fähnrich fuhr ganze drei Sekunden nach seinem Kollegen hoch und war sich der Verzögerung schmerzlich bewußt.

Sicherheitschefin Commander Gloria Obersti musterte sie mit einem gelassenen, undurchsichtigen Blick. Sie hatte die Arme vor der Brust ihrer schwarzroten Uniformjacke verschränkt. Auf ihren Schultern glitzerte Schnee, der auch wie Fetzen von Eiderdaunen auf dem zusammengebundenen Knoten ihres blonden Haars hing. Wäre sie größer oder schlanker gewesen, hätte ihr abschätzender Blick möglicherweise weniger maskulin und brutal gewirkt.

Sie nickte der Waffe in Chekovs Hand kurz zu. »Natürlich haben Sie diese Übung zuvor in allem Respekt miteinander abgesprochen«, bemerkte sie, ohne zu lächeln.

Leongs Blick musterte pflichtschuldigst den Raum hinter ihr. »Natürlich, Sir.«

»Ist es nicht schön?« Sie warf Chekov einen Blick zu, der weder um seine Meinung bat, noch ihn irgendwie ermutigte. Chekov spürte, daß ihm das Blut in die Wangen stieg, nahm sich jedoch vor, mit seinen Ansichten hinter dem Berg zu halten. »Es würde mir nämlich gar nicht gefallen, wenn ich mir vorstellen müßte, daß Sie auf Kosten Ihrer hiesigen Studien hier irgendwelchen privaten Knatsch abreagieren«, fuhr Obersti fort und ging langsam durch den Raum. »Schließlich weiß ich genau, daß Ihnen beiden bewußt ist, daß die Verantwortung eines Sicherheitsoffiziers darin besteht, die zu beschützen, die über ihm stehen, und sich nicht in Raufhändel mit Kommilitonen einzulassen.« Sie blieb gerade so lange vor Chekov stehen, um ihm den Phaser wegzunehmen und in die Tasche ihres Jacketts zu stecken. Er ließ es ohne den geringsten Seufzer geschehen.

»Mr. Leong ...« Sie fuhr gekonnt auf dem Absatz herum und knallte ihre Faust seitlich in den herausgedrückten Brustkorb des Lieutenants. »Da Sie nicht qualifiziert sind, Anfänger im waffenlosen Kampf zu unterrichten, muß ich Sie bitten, fortan nicht mehr mit Mr. Chekov zu rangeln. Ihre Fähigkeiten sind den seinen momentan hoch überlegen, was Sie zu einem nutzlosen Vorbild und einem unfairen Gegenspieler macht. Sollte ich hören oder sehen, daß Sie noch einmal mit ihm üben, bin ich gezwungen, Disziplinarmaßnahmen gegen Sie einzuleiten.« Sie schaute Leong fest in die ins Nichts starrenden Augen. »Haben Sie mich verstanden?«

»Jawohl, Sir.« Er warf Chekov einen sehr kurzen Blick zu. »Absolut, Sir.«

Oberstí nickte und winkte ihn zur Tür. »Dann können Sie jetzt abtreten.«

Leong schlüpfte fast so schnell hinaus, wie er hereingekommen war. Chekov fragte sich, ob der Lieutenant je die Demütigung und Frustration spürte, die er anderen angedeihen ließ, auch wenn sie von einem kommandierenden Offizier kam, und er war sich mehr als je sicher, daß nicht einmal Oberstis unverhohlene Mißbilligung für Leong mehr bedeutete als Unannehmlichkeiten. Wie konnte jemand drei Jahre in einer Brigade der Sicherheit verbringen und dennoch so wenig Sympathie für die Menschen empfinden, denen zu dienen er ausgebildet worden war? Und wieso gab es keine zweite Akademie auf der anderen Seite der Erde, damit Chekov seine Ausbildung an einem beliebigen Ort fortsetzen konnte, an dem es keinen Leong gab?

»Ich habe von Commodore DeCandido erfahren, daß Sie für die nächsten Wochen zu einem Sonderauftrag der Johns Hopkins-Universität überstellt werden. Ich weiß aber nicht, ob dies eine gute Idee ist, wenn man bedenkt, welche Probleme Sie schon jetzt mit Ihrem Lehrplan haben.«

Chekov richtete seine Aufmerksamkeit wieder auf Obersti. Ihre Worte überraschten ihn. »Es handelt sich um eine wichtige Forschungsarbeit, Sir. Um eine Aufgabe, die vielen Menschen das Leben retten kann.« Er wußte zwar nicht genau, ob sie seinen Wert als Fachmann kannte, aber er fügte hinzu: »Ich möchte wirklich dabei helfen, Sir, wenn ich darf.«

»Sie wissen, daß Ihnen niemand irgendwelche besonderen Rücksichten garantieren kann, wenn Sie mit der Ihnen zugewiesenen Arbeit nicht zu Rande kommen.«

Chekov nickte. »Würde ich auch nicht erwarten, Sir.«

»Und Sie wissen, daß Mr. Leong Ihre Fortschritte eher hemmen als fördern wird.«

Chekov konnte nicht anders, er mußte einfach lächeln. Doch bevor sie wegen seiner trockenen Erheiterung Mißfallen entwickeln konnte, gab er es auf. »Ja, Sir. Dessen bin ich mir sehr bewußt, Sir.«

Obersti überraschte ihn, indem sie ebenfalls ein trockenes Lächeln zeigte und ihm den Phaser zurückgab. »Tja, nachdem das gesagt ist...« Sie öffnete mit einer schwungvollen Bewegung ihr Jackett und nickte Chekov zu, als sei sie über seinen halsstarrigen Bewegungsmangel verärgert. »Wir können damit anfangen, indem wir einige der am deutlichsten sichtbaren Fehler Ihrer Verteidigungshaltung korrigieren. Zeigen Sie mir doch mal eine Tal-Verteidigungshaltung Nummer fünf...«

3

Flugzentrum White Sands
Alamogordo, Nordamerika
Terrestrisches Datum: 15. Dezember 2269
8.00 Uhr Ortszeit

Schwerkraft.

Lange bevor Sulu den Fuß wieder auf die Erde setzte, wußte er, was er am meisten vermißt hatte: das beruhigende Gefühl von 9,816 Metern pro Sekunde. Kein anderer Planet in der Galaxis konnte mit genau dieser Gravitationskraft an einer Landefähre zerren oder sie mit genau dem gleichen Luftdruck stützen wie die Erde. Diese Konstanten gruben sich, wenn man das Fliegen erlernte, so tief ins Hirn ein, daß keine Erfahrung auf anderen Planeten sie je modifizieren konnte.

Sulu hatte es nicht mal versucht. Die *Enterprise* durch die luftleere Mikrogravitation des interstellaren Raumes zu steuern, unterschied sich von planetaren Flügen dermaßen, daß er alle natürlichen Annahmen über die Fliegerei ganz einfach vergessen und neue konstruiert hatte. Und auf anderen Planeten hatte er festgestellt, daß seine Stärke als Pilot in der Fähigkeit bestand, ihre Schwerkraft und ihren Luftwiderstand anhand seiner erdgeschulten Instinkte messen zu können und alle Manöver dementsprechend auszurichten.

Doch nun, da er wieder auf der Erde war – Sulu steuerte die Fähre über die nachtschwarze Masse des Sacramento-Gebirges und orientierte sich am Spinnennetz der Lichter im Süden, von denen er wußte, daß sie El Paso waren –, empfand er die vertraute Schwerkraft und den Luftdruck wie einen Luxus, den man ihm lange Zeit verwehrt hatte. Sein Urgroßvater hätte wahrscheinlich gesagt, es sei so, als werde einem nach langen Jahren des Lebens in einer fremden Kultur gestattet, wieder mal die eigene Sprache zu sprechen. Sulu empfand es eher so, als zöge er nach einem langen Tag in einem luftdichten Pilotenanzug ein bequemes Hemd, kurze Hosen und Sandalen an.

Er ließ den unruhigen Luftwiderstand der Gebirgskette hinter sich, zerfetzte dabei eine Schicht kalter Winterluft und kippte die Fähre in einen Sturzflug, der für jeden, der kein Testpilot war, äußerst gefährlich ausgesehen hätte. Ein Windstoß aus dem Gebirge kam ihm entgegen, als er einen Kilometer über dem Talboden von Alamogordo dahinfegte, und ließ das übliche trockene Prasseln von Sand über den Außenrumpf tanzen. Nach drei Monaten war Sulu an das dünne Geräusch gewöhnt, ohne das eine Landung ihm nun komisch erschien.

Die zerzauste Landschaft von White Sands fegte unter den Fährenschwingen her, als er hinabstieg. Die gelben Dünen leuchteten geisterhaft bleich im Mondlicht über der Wüste. Zwischen der leeren Finsternis der Föderationswildnis im Süden und der noch leereren Dunkelheit des Experimentalflugbereichs der Flotte im Norden erhaschte Sulu das winzige Funkeln der Lichter, aus denen Alamogordo bestand. Er richtete das Kinnmikro.

»Starfleet-Fähre *Serengeti* bittet um Landeerlaubnis auf White Sands-Flugfeld. Lieutenant Commander Hikaru Sulu, Pilot und einziger Insasse.«

Es gab eine Pause, während der der Computer sein Stimmuster überprüfte und das Streßniveau analysierte, um sicherzugehen, daß man ihn nicht als Geisel festhielt und zum Lügen zwang. »Hikaru Sulu, Landeerlaubnis erteilt, Landebahn fünf.«

»Bestätige.« Sulu beschleunigte das Tempo ein wenig, um das Schütteln zu kompensieren, dann richtete er die stumpfe Nase der Fähre auf die Landelichter und nahm Schub zurück. Die Schwerkraft zog das kleine Fahrzeug sofort dem Boden entgegen, und er glich dies nur so weit durch Vorwärtsschub aus, um einen glatten parabolischen Gleitflug zu erzeugen. Dann ließ er die Hände lächelnd über den Kontrollen der Bremsdüsen schweben. Er wartete, bis die Fähre einen knappen Meter über der Landebahn war, dann schaltete er sie ein. Gehorsam wie ein Hündchen an der Leine glitt die *Serengeti* an den ihr zugewiesenen Liegeplatz.

Als die Nachflugüberprüfung beendet war, war das erste rötlichgraue Licht der Morgendämmerung über die von Wolken umhüllten Sacramento-Berge gekrochen und verbreitete sich in dem darunterliegenden Tal. Sulu fuhr die Fährenluke hoch, sprang ins Freie, richtete sich auf und ließ sich von der schweigenden morgendlichen Wüstenkühle überrollen. Die Luft schmeckte nach Mesquiterauch und dem Ozon sich abkühlender Düsen. Er atmete tief ein und genoß die Frische der Wüste nach der elend feuchten Kälte Baltimores.

»Ye-i-t'i, Sulu.« Ein aufmerksamkeitsheischender Schlag knallte gegen den Rumpf der Fähre, und eine stämmige Gestalt im Starfleet-Overall tauchte unter ihr auf. Sulu unterdrückte ein Stöhnen, als er den Projektkonstrukteur erkannte. »Sie haben mal wieder voll auf die Tube gedrückt, was?«

»Ye-i-t'i, Dr. Nakai.« Der Navajogruß klang zwar noch holprig, wenn er über Sulus Lippen kam, doch meist brachte er den alten Mann zum Lächeln. Es gab nicht vieles, was ihn zum Lächeln brachte, wenn man mal von einem gelegentlichen Testergebnis absah. Leider funktionierte die Taktik diesmal nicht. »Ähm ... Haben wir für heute morgen einen Testflug angesetzt?«

Hernan Nakai schnaubte, und sein flaches Gesicht legte sich mißbilligend in Falten. »Und wenn es so wäre?« Er deutete vorwurfsvoll mit dem Finger auf Sulus zerknitterten Pilotenanzug. »Sind Sie zum Fliegen überhaupt in der Lage?«

Sulu blinzelte, dann setzte er eine unbeteiligte Miene auf. Wenn der alte Aeronautikprofessor sich gereizt fühlte, bestand die einzige Verteidigung darin, sich strikt an die Dienstvorschriften zu halten. »Jawohl, Sir. Vorschriftsmäßiger Achtstundenschlaf, vollständiges Frühstück, eine Stunde Flugzeit hinter mir. Kein Alkohol, keine Stimulanzien und keine Beruhigungsmittel in den vergangenen achtundvierzig Stunden.«

Nakai stieß ein Bellen aus, das möglicherweise ein Lachen sein sollte. Oder auch nicht. »Achtundvierzig Stunden? Ich hab' gehört, daß Sie nie so was einnehmen.«

»Äußerst selten, Sir«, gab Sulu zu. Er beäugte den Projektingenieur vorsichtig und bemühte sich, dessen Laune einzuschätzen. »Wollen Sie heute noch einen Test mit der *Phantom* durchführen, Sir?«

»Hrrrmpf.« Eine Weile sah es so aus, als sei dies die einzige Antwort, die Sulu kriegen würde. Nakai schaute an ihm vorbei, dorthin, wo die aufgehende Sonne die schneebedeckten Westgipfel des San Andres in geschmolzenem Gold aufflammen ließ. Rings um sie her erwachte das Experimentalflugzentrum von White Sands im Summen elektrisch betriebener Dienstfahrzeuge und dem Grollen sich erwärmender Fährentriebwerke. Sechs ferne Glockenschläge hallten von der alten spanischen Kirche in Alamogordo durch das Tal, danach erklang die kurze Starfleet-Pfeife, die bedeutete, daß das Kasino nun zum Frühstück geöffnet war.

»Wird allmählich Zeit.« Nakais Kinn ruckte deutlich in Sulus Richtung, dann schwang er herum und ging auf das Gebäude zu, in dem sich das Hauptquartier der Basis befand. Da Sulu wußte, daß man lieber nichts sagte, wenn der Alte sich in dieser Stimmung befand, klemmte er sich die Flugunterlagen unter den Arm und folgte Nakai über die sonnenbeschienene Rollbahn. Er fing die verständnisvollen Blicke zweier Kollegen ein, die aus dem Offiziersquartier traten, und sah, daß einer sich schnell mit dem Zeigefinger über die Kehle fuhr. Auf diese Art gewarnt, knöpfte Sulu hastig den flatternden Kragen seiner Fliegermontur zu.

»Gehen wir zum Basiskommandanten?« fragte er. Nakai grunzte nur, aber als er in den kleineren der beiden Höfe des Gebäudes einbog, war Sulus Frage beantwortet. Er glättete seine zerknitterten Ärmel, fuhr sich mit der Hand über das vom Wind zerzauste Haar und freute sich darüber, daß er sich heute morgen vor dem Verlassen des Hotels in Baltimore noch Zeit für eine Dusche genommen hatte. Commodore Willis sah es gern, wenn seine Piloten wie aus dem Ei gepellt wirkten – wie die Maschinen, die sie flogen.

Die Tür gegenüber des von Blättern besprenkelten Hofes stand ein Stückchen offen, was ein klarer Hinweis war, daß der Basiskommandeur sie erwartete. Sulu streckte den Arm aus, um Nakai die Tür zu öffnen. Dessen Reaktion bestand aus einem weiteren wortlosen Grunzen. Das war kein gutes Zeichen. Normalerweise hätte ihm dieser Akt allgemeinen Respekts wenigstens ein verächtliches Schnauben des alten Knaben eingetragen, wenn nicht gar einen Vortrag über die Bedeutungslosigkeit des Alters. Sulu fragte sich langsam, als wie wichtig sich das improvisierte morgendliche Treffen erweisen würde.

Er erhielt die Antwort, sobald die Rezeptionistin sie ins Büro des Kommandanten einließ. Sulu sah Commodore Adam Willis zum ersten Mal nicht hinter seinem altmodischen Holzschreibtisch sitzen. Er stand vielmehr wie ein Schatten in der Morgensonne, und seine schwarzen Finger ruhten auf dem Transparentalu einer am östlichen Fenster stehenden Hochsicherheitskiste. Das schlanke schwarze Gerät, das die Kiste enthielt, war das Herz – und die Kontroverse – des Projekts *Phantom II.*

»Mr. Sulu ...« Der Commodore wandte bei ihrem Eintreten zwar nur leicht den Kopf, aber seine tiefe Stimme erfüllte das Büro mit solcher Resonanz, daß er den Eindruck erweckte, seine volle Aufmerksamkeit gelte den beiden Männern. »Sie fliegen die *Phantom-II*-Fähre nun fast zwei Monate. Geben Sie mir Ihre Bewertung des Sicherheitsspielraums.«

Sulu öffnete den Mund, um die Frage zu beantworten, aber Hernan Nakai streckte eine Hand aus und fiel ihm ins Wort. »Der Commodore hat noch mal über die Genehmigung für die zweite Projektphase nachgedacht«, sagte er warnend. »Er glaubt, daß fünfundvierzig Testläufe noch nicht genügen.«

Sulu musterte die beiden Männer vorsichtig und wägte die ungeduldige finstere Miene des Projektingenieurs gegen die starre Kinnstellung des Kommandeurs ab. Er ging davon aus, das Nakais Laune die Folge einer an diesem Morgen stattgefundenen Auseinandersetzung war – vielleicht hatte sie sogar schon am vergangenen Abend stattgefunden. Während er eine Antwort zu formulieren versuchte, zog sich die Stille in die Länge.

»Lieutenant Commander?« Willis drehte sich um und schaute Sulu endlich an. Seine Stimme dröhnte vor Besorgnis, aber sein mageres, kaffeebraunes Gesicht blieb unbeteiligt. »Ich habe Ihnen eine Frage gestellt. Und ich würde gern Ihre Antwort hören, nicht die Dr. Nakais.«

Sulu richtete sich zu seiner ganzen Größe auf, wenngleich er wußte, daß dies neben der hochgewachsenen Gestalt des Kommandanten nicht sonderlich wirkte. Er wählte seine Worte mit der akribischen Vorsicht, als sei er im Begriff, einen Flugplan auszuwählen.

»Die *Phantom* war nie und wird nie eine Fähre sein, die so sicher ist, daß sie jeder fliegen kann, Commodore Willis.« Er hörte, daß Nakai zischend die Luft ausstieß, und fuhr schnell fort, bevor der alte Ingenieur ihn unterbrach. »Aber um die Überwachungsmissionen durchzuführen, für die sie konstruiert wurde, kann sie auch nicht anders fliegen.«

»Falls man das, was sie macht, überhaupt Fliegen nennen kann«, sagte Willis.

Sulu hob eine Hand und ließ sie wieder sinken. Erst der Anblick von Willis' hochgezogener Braue machte ihm klar, daß er unbewußt den Flugstil der *Phantom* nachgeahmt hatte. »Man hat nicht alle Freiheiten, wenn man einen Antigravantrieb automatisieren will, Sir. Jedesmal, wenn die Kiste abschmiert und sich wieder fängt, holpert sie auf andere Weise, und ihr Holpern wird immer einen guten Piloten erfordern, um sie zu steuern. Man kann nicht erwarten, daß Systeme dieser Art über den gleichen Sicherheitsspielraum wie die der anderen Fähren verfügen.«

»Aber Sie glauben, ein guter Pilot kann den Sicherheitsspielraum innerhalb der Minimalerfordernisse der Flotte ausgleichen?«

»Ja.« Diesmal brauchte Sulu nicht zu zögern. »Ja, Sir, das glaube ich.«

»Hmmm.« Der zufriedene Ausdruck, den Sulus erste Worte im Blick des Basiskommandanten entfacht hatten, verblaßte langsam und wurde streng. Willis' Finger trommelten auf den Rand der Transparentaluminiumkiste und lösten in dem sie brechenden Sonnenlicht Interferenzen aus. »Sie meinen also, wir sollten die zweite Testphase riskieren?«

Sulu hielt sich erneut zurück, denn die Dimension der Entscheidung, die Willis von ihm erbat, war ungeheuer. Sein Blick wandte sich von dem leuchtendschwarzen Gerät im Inneren der Sicherheitskiste ab. Das war die kritische Frage. Die Frage, die das *Phantom-II*-Programm seit ihrem Beginn plagte – lange bevor man Sulu zum Chef-Testpiloten des Projekts gemacht hatte. Es war eine Entscheidung, mit der die Flotte noch immer rang.

Man hatte die *Phantom*-Fähre ursprünglich konstruiert, damit sie mit ihrer Kombination aus strahlungsabweisendem Rumpf und einem Antigravantrieb einfachen Aufspürsystemen von Präkontaktkulturen entging. Nun wollte die aeronautische Abteilung der Flotte die planetaren Beobachtungseinheiten mit dem neuesten Ausweichinstrument ausstatten: dem Tarngerät, dessen romulanischen Prototyp Admiral Kirk und Mr. Spock vor ein paar Jahren ›organisiert‹ hatten.

Hernan Nakai bewegte sich plötzlich, durchquerte den Raum und legte seine knorrigen Hände auf den anderen Rand der Sicherheitskiste, als wolle er andeuten, er habe ein Recht, über ihre Zukunft mitzubestimmen. Der Alte begegnete Willis' feindseligem Blick mit einem ebenso erbitterten Starren, ohne sich von dem Größenunterschied zwischen ihnen einschüchtern zu lassen.

»Nun entscheiden Sie sich doch endlich mal!« sagte der Ingenieur grob. »Was Sulu oder ich von der Sache halten, spielt doch gar keine Rolle. Es geht doch nur noch darum, daß das Tarngerät auf ewig in dieser Kiste liegen bleibt, wenn wir es nicht einbauen!«

Commodore Willis zuckte leicht zusammen. »Das stimmt doch gar nicht …«

»Und ob es stimmt!« Nakai begegnete ihm mit der Mißachtung, die für Starfleet-Ingenieure in technischen Diskussionen typisch war. »In den zwei Jahren, in denen wir das Ding haben, hat kein Mensch in der

Flotte je eine Möglichkeit gefunden, ihm genug Energie zuzuführen, um ein komplettes Raumschiff zu tarnen. Und noch weniger hat man berechnen können, wie man die Subraumstrahlung eliminiert, die es ausspuckt, wenn es aktiviert ist. Die einzige Chance, die man uns je geben wird, um es einzusetzen, ist eine Kurzstreckeneinheit wie die *Phantom*, in der wir die Besatzung mit Antistrahlungsanzügen schützen können.«

Willis schaute Nakai stirnrunzelnd an. »Die Romulaner verwenden keine Schutzanzüge. Sie verfügen wohl über eine Art Schutzsystem, das wir noch nicht duplizieren können.«

Nakai schnaubte. »Mag sein. Vielleicht haben sie aber auch nur das Glück, daß sie nicht so schlimm auf Subraumstrahlung reagieren wie wir.«

»Wie die meisten Spezies«, erinnerte Willis ihn spitz. »Wollen Sie wirklich das Risiko eingehen, daß das Gerät in die Hände einer Präkontakt-Zivilisation fällt?«

»Hah!« Nakai wischte den Einwand wie eine Fliege fort. »Es ist nicht schlimmer als das Risiko, das wir schon mit dem Dilithium in dem verdammten Antigravsystem eingehen. Für den Fall, daß je eine *Phantom* intakt von jemandem geschnappt werden sollte, habe ich Selbstvernichtungsanlagen in beide Systeme eingebaut.« Er deutete mit einem Finger auf Willis. »Geben Sie's zu. Ihre Bedenken beziehen sich nicht auf Präkontakt-Zivilisationen, sondern auf die Klingonen! Bei den ganzen Auseinandersetzungen, die sie kürzlich an ihrer Grenze mit den Romulanern hatten, würden sie unser Gerät liebend gern in die Finger kriegen. Deswegen wollen Sie das Risiko nicht eingehen, das Tarngerät in unbewaffneten Schiffen einzusetzen. Sie fürchten, es könnte ihnen in die Hände fallen.«

Der Gesichtsausdruck des Basiskommandanten veränderte sich zwar nicht, aber Sulu erkannte, daß ihn dies große Mühe kostete. Unter Willis' hageren schwarzen Wangen spannten sich Muskeln, und einen kurzen Moment lang schloß er die Augen und verbarg alles, was sich in seinem Blick hätte zeigen können. »Es ist natürlich ein Faktor der Entscheidungsfindung«, gab er zu.

Im Büro breitete sich Schweigen aus, das nur vom Aufbrüllen einer über das Tal hinwegfliegenden Fähre unterbrochen wurde. Kurz darauf hob Willis den Blick; er schweifte über die angespannte Gestalt des Projektingenieurs hinweg und blieb dann auf Sulu haften. Seine tiefe Stimme klang nun ziemlich ernüchtert.

»Ich glaube, Lieutenant Commander, man hat Sie über die Höhe der Strahlung unterrichtet, der Sie beim Testen des Tarngeräts in der *Phantom II* ausgesetzt sind. Sind Sie noch immer bereit, an dem Projekt mitzuarbeiten, falls ich es genehmigen sollte?«

»Ja«, sagte Sulu. Auch diesmal, ohne zu zögern. Als er die Überraschung in Willis' schwarzen Augen bemerkte, fügte er hinzu: »Ich weiß, daß viele Beamte die Meinung vertreten, wir sollten den Einsatz von Tarngeräten im Machtbereich der Föderation verbieten – ob wir oder andere sie nun verwenden. Aber ich habe miterlebt, was Admiral Kirk und Mr. Spock auf sich genommen haben, um das Gerät für die Föderation zu organisieren, Commodore. Es würde mir nicht gefallen, wenn ihre Bemühungen aufgrund konservativer Ängste umsonst gewesen sein sollten.«

»Ah.« Willis nickte langsam. Sein breiter Brustkorb hob und senkte sich unter einem starken Seufzer. »Nun, ich habe einen Beschluß gefaßt. Sie können das Tarngerät in den Prototyp der *Phantom II* installieren, Dr. Nakai.«

Der Ingenieur nickte schweigend. Sulu sah, daß sich seine Finger triumphierend auf der Sicherheitskiste spreizten. Willis klopfte fest auf das Aluminium, um

Nakais Aufmerksamkeit von dem darin befindlichen leuchtendschwarzen Metall abzulenken.

»Um die Ausweichfähigkeiten der *Phantom* zu testen, müssen wir die Basis verlassen«, sagte der Commodore knapp. »Das bedeutet, daß dem Projekt die höchste Sicherheitsstufe zugeordnet wird, die wir zu vergeben haben. Nur Sie und Mr. Sulu dürfen wissen, was Sie tun und warum. Verstanden?«

Nakai knurrte etwas in der Navajosprache vor sich ihn, dann nickte er zögernd. »Aye, Sir. Wir tun alles, um das verdammte Projekt zu einem Erfolg zu machen.«

»Gut.« Willis schenkte dem Tarngerät in der Kiste einen letzten teilnahmslosen Blick. Dann trat er zurück. »Seien Sie sehr vorsichtig, meine Herren. Die Sicherheitsprobleme, mit denen wir es hier zu tun haben, könnten gewaltig sein, und die Beamten, die Sie erwähnt haben, warten nur darauf, daß sie einen Grund finden, um alles abzuwürgen.« Sein Blick fiel auf Sulu. Diesmal war das Mitgefühl in seinen schwarzen Augen deutlich. »Normalerweise beneide ich zwar meine Testpiloten, aber bei dieser Aufgabe möchte ich nicht in Ihrer Haut stecken, Mr. Sulu. Ich beneide Sie nicht im geringsten.«

4

Johns Hopkins-Universität
Baltimore, Nordamerika
Terrestrisches Datum: 17. Dezember 2269
9.00 Uhr Ortszeit

An diesem Montag hatte die Temperatur bei Sonnenaufgang ganze fünf Grad minus erreicht. Um 9.00 Uhr schienen die Wachen im Starfleet-Forschungszentrum sich eher über diesen Tiefenrekord statt über die Prüfung von Chekovs Sicherheitseinstufung Sorgen zu machen, als sie sich am Rand des Sicherheitsbereichs der Universität zusammendrängten.

»Heute abend sollen es minus fünfzehn Grad werden«, sagte der ältere Wächter mit klappernden Zähnen aus einer Dampfwolke heraus zu Chekov. Er hatte die Schultern bis an die Ohrenschützer hochgezogen und die Hände in den Mantel gesteckt, der zwar ebenso schwarzblau war wie der Chekovs, aber viel mitgenommener und abgetragener. So, wie er sich verhielt, hätte man annehmen können, er befände sich nackt auf dem Marktplatz von Ulan Bator; dabei stand er doch in der besten Thermokleidung, die die Flotte anzubieten hatte, auf einem relativ wohlriechenden nordamerikanischen Weg.

Der jüngere Wächter drehte Chekovs Zugangskarte mit einem Stirnrunzeln, das seine Skepsis über ihre Echtheit ausdrückte, permanent in den Händen. »Ich kenne keinen ...« Er musterte die Karte erneut. »... Dr. Piper auf diesem Gelände. Wissen Sie genau, daß Sie die richtige Sicherheitsstufe haben, um hier reinzukommen?«

Chekov dachte einen flüchtigen Moment lang daran, dem Mann zu sagen, daß er die gleiche Uniform trug wie er, doch dann kam er zu dem Schluß, daß es ihm langfristig wenig nützen würde. »Er ist in der medizinischen Forschung tätig«, erläuterte er geduldig. »Dr. Mark Piper. Falls es hier ein Traumabehandlungszentrum oder eine Fremdrassen-Technikabteilung gibt, ist er sehr wahrscheinlich dort zu finden.«

Der ältere Wächter trat weiterhin von einem Bein aufs andere. Sein jüngerer Kollege hielt die Karte vor ein Handlesegerät und dachte nach. Chekov unterdrückte das Verlangen, ihm das Ding aus der Hand zu reißen und es selbst in den Schlitz zu schieben.

»Er hat mich angefordert. Ich soll mich heute morgen bei ihm melden. Ich weiß genau, daß man meine Sicherheitsstufe bestätigen wird, wenn Sie die Karte mit der Hauptliste vergleichen.«

Der jüngere Mann seufzte, als hätte er ein halbes Dutzend bessere Dinge zu tun, als seine Zeit mit der Untersuchung von Chekovs Behauptungen zu vergeuden. Schließlich schob er die Karte in das kleine Lesegerät, drehte es herum und hielt es ihm hin. »Legen Sie bitte die Hand drauf.«

Chekov zog den Handschuh aus, um ihm den Gefallen zu tun. Das klare Lesefenster fühlte sich bei der momentanen Kälte glatt und eisig an. Als er die Hand schließlich zurückzog, um sie wieder in der Manteltasche verschwinden zu lassen, hinterließ sie sofort einen feuchten, geisterhaften Abdruck. Als der junge Wächter das Lesegerät ins Wachlokal brachte, schüttelte der ältere den Saum seines Mantels aus und sagte: »Hoffentlich haben wir Weihnachten nicht auch so 'n Wetter. Ich will nämlich mit meinem Sohn zum Eisangeln gehen. Bei dem Wetter würde es mir gar nicht gefallen.«

Chekov hatte den Eindruck, daß der Mann eigentlich keine Antwort erwartete, deswegen drehte er sich langsam um, musterte das ihn umgebende Universitätsgelände und wartete auf die Rückkehr des jüngeren Mannes.

Er hatte die meisten historischen Landmarkierungstafeln in Sichtweite schon gelesen, als auf dem Platz hinter dem Wachlokal das Zischen freigesetzter Luft seine Beachtung einfing. Ein spartanischer Glasturbolift stieg in einigen Metern Entfernung aus einer grasbewachsenen Erhebung auf, seine Tür fuhr zur Seite und entließ eine weißgekleidete Labortechnikerin in die kalte Morgenluft. Chekov war bis zu diesem Moment gar nicht aufgefallen, daß das von Glas bedeckte Parkstück hinter dem Krankenhaus die Einrichtung war, der man ihn zugeteilt hatte. Irgendein kluger Flotteningenieur mußte wohl entschieden haben, daß der Untergrund der einzige Ort war, an dem man ein Forschungszentrum bauen konnte, ohne das pittoreske, aus dem 19. Jahrhundert stammende Gelände zu vernichten.

Die mantellose Labortechnikerin hoppelte mit soviel Würde heran, wie man aufbringen kann, wenn man das Kinn auf den Brustkorb preßt und die Hände unter die Achselhöhlen klemmt. Ihr lockiges mittelblondes Haar wurde trotz ihres Pferdeschwanzes vom Wind zerzaust, und ihr breites, intelligentes Gesicht wirkte in der Kälte bleich und verkniffen. Als sie dem Wachmann in der Wachstube mit zitternder Hand zuwinkte, wurde Chekov beinahe von dem Wunsch überwältigt, seinen Mantel auszuziehen und ihn ihr zu leihen, damit sie in der Kälte nicht mehr leiden mußte.

»Ich nehm' ihn mit«, sagte sie zu dem älteren Wächter, der Chekov noch immer Gesellschaft leistete. Sie erwiderte sein Nicken auf entgegenkommende Weise und warf Chekov ein jämmerliches, doch entzückendes

Lächeln zu. Er hatte allmählich ein schlechtes Gewissen, weil er der einzige war, dem die Kälte nichts ausmachte.

»Tut mir leid, daß niemand hier war, um Sie abzuholen – wir haben nicht damit gerechnet, daß man Sie so schnell gehen läßt.« Sie zog eine Hand unter der Achselhöhle hervor und reichte sie ihm schlotternd. »Ich bin Yolande Stern vom Naturwissenschaftlichen Institut. Sie sind Lieutenant ...?«

Chekov nahm ihre Hand und schüttelte sie kurz, da er sie nicht leiden sehen wollte. »Fähnrich Pavel Chekov, Starfleet-Sicherheitsdienst.« Es war das erste Mal, daß er sich so nannte, und er kam nicht umhin, beim Klang dieser Worte ein leichtes, sonderbares Stechen zu empfinden. »Ich soll bei der Intervallerforschung helfen. Dr. Piper sagt, Sie erwarten mich.«

»Ja.« Stern gab ihm einen Wink mit der Schulter und wandte sich um, um zum wartenden Lift zurückzukehren. »Nun ja«, sagte sie dann, »nicht speziell Sie. Mark hat nur gesagt, er wolle uns einen Waffenexperten der Flotte beschaffen. Ich dachte ...« Sie schüttelte den Kopf, als hätte sie sich entschieden, auf diesen Teil des Gesprächs zu verzichten, und tanzte in den Lift hinein, ohne sich um die gesellschaftliche Konvention zu scheren, wer hier nun den Vortritt haben sollte. »Ich habe wohl mit einem älteren Mann gerechnet.«

Chekov quetschte sich so gut wie möglich hinein, ohne ihr in dem engen Raum zu dicht auf die Pelle zu rücken. »Genaugenommen bin ich eigentlich gar kein Waffenexperte. Ich bin nur mit der Intervallertechnik vertraut, so daß ich Dr. Pipers Anforderungen gerecht werde.« Dann sagte er, da sich der Lift nun in Bewegung setzte und nicht mal mehr der Wind da war, um die Stille zu überbrücken: »Ich war bei der planetaren Landeeinheit, die die Intervaller erbeutete, mit denen Sie hier arbeiten.«

»Ah.« Stern nickte mit einem breiten Lächeln. »Ein Raumfahrer. Kein Wunder, daß Mark Druck gemacht hat, um Sie zu kriegen.« Der Lift spuckte sie an einer Sicherheitstür aus, die nicht von Menschen bewacht wurde. Stern zückte eine Karte und ließ ihre Retina mit der Lässigkeit eines Menschen abtasten, der in zu vielen Labors gearbeitet hat, um Vorsichtsmaßnahmen noch zu schätzen. »Er ist etwas snobistisch, was das Kaliber von Raumfahrern angeht«, fuhr sie fort, als sie durch die Tür in ein langes, von der Decke her erleuchtetes Treppenhaus gingen. Von den Treppenabsätzen gingen Türen ab, die wohl in irgendwelche anderen Labors führten, und irgendwann fragte sich Chekov nicht mehr, was alles hinter ihnen erforscht wurde. »Mark hat nämlich selbst einige Zeit auf einem Raumschiff gedient.«

Chekov nahm an, daß es unangebracht sei, darauf hinzuweisen, daß Dr. Piper und er auf demselben Schiff gewesen waren.

»Tja, ich wette, Sie werden uns ebenso nützlich sein wie jeder andere, den man uns hätte schicken können.« Die letzte Tür ging auf, ohne daß sie sie berührt hatte. Drei weitere Techniker schauten von ihren Computerbildschirmen und 3-D-Darstellungen auf, wie irgendeine scheue Spezies in der Wildnis. »Was glaubt ihr, wen ich hier habe, Jungs? Unser Versuchskaninchen ist endlich da!« Stern lächelte Chekov entschuldigend an. »Verzeihung«, sagte sie etwas leiser. »Aber irgendwie mußten wir Sie ja schließlich nennen, bevor Sie herkamen.«

Chekov zuckte die Achseln. Ihre Entschuldigung amüsierte ihn. »Ist schon in Ordnung. Man hat mich schon Schlimmeres genannt.«

Stern drückte in stiller Billigung seinen Arm, deutete auf ihre Kollegen und stellte sie vor. »Fähnrich Chekov, ich möchte Ihnen den Rest unseres technischen Stabes vorstellen: Robin Wood, unsere Konstruktionsdesignerin; Peter Broad, unser Molekularphysiologe. Und Tim Anthony, unser Teilchenphysiker.«

Alle nickten kurz. Anthony beugte sich in dem Moment, in dem seine gesellschaftliche Verpflichtung beendet war, sofort wieder über seine Arbeit.

»Ich bin die Alibi-Audiologin«, fuhr Stern fort. »Denn schließlich dreht es sich hier doch angeblich um eine Schallwaffe.« Wood und Broad reagierten mit müdem Lachen. Wahrscheinlich, dachte Chekov, ist es irgendein Insiderwitz. Ihm war noch nie der Gedanke gekommen, die Intervallerforschung könne komisch sein. »Hört her – dies ist Fähnrich Pavel Chekov von der Sicherheitsakademie. Mark war beeindruckt von seiner Erfahrung als Raumfahrer.«

Chekov schüttelte allen die Hand. Er störte sogar, auf Sterns Beharren hin, kurz Anthony. »Ist Dr. Piper hier?« fragte er, als die gegenseitige Vorstellung beendet war. Es war ihm noch nicht gelungen, das Verlangen abzuschütteln, sich bei jemandem zu melden, wenn man ihm eine neue Arbeit zuwies.

Anthony schnaubte, ohne von dem Hologramm vor ihm aufzuschauen. »Ich hoffe, Sie wollen sich nicht unbedingt heute morgen mit ihm unterhalten.«

»Er läßt sich immer erst nach der Mittagspause blicken«, erläuterte Wood etwas freundlicher. Der scharfe Blick, mit dem sie Anthony maß, wurde von diesem nicht bemerkt. »Er hat einen anderen Terminplan als wir.«

»Er ist 'n alter Sack, der einfach nicht aus der Falle kommt.«

Broad schien ihn tadeln zu wollen, als er aufstand, um ein Gestell mit Reagenzgläsern auf einem anderen Tisch abzustellen. »Tim ...«

»Tja, entschuldige, wenn ich es nicht schätze, daß mir niemand gesagt hat, wann ich unseren Berater erwarten kann, wo ich doch der erste war, der überhaupt nach ihm geschrien hat.« Anthony schlug gereizt mit beiden Händen auf die Tischplatte, und das Modell, das sich auf seinem Bildschirm drehte und wendete, verschwand, als hätte der Krach es vertrieben. »Ich wollte mich noch um ein paar Dinge kümmern, bevor wir dieses Teststadium erreichen. Ich wollte Fragen beantwortet haben, bevor Piper anfängt, neue zu stellen. So wie es aussieht, sind meine Daten im Moment nicht mal bereit zusammenzufallen!«

»Schon in Ordnung, Tim.« Broad warf den Kopf in den Nacken, als wolle er an den Himmel appellieren. Seine Stimme und seine Haltung verrieten, wie oft er diesen Refrain schon gehört hatte. »Alles, was Piper ohne unser Wissen tut, ist Teil einer großen Verschwörung, die dich daran hindern soll, deine Dissertation fertig zu schreiben! Erst gestern hat er mir tatsächlich erzählt, daß er vorhat, die Zivilisation, wie wir sie kennen, zu beenden – für den Fall, daß sich dir die Chance bietet, in diesem Semester zu graduieren.«

»Dein Tonfall behagt mir nicht, Peter ...«

Stern legte Chekov einen Arm um die Schulter und drehte ihn herum, bevor er die Chance bekam, zuviel von der Auseinandersetzung der Männer mitzubekommen. »Wie Sie vielleicht vermutet haben«, sagte sie seufzend und führte ihn aus dem Labor heraus in einen Nebenraum, »kooperieren Peter und Tim nicht immer gut mit anderen.«

»Es wirkt sich aber eigentlich immer zu unserem Vorteil aus.« Wood eilte hinter ihnen her und zog mit einem schrägen Lachen ihrer grünen Augen die Tür hinter sich zu. »Ich wollte einige bestimmte Versuche bezüglich des mechanischen Aufbaus der Waffe machen, und ich weiß, daß Yolande auf die Chance gewartet hat, ihren Schall voll auszufahren.« Sie grinste Chekov nett an und fuhr sich mit der Hand durch das hellrote Haar. »Sie haben doch nichts dagegen, oder?«

Chekov schlüpfte achselzuckend aus seinem Mantel, und Stern schleppte aus einem anderen Teil des Raums irgendwelche Gerätschaften heran. »Deswegen bin ich doch überhaupt hier.«

»Großartig!« Stern winkte ihn zu einem klobigen Waffenschrank aus einer Duraniumlegierung, der in der hintersten Ecke des Raumes stand. »Sie sind für den Zugang zum Safe und die Handhabung der Waffe schon sicherheitsüberprüft – der einzige übrigens, wenn man mal von Mark absieht.« Sie reichte ihm ein Notizbuch, dessen winziger Bildschirm die Sicherheitssequenz des Schranks anzeigte. »Könnte es problematisch werden?«

»Nicht, wenn Dr. Piper bis Mittag nicht hier ist.« Chekov konnte es sich nicht leisten, einen halben Tag auf Piper zu warten, wenn ihm nur gestattet war, das Universitätsgelände zwei- bis dreimal pro Woche zu besuchen. »Außerdem gehöre ich zu denen, die man ausbildet, solche Dinge zu bewachen.« Er gab lächelnd den Kode ein und machte die Tür des Waffenschranks weit auf.

»... und was wurde Ihrer Ansicht nach der primäre Kommunikationsmodus in der Kultur der A'Ila'Mos?«

Nachdem Uhura die Frage gestellt hatte, hielt sie inne und versuchte das Glitzern in ihren Augen zu verbergen. Sie musterte ihr aus Starfleet-Kadetten bestehendes Publikum. Nur die allerbesten Kommunikationsexperten hatten die Erlaubnis bekommen, sich an der Akademie für ihr Sonderthemen-Seminar einzuschreiben, und sie sah, daß sie sich den Kopf zerbrachen; daß jeder sich bemühte, die offensichtliche Antwort außer acht zu lassen und eine Antwort zu geben, die keinem anderen eingefallen war. Auf diese Weise bildete die Flotte ihre besten Kadetten aus. Doch wenn es etwas gab, das Uhura in den Jahren an Bord der *Enterprise* gelernt hatte, dann dies: Manchmal ist die offensichtlichste Antwort auch die korrekte.

»Denken Sie daran … die A'Ila'Mos hatten keine Schriftsprache, bevor sie von einem benachbarten Postkontakt-Planeten aus ihrem Sonnensystem kolonisiert wurden«, erinnerte sie die schweigenden Studenten. »All ihre staatlichen Erlasse wurden in Form langer, alliterativer Gedichte auf Marktplätzen rezitiert.«

Ein weiblicher Kadett in der ersten Reihe hob die Hand. »Haben sie das Alphabet übernommen, das die Kolonisten mitbrachten? So, wie die Japaner die chinesischen Schriftzeichen übernahmen?«

Uhura schüttelte den Kopf. »Nein, obwohl die Naiilati-Kolonisten versuchten, den A'Ila'Mos ihr Alphabet beizubringen. Leider hat es nicht geklappt. Das Wort, das in der Sprache der Naiilati ›schreiben‹ bedeutet, bedeutet in der Sprache der A'Ila'Mos ›exkrementieren‹.«

Die Kadetten lachten leise vor sich hin. Uhura konnte es ihnen nicht verübeln, denn sie waren trotz ihrer ernsthaften Mienen noch sehr jung.

»Es war allerdings nicht sehr lustig«, sagte sie, als die Welle der Erheiterung abgeebbt war. »Als die *Enterprise* das System erreichte, standen die A'Ila'Mos am Rande einer blutigen Revolution – einfach deswegen, weil die Naiilati-Kolonisten sich weigerten, die Erlasse zu ehren, solange es keine geschriebene Fassung gab, damit man sie sich merken konnte.« Sie breitete elegant die Arme aus. »Stellen Sie sich vor, Sie wären an meiner Stelle gewesen, meine Damen und Herren. Wie wäre Ihre Lösung ausgefallen?«

Es folgte wieder eine lange, nachdenkliche Pause. Schließlich hob sich in der letzten Reihe eine Hand. Sie war im Gegensatz zu den anderen faltig und wies Altersflecken auf, aber sie wurde so energisch geschwenkt wie die Hand eines Erstsemesters.

Uhura lächelte erneut, denn sie erkannte den Achtzigjährigen, dem es gestattet war, trotz seiner längst erfolgten Pensionierung am Unterricht teilzunehmen. »Ja, Mr. Kahle?«

Kahles Stimme dröhnte ungeachtet seines Alters durch das Auditorium. »Ich würde sagen, man sollte sie alle mit Audiorekordern ausrüsten.«

»Genau.« Uhura ignorierte die überraschten Gesichter der jungen Kadetten. »Die Naiilati-Kolonisten hatten die Erste Direktive schon verletzt, indem sie sich auf A'Mos niederließen. Indem sie den A'Ila'Mos eine einfache Technik schenkten, die diese verwenden konnten, um ihre Gesetze auf eine Weise aufzuzeichnen, die kompatibel mit ihrer mündlich überlieferten Kultur war, konnten die Naiilati die Stammesregeln aufzeichnen und einhalten.« Sie hielt kurz inne, um die Lektion einsinken zu lassen. »Und deswegen, meine Damen und Herren, sollte ein guter Kommunikationsoffizier fremde Sprachen nicht nur übersetzen, sondern ihnen auch lauschen. Das wär's.«

Die Klasse löste sich in die üblichen Grüppchen auf, wobei einige Kadetten hinauseilten, um an der nächsten für sie anberaumten Unterrichtsstunde teilzunehmen. Andere hingen noch herum, um sich miteinander zu unterhalten oder irgendeinen Punkt der Vorlesung mit Uhura zu klären. Sie beendete die Stunde, indem sie dem letzten Studenten einen Hinweis auf die A'Ila'Mos-Aufzeichnungen gab, die in der Bibliothek der Flotte lagerten, dann sammelte sie ihre Notizen und Datenkarten ein.

»Also, das war wirklich eine gute Vorlesung, Madam.«

Uhura schaute auf und mußte über die altmodische Anrede lächeln, die Jackson Kahle ständig verwendete, um ihr die Ehre zu erweisen. Der Anblick des hochgewachsenen Pensionärs mit den hängenden Schultern am Ende einer Unterrichtsstunde war ihr ein vertrauter Anblick geworden, aber in der Regel kam er nur zu ihr, um über irgendwelche Einzelheiten der Militärgeschichte oder Fragen der Kontaktaufnahme mit anderen Völkern zu reden. Heute glitzerten seine stahlblauen Augen jedoch mit deutlicher Billigung. Da seine Bewunderung eindeutig intellektueller Natur war, lachte Uhura und nahm sie hin.

»Vielen Dank, Sir. Ich muß freilich gestehen, daß mir die Lösung im Fall der A'Ila'Mos nicht allein eingefallen ist. Ich konnte mich auf die Hilfe meines Kollegen Mr. Spock verlassen.«

Kahle stampfte abschätzig mit seinem dünnen schwarzen Stock auf den Boden. »Ja, natürlich. Aber es tut den jungen Leuten, die Sie unterrichten, nicht weh, wenn sie glauben, auch sie müßten irgendwann ein vergleichbares Problem allein lösen.« Er hielt ihr freundlich die Auditoriumstür auf, damit sie hinausgehen konnte. »Damit sie begreifen, daß ihr Beruf nicht nur daraus besteht, ein Sprachwirrwarr auswendig zu lernen.«

Uhura nickte, als sie durch die Tür trat, denn seine Aufmerksamkeit freute sie. »Ja, genau das ist mein Ziel.«

Sie atmete die nach Mammutbäumen riechende Luft der Akademie tief ein und trat in den hellen Wintersonnenschein hinaus. Durch die großen Bäume konnte sie das Leuchten der Golden-Gate-Brücke über dem klaren blauen Wasser der Bucht von San Francisco sehen. Dahinter erhoben sich die bewaldeten Hügel der Halbinsel Tiburon. Für diesen Anblick war das Presidio schon berühmt gewesen, bevor es zum Starfleet-Hauptquartier und -Ausbildungszentrum gemacht worden war: die Aussicht, die Uhura jeden Morgen genoß, wenn sie in ihrer kleinen Wohnung oberhalb der Bucht erwachte. Auch dies war ein Grund gewesen, den befristeten Lehrauftrag anzunehmen.

»Aber ich wollte Sie noch etwas fragen, Madam«, sagte Kahle, der ihr trotz seines fortgeschrittenen Alters schwungvoll den von Steinen umsäumten Weg hinauf folgte. »Gehen Sie nach dem Unterricht im allgemeinen etwas essen?«

Uhura blinzelte überrascht. »Hin und wieder«, gab sie zu. »Aber nicht immer.«

»Gut.« Kahle nickte zufrieden. »Ich würde Sie nämlich gern nach Einzelheiten im Fall der A'Ila'Mos befragen – und nach einigen *Enterprise*-Missionen, an denen Sie teilgenommen haben. Dafür würde ich Sie gern in Monterey zu einem feinen Lunch einladen. Könnten Sie sich damit anfreunden?«

Uhura musterte Kahles hageres, nordisches Gesicht und erblickte in ihm die hohe Intelligenz und unbändige Neugier eines Ex-Schiffskommandanten – doch sonst nichts. Sie erlaubte sich ein Lächeln und ein akzeptierendes Nicken. »Vielleicht nächsten Montag?«

»Das wäre ideal, Madam.« Kahle wechselte seinen Stock in die linke Hand und ergriff ernst Uhuras Rechte. »Also bis dann.«

Uhura schaute dem Achtzigjährigen überrascht hinterher, als er sich auf den Weg machte. Dann zuckte sie zusammen, denn hinter ihr räusperte sich jemand. Als sie sich umdrehte, erblickte sie eine ihr vertraute, drahtige Gestalt mit ironisch blickenden braunen Augen, in denen die gleiche Intelligenz leuchtete wie in denen von Kahle.

»Admiral Kirk!« Diesmal brauchte Uhura ihr strahlendes Lächeln nicht zu zensieren. »Wie geht's Ihnen, Sir? Ich habe Sie lange nicht mehr hier gesehen.«

»Diplomatische Missionen«, sagte Kirk wehmütig.

Uhura nickte, denn sie wußte, daß er nicht mehr sagen konnte. Der Admiral schaute sie fragend an. »Also los, Uhura – wie gut kennen Sie Jackson Kahle?«

Uhura paßte sich lachend Kirks Tempo an. Sie gingen in Richtung Akademie-Cafeteria. »Er ist Gasthörer in meinem Sonderkursus. Und ob Sie's glauben oder nicht, er gehört zu meinen besten Studenten!«

»Oh, das glaube ich unbesehen.« Kirks Stimme enthielt den gleichen ironischen Anflug wie der Blick, den sie in seinen Augen gesehen hatte. »Habe ich gerade gehört, daß er Sie zum Essen eingeladen hat?« Als sie nickte, runzelte er die Stirn. »Tja, dann passen Sie mal auf, daß er Sie nicht verführt.«

»Admiral Kirk!« Uhura warf ihm einen entrüsteten Blick zu. »Er ist fünfundachtzig Jahre alt!«

Kirk grinste. Der Ausdruck glättete sofort einige Kummerfalten in seiner Miene. »Ich meine natürlich, indem er Sie dazu bringt, für ihn zu arbeiten.«

»Für ihn zu arbeiten?« Uhura legte verwirrt den Kopf schief. »Ich dachte, er wäre längst außer Diensten.«

»Oh, ist er auch. Ist vor über vierzig Jahren in Pension gegangen.« Kirk hielt ihr die Cafeteriatür auf, und sein Grinsen wurde schalkhaft breiter. »Dann hat er die UniPhase Incorporated gegründet. Haben Sie schon mal davon gehört?«

Uhura blieb mitten im Eingang der Cafeteria stehen und schaute ihren ehemaligen Captain an. »Ist das etwa die Firma, die sämtliche Phaserbänke für die Flotte baut?«

»Genau die.« Kirk geleitete sie zu einem Tablettstapel. »Der Laden ist auf dem Markt der Föderation soviel wert wie das Bruttosozialprodukt des Planeten Vulkan. Und er gehört Jackson B. Kahle II. ganz allein.«

»Ach, du lieber Himmel.« Uhura war von der Vorstellung, daß ein Multimilliardär an ihrem Seminar teilnahm, so perplex, daß sie beinahe das Hackbeil genommen hätte, das der Cafeteria-Koch ihr entgegenhielt. Kirks fragender Blick brachte sie wieder in die Realität, und sie gab das Gericht an ihn weiter, um dann wie üblich nach Joghurt und Obstteller zu greifen. »Was, in aller Welt, macht er an der Akademie?«

Kirk eilte lächelnd zu den Kaffeemaschinen. »Ach, bei UniPhase ist er mittlerweile größtenteils auch Rentner.« Er wartete, bis Uhura sich eine Tasse Tee eingeschenkt hatte, dann führte er sie in den Hauptspeisesaal. Der Raum wimmelte von den üblichen Gästen. Zwei respektvolle Viertsemester, die gerade eilig ihre Teller leerten, machten ihnen Platz. Uhura unterdrückte ein Lächeln. Es hatte schon seine Vorteile, wenn man mit einem Admiral in die Mensa ging.

»Ich glaube, Kahle hat, was die Flotte angeht, gern den Finger am Puls der Zeit«, fuhr Kirk fort und rührte nachdenklich in seinem Kaffee. »Seine Stiftung unterstützt nämlich viele unserer kulturellen und medizinischen Forschungseinrichtungen. Sie war auch federführend bei der Vorbereitung der territorialen Vorkonferenz, die wir in diesem Monat mit den Romulanern abhalten.«

»Das wußte ich.« Uhura schüttelte überrascht den Kopf. »Das heißt, ich wußte, daß die Stiftung dafür verantwortlich ist. Aber ich wußte nicht, daß er dahintersteckt.«

»Kahle stapelt gern tief«, sagte Kirk. Er richtete einen warnenden Finger auf Uhura. »So kann er unsere Kadetten und Stabsoffiziere besser dazu überreden, für seine Stiftung zu arbeiten. Vergessen Sie das bloß nicht, wenn Sie mit ihm tafeln.«

»Tafeln!« Uhura hatte ihr beiläufig geäußertes Einverständnis, mit Kahle essen zu gehen, fast vergessen.

Sie legte die Gabel hin und starrte Kirk in halb ironischer Bestürzung an. »O mein Gott! Ich bin mit dem reichsten Mann von San Francisco zum Essen verabredet! Was soll ich nur tun?«

Kirks Augen erhellten sich in einem plötzlichen Lachen. »Bestellen Sie was Teures«, schlug er vor.

5

Starfleet-Sicherheitsakademie
Annapolis, Nordamerika
Terrestrisches Datum: 19. Dezember 2269
11.00 Uhr Ortszeit

Der stumme Blitz eines Phaserschusses schlug in seinen Brustkorb, riß ihm die Luft aus der Lunge und warf ihn so wirkungsvoll, als hätte eine Fähre ihn gestreift, zurück hinter die Barriere. Es war vielleicht nicht die eleganteste Methode, an Daten heranzukommen, doch die einzige, die Chekov in der künstlichen Finsternis der vollgestopften Simulationskammer einfiel. Als das bissige Heulen des feindlichen Phaserschusses über ihn hinwegfegte, hatte er sich schon aus Schutzgründen an die Barriere gedrückt, hielt den Atem an und prüfte die Zeit.

Im Vergleich mit anderen Akademie-Planspielen wirkte das momentane irreführend einfach. Eine terroristische Organisation (deren Mitglieder sich listigerweise als höherrangige Sicherheitskräfte verkleidet hatten) hatte sich mit Optikwaffen und Geiseln in einer Föderationsgesandtschaft verschanzt. Chekovs Klasse sollte irgendwie Verbindung mit den Kriminellen aufnehmen, die Geiseln (möglichst lebend) befreien und die Aktion mit möglichst wenig Verlusten und Schäden abschließen. Chekov dankte insgeheim denjenigen, die sich derartige Spiele ausdachten, daß man ihn diesmal nicht als Anführer eingesetzt hatte.

Seine Truppe hatte schon sieben Leute verloren. Freilich kam es zu ihrem ›Tod‹ nur aufgrund der von Sensoren gemessenen Treffer aus feindlichen Phasergewehren: Der Computer schaltete die Waffe der ›Getroffenen‹ ab und informierte sie über ihr Pech, so daß sie sich geschlagen aus dem Planspiel herausschlichen, um sich nach dem Ende des Tests der Manöverkritik der Klassenkameraden zu stellen. Auch die Annahme, die Angehörigen von Chekovs Gruppe seien mit Körperpanzern ausgerüstet – so daß man sich mehrmals treffen lassen durfte, bevor der Computer gezwungen war, ihren ›Tod‹ einzugestehen –, hatte nicht viel dazu beigetragen, Punkte zu machen.

Chekov hatte sogar gesehen, daß eine vom Pech verfolgte Kommilitonin von einem Phaserblitz ins Gesicht getroffen wurde, als sie noch dabei gewesen waren, in Position zu gehen. Er hatte den Fehler gemacht, zu ihr hinzurobben, um ihr zu helfen. Dabei hatte er sich selbst einen Treffer eingefangen. Seine Heldentat hatte nichts erbracht. Ein Schuß ins Gesicht war ein Schuß ins Gesicht – ob im realen Leben oder beim Planspiel. Selbst im besten Körperpanzer der Flotte war man nach einem solchen Treffer mausetot. Und der Computer wußte es. Chekov hatte die neueste ›Leiche‹ mit stiller Überraschung aus dem Spiel wanken sehen – sie hatte sich die Augen gerieben, als sei sie noch immer von dem Licht geblendet, das sie niedergemäht hatte.

Seither versuchte er, möglichst wenig von sich zu zeigen. Lieutenant Franz als Einsatzleiterin hatte ihn angewiesen, nach feindlichen Scharfschützen Ausschau zu halten, und ihn allein losgeschickt, um einen Weg um die Barrieren ins feindliche Gebiet zu suchen. Chekov hatte den Auftrag zwar wie erwartet und ohne zu murren angenommen, aber er kam nicht umhin, sich leicht betrogen zu fühlen, weil sie ausgerechnet ihn für eine solche riskante Mission ausgewählt hatte. Da Marina

Franz seine Tutorin war, kannte sie seine taktischen Fähigkeiten besser als jeder andere in der Gruppe. Außerdem wußte sie, daß seine mangelnde Treffsicherheit ihn beim Aufspüren von Scharfschützen kaum zu einer guten Wahl machte.

Chekov brauchte keine vierjährige Ausbildung, um zu erkennen, daß man ihn opferte, um das Leben der wertvolleren Gruppenmitglieder zu retten. Es war jene Art Kommandoentscheidung, die er ziemlich gut verstand, wenn man sie ihm auf dem Papier präsentierte. Er konnte es nur nicht ausstehen, wenn er derjenige sein sollte, der den ganzen Zunder abkriegte.

Chekov konzentrierte sich wieder auf die Gegenwart. Er registrierte die 0,06 Sekunden Zeitverzögerung zwischen dem Phaserblitz des Scharfschützen und dem Knall und brachte sie in eine Wellenlängen-/Entfernungsgleichung, von der er hoffte, sie könne ihm helfen, die gegnerische Position auszumachen. Vielleicht gab ihm die Anwendung der Kenntnisse, die er als Raumschiffnavigator gemacht hatte, einen Vorteil, mit dem die ›Terroristen‹ nicht rechneten.

»Was ist denn los? Haben Sie Angst, Sie kommen nicht pünktlich raus?«

Chekovs Kopf ruckte hoch, und er nahm überrascht zur Kenntnis, daß Leong sich neben ihn duckte. »Was?« Aus irgendeinem Grund trug das Wissen, daß Leong und er auf der gleichen Seite kämpften, nicht dazu bei, daß er sich besser fühlte.

Leong sank an seinem Ende der Wand zu Boden. »Wie ich höre, verlassen Sie San Francisco heute nachmittag.«

»Oh.« Chekov blinzelte, um seinen Kopf freizukriegen, dann erhob er sich auf die Knie, warf einen Blick über die Barriere nach hinten und fuhr mit seinen Berechnungen fort.

»Zuerst die Johns Hopkins und jetzt Gastvorlesungen an der Hauptakademie. Inzwischen gehen Sie wohl mit der ganzen Prominenz der Flotte tanzen, was?«

Chekov warf dem Lieutenant von der Seite her einen finsteren Blick zu. »Haben Sie eigentlich nichts Besseres zu tun, als über meine außerdienstlichen Aktivitäten Buch zu führen?« sagte er leise.

Leong stieß ein ätzend-bellendes Gelächter aus. »Und ob. Ich unterrichte. Ich nehme Prüfungen ab und gehe in Labors und auf Sportplätzen ein und aus.« Er kroch vorwärts, packte Chekovs Ellbogen und zog den Fähnrich auf seine Ebene hinunter. »Einige von uns müssen wirklich arbeiten, um sich ihren Dienstgrad zu verdienen. Uns wird die Welt nicht auf einem Silbertablett serviert, bloß weil wir mal so wichtig waren, daß wir vier Jahre mit Nichtstun auf einem Raumschiff verbringen durften.«

Chekov entriß ihm seinen Arm. »Vielleicht sieht es für jemanden so aus, der nie auch nur ein paar Minuten auf einem Raumschiff verbracht hat«, knurrte er.

Er wußte nicht genau, was ihn zuerst traf – Leongs Hand oder die Schulterstütze seines Gewehrs. Die Wandbarriere donnerte laut, als er dagegen knallte, und ein weiterer Schuß des unsichtbaren Scharfschützen krachte einen halben Meter entfernt in den Boden, als Leong ihn mit den Knien und Ellbogen an die instabilen Aufbauten nagelte. Chekov erstarrte, spreizte beide Händen flach an die hinter ihm befindliche Wand, war kurzfristig perplex bei dem Gedanken, was Leong ihm hätte antun können, wenn er mehr beabsichtigt hätte, als ihn nur nach hinten zu werfen.

»Wissen Sie, was Ihr Problem ist, Chekov?« Der Lieutenant schubste ihn, dann errötete er vor Wut, da die Barriere hinter Chekov nicht wich. »Sie respektieren die Stellung nicht. Sie glauben, als Chef einer Sicherheitsabteilung könne man nach Lust und Laune über den ganzen Kontinent hinwegfliegen und Einladungen annehmen, um Neulingen in der Branche das zu erzählen, was Ihnen an Dummheiten gerade so einfällt. Sie haben keine Ahnung von der Disziplin und den Gefahren oder der Macht, die man in der Hand hat. Spielt es für Sie überhaupt eine Rolle, daß jemand ohne Ihre erhabene Vergangenheit die Reputation der Johns Hopkins vielleicht viel dringender braucht als Sie? Für mich spielt es eine Rolle! Ich habe keine Clique von Admiralen und Kollegen, die mir helfen, aber ich wollte diese Position wirklich haben!«

Chekov hob eine Hand in dem Versuch, Leongs Arm sanft von seiner Kehle wegzuschieben. »Als man mir den Auftrag angeboten hat, hat niemand Sie erwähnt.«

Leongs Lippen verzogen sich angewidert, aber er nahm den Arm nicht fort. »Hätte es denn eine Rolle für Sie gespielt?«

»Nein.« Chekov hätte zwar gern gelogen, aber er wußte nicht, ob es in seiner momentanen Lage einen Unterschied gemacht hätte. »Ein Stabsoffizier hat eine vernünftige Bitte geäußert. Ich habe meine Pflicht getan und gehorcht.« Er zerrte erneut an Leongs Arm. »Bildet man uns nicht dazu aus, Befehlen zu gehorchen?«

In den Tiefen von Leongs Augen bewegte sich der Zorn wie eine kalte Viper. »Sie haben recht.« Er ließ von Chekov ab, als verachte er sich plötzlich, weil er ihn berührt hatte. »Sie haben recht«, sagte er noch einmal. »Sie haben nichts anderes im Sinn als das Wohlergehen der Föderation. Und was tun wir? Wir halten Sie von Ihren Pflichten in San Francisco ab, indem wir Sie in dämliche Kriegsspiele verwickeln! Fähnrich Chekov, lassen Sie mich Ihnen helfen, die Dinge ins rechte Lot zu bringen.« Das Phasergewehr war plötzlich an Leongs Schulter. »Sie wollen doch nicht, daß man Ihnen vorwirft, Sie hätten sich vor der Pflicht gedrückt.«

Chekov hatte nicht einmal dic Zeit, protestierend den

Mund zu öffnen, als Leong den Abzug des Gewehrs betätigte und ihn mit einem einzelnen sengenden Lichtblitz aus dem Planspiel verbannte.

»Chekov, könntest du wenigstens so tun, als wärst du gern hier?«

Chekov schaute von seinem Notizbuch auf. Er wußte nicht genau, was Uhuras traurige Frage mit den ethischen Verzweigungen der kritischen Sichtweise des Nicht-Ebenbürtigen zu tun hatte.

»Ach, die Laune hat er schon, seit ich ihn im Osten aufgesammelt habe.« Sulu hatte noch nicht eine Minute gesessen, seit sie an der Akademie in San Francisco angekommen waren. Er schlenderte fröhlich auf dem Korridor vor Uhuras Klassenzimmer auf und ab, als rechne er damit, an einem seiner Enden irgend etwas Aufregendes zu entdecken. »Ich hab' versucht, ihn aufzuheitern, indem ich ihm gezeigt habe, wo ich arbeite, aber es hat ihn nicht beeindruckt.«

Ein Vierzig-Minuten-Umweg durch das windige Alamogordo-Becken, während er sich bemühte, den Ethikvortrag von gestern abend noch einmal zu lesen, war für Chekov freilich nicht besonders stimmungshebend. Er markierte die Stelle im Notizbuch und schaute auf, als Sulu erneut an ihm vorbeikam. »Ich weiß eben nur noch nicht, ob ich etwas zu dieser Diskussion beizutragen habe. Es ist ein Erstkontakt-Seminar. Was weiß ich schon über Erstkontakte?« Er hielt inne und fügte schüchtern hinzu: »Ich bin doch nur vom Sicherheitspersonal.«

»Unterschätz deinen Wert nicht.« Uhura stellte sich auf die Zehenspitzen, um einen Blick durch das Türfenster des Klassenzimmers zu werfen. »Du warst doch schon bei mehr als einem Erstkontakt dabei, oder etwa nicht?«

Chekov schaltete das Notizbuch aus und baute sich

hinter ihr auf. Auf dem Monitor hinter der Tür stellte ein frisiertes Schiffslogbuch die Ereignisse und Ergebnisse einer kürzlich stattgefundenen Begegnung mit einer fremden Spezies dar, die einem Rudel beklagenswerter tätowierter Schweine ähnelte. Die Anmerkung am unteren Bildschirmrand identifizierte das Entdeckerschiff als *USS Resolution*. Vielleicht schaute Sulu deswegen so interessiert zu.

Als irgendein Junioroffizier auf dem Bildschirm von einer quiekenden Ferkelhorde umgeben war, zuckte Chekov zusammen. »Ich habe bei solchen Begegnungen immer nur das getan, was der Captain mir gesagt hat.«

»Ach ja?« Sulu lugte nur so lange über Uhuras Schulter, bis er wußte, daß das Logbuch noch in Betrieb war, dann nahm er seine Beobachtungen wieder auf. »In den ersten zehn Jahren werden die Kleinen da drin nichts anderes tun.«

»Ich möchte doch nur, daß ihr von euren Erfahrungen berichtet«, erläuterte Uhura. »Von den Dingen, an die ihr euch erinnert; von den Dingen, die euch als erstes aufgefallen sind; von den Dingen, die am Ende schließlich eine Rolle gespielt haben.« Sie drehte sich um, lehnte sich wieder an die Tür und packte Chekovs Schultern. »Dies ist keine Übung!« Sie schüttelte ihn dreimal sanft, und schließlich konnte er nicht mehr anders: Er mußte lächeln. »Ich möchte nur, daß die Klasse zur Abwechslung mal einen anderen Standpunkt kennenlernt. Außer mir kriegen sie doch niemanden zu sehen.«

»Hier an der Westküste treiben sich doch bestimmt hundert ehemalige Raumfahrer rum, die du hättest holen können.« Chekov deutete an ihr vorbei, um zu signalisieren, daß die Vorführung zu Ende war. »Warum gerade uns?«

Sulu schob die Tür mit einem Arm auf und winkte

Uhura mit einer großartigen Geste in den Raum hinein. »Weil wir die einzigen sind, die es gratis tun.«

Als Uhura an ihm vorbeiging, erdolchte sie ihn mit einem Blick. »Nicht gratis«, tadelte sie ihn etwas leiser. »Ein Mittagessen ist für euch drin.«

Chekov schaute Sulu achselzuckend an. »Na und? So was krieg' ich doch jeden Tag.«

Uhura belohnte ihn mit einem Schlag auf die Schulter. Sie folgten ihr, und als sie vor der Klasse standen, murmelte Sulu: »Irgendwann müssen wir dich mal zivilisieren, Pavel.« Chekov fragte sich spontan, was Zivilisation mit Essen zu tun hatte.

Die Klasse beeilte sich, die Aufzeichnungen ihrer Notizen oder Fragen fertigzustellen, dann reagierte sie mit stiller Aufmerksamkeit auf ihr Eintreffen. Die Gesichter der Anwesenden zeigten eifriges Interesse. Ihre Blicke folgten Uhura. Als sie den Studenten grüßend zulächelte, lächelte die Hälfte zurück. Die Vorlesungen in Annapolis erinnerten Chekov daran, wie unfähig Studenten waren, ihre Zuneigungen zu verbergen. Diese hier, das merkte er sofort, konnten Uhura einfach gut leiden. Nun, da er plötzlich in der Lage war, sie nicht nur als die Kollegin auf der Brücke und Freundin zu sehen, erlebte er einen unerwarteten Moment des Neides, weil diese Kadetten eine so gute Lehrerin hatten, während er mit Dozenten geschlagen war, bei denen es einem grauste.

Ich werde schon zum Akademiker, dachte er bestürzt. Wenn er so blieb, kam er nie dazu, Außendienst zu machen.

Uhura stieg auf das Podium des Auditoriums und deutete auf den Bildschirm hinter ihr. »Ziemlich furchteinflößend, nicht wahr?«

Ein unbehagliches Gemurmel der Zustimmung durchlief den großen Raum.

»Egal, an wie vielen Unterrichtsstunden, Seminaren

und Vorlesungen man teilnimmt – nichts kann einen hundertprozentig auf das Erlebnis eines Erstkontakts vorbereiten. Man nennt so etwas nur aus einem Grund Erstkontakt: weil man etwas trifft, das einem nie zuvor begegnet ist. Erstkontakte sind seltene Privilegien jener, die auf Raumschiffen Dienst tun, aber sie laufen selten so geregelt ab, wie einem die Lehrbücher manchmal einreden möchten.

Ich habe heute zwei besondere Gastredner mitgebracht, die, was Begegnungen mit fremden Völkern angeht, eigene Erfahrungen gemacht haben. Fähnrich Chekov und Lieutenant Commander Sulu haben während ihrer letzten fünfjährigen Mission als Navigator beziehungsweise Steuermann auf der *Enterprise* gedient und in dieser Zeit ...«

Chekov fiel die leichte Änderung in Uhuras Stimme auf, als die Tür am oberen Ende des Saales aufflog und sich eine Reihe grimmig wirkender Sicherheitsleute in den Raum ergoß. Die Studenten standen von den Stühlen auf, regten sich unbehaglich und stellten einander und den Wachen leise Fragen. »Alle Mann sitzenbleiben«, befahl Uhura ruhig. Wer sie hören konnte, gehorchte. Chekov gab den restlichen Studenten mit einem Wink zu verstehen, ihre Plätze nicht zu verlassen, und bemühte sich, so auszusehen, als werde er keinen Streit dulden. Inzwischen schwärmte ein zweiter Trupp durch die unteren Türen herein und baute sich rings um sie auf. Seine neue rote Uniformjacke hatte ihm wohl gute Dienste geleistet, soweit es die Disziplin im Klassenraum betraf. Uhura und Sulu waren die einzigen Nicht-Sicherheitsleute, die noch standen, als der zivil gekleidete Anführer im Haupteingang auftauchte und arrogant durch den Mittelgang des Raumes schritt.

Uhura fing ihn vor dem Podium ab. »Kann ich Ihnen helfen, Mister ...?«

Der Zivilist warf abschätzende Blicke nach rechts

und links und wich Uhura sauber aus. »Lieutenant Commander Hikaru Sulu?« Er richtete seine Frage eindeutig an den vor ihm stehenden Piloten, obwohl seine Augen nicht eine Sekunde Blickkontakt mit ihm suchten.

Sulu nickte verunsichert. »Ja?«

»Ich bin von der Divisionssicherheit der Flotte, Sir.« Der Mann zeigte seinen Ausweis so kurz, daß niemand ihn lesen konnte, aber Chekov erblickte den metallischen Glanz des Emblems des Justizministeriums und wußte mit Übelkeit erzeugender Gewißheit, daß er echt war. »Ich fürchte, Sie müssen mitkommen, Sir.«

»Warum denn?« Als einer der Uniformierten nach Sulus Arm griff, riß dieser ihn blitzschnell zurück. »Was hat das zu bedeuten?«

Vier Monate Sicherheitsausbildung sagten Chekov, daß Sulu sich nicht eine Sekunde hätte widersetzen sollen, doch da hatte der Pilot seinen Begleiter schon abgeschüttelt. Jemand drehte Sulu den Arm auf den Rücken. Ein anderer zwang ihn mit dem Gesicht nach unten aufs Podium, und ein dritter legte einen Gurt mit daran befestigten Handfesseln um Sulus Taille. Chekov packte den Gurt und fegte die Handschellen beiseite, bevor die Wachen sie verschließen konnten. »Sie müssen doch irgendeine Erklärung …«

Er spürte den kalten Druck der Phasermündung des Zivilisten hinter seinem Ohr und machte den Mund zu, ohne ein weiteres Wort zu sagen.

»Mischen Sie sich bitte nicht ein, Sir. Ich habe strikte Befehle.« Einer der Wächter schlang von vorn einen Arm um Chekovs Schultern, um ihn mit sanfter Festigkeit von dem Durcheinander wegzuziehen. »Ich möchte wirklich nicht, daß jemandem weh getan wird.«

»Ist schon in Ordnung, Pavel – mir geht's gut!« Sulu kam taumelnd hoch, da einer der ihn flankierenden Wächter ihn am Kragen hochzog. »Ich nehme an, es ist nur eine Formalität. Mir passiert schon nichts.« Aber er sah etwas zu blaß und unbehaglich aus, als daß Chekov ihm hätte glauben können.

Sulu schien die Gedanken seines Freundes zu spüren, warf ihm ein schiefes Grinsen zu und sagte: »Du kannst ja mal deine Beziehungen zu dieser Truppe spielen lassen – vielleicht krieg' ich Bewährung.«

Chekov nickte verdrießlich. Sogar dies führte dazu, daß die Hand des Zivilisten den Stoff seiner Uniformjacke fester packte, als befürchte er, die Geste sei die Vorbereitung für eine irgendwie geartete Flucht. »Von den Leuten, die ich kenne, hat aber noch keiner die Ausbildung abgeschlossen«, sagte Chekov.

»Ich spreche mit Admiral Kirk«, versprach Uhura, als die rotschwarzen Schwärme sich wieder durch die offenen Türen hinausbegaben und Sulu mitnahmen. »Er kann bestimmt etwas machen.«

»Ich würde es zu schätzen wissen.« Zum ersten Mal blitzte in Sulus Gesicht so etwas wie ehrliche Besorgnis auf. »Und beeilt euch, ja?« Dann schloß sich die Tür des Klassenraums hinter ihm.

Uhura wartete nicht ab, bis die zweite Sicherheitsgruppe hinausgegangen war. »Ende des Unterrichts, abtreten«, sagte sie zu den versammelten Studenten, schob den Zivilisten von Chekov fort und winkte den Eindringling gleichzeitig zur Tür hinaus. Der Mann ging mit einem letzten Zücken seines Ausweises und einem respektvollen Nicken. »Wir setzen den Unterricht an einem anderen Tag fort. Was die Änderung der Termine angeht, so erfahren Sie sie durch den Studienplan.«

Als die letzten Studenten hinausgingen, wandte sie sich Chekov zu. »Alles in Ordnung mit dir?«

Chekov nickte. Nur sein Ego war verschrammt. »Ist Admiral Kirk denn hier?«

»Ich weiß nicht. Wir müssen sein Büro anrufen.«

»Madam ...« Der runzlige, weißhaarige alte Mann sprach das Wort eher wie einen Befehl denn wie eine Anrede aus. Er stieg die Treppe hinab und ließ seinen Stock gegen jede Stufe klacken, wenn er eigentlich auch nicht so aussah, als ob er ihn brauchte. Er schenkte Chekov nur eine Nanosekunde Aufmerksamkeit, als er herankam und Uhuras Arm ergriff. »Wie Sie wissen, habe auch ich einige Beziehungen. Kann ich irgend etwas tun, um Ihnen zu helfen?«

Uhura drückte dankbar seine Hand, die er nun wieder sinken ließ. »Danke, Mr. Kahle, aber ich weiß wirklich nicht, was Sie da tun könnten.« Ein seltsames kleines Lächeln zeigte sich auf ihren Lippen. »Ich weiß doch nicht mal, was hier überhaupt los ist.«

»Dann habe ich um so mehr Grund, Ihnen beizustehen.« Kahle fegte ihr Abtun mit der Eleganz und Glätte eines Diplomaten beiseite. »Ich bin ein alter Mann, der Zeit hat und Geld ausgeben kann, Commander. Nutzen Sie den Vorteil meiner Don-Quichotte-Impulse.«

»Leider ...« Chekov zuckte leicht zusammen, als die beiden sich ihm zuwandten, als erwarteten sie von ihm irgend etwas Nützliches. »... habe ich weder Zeit noch Geld«, erklärte er zögernd. »Und ich muß um fünf wieder in Baltimore sein, um Dr. Piper auf dem Testgelände zu treffen.« Er deutete verdrießlich auf die Tür, durch die Sulu verschwunden war. »Und jetzt ist auch noch mein Pilot verschwunden.«

»Piper? Mark Piper?« Blaue Augen funkelten in plötzlich erwachendem Interesse. Kahle beugte sich vor, musterte Chekov eingehend und deutete dann mit einem dicken Finger auf seine Brust. »Sind Sie der junge Mann, mit dem er an der Johns Hopkins am Intervallerprojekt arbeitet, mein Sohn?«

Chekov blinzelte, die Frage überraschte ihn. »Ja, Sir. Ich wußte allerdings nicht, daß jeder von diesem Projekt weiß, Sir.«

»Ich bin nicht jeder, mein Sohn.« Der alte Mann klopfte Chekov besitzergreifend auf die Schulter und warf Uhura ein triumphierendes Grinsen zu. »Madam«, erklärte er, »kümmern Sie sich um Ihren Freund, den Piloten. Holen Sie ihn aus dem Bunker. Ich habe eine Privatfähre – und den Rest des Tages nichts zu tun.« Er lächelte Chekov ebenso zuversichtlich an. »Ich kümmere mich um diesen Jungen.«

Sulu hatte sich immer für einen geduldigen Menschen gehalten. Seine Lebensziele waren langfristig angelegt, und er war zufrieden mit dem Wissen, daß es noch Jahre dauern würde, um sie zu erreichen. In konfliktreichen Zeiten hatten die Jahre der Zusammenarbeit mit Mr. Spock seine natürliche Einstellung zum Thema Tollkühnheit gedämpft. Der Vulkanier hatte ihn gelehrt, daß es im allgemeinen besser war, Situationen zu tolerieren, in denen man nichts anderes tun konnte, als sich selbst in Stücke zu reißen, wenn man sie ändern wollte.

Doch nachdem man ihn vor seinen Freunden festgenommen und in Handschellen abgeführt hatte – an einem Ort, an dem seine Eltern ihn mit besonderen Ehren im Flugwesen hatten graduieren sehen –, fiel ihm auf, daß seine Gedulds- und Toleranzreserven gefährlich schnell dahinschwanden.

Es half auch nicht, daß man ihn in eine fensterlose Fähre der Sicherheitsabteilung gestoßen hatte und eine Stunde lang geflogen war, ohne ihm das Ziel mitzuteilen, und daß man ihm die Augen verbunden und ihn in einen Raum gebracht hatte, der zwar wie ein Konferenzzimmer der Flotte aussah, aber das abgeschlossene Ambiente einer Verhörzelle aufwies. Die beiden Wächter, die ihn allein dort zurückgelassen hatten, hatten ihm zwar die Augenbinde und die Handschellen abgenommen, aber nicht gesagt, wo er war.

Dies war nun drei Stunden her. In der Zwischenzeit

hatte Sulu nur ein menschliches Wesen gesehen: einen schweigenden dritten Wächter in anonymer roter Uniform, der ihm eine Mahlzeit gebracht und ihn durch einen kahlen Korridor zur Toilette geführt hatte. Weder das Schweigen noch die anonyme Uniform oder das Nichtvorhandensein von Fenstern beunruhigten Sulu, obwohl alles offenbar so konstruiert war, um ihn zu hindern, seinen Aufenthaltsort zu erraten. Sobald die Fähre zur Landung angesetzt hatte, hatte er gewußt, wo sie waren. Nicht mal die beste Abschirmtechnik der Flotte konnte das dünne Geräusch des Sandes verstummen lassen, den der Wind des Tularosa Valley über den Rumpf prasseln ließ.

Das Wissen, daß er wieder im Experimentalflugzentrum White Sands war, hatte Sulus zunehmende Irritation abnehmen lassen. Er wußte, daß seine Festnahme kein dämlicher bürokratischer Irrtum gewesen war, sondern etwas mit seinem hiesigen Auftrag zu tun hatte. Und angesichts der Natur des *Phantom-II*-Projekts fiel es ihm nicht schwer zu erraten, was dieses Etwas war.

Als die Tür sich schließlich für eine hochgewachsene Gestalt mit den goldenen Ärmelstreifen eines Commodore öffnete, fragte Sulu: »Was ist mit dem Tarngerät passiert?«

Commodore Willis verharrte. Sein Gesichtsausdruck wurde vom hellen Licht aus dem Gang hinter ihm verhüllt. Dann stieß er scharf die Luft aus und betrat den Raum. Dabei winkte er die Wache, die an der Tür stand, hinaus.

»Das Problem mit Flottenoffizieren«, sagte Willis ätzend, »ist, daß sie so verdammt schlau sind.« Er drehte einen Stuhl herum, um Sulu über den Konferenztisch hinweg anzuschauen. Sein kräftiges schwarzes Gesicht wirkte zwar grimmig, aber nicht feindselig. »Ist Ihnen schon mal der Gedanke gekommen, Lieutenant Commander Sulu, daß wir Sie gerade deswegen in Isolationshaft gesteckt haben, damit Sie nicht auf die Idee kommen, sich zu fragen, was heute hier geschehen ist? Daß Sie sich schon nach dem Tarngerät erkundigen, bevor man Ihnen erzählt hat, daß es der Brennpunkt unserer Ermittlungen ist, macht Sie nicht unbedingt frei von jedem Verdacht.«

»Ach.« Sulu fuhr sich verlegen mit der Hand übers Gesicht. »Tut mir leid, Sir. Aber einen anderen Grund für meine Festnahme konnte ich mir einfach nicht vorstellen.«

Der Commodore schaute ihn stirnrunzelnd an. »Und leider waren Sie mehr oder weniger der einzige, der uns einfiel, als wir überlegten, wen wir festnehmen könnten. Ich rate Ihnen, mir gegenüber hundertprozentig ehrlich zu sein, Lieutenant Commander. Es könnte sein, daß Ihre Zukunft bei der Flotte davon abhängt.«

Sulu straffte seine Schultern. Er war sich des Gewichts der neuen Rangabzeichen am Kragen seines Jacketts voll bewußt. »Ich wäre auch dann hundertprozentig ehrlich, Sir«, erwiderte er, »wenn meine Zukunft bei der Flotte nicht davon abhinge.«

»Gut.« Willis nahm einen Notizblock aus der Brusttasche und zog den Lichtschreiber heraus. »Wo waren Sie heute morgen um 8.00 Uhr?«

»Ich hatte dienstfrei und bin mit einer Privatfähre nach Annapolis geflogen.« Sulu empfand erstmals Dankbarkeit den unterschiedlichen Zeitzonen gegenüber, die ihn gezwungen hatten, im Morgengrauen abzufliegen, um Chekov in dessen Frühstückspause zu treffen. »Um 11.00 Uhr Östlicher Standardzeit habe ich das Ende meines Fluges beim Fährenhafen der Sicherheitsakademie gemeldet.«

Willis grunzte und machte sich eine Notiz. »Und was haben Sie in Annapolis gemacht?«

»Ich habe auf Fähnrich Chekov vom Sicherheitsdienst gewartet, der im Fährenhafen zu mir gestoßen ist. Dann sind wir sofort zur Starfleet-Akademie nach San Francisco gestartet.«

»Und während Sie in Annapolis waren, haben Sie mit niemandem gesprochen?«

»Nur mit dem Hafenlotsen, Sir.«

»Gut.« Noch eine dahingekritzelte Notiz, dann ein paar Eingaben per Tastatur. »Die Aufzeichnungen der Flugkontrolle zeigen, daß Sie sich zwei Stunden nach dem Verlassen von Annapolis in der Starfleet-Akademie eingetragen haben. Warum hat der Flug nach San Francisco eine halbe Stunde länger als üblich gedauert, Lieutenant Commander?«

Sulu räusperte sich. Er war peinlich berührt. »Ich ... ähm ... habe einen kleinen Umweg gemacht, um Fähnrich Chekov unsere Basis zu zeigen. Ich wollte ihm zeigen, wo ich arbeite.«

Der Commodore setzte eine finstere Miene auf. »Und hatten Sie für diesen Überflug eine Erlaubnis der Basis?«

»Nein, Sir.«

»Trotz der Tatsache, daß Sie vorhatten, einem Fähnrich im ersten Jahr einige der neuesten Fähren der Flotte zu zeigen?« Kalter Argwohn sickerte durch Willis' tiefe, widerhallende Stimme. »War Ihnen bewußt, daß Sie die Sicherheitsvorschriften verletzt haben?«

Sulu blinzelte den Standortkommandanten überrascht an. »Aber das habe ich nicht getan, Sir. Fähnrich Chekov hat Sicherheitsstufe eins.«

Die Furchen auf Commodore Willis' Stirn glätteten sich zwar ein wenig, verschwanden aber nicht ganz. »Ist das für einen Kadetten nicht ungewöhnlich?«

»Nicht, wenn er an der Fünfjahresmission eines Raumschiffes teilgenommen hat.«

Aus irgendeinem Grund wurde Willis' Miene nach dieser alltäglichen Antwort noch finsterer. Er kritzelte eine Notiz mit seinem Lichtstift, dann schaute er Sulu wieder an. »Damit Sie's wissen, Lieutenant Commander: In Zukunft möchte ich, daß Sie eine Genehmigung einholen, wenn Sie meine Basis noch mal überfliegen.«

»Jawohl, Sir.«

Dann folgte eine lange Pause. Falls sie dazu dienen sollte, Sulu zu weiteren Geständnissen zu verlocken, funktionierte es nicht. Seine Geduld war wieder da, und damit auch seine Fähigkeit, auf Vorwürfe zu antworten, die man ihm machte.

Auf welche auch immer.

Willis gab ein letztes Mal etwas in den Datenblock ein, dann grunzte er. »Tja, die Starfleet-Flugkontrolle hat den Überflug bestätigt. Ich weiß zwar nicht, ob dies zu Ihren Gunsten spricht, aber es zeigt zumindest, daß Sie die Wahrheit sagen.« Er steckte den Block seufzend ein. »Und die Hauptsache ist natürlich, daß Sie um 8.00 Uhr in der Basis gemeldet waren.«

Sulu wartete schweigend ab. Diesmal wußte er natürlich, daß es wenig ratsam war, mit der Vermutung darüber zu brillieren, was geschehen war, auch wenn in seinem Kopf die Mutmaßungen nur so durcheinanderwirbelten.

»Sagen Sie mal, Lieutenant Commander ...« Der Commodore lehnte sich in seinem Stuhl zurück und schaute Sulu über die Spitzen aneinandergelegter Finger hinweg an. Ein neuer und nachdenklicherer Ton kam in seiner tiefen Stimme zum Tragen. »Wer außer Ihnen und Dr. Nakai wußte von den Tests, die Sie in der getarnten Version der *Phantom* gemacht haben?«

Sulu brauchte keine Sekunde darüber nachzudenken. »Niemand, Sir. Wir haben das Gerät am letzten Sonntag persönlich installiert – in einem Hangar, der sich nur auf unsere Retina-Abtastung hin öffnet. Seitdem hat außer uns niemand Zugang zu der Fähre gehabt.«

»Und Sie glauben nicht, jemand könnte die Anwesenheit des Tarngeräts während der Testflüge bemerkt haben?«

»Nein.«

»Nicht mal jemand von der Flotte?« Willis maß ihn mit einem skeptischen Blick. »Ihre Flugaufzeichnungen besagen, daß Sie in dieser Woche zwei Testflüge gemacht haben. Ich nehme an, Sie hatten das Tarngerät eingeschaltet?«

»Beide Male, Sir. Es hat uns völlig unsichtbar gemacht. Als ich oben war, hat sich Dr. Nakai in das planetare Überwachungssystem der Flotte eingeschaltet. Er hat gesagt, es hätte nicht mal das Flüstern einer Reaktion gegeben, als ich hindurchflog.«

»Das hat Dr. Nakai gesagt?« Die dunklen Augen des Commodore verengten sich. »Na, das ist aber interessant.«

»Sir?« Sulu beschloß, daß es an der Zeit war, eine vorsichtige Anfrage zu stellen. »Hat jemand, der nicht zur Flotte gehört, in Erfahrung gebracht, daß wir ein Tarngerät testen?«

Willis schnaubte. »Das kann man wohl sagen. Um 8.00 Uhr ist jemand in mein Büro eingebrochen, Lieutenant Commander, und hat die Pläne des romulanischen Tarngeräts gestohlen.«

Sulu gefror der Atem in der Kehle. Das Schlimmste, was er zu hören erwartet hatte, war, daß die Nachricht über den *Phantom*-Test irgendwie an die Presse durchgesickert war und die übliche öffentliche Kontroverse angefacht hatte – ob man Präkontakt-Zivilisationen überhaupt beobachten sollte. Doch nun zu hören, daß die Pläne für das Tarngerät gestohlen worden waren – bei dieser Vorstellung machte sich in seinem Magen ein übles Gefühl breit. Es war sein Projekt gewesen, seine Verantwortung, und nun hatte es sich zu einer absoluten Katastrophe ausgewachsen.

»Aber ...« Sulus Geist stürzte sich auf den ersten zusammenhängenden Gedanken, der ihm kam. »Warum waren die Pläne überhaupt hier in White Sands? Wir hatten doch das Gerät, da hätte es der Pläne doch gar nicht bedurft ...«

Willis schaute ihn erneut finster an. »Angenommen, die *Phantom* hätte während eines Ihrer Testflüge versagt – und zwar katastrophal? Wie hätten wir herauskriegen sollen, was schiefgegangen ist, ohne zu wissen, was an Bord war?«

Sulu zog den Kopf ein und gestand sich die Wahrheit ein. »Aber wie kann der Dieb in Ihr Büro gekommen sein, Sir?«

»Er hat sich eine Kopie meines persönlichen Zugangscodes beschafft und eine externe Schaltung aktiviert, die meinen Computer überzeugte, eine gültige Kopie meiner Retina-Abtastung erhalten zu haben.« Willis' Stimme enthielt widerwilligen Respekt. »Dieser Teil seines Plans war genial. Obwohl wir die Umgehungsschaltung gefunden haben, gibt es keine Möglichkeit, sie zu ihm zurückzuverfolgen. Die ganze Sache sieht aus, als wäre sie hausgemacht.«

Sulu dachte eine Weile darüber nach. »Wer es auch war – er mußte in jedem Fall an der Basiswache vorbei. Wie ist ihm das gelungen?«

»Er war autorisiert, die Basis zu betreten«, sagte der Commodore grimmig. »Es ist kein Eindringlingsalarm ausgelöst worden. Es hat überhaupt keinen Alarm gegeben. Sobald der Dieb mein Büro verlassen hatte, war er sicher. Was bedeutet, daß er einer von uns sein muß.«

Der saure Geschmack des Verrats ließ Sulu zusammenzucken. »Sie sagen fortwährend ›er‹, Sir. Soll das heißen, Sie wissen, wer es ist?«

Willis stieß einen langen und unglücklichen Seufzer aus. »Ich fürchte, so ist es. Deswegen haben wir Sie auch so lange hier festgehalten, Lieutenant Commander. Ich habe gehofft, der Sicherheitsalarm würde ihn irgendwo in der Nähe aufspüren oder wenigstens sein Alibi aufdecken. Aber soweit wir wissen, wird er seit dem Morgengrauen vermißt. Wir werden mit der Stammespolizei der Navajo reden müssen, um dafür zu sorgen, daß er nicht …«

»Navajo-Polizei?« Sulu riß die Augen auf. »Commodore, Sie meinen doch gewiß nicht …«

»Doch, Mr. Sulu.« Willis' Stimme wurde vor widerwilliger Überzeugung und Bedauern noch dumpfer. »Es sieht so aus, als hätte Hernan Nakai das Tarngerät gestohlen.«

6

Johns Hopkins-Universität
Baltimore, Nordamerika
Terrestrisches Datum: 21. Dezember 2269
8.48 Uhr Ortszeit

Die Thermoleitung unter den Gehwegen des Johns Hopkins-Turms hatte am Abend zuvor den Geist aufgegeben. Chekov verließ die Haltestelle und trat in den weißen Flockenwirbel; seine Füße rutschten, als er statt auf das erwartete Pflaster auf eine Eisdecke trat. Ein stöhnender Wind fegte um den Bau des Ziegelturms, und er schloß die Augen, um die stechende Kälte einzuatmen. Wenn dies wirklich das schlimmste Wetter war, das Baltimore in den letzten fünfzehn Jahren erlebt hatte, freute er sich, daß man ihn in der richtigen Jahreszeit zur Ostküste geschickt hatte, um es zu genießen.

Chekov nahm einen kurzen Anlauf auf dem schneebedeckten Gras neben dem Gehsteig, sprang auf die Eisbahn und schlitterte gut sieben Meter weit, bevor die Reibung ihre böse Magie ausübte und ihn zum Stehen brachte. Sulu war verrückt, wenn er glaubte, daß das Winterklima in New Mexico einem alles bot, was man vom Wetter zum Jahresende verlangen konnte. Was konnte man schon zum Vergnügen an einem Ort machen, an dem es nie schneite oder regnete und an dem nie etwas zufror? Nun, da Sulu wieder frei war, konnte er vielleicht über die Feiertage hinweg den Wintersport in New Mexico erforschen. In Kürze würden sie alle wieder Freizeit haben.

Chekov hielt auf eine vertraute Gestalt etwa ein Dutzend Meter vor ihm zu. Er nahm erneut Anlauf und legte den letzten Rest der Strecke mit einem einzigen Schlittern zurück. Tim Anthony hob eine nächste Handvoll Bänder aus dem Schnee auf und schaute nicht mal hoch, als Chekov neben ihm zum Stehen kam. »Guten Morgen, Mr. Anthony.«

Der graduierte Student zuckte zurück, als hätte man ihn gebeten, das kleine Einmaleins aufzusagen. Sein Problem war offenbar jedoch nicht Chekov, sondern die Vorstellung, all das, was ihn im Moment umgab, mit dem Attribut ›gut‹ in Verbindung zu bringen. Seine Knie und eine seiner Hüften waren naß und vom Straßenschmutz befleckt, der Ärmel seines zerzausten Mantels bis zum Ellbogen klatschnaß. »Was macht Sie denn so fröhlich?« fragte er, als Chekov sich neben ihn hinkniete, um ihm zu helfen, seine Habseligkeiten aufzuheben und abzuwischen. »Haben Sie noch nicht gemerkt, was wir für'n Wetter haben?«

»Nun ja, eigentlich schon …« Chekov unterdrückte ein Lächeln und schüttelte den Schnee vom nächsten Diskettenstapel. Anthony fühlte sich in der Umgebung von Eisrutschbahnen und eiskalten Winden offenbar weniger behaglich als er.

»Sie sind irre.« Der Labortechniker hob das Bandgerät auf und schüttelte es in sinnloser Wut. »Ich kann diese Jahreszeit nicht ausstehen.«

Chekov hielt Anthony den Beutel hin, in den dieser seine naßkalten Bänder warf. »Den Winter?«

»Die Feiertage! Da müssen alle so glücklich sein. Den Menschen ein Wohlgefallen. Friede, Freude, Eierkuchen und all dieser Käse.« Er zog sich an Chekovs ausgestrecktem Arm hoch und nahm seine Habseligkeiten entgegen. Sie näherten sich dem Forschungszentrum. »Wissen Sie eigentlich, was man sich wirklich mit dem Wetter, dem Jahresende und dem gottverfluchten Schnee auf den Hals lädt? Eine Meute von Gierhälsen, die zu beschäftigt sind, darauf zu achten, wohin sie gehen; widerborstige Kellnerinnen und gedankenlose Weihnachtseinkäufer ...« Er führte sie mit einem beiläufigen Schwenken seines Ausweises an den fröstelnden Wachen vorbei. Sie waren in dem winzigen Aufzug auf dem Weg nach unten zu den Forschungsebenen, als Anthony schließlich knurrte: »Dies ist die Jahreszeit, die einen angeblich glücklich macht, weil man ein Mensch ist. Aber bei mir führt sie nur dazu, daß ich die Menschen noch weniger ausstehen kann.«

Chekov, der nicht genau wußte, wie er auf diese ehrliche Zurschaustellung des Zorns reagieren sollte, gab sich damit zufrieden, kurz vor Anthony aus dem Lift zu tauchen und seine Datenkarte in den Retina-Abtaster zu schieben, damit der andere passieren konnte. Falls sein einfacher Versuch, freundlich zu sein, überhaupt erkannt wurde, ließ Anthony es sich nicht anmerken. Chekov hielt die Tür noch in wehmütiger Niedergeschlagenheit fest, als Piper aus dem Labor geeilt kam und ihn durch die Tür zurückschob.

»Wenn ich mal kurz mit Ihnen reden könnte, Fähnrich ...«

Chekov stolperte hinter ihm her, beeilte sich, mit ihm Schritt zu halten. »Ähm ... Dr. Piper ...« Die Turbolifttür klemmte Chekovs Mantelstoff ein, öffnete sich träge wieder und ging dann so langsam wieder zu, daß er den Mantel in Sicherheit bringen konnte. »Ich habe nicht erwartet, Ihnen heute morgen zu begegnen, Sir.«

»Es ist mir zwar ein Ärgernis, so früh aufzustehen«, erwiderte Piper, »aber ich wollte sichergehen, daß ich Sie erwische, bevor Sie ins Labor gehen.« Er streckte eine Hand aus, um gegen die Lifttür zu drücken, als sie an der Oberfläche ankamen. »Haben Sie schon gefrühstückt?«

Chekov eilte ins Wetter hinaus. »Ja, Sir. In der Akademie, Sir.«

Piper grunzte. »Mit anderen Worten: Dreck. Kommen Sie mit.« Er klopfte Chekov auf die Schulter, als wolle er einem störrischen Pferd die neue Richtung angeben, und deutete auf eine Ecke des windumtosten Platzes. »Gehen wir irgendwohin, wo wir uns unterhalten können«, sagte er, als sie sich einen Weg durch die Schneemänner und Studenten bahnten, die am Semesterende wie aufgescheuchte Hühner hin und her liefen. Warme Blüten der Helligkeit leuchteten von den Dachfenstern des Forschungszentrums unter einer Patina von halb geschmolzenem Schnee. »Ich gebe einen Krapfen aus.«

Ein düsteres Glockenspiel kündigte die Stunde in langsamen, majestätischen Schlägen an. Farbflecke zuckten und wirbelten über den Platz und zwischen den Gebäuden, als die Studenten ihren diversen Kursen entgegeneilten. Chekov folgte Piper in einem Strom von Parkas und Rucksäcken, watete stromaufwärts zur Veranda irgendeines riesigen viktorianischen Landhauses und dann eine sich schlängelnde Treppe in eine verlassene Mensa hinab, in der es lecker nach heißen Kartoffeln und geröstetem Brot duftete.

Nach fast einem Jahrzehnt mit praktischen Flotten-Nahrungsautomaten hatte Chekov fast vergessen, wie es war, in einer Schlange zu stehen und Dinge auszuwählen, die vor einem ausgestellt waren. »Gefällt Ihnen die Arbeit im Labor?« fragte Piper und lud, ohne langsamer zu werden, das Essen für sie auf. »Kommen Sie mit den Leuten und den Instrumenten klar?«

»Jawohl, Sir.« Chekov schnupperte an dem Teller, den Piper ihm reichte. Warmer Frischkäse und irgend etwas mit dem scharfen, einladenden Geruch von Räucherlachs. Sein Magen knurrte erwartungsvoll. »Zumindest gut genug für die Arbeit, für die Sie mich eingeladen haben ...«

»Tja, nun ...« Zwei Tassen starken schwarzen Kaffees gesellten sich zu den Speisen auf ihrem Tablett. Chekov hinderte Piper daran, Milch und Zucker in seinen Kaffee zu schütten. Lange Abende und lange Stunden in Annapolis hatten ihn gelehrt, wie man die bittere Flüssigkeit trank, aber er sah wenig Sinn darin, andere Gewürze an dieses Getränk zu verschwenden – es schmeckte nie nach irgend etwas, das Chekov für gut hielt, egal, was man auch mit ihm anstellte.

»Und über Ihren Job im Labor möchte ich mit Ihnen reden«, gab Piper leicht unbehaglich zu, als er seine Tasse hob, um den Kaffee zu kosten. »Ich fürchte, ich habe die Situation etwas falsch dargestellt, als ich Sie bat, bei uns einzusteigen. Ich war weniger wegen Ihrer Intervaller-Erfahrung an Ihnen interessiert.« Er schob seine Kontokarte mit einem Seufzer in den Kassenschlitz. »Ich habe einen Maulwurf gebraucht, Fähnrich.«

Chekov schüttelte den Kopf. Er wußte genau, daß er Piper falsch verstanden hatte. »Wie bitte, Sir?«

Piper zog die Karte zurück, dann gab er Chekov mit einer Geste zu verstehen, er solle das Tablett aufnehmen. Er führte ihn an einen leeren Tisch in der letzten stillen Ecke der Mensa. »Ich brauche jemanden in den Reihen der Labortechniker«, erklärte er. »Jemanden, dem ich hundertprozentig vertrauen kann. Ich hatte schon Vorbereitungen getroffen, um mir jemanden von der Akademie zu holen, aber die Tatsache, daß Sie unter Jim Kirk gearbeitet haben, hat mir klar gemacht, daß Sie genau der Mann sind, den ich brauche. Ich konnte in dieser Sache keinen X-Beliebigen nehmen.« Er nahm Platz, während Chekov sich aus dem Mantel schälte, dann hob er beide Kaffeetassen, bot eine dem

Fähnrich an und ließ sich auf seinen Stuhl sinken. »Mr. Chekov, ich glaube, einer meiner Labortechniker ist ein Spion.«

Chekov, der den ersten Schluck Kaffee im Mund hatte, erschrak so sehr, daß er sich fast verschluckte. Er hustete und stellte die Tasse wieder hin. »Was?« Er bekam kaum genug Luft, um mehr als ein überraschtes Quäken hervorzubringen.

Piper verzog das Gesicht und schob ihm die Kaffeetasse wieder hin. »Nun machen Sie sich mal nicht gleich ins Hemd«, knurrte er. »Ich meine einen Industriespion; jemanden, der für eine zivile Technikfirma arbeitet. Die tun fast alles, um an irgendwelche Neukonstruktionen heranzukommen.« Er teilte den in Käse erstickten Krapfen zwar in zwei Hälften, zeigte aber kein echtes Interesse an dessen Verzehr. »Auch neue Waffen enthalten unter Umständen Komponenten, die man für irgendein anderes profitables Unternehmen verwenden kann. Ich mache mir nur Sorgen, daß Schnüffeleien dieser Art die Sicherheit beeinträchtigen und auch den Rest des Projekts in Gefahr bringen könnten.«

Chekov trennte einen kleinen Streifen Lachs von seinem Frischkäse. »Haben Sie irgendeinen Beweis dafür?«

Piper schüttelte seufzend den Kopf. »Nichts Konkretes – nichts, womit ich zur Flotte gehen könnte. Deshalb brauche ich Sie. Ich habe Vorbereitungen getroffen, heute mit Peter zu Mittag zu essen …«

»Peter?« Der Fisch in Chekovs Mund wurde geschmacklos. »Peter Broad?«

Piper schaute auf, als überraschte ihn, daß Chekov nicht wußte, von wem er die ganze Zeit geredet hatte. »Seit er bei uns ist, bin ich mit seiner Arbeit unzufrieden. Er ist mit Verfahren nicht vertraut, die er im Schlaf beherrschen müßte, und ich habe ihn, glaube ich, zu oft bei Experimenten erwischt, die ich nicht autorisiert hatte. Es ist erwiesen, daß er drei Wochen, bevor er zu uns kam, noch für UniMed Technologies gearbeitet hat. Alle weiteren Informationen über seine frühere Beschäftigung sind unter Verschluß.«

»Und was können Sie bei einem Mittagessen erreichen?«

»Ich möchte mich nur mit ihm unterhalten«, sagte Piper. Er malte unbehaglich einen Kreis auf die Tischplatte, als seien sein Geist und seine Hände auf zwei verschiedenen Missionen. »Ich möchte sehen, ob ich ihn zum Ausscheiden bewegen kann, zu einer Kündigung, oder ob er zumindest etwas sagt, das für ihn schädlich ist. Sie brauchen nur eins zu tun: zuhören.«

Chekov musterte Piper gleichmütig über das Frühstück und den Kaffee hinweg. »Sie meinen, ich soll Ihr Gespräch mit ihm überwachen. Aus der Ferne.«

Pipers Schulter machte eine Bewegung, die weder ein Achselzucken noch eine Bejahung war. »Er würde nicht zustimmen, mich irgendwo zu treffen, wo das Sicherheitspersonal der Universität uns überwachen kann, deswegen habe ich unsere Zusammenkunft auf den Treppenabsatz im sechsten Stock gelegt. Er braucht nicht mal zu erfahren, daß Sie mit der Sache zu tun haben.«

»Ich weiß nicht, ob das, was Sie von mir erbitten, legal ist, Dr. Piper.«

»Sie gehören zum Sicherheitspersonal der Flotte«, sagte Piper mahnend. »Es geht hier um ein Forschungsprojekt der Flotte. Das macht es legal.«

»Aber es geht nicht ohne Prozeduren und spezielle Ausrüstung ...«

»Ich habe die Ausrüstung.« Piper lachte, als er Chekovs überraschte Miene sah. »Alte Freunde in hohen Positionen«, erklärte er augenzwinkernd. Und dann, nun wieder ernst: »Sie brauchen nur ein paar Etagen höher zu stehen und sich darum kümmern, daß wir was auf Band aufnehmen können. Falls ich Broad nicht zur Kündigung bewegen kann, möchte ich wenigstens in der Lage sein, ihm so heftig in den Arsch zu treten, daß er nie wieder einen Job wie diesen kriegt. Glauben Sie, wir kriegen wenigstens das hin?«

Chekov seufzte und fuhr sich mit müder Hand durchs Haar. »Wir können es versuchen.«

»Fähnrich Chekov? Können Sie mich hören?«

Chekov zuckte zusammen. Die Deutlichkeit von Pipers Stimme über die Überwachungsschaltung überraschte ihn ebenso wie das dröhnende, ohne fremde Hilfe entstehende Echo, das durch das offene Treppenhaus zu ihm hinaufdrang. Er schlug mit der Hand auf den Ohrempfänger und spielte mit der Lautstärkesteuerung, bis der schwindelerregende Halleffekt nachließ. Warum, in aller Welt, er bei dieser Akustik überhaupt ein Abhörinstrument brauchte, war ihm völlig schleierhaft.

»Bitte, Dr. Piper, sprechen Sie nicht. Oder haben Sie vergessen, daß Sie allein sind?« Er brauchte sich nicht mal anzustrengen, damit der Arzt ihn hörte.

»Ich wollte nur sichergehen, daß Sie alles klar empfangen und aufzeichnen ...«

»Ich höre Sie ausgezeichnet, Sir.« Sogar besser als ausgezeichnet, dachte er. »Die Aufzeichnung arbeitet perfekt. Nun seien Sie bitte still, bis Mr. Broad da ist.«

Das undeutliche Grollen eines Nörgelns polterte durchs Treppenhaus, und das Abhörgerät registrierte mit völliger Klarheit Worte wie ›herablassender Frischling‹ und ›Klugscheißer‹. Chekov lächelte und probierte verschiedene Einstellungen des Geräts aus. Plötzlich ertönte ein schweres, rhythmisches Klopfen, das alle anderen Geräusche wie ein Gewitter übertönte.

Eisen schepperte. Weit unten wurde eine Tür geöffnet. Dann explodierte Pipers Stimme. »Ah, Peter! Danke, daß Sie gekommen sind.«

»Ihrer Nachricht nach klang es ganz schön ernst«, erwiderte Broads Stimme mit einer zaghaften Angemessenheit, die bei dieser hohen Lautstärke besonders künstlich klang. Chekov pegelte die Lautstärke wieder herunter, bevor die beiläufigen Kommentare sein Trommelfell noch zum Platzen brachten.

»Tja«, sagte Piper mit einem Seufzer, »es ist wirklich ernst, fürchte ich.« Gespanntes, unglückliches Füßescharren erfüllte die Stille. Dann stützte sich jemand mit den Händen aufs Treppengeländer. »Peter ... Ich habe einige Fragen zu den Umständen Ihrer hiesigen Beschäftigung.«

Eine ziemliche Weile hörte Chekov gar nichts. »Sind Sie mit meiner Arbeit unzufrieden?«

»Nein. Genaugenommen bin ich es nicht.« Nun ging jemand auf und ab. Dem unentschlossenen Klang der Schritte nach zu urteilen, war es Broad. »Sie sind für diese Position nicht qualifiziert«, sagte Piper nun. »Sie kennen die Verfahren nicht. Sie sind nicht mit den Geräten vertraut.« Piper machte irgendeine Bewegung. »Sie haben die Stelle nicht aufgrund Ihrer Laborqualifikationen erhalten.«

»Dr. Piper, wenn Sie mich hergebeten haben, um mich zu beleidigen ...«

»Ach, hören Sie doch mit dem Blödsinn auf, Peter! Ich bemühe mich zwar, mit Ihnen zu reden wie mit einem Erwachsenen, aber wenn Sie wollen, können wir es auch auf die Kindertour machen. Ich weiß, daß jemand Sie hier eingeschleust hat, der Verbindungen zu UniMed hat.« Einer der beiden ging mit einem donnernden Krachen die nach oben führende Treppe hinauf. »Ich weiß, daß Sie hinter dem Intervaller her sind«, fuhr Piper mit unerbittlicher Ruhe fort.

Chekov berührte erneut den Empfänger und runzelte die Stirn, da die Schritte näher kamen. Plötzlich wurde ihm klar, daß die Eisenstufen nicht widerhallten. Der Hall fehlte. Also stammten die Schritte weder von Piper noch von Broad. »Ich frage mich allerdings, was Sie bewogen hat, sich in eine solche Gefahr zu begeben. Ist Ihnen eigentlich bewußt, daß das, was Sie tun, Verrat ist? Was hat man Ihnen geboten? Geld? Irgendeine hohe Position in der Geschäftsführung? Was?«

Dann wieder Broads Stimme, unglaublich leise. »Wer hat Ihnen das erzählt, Dr. Piper?«

»Ich muß doch sehr bitten, mein Sohn. Ich kann schließlich selbst zwei und zwei zusammenzählen.«

Ein Krachen wie von einem brechenden Schott donnerte durch den Empfänger. Chekov sprang auf die Beine und drückte die Schultern flach an die Treppenhauswand. Als sich die Tür unter ihm wieder schloß, biß er die Zähne aufeinander und berührte die Tür neben ihm mit der Hand. Auch das Wissen, daß es ihm kaum mehr als ein überraschtes Blinzeln eintragen würde, wenn man ihn mit einem komplizierten Instrument in einer Einrichtung der Flotte fand, machte ihn nicht glücklich über die Aussicht, daß ihm jemand zufällig über den Weg lief.

»Würden Sie bitte gehen?« drang Pipers Stimme nun von tief unten zu ihm herauf. Diesmal schärfer, aber nicht besonders wütend. »Wir führen hier ein Privatgespräch.«

»Nein«, erwiderte Leongs Stimme kalt. »Es ist nicht privat.«

Chekov wäre vor Schreck beinahe auf die Knie gefallen.

»Peter überträgt Ihr Gespräch, seit Sie das erste Wort an ihn gerichtet haben, Doktor.« Nun bewegte sich niemand mehr auf dem unteren Stockwerk. »Erzählen Sie doch mal«, fragte Leong mit ungezwungenem Gleichmut. »Mit wem haben Sie sonst noch über das kleine Problem gesprochen?«

»Über Probleme mit Angestellten in meinem Labor?« schnaubte Piper. »Mit niemandem!«

Ein metallisches Heulen krachte durch das Treppenhaus. Broads Aufschrei übertönte den Chekovs, der an die Wand hinter ihm zurückzuckte und mit beiden Ellbogen gegen die Mauer schlug. Seine Ohren klingelten – eins aufgrund des überlasteten Empfängers, das andere aufgrund des ungedämpften Klangs eines Intervallers –, und er preßte die Abhörsteuerung wie einen Schild an seinen Bauch. Dann hörte er, wie ein Körper zu Boden fiel.

»Gott im Himmel!« schrie Broad entsetzt und schrill. »Mein Gott, Leong! Warum haben Sie das getan?«

Zwei ruhige, feste Schritte, vermutlich Leong. »Sie haben gesagt, wir würden zur rechten Zeit zuschlagen.« Das Geräusch, als jemand einen schlaffen Körper umdrehte. »Mir schien es die rechte Zeit zu sein.«

»Ich dachte, niemand würde verletzt; daß alles sauber und leise abläuft; daß ich mich um die Dinge im Labor kümmere – und Sie den Jungen in seinem Zimmer in Annapolis festnehmen!«

»Klingt gut auf dem Papier, funktioniert aber nicht im wirklichen Leben.« Leong manipulierte offenbar irgend etwas an dem Intervaller. »Ich mag keine Geschichten mit offenem Ende.«

Chekov stieß sich von der Wand ab. Er wollte nicht mehr hören.

Der Korridor hinter ihm war dunkel und still. Wahrscheinlich waren alle zur Mittagspause gegangen – oder in die Semesterferien. Er hatte nicht in Betracht gezogen, was er tun sollte, falls er Labortechnikern oder Studenten über den Weg lief, doch als er nun daran dachte, daß er mit Leong und Broad allein in diesem Untergrundkomplex gefangen war, spürte er, daß sein

Herz in seiner Kehle schlug. Er schaltete die Steuereinheit ab, um die Aufzeichnung zu speichern, riß sich den Hörer vom Ohr und eilte durch den ersten Gang, den er fand. Auch wenn er nicht gleich an einen Ort führte, der ihm von Nutzen sein konnte – er führte wenigstens nicht ins Treppenhaus zurück, und das war im Moment für ihn das einzig zählende Kriterium.

Die Türhälften des glasumhüllten Turbolifts ragten schweigend und geschlossen am anderen Ende des Ganges vor ihm auf. Chekov legte die Strecke laufend zurück. Er hielt die Abhöreinrichtung fest in der Hand und stieß, ohne zu verlangsamen, beinahe mit dem Lift zusammen. Er schlug auf die Liftknöpfe ein, als könne die Wucht des Drucks die Kabine schneller machen. Ein Geräusch, das nach unterbrochenen Schritten klang, ertönte und hielt inne – irgendwo in der Nähe, doch unidentifizierbar. Chekov fuhr herum, schlug sich mit der Hand auf den Mund, um einen Schrei zu unterdrücken, dann ging er leise rückwärts in den Turbolift. Er hörte, daß die Tür sich zischend hinter ihm öffnete.

Der Anzeiger über der Tür gab bekannt, daß es nach unten ging.

»Nein …«

Leong war da unten. Broad und das Labor waren unten. Chekov drückte alle Knöpfe oberhalb des Labors und betete, daß der Lift anhalten würde, bevor er diese Ebene erreichte.

Er legte das Abhörgerät, den Ohrhörer und die Steuerung in den taschengroßen Behälter zurück und stellte fest, daß seine Finger vor Adrenalin schwerfällig waren und sein Herz zu heftig hämmerte. Er hatte den Sender im Treppenhaus zurückgelassen. Wenn Leong ihn fand, konnte er das Signal vielleicht zu der Einheit zurückverfolgen, die sich ins Chekovs Besitz befand, aber wenn er den verdammten Speicherchip bis dahin schon bei den Behörden abgeliefert hatte …

Die Tür zischte auf. Chekov wich in den hinteren Teil der Kabine zurück und verbarg das Abhörgerät hinter dem Rücken.

Stern ahmte sein überraschtes Aufkeuchen mit einem Lächeln nach, dann streckte sie die Arme nach der Tür aus, bevor sie sich zwischen ihnen schließen konnte. »Da sind Sie ja! Tim hat gesagt, er hätte Sie heute reinkommen sehen.«

»Yolande ...« Die Anzeige über der Tür änderte sich in AUFWÄRTS, und es kostete Chekov seine gesamte Beherrschung, die Frau nicht vom Eingang fortzuschubsen, damit die Lifttür sich schloß. »Ich fürchte, ich bin etwas in Eile.«

»Das kann ich mir vorstellen.« Sie lächelte erneut und streckte eine Hand aus. Chekov stierte sie fast dreißig Sekunden an, bevor er erkannte, worum sie ihn bat.

»Bitte ...« In seinem Magen bildete sich ein Knoten der Verzweiflung, so daß es ihm beinahe die Tränen in die Augen trieb. »Gehören Sie etwa auch dazu?«

Stern zuckte die Achseln, zog die Hand jedoch nicht zurück. »Alle gehören dazu.« Sie winkte ungeduldig mit dem Finger. »Geben Sie mir das Gerät, Pavel.«

Chekov schüttelte mit schwachem Mut den Kopf. »Das kann ich nicht.«

»Sicher können Sie es. Wenn Sie es nicht tun, töte ich Sie und nehme es Ihnen weg.«

Erinnerungen an das Schrillen des Intervallers durchpulsten ihn und ließen ihn frösteln. »Wenn ich es Ihnen gebe«, sagte er sehr leise, »bringen Sie mich trotzdem um.«

Diesmal lachte sie leise und legte den Kopf mit der Zärtlichkeit einer vernarrten alten Jungfer schief. »Leong hat mich gewarnt. Sie sind gerissener, als gut für Sie ist.«

»Den Aufzug festhalten!«

Das Klatschen rennender Schritte näherte sich dem Turbolift wie ein Gewitter, und Anthony schob sich mit dem unbewußt rüden Benehmen eines Wunderkindes unter Sterns Achselhöhle hindurch. Wood zwinkerte in offensichtlichem Einvernehmen und wartete, bis Stern aus der Tür trat, dann schlüpfte auch sie in die enge Kabine. »Danke!« sagte sie keuchend, warf Stern ein blitzendes Lächeln zu und drückte Chekovs Hand mit einer Freundlichkeit, von der er geglaubt hatte, er hätte sie sich beim letzten Besuch im Labor nur eingebildet. »Ihr habt doch nichts dagegen, Leute, daß wir uns dazuquetschen, was? Ich kann's nicht ausstehen, auf Aufzüge zu warten.«

Chekov schüttelte den Kopf. Er traute sich nicht, Sterns Blick auszuweichen. »Nein, ist schon in Ordnung. Wir wollten ohnehin gerade zum Essen gehen.«

»Großartig – ich verhungere schon.« Anthony grunzte und veränderte seine Stellung. »Yolande, wenn du nicht mitkommst, kannst du das Ding dann jetzt loslassen?«

»Klar, Tim. Ich hab' hier ohnehin noch was zu tun.« Sie legte eine Hand auf Woods Schulter, zwinkerte ihr zu und beugte sich hinein, um das Abhörinstrument aus Chekovs tauben Fingern zu nehmen. Er schaute dabei nicht mal nach unten, weil er sich vor dem fürchtete, was sie Wood und Anthony antun konnte, wenn er sich widersetzte. »Fahrt schon mal vor. Und Sie ...« Kurz bevor sich die Tür zwischen ihnen schloß, tippte sie mit einem Finger auf Chekovs Nase. »Wir sehen uns später.«

7

Internationaler Fährenhafen Chesapeake
Baltimore, Nordamerika
Terrestrisches Datum: 21. Dezember 2269
16.30 Uhr Ortszeit

Es hatte Uhura mehrere transkontinentale Anrufe gekostet, um für ihr übliches Freitagabendessen mit Sulu und Chekov ein passendes Restaurant ausfindig zu machen. Es mußte irgendwo in der Nähe eines öffentlichen Fährenhafens liegen, damit Sulu sofort nach White Sands zurückkehren konnte. Was Chekov anbetraf, so durfte es nicht so teuer wie ein Steakhaus oder so ungewöhnlich wie eine Sushi-Bar sein. Am Ende entschied sie sich für eine ruhige russische Teestube am Fährenhafen von Chesapeake und ließ einen Tisch für vier Personen reservieren.

»Ich hoffe, Sie mögen russische Speisen«, sagte sie zu ihrem Begleiter.

Admiral Kirk machte ein unverbindliches Geräusch und überflog die Speisenkarte, die die dunkelhaarige Kellnerin ihm reichte. »Tja, Wodka mit Anisgeschmack habe ich noch nie getrunken.« Er seufzte, legte die Karte wieder hin und schaute die Kellnerin kopfschüttelnd an. »Ich darf jetzt auch keinen trinken. Die romulanische Territorialkonferenz ist für nächsten Dienstag angesetzt, und zuvor muß ich noch einen Haufen diplomatische Sitzungen hinter mich bringen.«

»Am nächsten Dienstag?« Uhura schaute ihn besorgt

über den Tisch hinweg an. »Weiß das Oberkommando nicht, daß an dem Tag Weihnachten ist?«

Kirk schnaubte. »Die Flotte weiß es schon, Commander, aber die Romulaner nicht. Sie bestehen auf diesem Termin.« Kirk richtete sich auf. Der sechste Sinn, mit dem nur Ex-Raumschiffkommandanten gesegnet waren, hatte ihm etwas zugeflüstert. »Ah, Mr. Sulu. Freut mich, daß Sie es geschafft haben.«

Sulu materialisierte neben Uhura. Er trug zum ersten Mal statt des unverwechselbaren silbernen Pilotenanzugs einen unscheinbaren zivilen Pullover und Hosen. »Freut mich, daß Sie es geschafft haben, Sir.« Er nahm neben Uhura in der Nische Platz. »Ich weiß, wie beschäftigt Sie sind.«

Kirk verzog den Mund zum Anflug eines Lächelns. »Wenn auch nicht so beschäftigt, um nicht darüber nachzudenken, was aus unserem Tarngerät geworden ist.« Er musterte den Piloten mit hochgezogener Augenbraue. »Ist Chekov nicht bei Ihnen?«

Sulu schüttelte den Kopf. »Er ist mit irgendwelchen Forschungsarbeiten an der Johns Hopkins-Universität beschäftigt. Er hat gesagt, er käme gleich von dort zu uns.«

»Ah.« Kirk winkte und fing die Aufmerksamkeit der Kellnerin mit seiner typischen Leichtigkeit ein. »Dann nehmen wir erst mal drei Kaffee.«

Die Kellnerin schüttelte entschuldigend den Kopf. »Kein Kaffee, Sir, nur Tee. Tut mir leid.«

»Dann eben dreimal Tee.« Der Admiral wartete, bis sie gegangen war, dann nagelte er Sulu mit dem Blick seiner braunen Augen fest.

»Na schön, Mr. Sulu. Meld …« Er korrigierte sich mit einem müden Kopfschütteln. »Die Macht der Gewohnheit. Informieren Sie mich doch mal über den neuesten Stand der Dinge in White Sands, Lieutenant Commander, wenn Sie wollen.« Er warf Uhura einen warnenden

Blick zu. »Sie sind gerade autorisiert worden, Dinge zu erfahren, über die Sie normalerweise nichts wissen. Und Sie dürfen davon nichts weitergeben.«

Uhura nickte. Sulu schob die Ärmel seines Pullovers hoch und stützte sich mit den Ellbogen auf den Tisch. Er wirkte so ruhig wie immer, aber Uhura bemerkte, daß sich feine Linien der Anspannung um seine Augen gebildet hatten, die am letzten Freitag noch nicht da gewesen waren.

»Die Pläne für das romulanische Tarngerät sind am Mittwoch morgen um 8.00 Uhr verschwunden.« Sulu stieg ohne lange Vorreden in die Geschichte ein, so, wie Kirk ihm beigebracht hatte, Informationen weiterzugeben. »Das gleiche gilt auch für Hernan Nakai, den Projektingenieur der *Phantom.* Niemand hat ihn seither gesehen. Man hat die gesamte Umgebung Alamogordos nach ihm abgesucht und ebenso einen großen Teil des Navajo-Landes. Commodore Willis ist davon überzeugt, daß er der Dieb war.«

»Sie aber nicht«, sagte Kirk, der in Sulus Blick offenbar das gleiche Unbehagen las wie Uhura.

Der Pilot schüttelte den Kopf. »Nein, ich glaube nicht, daß er es war. Dr. Nakai und ich waren nämlich die einzigen, die direkten Zugang zur Tarneinrichtung der *Phantom* hatten. Warum hätte er das Risiko eingehen sollen, in das Büro des Basiskommandanten einzubrechen, wenn er ganz einfach in den Hangar gehen und mit dem Gerät in der Hand hätte verschwinden können?«

Der Tee kam, bevor jemand ihm eine Antwort geben konnte. Er dampfte in einem verzierten silbernen Samowar. Die Kellnerin füllte den Tee in Gläser, dann stellte sie neben jede Untertasse ein Töpfchen, dessen Inhalt wie Pflaumenkonfitüre aussah, und verteilte das heiße Gebräu. »Möchten Sie jetzt bestellen?« fragte sie.

Kirk blickte auf seine Uhr und runzelte die Stirn. »Ja,

ich glaube schon. Ich muß in zwei Stunden den Überlandtransporter zum Flottenhauptquartier erwischen.« Er reichte Uhura mit einer Grimasse die Karte. »Admirale lernen wirklich schnell, wie man unnötige Arbeit delegiert. Bestellen Sie für mich.«

»Für mich auch«, sagte Sulu müde.

Uhura las blinzelnd die Speisenkarte. »Dreimal Räucherlachs als Vorspeise, und dreimal Rinderschmorbraten mit Klößen«, sagte sie zur Kellnerin. Diese nickte und nahm die Speisenkarten mit.

»Na schön.« Kirk schob den Tee beiseite, ohne ihn zu kosten. Die aktuelle Lage interessierte ihn offenbar viel mehr. »Vergessen Sie jetzt mal die Frage, wer das Tarngerät gestohlen hat, da wir sie wahrscheinlich ohnehin nicht beantworten können. Stellen wir eine produktivere Frage: Warum hat der Dieb statt des Geräts die Pläne genommen?« Er schaute Sulu erneut fragend an. »Würden Sie sagen, daß es unmöglich war, in den verschlossenen Hangar einzubrechen?«

Sulu runzelte die Stirn und trommelte mit den Fingern auf den Tisch. »Nicht unmöglich, Admiral. Der Dieb hätte nicht mehr gebraucht als das, was er eingesetzt hat, um in das Büro des Commodore einzubrechen: eine Kopie des Zugriffscodes und eine Schaltung, um die Retinaabtastung des Computers zu umgehen.«

»Dann können wir also davon ausgehen, daß der Dieb die Pläne genommen hat, weil man *sie* haben wollte.« Kirk lehnte sich zurück. Der glitzernde Lachs wurde serviert, er war mit Kaviar garniert. Er spießte ein Stück auf seine Gabel und deutete dann mit ihr über den Tisch hinweg. »Nennen Sie mir nun den Grund.«

Uhura spürte die altvertraute Freude, sich der Herausforderung durch einen Vorgesetzten zu stellen, empfand aber auch Trauer über das Wissen, daß sie unter diesem speziellen Kommandanten möglicherweise nie wieder dienen würde. »Vielleicht konnten die Leute, die das Gerät haben wollten, nicht allein in Erfahrung bringen, wie es funktioniert«, schlug sie vor und rührte dabei einen Löffel Konfitüre in den Tee, um ihn zu süßen. »Vielleicht waren sie einfach hinter der Analyse der Flotte her.«

»Damit sie wissen, wie man weitere herstellt«, beendete Sulu ihren Gedanken mit einem Mund voll Lachs.

»Vielleicht hatte der Dieb – wer er auch war – keine Möglichkeit, das Gerät zu seinen Kunden zu bringen«, sagte Kirk langsam. »Pläne sind Information, und Informationen kann man senden.«

Uhura ließ überrascht die Gabel auf ihren Teller fallen. »Irgendwie außerhalb der Erde?«

»Warum denn nicht?« In Sulus dunklen Augen blitzte plötzliches Verstehen auf. »Dort müßten die Endabnehmer doch schließlich sitzen.«

»Ja, und die Erde ist eine Welt freier Kommunikation«, sagte Uhura nüchtern. »Wir können das, was auf privaten Subraumfrequenzen gesendet wird, nicht unterbrechen oder kontrollieren. Und noch weniger ...«

»... die alten Funkfrequenzen stören.« Diesmal beendete Kirk ihren Gedanken. »Selbst mit einer einfachen Kurzwelle kann man eine codierte Information zu einem Schiff senden, das sicher außerhalb der Systemgrenzen wartet. Es würde nur ein paar Stunden dauern.«

»Wer, glauben Sie, steckt hinter ...« Uhura brach ab, als ihr Essen kam: dampfende Rindfleischmedaillons und winzige goldene Klößchen.

Kirk musterte seinen Teller, als überrasche ihn der Anblick. Dann beäugte er die verzierte Golduhr an der Wand des Restaurants und runzelte die Stirn. »Kommt Chekov immer zu spät zum Abendessen?«

»Nein.« Uhura warf einen besorgten Blick zur Eingangstür, aber auch dort war kein eiliger Russe zu erblicken.

Sulus Stirn legte sich in feine Fältchen. »Wenn der Verkehr ihn irgendwie aufgehalten hätte, hätte er längst angerufen. Sie wissen doch, daß er in solchen Dingen sehr penibel ist.«

Uhura nickte. »Vielleicht hat ihn irgend etwas in Dr. Pipers Labor aufgehalten.«

»Pipers Büro?« Kirks erste Gabel mit Rindfleisch verharrte vor seinem Mund, dann legte er sie scheppernd auf den Teller zurück. »Sie haben mir gar nicht erzählt, daß Chekov für das Flottenprojekt an der Johns Hopkins arbeitet.«

»Er hat erst diese Woche damit angefangen«, gab Uhura zu. »Ist es denn wichtig?«

»Das weiß ich noch nicht.« Der Admiral zog einen flachen Kommunikator aus der Innentasche seines schwarzen Ziviljacketts. »Eins der Privilegien, die man in meiner Position genießt«, sagte er als Antwort auf Uhuras fragenden Blick. »Es ist mir erlaubt, das Hauptkommunikationszentrum der Flotte in Island zu benutzen.«

Er schnippte das Gerät auf, und es erwachte mit einem leicht gedämpften Klingeln. Passend für Föderationssitzungen auf höchster Ebene, nahm Uhura an. »Hier ist Kirk. Geben Sie mir die Zentrale in Reykjavík.«

»Verbinde.« Es folgte eine Pause, dann ertönte eine überraschend vertraute Stimme. »Starfleet-Geheimdienst, Rand.«

»Janice, hier ist Jim Kirk.« Ein Anflug von freudiger Überraschung machte sich in der Stimme des Admirals breit, als er die Stimme der ehemaligen Unteroffizierin erkannte. »Freut mich, daß Sie es sind. Ich brauche Kontakt zu Mark Pipers Labor in Baltimore. Können Sie mich dorthin verbinden?«

»Einen Moment, Sir.« Auf dem Verbindungskanal nach Island herrschte eine Zeitlang Stille. Uhura versuchte, einen ihrer Klöße zu verzehren, aber die zunehmende Besorgnis verdarb ihr den Appetit. Sie schob den Teller beiseite und stellte fest, daß Sulu das gleiche getan hatte.

»Admiral Kirk.« Janice Rands Stimme war wieder da, noch immer professionell knapp, doch klang sie nun ernster als zuvor. »Ich komme nicht zu Dr. Pipers Labor durch. Meine Unterlagen zeigen an, daß sämtliche Subraum-Empfänger dort um 12.00 Uhr Ortszeit von der Sicherheit geschlossen wurden.«

Kirks Stirnrunzeln wurde zu einer finsteren Miene. »Können Sie herauskriegen, warum das geschehen ist, Lieutenant?«

»Ich werde es versuchen, Sir.« Wieder eine lange, an den Nerven zerrende Pause. »Admiral, die momentan einzige Erklärung in meinen Computerunterlagen ist die, daß die Flotte eine Verletzung der Sicherheit auf Föderationsebene untersucht.«

»Verdammt!« Ohne den Kommunikator zu schließen, winkte Kirk die Kellnerin heran, zückte seine Kontokarte und warf sie ihr zu. Sie richtete einen besorgten Blick auf die nicht angerührten Teller, nahm die Karte aber gehorsam an sich. »Rand, versuchen Sie, mich mit irgend jemandem im Ostküsten-Hauptquartier der Sicherheit zu verbinden, der weiß, was da vor sich geht. Sulu, beschaffen Sie uns ein Automatentaxi, das uns zur Universität bringen kann. Uhura, rufen Sie mein Büro an und sagen Sie Riley, daß ich mich heute abend möglicherweise verspäte.«

»Aye, Sir.« Alle drei Angesprochenen antworteten wie aus einem Munde, als befänden sie sich noch immer auf der Brücke der *Enterprise*. Sulu sprang sofort auf die Beine, aber Uhura zögerte gerade so lange, um Kirk zu fragen: »Bedeutet das Ärger?«

»Mehr als Ärger«, sagte der Admiral grimmig. »Verrat.«

Ein Sprühnebel kam ihnen entgegen, als sie das Taxi an der Universität verließen. Er war noch nicht dicht genug, um Regen zu sein, aber dennoch so kalt, daß er Uhura frösteln ließ. Sie zog den Wollmantel enger um sich und wünschte sich, die wolkige Nacht wäre weniger dunkel gewesen. Das Leuchten der roten und blauen Lichter, die irgendwo im Zentrum der Universität blitzten, wirkte in der feuchten Finsternis doppelt unheimlich.

»Irgend etwas ist passiert«, sagte sie unnötigerweise.

»Ja.« Kirk blickte sich um und wählte einen regenglatten Gehsteig, der in die richtige Richtung zu führen schien. Als sie aus dem Schatten eines uralten viktorianischen Gebäudes traten, das diese Seite des Geländes bewachte, drang Gemurmel an ihre Ohren. Auf der gegenüberliegenden Seite kreisten die leuchtenden Absperrbänder der Sicherheit etwas ein, das auf den ersten Blick wie eine flache, abstrakte Skulptur aussah. Als sie näher kamen, erkannte Uhura, daß es sich um den transparenten Aluminiumkamm eines modernen, unterirdisch gelegenen Laborgebäudes handelte.

»Gehen wir mal zur Absperrung und schauen nach, ob wir ein paar Gerüchte auffangen können«, sagte Kirk leise.

Uhura nickte und folgte ihm, während sich Sulu wie ein lautloser Schatten an ihre Fersen heftete. Als sie die Stelle erreichten, sah sie, daß die Menge, die sich um die Absperrung scharte, ausnahmslos aus vorbeigehenden Studenten bestand, die alle stehengeblieben waren, um in das Gebäude hinabzuschauen und interessierte Kommentare mit ihren Nachbarn auszutauschen, bevor sie sich wieder auf den Weg über das Gelände machten.

Als sie sich in den Strom einfädelten, übernahm Uhura die Initiative – einerseits weil sie wußte, daß ihre herzliche, leise Stimme weniger einschüchternd war, aber andererseits auch, weil die beiden Männer damit beschäftigt waren, sich das anzusehen, was sie im Inneren des tiefer liegenden isolierten Labors zu sehen bekamen. Sie ging an die Absperrung, trat neben eine junge Frau, deren mit Büchern beladener Rucksack sie aus dem Gleichgewicht zu werfen drohte, und sagte in einem Tonfall, von dem sie hoffte, daß er überrascht klang: »Was ist hier eigentlich los?«

Die Studentin musterte sie verblüfft. »Haben Sie es denn nicht gehört? Da unten hat jemand im Labor der Flotte eingebrochen.« Sie deutete mit dem Kinn nach unten, da ihre Hände damit beschäftigt waren, den Rucksack etwas höher zu schieben. »Da ist irgendeine geheime fremde Waffe gestohlen worden.«

»Wirklich?« Mehr bekam Uhura nicht heraus. Sie bemerkte, daß Kirk und Sulu ihre Aufmerksamkeit plötzlich auf sie richteten, aber sie waren beide klug genug, um nichts zu sagen.

»Yeah. Und einer meiner Professoren hat gesagt, daß jemand umgebracht wurde, als er es verhindern wollte.« Die Studentin war sich ihres konzentrierten Publikums nicht bewußt und setzte eine mißbilligende Miene auf. »Meiner Meinung nach sollte man solche wichtigen Forschungen überhaupt nicht auf einem Universitätsgelände betreiben, finden Sie nicht auch? Wie sicher kann ein Flottenlabor schon sein, wenn jeden Tag zwanzigtausend Studenten hier herumwimmeln?« Sie schob den Rucksack erneut höher und wandte sich zum Gehen. »Und dazu kommen noch Horden von Aliens!« rief sie Uhura über die Schulter zu. Dann marschierte sie weiter und schüttelte verständnislos den Kopf.

Uhura holte rasch und zitternd Luft. »Jemand wurde

bei dem Versuch getötet, es zu verhindern«, wiederholte sie wie gelähmt. »Und Chekov ist nicht zum Abendessen gekommen ...«

»Immer mit der Ruhe.« Sulu drückte schnell ihre behandschuhte Hand, um sie zu beruhigen. »Selbst wenn es Pipers Labor war, in das eingebrochen wurde, wir wissen noch nicht, wer von seinem Team ums Leben gekommen ist.«

»Falls überhaupt jemand umgekommen ist«, fügte Kirk hinzu. »In solchen Fällen neigen Gerüchte immer zu Übertreibungen. Es könnte doch auch sein, daß alle nur verhört werden.« Er hielt inne und blickte in den hell erleuchteten offenen Kern des unterirdischen Labors. Tief unter ihnen konnte Uhura die vagen Schatten von Gestalten erkennen, die sich auf einem Balkon bewegten. »Angesichts der Tatsache, daß die Flotte tief in der Angelegenheit mit drinsteckt, können wir wohl eher davon ausgehen, daß die ›fremde Geheimwaffe‹ gestohlen wurde.«

Uhura drehte sich um und musterte ihn mit gerunzelter Stirn. »Und zwar die, mit der unser Freund gearbeitet hat«, sagte sie angesichts der zahlreichen sie umgebenden Studenten leise. Es hatte keinen Zweck, auf dem Universitätsgelände noch mehr Gerüchte auszustreuen.

Kirk nickte grimmig. »Und weil dies nun mal so ist ...« Er wandte sich zu Sulu um. »... sollte man Sie lieber nicht in dieser Gegend finden. Nicht nach dem, was in New Mexico passiert ist. Ich möchte nicht, daß man Ihnen etwas in die Schuhe schiebt, weil Sie Chekov kennen.«

Sulu verzog frustriert den Mund. »Nein«, sagte er dann nach kurzem Zögern zustimmend. Er trat einen Schritt von ihnen zurück, blieb stehen und schaute Uhura an. »Rufen Sie mich an, sobald Sie wissen, was mit Chekov ist, ja?«

»Noch ehe ich irgend etwas anderes tue«, versprach sie.

»In Ordnung.« Mit dieser Zusage im Gepäck drehte Sulu sich um und verschwand lautlos in der Nacht. Eine Weile später wurde Uhura bewußt, daß auch Kirk aus ihrer Nähe verschwunden war. Sie wandte sich um und folgte ihm hinüber in den Schatten eines uralten Ginkgobaumes, wo die Menge sie nicht hören konnte.

Der Admiral hatte seinen Kommunikator gezückt, sprach jedoch noch nicht. Uhura reagierte zuerst verwirrt, doch dann fiel ihr wieder das kaum hörbare Rufsignal ein. »Hat Rand sich gemeldet?«

Kirk nickte und kippte das Gerät zur Seite, um sie mithören zu lassen. »... Meldung über das Verschwinden des Intervallers um 11.30 Ortszeit«, sagte Janet Rand knapp. »Der Labortechniker hat zuerst die Universitätswache benachrichtigt, die aber genug wußte, um sofort die Sicherheit der Flotte zu rufen. Nach anfänglicher Durchsuchung des Gebäudes stieß man auf Dr. Pipers Leiche.«

Kirk fluchte, und Uhura drückte beide Hände auf ihren Mund, um ihr entsetztes Keuchen zu dämpfen. »Wie ist Piper gestorben?« fragte der Admiral, seine Stimme stählern in dem Bemühen, leise zu bleiben.

»Die vorläufige medizinische Untersuchung weist auf einen Tod durch die Verletzungen hin, die klingonische Intervaller hervorrufen.« Rands Stimme zitterte, dann wurde sie wieder fest. Sie klang, als läse sie Text von einem Bildschirm ab. »Es gibt offenbar einen Augenzeugen; einen Labortechniker, der den Mordverdächtigen identifiziert hat. Es handelt sich um jemanden, der heute morgen beim Verlassen des Gebäudes in Gesellschaft von Dr. Piper gesehen wurde ...« Sie brach urplötzlich ab.

»Rand?« Kirk musterte den Kommunikator mit finsterer Miene. »Sind Sie noch da?«

»Ja, Sir. Aber das kann doch nicht stimmen.« Rands körperlose Stimme wurde schrill. »Hier steht, daß der Verdächtige im Mordfall Dr. Piper ein Sicherheitskadett namens Pavel Chekov ist!«

8

Duke of Gloucester Street
Annapolis, Nordamerika
Terrestrisches Datum: 22. Dezember 2269
3.07 Uhr Ortszeit

Ein Lichtkegel glitt über die Gärten der Duke of Gloucester Street hinweg. Chekov duckte sich hinter einen Kunststoffschlitten und drückte sich ins nasse, frostspröde Gras. Als die Reifen des Fahrzeugs über das nasse Pflaster zischten und der scharfrandige Schatten des Schlittens an der nackten Hauswand zu monströsen Proportionen anschwoll, wartete er ab. Als der Wagen endlich um die Ecke gebogen war und gelassen in Richtung Hauptstraßenkreuzung fuhr, rappelte er sich mit steifen Beinen auf und schlich auf den Gehsteig zurück. Doch seine Knie fühlten sich steif und geschwollen an, und er fing an zu frieren. Er mußte humpeln, als er sich beeilte, um aus der Kälte herauszukommen.

Irgendwann am frühen Abend des vergangenen Tages hatte nadelfeiner Regen den wehenden Schneefall ersetzt. Er kündigte wahrscheinlich einen Temperaturanstieg an, vielleicht sogar den Beginn von Tauwetter. Chekov, der sich nun seit vier Stunden außerhalb der Stadt Baltimore bewegte, war kaum geneigt, diese Entwicklung zu begrüßen. Er hatte die Universität sofort verlassen, ohne Wood und Anthony zu sagen, was sein Ziel war. Er hatte nicht gewartet, um zu sehen, wie lange Leong brauchte, die Sicherheitsabteilung der Flotte zu alarmieren, deswegen war er auch nicht ins Labor zurückgekehrt, um den Mantel aus dem Spind zu holen. Nun bedauerte er es fast. Der Wollmantel hätte ihm gute Dienste geleistet, als er halb gehend, halb im Dauerlauf die Küstenebene von Maryland durchquerte. Doch ohne Mantel mußte er jedesmal zu laufen beginnen, wenn die Kälte über seinen ungeschützten Körper hinwegfegte.

Er hatte in dieser Nacht nicht gerade Landesrekorde gebrochen. Siebenunddreißig jämmerliche Kilometer. Nicht mal eine volle Marathondistanz. Als er die Außenbezirke von Annapolis erreichte, bebten seine Knie, und ihm war übel. Außerdem zitterte er ebenso vor Erschöpfung wie vor Kälte. Er wünschte sich, er hätte zu Mittag gegessen, bevor er Piper zur Verabredung gefolgt war. Er wünschte sich, er hätte sich geweigert, als Piper die vertrackte, dämliche Idee zur Sprache gebracht hatte, Broad hinsichtlich seiner Vergangenheit in die Ecke zu treiben. Und er wünschte sich, er hätte den Job in der Forschungsabteilung gar nicht erst angenommen.

Obersti, Cmdr. G. J. 213 Duke of Gloucester Street. Chekov hatte ihre Adresse in einem Kombox-Verzeichnis gefunden. Sie war die einzige Obersti in Annapolis. Ihm waren einige Randbemerkungen eingefallen, die sie bei ihrem abendlichen Übungspensum gemacht hatte: irgend etwas darüber, wie schön es war, sich zum Heimschläfer zu qualifizieren. Er wagte nicht, zur Akademie zurückzukehren. Nicht, bevor er nicht genau wußte, in was Leong ihn hineinmanövriert hatte und was er selbst tun konnte, um sich zu schützen.

Chekov zog eine Hand unter der Achselhöhle hervor und ließ den Finger zweimal über dem Türsummer kreisen, bevor er ihn endlich berührte. Die Lampe über der Tür ging an und bestrahlte ihn mit gleißendem

Licht. Er bedeckte die Augen mit der Hand und schob das Gesicht aus dem Lichtkreis.

Nach langer, arktischer Ewigkeit sagte eine heisere Frauenstimme unverblümt: »Haben Sie auch nur die geringste Vorstellung davon, wie spät es ist?«

Chekov ließ die Hand sinken und schaute zum Monitor hinauf. »Commander Obersti ...« Das Licht verhinderte noch immer, daß er die Augen zu mehr als kleinen Schlitzen öffnen konnte, aber er sah gut genug, um zu erkennen, daß sie die Überwachungsfunktion der Tür aktiviert hatte, um ihn zu mustern, ohne selbst sichtbar zu werden. »Ich bin's, Commander – Pavel Chekov. Tut mir leid, aber ... Ich wußte nicht, wo ich sonst hingehen sollte.« Er schüttelte sich in einem plötzlichen Anfall von Kälte. »Ich brauche Hilfe.«

Von der anderen Seite der Tür: Schweigen. Chekov richtete seine Aufmerksamkeit unverwandt auf das Mikro und betete darum, daß sie ihn nicht allein gelassen hatte; daß er den ganzen Weg von Baltimore nicht umsonst gelaufen war, bloß um jetzt von einer Offizierin, der er vertraute, in der Kälte stehengelassen zu werden. Dann, gerade als er erneut auf den Summer drücken wollte, grollte sie: »Na schön. Warten Sie.«

Drei Minuten später stand sie im Türrahmen. Sie trug das blonde Haar offen, so daß es ihr bis auf die Schultern fiel, und hatte sich hastig einen grauen Pullover mit der Aufschrift ANNAPOLIS-AKADEMIE und eine mit Blümchen bedruckte Flanellhose angezogen. Sie packte unzeremoniell seinen Arm, zog ihn über die Schwelle und gab der Tür den Befehl, sich zu schließen. Dann ließ sie ihn los, und er stolperte in einen Korridor hinein. Chekov schwankte tropfend bis an den Rand eines kurzhaarigen Teppichs. Er wußte nicht genau, was in einer Situation wie dieser die passende Etikette war. Der Kontakt mit der warmen Raumluft ließ ihn sich schon jetzt beinahe fiebrig und leicht schwindlig fühlen.

Obersti stand im Türrahmen. Ihr Gesicht war noch schlaftrunken. »Wir müssen uns mal unbedingt über die Bedeutung des Zapfenstreicheinhaltens unterhalten«, murmelte sie, als sie ihn fort von der Tür und auf den Teppich schob.

»Commander, ich ...« Chekov ließ sich von ihr durch das spartanische Mobiliar geleiten, kam schließlich ins Licht und stieß auf eine kleine, hübsch eingerichtete Küche, in der es einen Nahrungsautomaten und eine größere, primitivere Kocheinrichtung gab. Der Geruch frischen Kaffees ließ seinen Magen zucken. »Commander Obersti, etwas ... Schreckliches ist passiert.« Sie schob ihn zu einem leeren Stuhl.

»Ja, hab' ich gehört.« Sie gab im Vorbeigehen irgend etwas in den Nahrungsautomaten ein, dann tauchte sie in einem anderen Zimmer unter und kehrte mit einer ganzen Ladung von Badetüchern zurück. »Sie sind momentan ziemlich populär«, merkte sie an, als sie mehrere Tücher über seine Schultern und Beine legte, dann eins über seinen Kopf warf und anfing, seine Haare abzurubbeln. »Ich kann kaum noch eine Nachrichtensendung einschalten, ohne etwas über Sie zu hören.«

Chekov hob ein Ende des Badetuchs hoch, um sie anzusehen. »Mich?«

Sie nickte und versetzte seiner Hand einen Klaps, damit er sie sinken ließ. »Johns Hopkins. Die Behörden sagen, Sie hätten einen Wissenschaftler umgebracht und wären mit irgendeinem außerirdischen Artefakt verschwunden.« Als sie fertig war, warf sie das nun nasse Handtuch beiseite, entfaltete ein anderes und drückte es ihm in die Hand. »Ziehen Sie sich aus und trocknen Sie sich ab.«

Chekov glotzte sie an. Er war zu entsetzt, um zu verstehen, was sie vorgeschlagen hatte. »Nein! So war es nicht … Ich habe niemanden umgebracht!«

»Beruhigen Sie sich.« Obersti, nun beträchtlich wacher als zuvor, entnahm dem Nahrungsautomaten ein Tablett und stellte eine Karaffe mit dampfendem Kaffee dazu. »Wenn ich Sie für einen Mörder halten würde«, sagte sie, als sie zu ihm zurückkehrte, »hätte ich Sie nie reingelassen.« Sie stellte das Essen und den Kaffee auf den Tisch, dann zog sie mit dem Fuß einen Stuhl heran und drehte Chekov herum, so daß er sie anschaute und sie den Kragen seines Unterhemdes öffnen konnte. »Erzählen Sie mir, was passiert ist.«

Chekov versuchte so zu tun, als sei dies nur eine Seminararbeit; als zitiere er einen Bericht, den irgend jemand abgefaßt hatte; als ginge es um Ereignisse, die weit entfernt waren. Da dies jedoch nicht funktionierte, dachte er an die schlimmsten seiner *Enterprise*-Missionen, an sein Vertrauen zu Kirk und den Mut, den es ihm verliehen hatte, das zu tun, was für den Captain nötig war, so ungewiß das Ergebnis auch ausfiel. Keine dieser Strategien funktionierte sehr gut. Die Opfer aus dem Lehrbuch kannte man nicht, man roch auch nicht den süßen Geruch ihres Blutes. Auf der *Enterprise* war er in Krisenzeiten nie völlig allein gewesen. Er hatte so etwas noch nie erlebt. Er lauschte seiner Stimme, bis sie in ein betäubtes Schweigen verfiel, dann schaute er Obersti an, die sich nun hinkniete, um ihm das Unterhemd ganz vom Leib zu ziehen. »Ich weiß nicht, was ich machen soll«, sagte er mit leiser, ängstlicher Stimme.

Obersti antwortete nicht sofort. Sie preßte seine Uniform zu einem tröpfelnden Bündel zusammen, warf sie in eine andere Ecke des Raumes, stand auf und öffnete mit einem Seufzer die Kaffee-Karaffe. »Sie reden da über eine ernste Sache.«

Chekov nickte und nahm die Tasse mit dem dampfenden Getränk entgegen, die sie ihm reichte. »Ich weiß.« Die heiße Tasse ließ seine Finger schmerzen, als sie auftauten.

»Wenn das, was Sie sagen, stimmt, müssen wir vorsichtig sein, wem wir reinen Wein einschenken. Denn Leong kann die beiden Labortechniker nicht in die Universität geschmuggelt haben. Und er kann auch ohne die Hilfe eines Menschen, der dienstgradmäßig viel höher steht als wir, nicht an ein Mini-Abhörgerät gekommen sein, mit dem er seinen Kumpan überwacht hat.« Sie hielt inne, um ein Badetuch zu nehmen und ihn fest abzurubbeln.

»Was hat das alles zu bedeuten?« fragte Chekov schließlich, als sie das Tuch wegwarf, ihn für trocken erklärte und erneut durch die Tür ins Nebenzimmer verschwand.

»Es bedeutet ...« Sie kam mit einem Arm voller sauber trockener Kleidungsstücke zurück. »... daß Sie ganz schön in Schwierigkeiten stecken. Aber ich glaube, ich habe eine Idee.« Sie schenkte ihm einen neuen Kaffee ein, entfaltete ein weiches rosafarbenes Hemd und hielt ihm das mit einer Hand hin. »Nachdem Sie etwas gegessen und getrunken haben ... Wie lange, glauben Sie, können Sie noch auf den Beinen bleiben?«

Chekov nahm das Hemd an sich und griff dann nach dem dicken blauen Pullover, den sie ihm reichte. »So lange, wie es sein muß.«

Er hoffte nur, es stimmte.

»Wir sind da.«

Chekov richtete sich blinzelnd in seinem Zugsitz auf. Es verwirrte ihn, mit einem öffentlichen Verkehrsmittel zu fahren, und er fragte sich, wohin die Reise ging. Dann zupfte Obersti verhalten an der Schulter seines grauen Jacketts, und sämtliche schrecklichen Ereignisse der letzten beiden Tage brachen über ihn herein. Er glitt, nun wach, in den Mittelgang und hinkte hinter der Gestalt her, die den Zug verließ und auf den Bahnsteig trat.

Der Strom früh aufstehender Passagiere löste sich am Anfang des Zuges wie verdünnte Atmosphäre auf. Nur wenige Menschen – Berufspendler oder achtlose Durchreisende – hielten inne, um einen Blick auf die Verbindungen und Abfahrtszeiten zu werfen, die auf die Bahnhofswände projiziert wurden. Keiner schien die anderen auch nur zu bemerken. Chekov fragte sich, ob Obersti zu dieser frühen Stunde mit derartiger Interesselosigkeit gerechnet hatte. Sie hatte sich bemüht, sich und ihn in unauffällige Zivilkleidung zu stecken. Ihm war noch nie der Gedanke gekommen, daß man sich als erfolgreicher Sicherheitsmann auch in gegenwärtigen Modetrends auskennen mußte.

Obersti wartete einige Meter von ihm entfernt auf dem Bahnsteig. »Gehen Sie nicht mit mir zusammen raus.« Sie nahm seine Hand und schob ihm eine Kontokarte zu. »Warten Sie eine Minute, dann gehen Sie auf die Straße hinaus und warten am Kiosk am Anfang des Bahnhofs. Tun Sie so, als läsen Sie die Sportseiten oder so was. Ich bin in der Kombox etwa zwei Blocks südlich von hier.«

Chekov nickte und schob die Hand mit der Kontokarte in die Jackentasche. Obersti klopfte ihm mannhaft auf die Schulter und setzte sich in Bewegung. Die unverblümte Aufrichtigkeit ihrer Einwilligung erfüllte ihn mit Wärme, aber er ließ sich natürlich nichts anmerken, als er sie die Treppe zur Oberfläche hinaufgehen sah.

Chekov stellte sich vor die großen Wandpläne neben den Zugverbindungen und gab vor, sich für die mit roten, blauen und grünen Strichen markierten Transitrouten zu interessieren.

»Wir müssen uns aus Leongs Reichweite entfernen«, hatte Obersti gesagt, als sie sich angezogen und er sein

Frühstück verschlungen hatte. »Ganz zu schweigen von der Reichweite derjenigen, die hinter ihm stehen.« Sie hatte beim Anziehen der Stiefel auf der Tischkante gesessen und ihn mit ernsthaft gerunzelter Stirn angeschaut. »Sagen Sie's offen heraus, Fähnrich: Wird Admiral Kirk sich in einer solchen Sache für Sie einsetzen? Auch wenn es bedeutet, daß er sich gegen Leute stellen muß, die mindestens den gleichen Rang haben wie er?«

»Aber sicher«, hatte er mit der Gewißheit geantwortet, die die vier Jahre unter Kirks Schutzherrschaft ihm gegeben hatten. »Darauf verwette ich meinen Kopf, Commander.«

Und das genau mußte er nun tun.

Sie hatten es nicht gewagt, ihn in irgend etwas, das einem öffentlichen Transporter ähnelte, quer über den Kontinent zu schicken. Auch wenn man davon ausging, daß die staatlichen Behörden noch nicht alarmiert waren, mußten sie sich noch immer Gedanken um Leong und dessen Leute machen. Obersti hielt es für das Beste, Verbindung mit Kirk aufzunehmen und irgendein Treffen mit ihm zu arrangieren. »Er müßte eigentlich eine Privatfähre haben«, hatte sie Chekov auf dem Weg zum Akademiebahnhof erklärt, »oder zumindest Zugriff zu transkontinentalen Transportern. Wenn es ihm gelingt, sich persönlich mit Ihnen zu treffen, glaube ich, daß eine gute Chance besteht, Sie irgendwo an der Westküste in sichere Schutzhaft zu nehmen.«

Drei weitere Züge liefen lautlos ein und fuhren weiter. Sie spuckten niemanden aus und nahmen niemanden mit. Chekov, den die Leere des Bahnhofs plötzlich frösteln ließ, wandte sich von den Fahrplänen ab und schlenderte die Treppe hinauf, die ihn wenige Minuten hinter Obersti auf die Straßenebene führte.

Der Wind nahm ihm den letzten Rest seiner Benommenheit, als er auf den offenen Gehsteig trat. Auf den Dächern waren noch immer glänzende Lagen schmelzenden Schnees zu sehen, und das Wasser floß wie Quecksilber von den Eiszapfen herab, die an jedem Türpfosten, jeder Straßenlaterne und an allen Fenstern hingen. Chekov erreichte das Kioskgehäuse, verlangsamte seinen Schritt und bemühte sich, unauffällig zu wirken, als er die leeren Straßen nach Obersti absuchte. Er entdeckte sie sofort. Sie wartete vor einer besetzten Komzelle mehrere Häuser weiter und hatte die Hände in die Manteltasche gesteckt.

Abgesehen von ihr, Chekov und dem jungen Mann, der im Inneren der schalldichten Zelle wild gestikulierte, hätte die Stadt seiner Ansicht nach ebensogut verlassen sein können. Aus irgendeinem Grund kam ihm diese Vorstellung nicht sonderlich beruhigend vor.

Um Commander Obersti nicht anzustarren, während sie auf ihren Anruf wartete, schlüpfte Chekov in den Kiosk hinein. Er hieß ihn mit einem Ansturm warmer Luft und dem leise gesprochenen »Pon'Tok« einer unsichtbaren Lautsprecherstimme willkommen. Er steckte Oberstis Kontokarte in den Schlitz – »A'hde« – und wählte willkürlich eine Auswahl, deren Worte er anschließend an seinen müden Augen vorbeilaufen ließ.

Chekov konnte die Sprache der Vulkanier weder lesen noch akustisch verstehen. Er hatte ihren flüssigen, musikalischen Tonfall und die verschlungenen, künstlerischen Linien der vulkanischen Schrift jedoch immer gemocht. Es erschien ihm – auf eine Weise, die er nicht genau artikulieren konnte und nie versucht hatte, Mr. Spock gegenüber auszudrücken – freilich passend, daß ein Volk, das so stolz auf seine Genauigkeit und Logik war, eine so schöne Methode entwickelt hatte, Informationen zu bewahren und weiterzugeben. Wenn Wissen Schönheit war und Information Kunst, war dann die geschriebene Sprache nicht die perfekteste Mischung aus beidem? Vielleicht war es aber auch nur eine alberne menschliche Interpretation der ganzen Sache. Er schaute zu, als die Worte an ihm vorbeiliefen, eine wunderschöne schwarzweiße Abstraktion in bunter Spinnenseide.

Die klaren Umrisse kyrillischer Schrift unterbrachen den wohltuenden Fluß in dem Moment, in dem die ruhige vulkanische Stimme den Namen »Pavel A. Chekov« in präzisem, fehlerlosem Russisch aussprach. Chekov schaltete den Kiosk angewidert ab. Nichts konnte einen noch verzweifelter machen als die Entdeckung, daß die eigene Ruchlosigkeit inzwischen auch bei den vulkanischen Nachrichtenagenturen angekommen war.

Auf der Straße fing ein Aufblitzen, als sei Licht gegen Glas gestoßen, seine Aufmerksamkeit ein, und er beugte sich im Inneren des Kiosks zur Seite, um durch die Transparentaluminiumwände zu schauen. Obersti, nun allein in der fernen Komzelle, torkelte wie betrunken zurück und rutschte auf den Zellenboden, als hätte sie urplötzlich das Gleichgewicht verloren. Chekov wollte einen Ausfall durch die Seite des Kiosks machen und knallte gegen die harte transparente Wand, als ein weiteres Aufblitzen von Gewehrfeuer geschmolzene Fragmente von Kommunikationsinstrumenten in einem Schwall über die schon blutbespritzten Innenwände der Zelle versprühte.

»Nein!«

Sein Aufschrei wurde vom schalldichten Gehäuse des Kiosks gedämpft.

Chekov stürzte ins Freie, ohne an die Konsequenzen zu denken. Es war Obersti gelungen, sich außer Sichtweite zu ziehen. Chekov erhaschte einen Blick auf den Boden der Komzelle und sah, daß er zwar blutbespritzt, aber leer war. Er fegte um die Ecke des Kiosks, suchte die Dächer der engen Straße nach Geräuschen und plötzlichen Bewegungen ab. Dampf brüllte in einer furchterregenden Säule vor ihm vom nassen Gehsteig auf. Jemand schrie vor Schmerzen – oder rief eine Warnung, er wußte es nicht genau. Dann ertönte noch ein Schuß, und eine Gestalt löste sich aus einer finsteren Toreinfahrt und richtete einen Phaser auf Chekovs Gesicht.

»Tun Sie's nicht, Pavel.«

Chekov erstarrte und machte unweigerlich einen Schritt zurück. Broad kam auf ihn zu. Der Phaser in seiner Hand leuchtete im feuchten Straßenlicht. Der rote Punkt neben der blinkenden Energieanzeige signalisierte tödliche Emission. »Stellen Sie sich an die Wand«, befahl Broad mit heiserer, unbehaglich klingender Stimme. Er hielt den Phaser weit von sich. »Tut mir leid, aber Sie setzen sich jetzt in Bewegung.«

»Peter ...« Chekov bemühte sich, über Broads Schultern hinwegzuschauen, aber das andere Ende der Straße war still, das Spiel des Feuers vor dem Winterdampf nun unheimlich still. Sein Absatz schlug gegen den Randstein, als er rückwärts ging, und er stolperte mit einem Fluch auf den Gehsteig. »Wenn Sie mich umbringen wollen, tun Sie sich keinen Zwang an.«

Broad schüttelte steif den Kopf und gab ihm nickend zu verstehen, er solle weiter rückwärts gehen, damit die Entfernung zwischen ihnen gleich blieb. »Ist schon in Ordnung«, sagte er unpassend eifrig. »Ich soll Sie nicht töten. Ich soll Sie nur so lange festhalten, bis Leong hier ist. Er ist derjenige, der weiß, was ...« Offenbar hätte er beinahe einen Namen ausgesprochen, aber er hielt sich zurück. »... was unser Auftraggeber mit Ihnen anfangen will. Aber beide wissen, daß ich Sie umbringe, wenn es nicht anders geht.« Er setzte nun auch die andere Hand dazu ein, die Waffe zu umklammern. Seine Knöchel traten weiß hervor. »Ich habe keine Angst, das Ding zu benutzen.«

Das, immerhin, war eine erbärmliche Lüge. Broad hatte große Angst davor. Chekov konnte es förmlich riechen.

Als hätte Broad die Durchschaubarkeit seiner Drohung selbst erkannt, bemühte er sich, seine Schultern zu straffen und seiner schrillen Stimme mehr Festigkeit zu verleihen. »Drehen Sie sich jetzt um und stellen Sie sich an die Wand da«, befahl er mit schroffer Dreistigkeit. »Die Hände über den Kopf.«

Chekov hob zuerst die Hände, und zwar so langsam wie möglich. Eine rennende Gestalt, hager und pantherartig, tauchte aus der sie umgebenden Dunkelheit auf und eilte zu Obersti hin, die mit ausgebreiteten Armen und Beinen auf der anderen Straßenseite am Boden lag. Die Gestalt hielt ein Plasmagewehr aufrecht vor dem Brustkorb, wie es die an der Akademie ausgebildeten Wachen taten, wenn sie verdeckte Manöver ausführten. Obersti war tot – eindeutig, grauenhaft tot –, aber der Scharfschütze blieb dennoch an ihrer Leiche stehen, um sie zu berühren. Chekov drehte sich angewidert um, als der Mann die Mündung seines Gewehrs an ihre Kehle drückte und nach dem Abzug griff.

Beim Klang des Schusses beendete Chekov die Drehung mit der gesamten Kraft dessen, was er von Obersti an langen Zweikampfabenden gelernt hatte. Seine Handkante krachte fest gegen Broads Kinn. Er hörte ein dumpfes Geräusch und spürte das Gefühl seiner Drehung, als er sich wankend bemühte, nicht zu Boden zu fallen. Der Phaser fiel scheppernd zwischen ihnen auf den nassen Beton, und jemand, weder der Scharfschütze noch Broad, stieß in Verbindung mit Chekovs Namen einen vulgären Fluch aus. Chekov zielte einen erneuten Hieb auf Broads Gesicht, hob ganz kurz den Blick, lokalisierte die Attentäter auf der anderen Straßenseite und berechnete seine Kampfoptionen.

Beide Männer knallten verheddert auf den kalten Gehsteig. Chekov kam sich nur wie ein ferner Beobachter vor, als er sich von dem Labortechniker löste und mit verzerrtem Gesicht seinen Arm über den Bauch hielt. Die hinter ihm befindliche Mauer knallte mit der Härte eines Phasertreffers in seinen Rücken. Er spürte sein eigenes Atmen nicht mehr. Er dachte daran, sich zu bewegen, den Versuch zu machen, sich trotz der Schmerzen gegen Leong zur Wehr zu setzen, falls er Broads verlorenen Phaser wiederfinden konnte. Irgendwo unter den Schichten aus Parka und Wolle rieb sich Knochen an Knochen, als er die Finger versuchsweise zur Faust ballen wollte. Er konnte nicht anders, er mußte einen Schrei ausstoßen.

Eine wütende Stimme, der singende Schuß einer Plasmawaffe. Dann weckten eilige Schritte Chekovs Bewußtsein für die ihn umgebenden Gefahren. Er fiel auf die Knie, sprang wieder auf die Beine und würgte den nächsten Schrei ab, indem er sich auf die Unterlippe biß. Er kämpfte darum, den Arm an sich zu drücken, als er zur Unterführung zurückrannte, und Wogen von Übelkeit und Schwindel jagten ihn zusammen mit dem Gewehrfeuer. Hinter ihm an der Wand explodierten Ziegelsteine; ein Krachen aus Eis und Schnee zerbrach auf dem Pflaster und riet ihm, bloß nicht langsamer zu werden. Er bog in dem Glauben um den Pressekiosk, daß das kleine Bauwerk ihn schützen könne. Als die Plasmahitze die Transparentaluminiumwand aufsprengte, hatte er den Bahnhofseingang schon erreicht und jagte die Treppe hinunter.

Der Zug, der im Bahnhof wartete, war leer, und von oben gab eine Stimme bekannt, daß er sich nun in Bewegung setzen würde. Die Türen schlossen sich schon. Die letzte Hoffnung zu überleben lag für ihn hinter diesen Türen. Chekov stieß ein zusammenhangloses Gebet aus, warf sich schwerfällig zwischen die zwei, drei Gestalten, die sich auf dem Bahnsteig aufhielten, und hechtete auf die sich schließende nächste Tür zu, während die Lautsprecherstimme davor warnte, nicht auf Züge aufzuspringen, die sich bereits in Bewegung befanden. Er landete auf dem Boden des leeren Waggons, dann kroch er von der Tür fort, damit sie Gelegenheit bekam, sich ganz zu schließen. Er wußte erst, daß er es geschafft hatte, als sich der Zug in Bewegung setzte.

Chekov gestattete sich den Luxus, einen Moment dort zu verharren, wo er war. Sein ganzer Körper tat weh, und er bemühte sich nicht, gegen die Tränen anzukämpfen. Er mußte am nächsten Bahnhof raus. Leong wußte inzwischen bestimmt, in welchen Pendlerzug er gestiegen war und welche Route der nahm. Er konnte umsteigen, ohne den Bahnhof wechseln zu müssen. Ja, es war seine einzige Chance, wenn er von einem Zug zum nächsten wechselte. Wenn er willkürlich umstieg, konnte er seine Spur möglicherweise so weit verwischen, um das Risiko einzugehen, Kirk irgendwann zu kontaktieren. In ein, zwei oder drei Tagen.

Er hatte keine Ahnung, wo er dann sein würde. Er wußte auch jetzt nicht, wohin er fuhr. Er bemühte sich, ein wenig Trost aus dem Gedanken zu schöpfen, daß Leong ihm nicht an den Kragen konnte, solange er selbst nicht wußte, wie sein nächster Schritt aussah.

9

Flugzentrum White Sands
Alamogordo, Nordamerika
Terrestrisches Datum: 22. Dezember 2269
17.00 Uhr Ortszeit

»Ist das wirklich wahr, Commodore Willis?«

Vor dem offenen Hangar brüllte ein Wintersturm und hüllte das tintenblaue Zwielicht von Alamogordo in einen Dunstschleier aus Schnee und Sand. Sulu drosselte die Impulstriebwerke der *Phantom,* um den Lärm auszugleichen, und versuchte den Gesichtsausdruck seines Vorgesetzten im bernsteinfarbenen Schein des Pilotensichtschirms der Fähre zu deuten. Willis' Miene blieb zwar geheimnisvoll, doch seine volltönende Stimme warf in der winzigen Kanzel beruhigende Echos.

»Der Befehl kam heute direkt aus dem Flottenhauptquartier: Test fortführen.« Willis prüfte gewissenhaft den Subraum-Strahlungszähler auf Sulus Flughelm und gab ihn dann zurück. Nun, da Hernan Nakai fort war, gab es in der Basis keinen Helfer mehr, dem man beim *Phantom*-Testprogramm trauen konnte. »Ich habe denen das gleiche gesagt wie Ihnen – daß es mir nicht paßt, das Tarngerät irgendwo auf der Erde einzusetzen –, aber der Admiral hat darauf bestanden.«

»Obwohl er weiß, daß es hier in White Sands einen Dieb gibt?«

Willis legte Schalter um und stellte die Frequenz des Subraumsenders auf einen der Kanäle ein, die für

Hochsicherheitsprojekte der Flotte reserviert waren. Der Commodore schien über den abendlichen Zusatzdienst bei der Beaufsichtigung der *Phantom* nicht erzürnt zu sein, obwohl er von Sulu wußte, daß der Testlauf bis zum Morgengrauen dauern konnte. »Der Sicherheitsdienst sagt, Nakai sei längst über alle Berge. Und das Hauptquartier ist offenbar der Ansicht, der ganze Ärger wäre umsonst gewesen, wenn wir mit dem *Phantom-II*-Programm nicht weitermachen.«

»Aber sollen wir *hier* damit fortfahren?« Sulu konnte die Schärfe des Unbehagens nicht aus seiner Stimme verbannen, solange er wußte, daß Chekov in ganz Nordamerika wegen eines Verbrechens gesucht wurde, das er nicht begangen hatte. Uhuras Zusicherung, Admiral Kirk werde nicht zulassen, daß man ihrem Freund den Diebstahl des klingonischen Intervallers anhängte, hatte seine Instinkte nicht daran gehindert, Alarm zu schlagen. Daß innerhalb einer Woche zwei solche verräterischen Akte die Flotte getroffen hatten, war schon haarsträubend genug; daß ehemalige Angehörige von Kirks Brückenmannschaft in beide Fälle verwickelt sein sollten, war schier unglaublich.

Das kurze Aufblitzen seiner Zähne war alles, was Sulu von Willis' Lächeln sah. »Ich bin eigentlich sehr dafür, das *Phantom-II*-Programm an einen besser kontrollierten Ort auf dem Mond oder dem Mars zu verlegen.«

»Und warum ist man nicht darauf eingegangen?«

Willis drückte einen schwarzen Finger gegen Sulus silbernen Pilotenanzug, so daß dieser überrascht knurrte. »Ihretwegen, Lieutenant Commander. Sie sind der einzige Pilot, den das Hauptquartier bei dieser Testreihe sehen will – und bevor unsere Ermittlungen nicht abgeschlossen sind und wir Nakai gefunden haben, ist es gesetzlich erforderlich, daß Sie sich im Bereich der irdischen Jurisdiktion aufhalten.«

»Ach so.« Sulu beschäftigte sich zwar mit der Überprüfung der Sicherheitssysteme, die der Bildschirm zeigte, aber er konnte seinen Geist nicht daran hindern, in einen verwirrenden Wirbel von Spekulationen zu verfallen.

Litt er an Verfolgungswahn, oder ging hier irgend etwas Merkwürdiges vor? Er wußte zwar, daß er zu den besten Piloten der Flotte gehörte, aber er war bestimmt nicht der einzige, der die schwierige Maschine fliegen konnte. Das bedeutete, daß jemand ganz oben im Hauptquartier andere Gründe hatte, um gerade ihn bei diesem Sonderprojekt zu halten. Strickte Admiral Kirk etwa an einer seiner gerissenen Strategien, um irgendeinen Gegenspieler in der Föderation auszutricksen oder einen heimlichen Spion zu entlarven? Doch wieso hatte Chekovs Mitarbeit am Intervallerprojekt ihn dann so überrascht? Die beiden Fälle mußten irgendwie zusammenhängen ...

Willis tippte auf den Zeitmesser der Phantom und richtete Sulus Aufmerksamkeit wieder auf die Gegenwart. »Sie starten gleich«, erinnerte ihn der Commodore. »Brauchen Sie mich noch für irgendwas?«

Sulu schüttelte den Kopf. »Sobald ich aus dem visuellen Überwachungssystem der Basis raus bin, melde ich mich bei Ihnen. Normalerweise schalte ich die Antigravitatoren und das Tarngerät irgendwo über der Mojavewüste ein.«

»Verstanden.« Willis schwang sich aus dem Kopilotensitz und wich dann zur Seite, um zu vermeiden, daß er mit dem schlanken schwarzen Gerät zusammenstieß, das den größten Teil des kleinen Frachtraums hinter dem Cockpit einnahm. »Ich werde nach Ihnen lauschen.«

Der Wind pfiff in die Maschine, als der Commodore die Luke öffnete und die *Phantom* verließ. Sulu schaute zu, wie die hochgewachsene Gestalt am Rand des Bildschirms verschwand, dann setzte er den Pilotenhelm auf und ließ ihn sorgfältig am Strahlenschutzanzug einrasten.

Als er die Impulstriebwerke hochfuhr, vertrieb er mit Bedacht alle anderen Gedanken aus seinem Geist. Die Fliegerei verlangte absolute Konzentration, und seine Fähigkeit dazu war unter schlimmsten planetaren Bedingungen geprüft worden. Das computergesteuerte Flugprogramm der *Phantom* würde ihm später Zeit zum Nachdenken geben. Im Moment hatte der Flug Vorrang.

Sulu griff nach vorn und schaltete für eine Sekunde den stillen Antigravgenerator ein, um die *Phantom* einen Meter über den Hangarboden zu heben. Als der Antigravimpuls nachließ, setzte das Impulstriebwerk ein und stieß die stummelflügelige Fähre in das Schneetreiben hinaus. Es war vielleicht nicht die empfohlene Startprozedur, aber nach seiner Erfahrung die einfachste Möglichkeit, die Kiste in die Luft zu kriegen.

Als er auf die Startbahn hinausglitt, schaltete er den Kommunikator auf einen der normalen Kanäle, die in der Basis für die Flugkontrolle reserviert waren. Irgendwann würde er auch versuchen, das Tarngerät im Hangar zu aktivieren, um zu sehen, ob die *Phantom II* den starken Bodenaufspürgeräten einer Testanlage der Flotte entwischen konnte. Doch im Moment führte er nur einen Flugplan für unspezifizierte Manöver über der Mojave aus, um zu prüfen, ob das Tarngerät die Aufspürsysteme der irdischen Verteidigungsanlagen täuschen konnte.

»Testflug WKI-2 erbittet Starterlaubnis, Startbahn eins«, sagte er ins Mikrofon hinein.

Der Fluglotse meldete sich prompt, wie üblich, so daß Sulu annahm, daß das schlechte Wetter die meisten anderen Versuchsflüge des heutigen Abends verhinderte. »Starterlaubnis erteilt, WKI-2. Achten Sie darauf, daß Wintersturmbedingungen an den östlichen Hängen des San Andres starke Abwinde verursachen.« Auf dem Bildschirm erschien die erhellte Landkarte der Versuchsflugrouten. Die unsicheren Startbahnen waren rot hervorgehoben. »Revidieren Sie Ihren Flugplan gemäß den Bedingungen.«

»Verstanden.« Sulu gab den Code für einen Start Richtung Osten in den Computer ein, und das Gerät wies ihm eine andere Startbahn zu. »WKI-2 erbittet Starterlaubnis für Startbahn vier.«

»Starterlaubnis erteilt, WKI-2. Startbahn vier ist nun startklar.«

Sulu steuerte die *Phantom* durch den unruhigen Wind und ließ sie über Bahn vier anhalten. Dann schaltete er, diesmal etwas länger, die Antigravitatoren wieder ein. Die Fähre warf sich mit einem übelkeiterzeugenden Satz in die schneeverhüllte Nacht und hielt auf die schwach erkennbaren, weißgekrönten Gipfel der Sacramento Mountains zu. Sand trommelte laut gegen den Rumpf, als sie durch die Winde des Tularosa Valley brach. Dann war die Maschine mitten in den Turbulenzen des Sturmsystems. Als der Antigravimpuls schließlich verblaßte, hatte das Impulstriebwerk die Fähre im Griff.

Schade, daß man Impuls- und Antigravsysteme nicht immer zusammen einsetzen kann, dachte Sulu, als er die Computerroutine aufrief, die ihn zur Mojavewüste bringen sollte. Das Problem bestand darin, daß selbst Zivilisationen, die keinen Kontakt mit raumfahrenden Völkern hatten, das glatte Schnurren von Impulstriebwerken messen konnten. Befand man sich erst einmal in der Atmosphäre eines Planeten, mußte sich die *Phantom II* allein auf ihren stummen Antigravitatoren bewegen. Doch im Gegensatz zu ihrem Vorläufer – der sich nur in der Dunkelheit bewegen konnte und auf eine nichtreflektierende Oberfläche angewiesen war, um nicht entdeckt zu werden – konnte die neue *Phantom*-Klasse sich zudem noch hinter einer voll funktionsfähigen Tarnanlage verbergen.

Vorausgesetzt, das Testprogramm der Flotte war von Erfolg gekrönt.

Die Phantom durchbrach die westlichen Ausläufer des starken Sturms und tauchte in einer frostklaren Winternacht auf, in der unter ihr nur wenige Wolkenbüschel die öde Landschaft Arizonas trübten. Sulu erblickte die in den von Sternen übersäten Horizont stoßenden, gezackten vulkanischen Erhebungen der Höhen von San Francisco und die Lichter von Flagstaff, die sich wie gefallene Sterne um den südlichen Hang scharten. Die Karte auf dem Bildschirm sagte ihm, was er schon wußte: In wenigen Minuten würde er Südkalifornien und dessen leere Wüsten erreichen.

Er schaltete den Kommunikator wieder auf die geheime Frequenz um, die Willis für den heutigen Flug ausgesucht hatte. »Fähre WKI-2 an Basis White Sands. Bitte melden.«

»Hier ist White Sands.« Die Stimme des Basiskommandanten war sogar durch den Subraumkanal so laut wie eine Missionsglocke. »Wie läuft's?«

»Bis jetzt wie geplant.« Sulu machte die Lichtfünkchen von Barstow und die dahinter liegende riesige Fläche der Mojavewüste aus. Er griff zur Impulssteuerung. »Schalte auf Antigrav um ...«

Das Grollen der Motoren erstarb und wurde durch den stillen Ansturm des Windes an den Flanken der Maschine ersetzt. Die *Phantom* verlangsamte und stürzte dann kopfüber dem Wüstenboden entgegen. Sulu wartete, bis er die sich vereinigenden Schatten der ausgetrockneten Flüsse unter sich sah, dann schaltete er den Antigrav wieder ein. Es folgte der übliche spannungsgeladene Augenblick, als die Antigravitatoren gegen den freien Fall kämpften. Einige hundert Meter über dem steinigen Boden übernahm der Antigrav, und die *Phantom* jagte wieder nach oben. Selbst für Sulus abgehärteten Magen kam der Wechsel übelkeiterzeugend schnell.

Er ließ die Hand eine ganze Weile auf dem Antigrav liegen und genoß den Steigflug. »Antigrav funktioniert. Schalte Tarngerät ein.« Er griff nach der Steuerung neben dem Sitz und bereitete sich auf das unerfreulichen Beben vor, das bedeutete, daß das Tarnfeld um ihn herum materialisiert war.

Nichts passierte.

»Verdammt ...« Sulu aktivierte die Systemüberprüfung, um sicherzugehen, daß seine Sinne ihm keinen Streich spielten. Doch kein weißer Flaum erschien auf seinem Bildschirm rings um das *Phantom*-Abbild. »Tarngerät funktioniert nicht, White Sands.«

»Funktioniert nicht?« Willis klang ziemlich verblüfft. »Das kann doch nicht wahr sein! Versuchen Sie es noch mal, WKI-2.«

»Aktiviere zuerst Fehlersuchprogramm, Sir.« Es hatte stets zu Hernan Nakais Regeln gehört, zuerst jeden Bedienungsfehler suchen zu lassen, bevor man den Befehl erneut eingab. Sulu schaute nach unten, um den korrekten Code in den Computer einzugeben. Er hörte eine Reihe von Klicks, die besagten, daß der Computer angefangen hatte, die *Phantom*-Systeme nach Fehlfunktionen abzusuchen. Doch als er wieder auf den Bildschirm schaute, war die Anzeige verschwunden.

Statt dessen blickte ihn vor der draußen herrschenden Dunkelheit wie eine unscharfe Tätowierung Hernan Nakais Gesicht an – mit finsterer Miene.

Bunte Lichtsträhnen fuhren an den Stämmen nackter Bäume hinauf, blinkten, leuchteten und warfen anmutige holografische Bilder in die Nachtluft. Sterngefunkel, das engelhafte Chöre imitierte, winzige tanzende

Geschöpfe mit Schwingen. Chekov stand leicht schwankend auf und beobachtete den feinen Schneefall, der die Doppelreihe der Fußabdrücke verwischte, die von jemandes Haustür zu einem Vogelhäuschen an einem Baumast und wieder zurück führten. Er hatte keine Ahnung, wie lange er nun schon hier stand. Die Fußabdrücke hatten sich halb mit Schnee gefüllt.

Kein Bahnhof war in unmittelbarer Nähe. Er mußte durch die stillen Straßen und gepflegten Höfe des ruhigen Vororts zu Fuß hierhergekommen sein, vorbei an Gott weiß wie vielen Menschen und Dingen. Da niemand auf die Idee gekommen war, ihn festzunehmen, sah er wahrscheinlich doch nicht wie der brutale Verbrecher aus, den er den ganzen schrecklichen Tag lang in sich gesehen hatte. Vielleicht war es aber auch nur so, daß es den in dieser Gegend wohnenden Menschen gleichgültig war, was man in Annapolis dachte.

Er wußte nicht mal genau, in welchem Staat er sich aufhielt.

In Amerika war er wahrscheinlich noch. Er konnte sich nicht vorstellen, daß er weiter gefahren war. Auch die zehn oder elf Stunden in den vielen hundert Zügen, die er seiner Ansicht nach benutzt hatte, konnten ihn kaum mehr als einige hundert Kilometer weit gebracht haben. Von einer Dunkelheit zur nächsten, vom Morgengrauen bis zum frühen Abend. Es waren höchstens zweihundert Kilometer gewesen. Er hatte den ganzen Tag keinen Sonnenschein gesehen.

Vielleicht sollte er sich lieber bewegen, bevor er steif wurde und nicht mehr weitergehen konnte.

Ein schrecklicher, reibender Schmerz zuckte beim ersten Schritt durch seinen Arm, und er ging winselnd in die Knie. Irgendeinem kleinen, ihm kaum bewußten Teil seines Bewußtseins fiel ein, daß dieser Schmerz ihn überhaupt erst hatte anhalten lassen. Seine Hand fuhr über den Mantel und tastete nach dem anderen Ärmel.

Er wagte nicht, den gebrochenen Arm heftiger zu berühren.

Irgendwann im dritten oder vierten Zug, in den er heute morgen umgestiegen war, hatte er aufgrund seiner Schmerzen mit den Zähnen geknirscht und die verletzte Hand in die Manteltasche gesteckt, um die deutlich sichtbare Verletzung zu verbergen. Danach war er fast eine Stunde lang besinnungslos gewesen. Nun konnte er sich nicht mehr dazu bringen, das Manöver zu wiederholen, sosehr es ihn auch drängte, die Verletzung zu untersuchen. Er fürchtete sich zu sehr vor dem, was geschehen könnte und was er finden würde.

So konnte es nicht weitergehen.

Dennoch, in ein Krankenhaus durfte er nicht gehen. Selbst wenn er eine kleine Privatpraxis fand – die Behörden würden sich auf ihn stürzen, sobald er zur Bezahlung der Rechnung die Kontokarte abgab. Doch ohne Hilfe würde er irgendwann mit dem Gesicht nach unten in irgendeinem gepflegten Vorgarten liegenbleiben und zweifellos in einer Zelle landen – oder, wahrscheinlicher, tot sein. Er drückte den Ellbogen mit der gesunden Hand an sich, dann stand er langsam und unter Schmerzen wieder auf.

Etwa hundert Meter hinter dem letzten Wohnhaus fand er eine Komzelle. Da war irgendeine Art Park mit dichtem Baumbestand, und nur wenig Schnee erhellte den schlammigen Streifen des Bodens. Wenn er sich dort zusammenrollte und versteckte, fand man ihn wahrscheinlich erst im nächsten Frühjahr. Chekov zwängte sich in die schalldichte Zelle hinein. Die Tür schloß sich summend hinter ihm. Die kühle Glaswand fühlte sich an seiner Stirn gut an, als er sich dagegenlehnte und darauf wartete, daß die Anrufeinheit ihn ansprach.

»Danke, daß Sie TranSpace-Kommunikation benutzen.« Eine kehlige Frauenstimme, im Vergleich mit dem öden Schnee draußen klang sie wie warmes Karamel. »Bitte, sagen Sie mir, wen Sie sprechen möchten.«

Es bedeutete, daß er die Augen öffnen mußte. Chekov drehte sich schwerfällig in der kleinen Zelle und gab einen Buchstaben nach dem anderen in die Tastatur der Einheit ein. Er wollte keine Aufzeichnung seiner Stimme im planetaren Kommunikationsnetz hinterlassen. Seiner Meinung nach gab es in Amerika nämlich nur wenige Russen, nach denen momentan landesweit gefahndet wurde.

»Tut mir leid, aber um diese Verbindung zu tätigen, ist ein Wohnsitzcode oder eine Direktnummer erforderlich.«

Chekov kniff in einem kurzen Schwindelanfall die Augen zusammen, lehnte sich mit der Schulter an die Zellenwand und bediente die Tastatur mit dem Daumen.

Er brauchte nur vier Buchstaben einzugeben, dann erkannte die Einheit »Baltimore« und bot ihm gehorsam sämtliche öffentlich zugänglichen Nummern an. Als er ›McCoy‹ aufrief, stöhnte er, denn er sah, daß es Hunderte von McCoys gab. Aber es gab nur einen, der Leonard hieß und ›Dr. med.‹ war. Seine momentane Adresse war ein Hotel, das nicht weit vom Johns Hopkins-Krankenhaus entfernt lag. Da Chekov sich nicht mehr auf die Tastatur konzentrieren konnte, bat er die Einheit, für ihn die Verbindung vorzunehmen.

»Dieser Anruf erfordert ein Ferngespräch. Möchten Sie, daß ich fortfahre?«

Ein Ferngespräch? Wo war er, daß er ein Ferngespräch nach Baltimore führen mußte? »Ja«, flüsterte er heiser. »Anruf durchführen.«

»Vielen Dank.«

Der vorbeirasende Wind ließ die Komzelle und die überhängenden Bäume erbeben. Chekov schaute dem Regen zu, der nun wie ein Seidenvorhang unter dem nackten Lampenlicht herabströmte. Es war ein gutes Gefühl, der Kälte fern zu sein. Es war ein gutes Gefühl, sich nicht zu bewegen, nicht zu stehen, die Augen zu schließen und dem Signal der Komzelle zu lauschen, die wieder und wieder Baltimore anklingelte ...

Es war nicht Chekovs Absicht gewesen, zu Boden zu sinken und sich ans Heizungsventil der Komzelle zu kuscheln. Es passierte einfach, als er darauf wartete, daß sich am anderen Ende der Leitung jemand meldete. Er hatte auch nicht vorgehabt, in sinnlosem Schweigen am Boden zu liegen, als die Einheit die Verbindung schließlich herstellte. Er wollte auch nicht in zu verwirrende Fieberträume versinken, um noch antworten zu können, als die knarrende Stimme eines älteren Mannes schließlich »Hallo? Hallo?« sagte.

10

Irgendwo über der Mojavewüste, Nordamerika
Terrestrisches Datum: 22. Dezember 2269
17.40 Uhr Ortszeit

»SAGEN SIE KEIN WORT!«

Der stumme Befehl blitzte in grellweißen Buchstaben über den Bildschirm der *Phantom*. Er wurde von Navajo-Blitzen und Gefahrenpiktogrammen der Flotte eingerahmt. Die Warnung war unnötig – Sulu war schon von stummer Überraschung zu der Erkenntnis gelangt, daß er eine aufgezeichnete Botschaft sah, die der Projektingenieur ihm hinterlassen hatte. Als Nakais verwittertes Gesicht wieder auf den Bildschirm kam, hatte Sulu die Subraum-Antenne bereits eingefahren, die die Kommunikation durch das romulanische Tarnfeld leitete. Ein paar leise Störgeräusche würden den Commodore nicht alarmieren, speziell nicht in einer so stürmischen Nacht.

Unter Dr. Nakais Gesicht erschien in kleinerer Schrift eine Frage. »Hört White Sands mit? Wenn ja, Antenne einziehen.«

Sulu nickte, dann fiel ihm ein, daß der Computer keine Möglichkeit hatte, dies zu sehen. Er streckte die Hand aus und gab »Antenne eingezogen« in die Tastatur ein.

»Gut.« Nakais schroffe Stimme ersetzte nun die Schrift. Sein Gesicht verblaßte, und Sulu hatte Aussicht auf den sich rasch nähernden Wüstenboden. Er stieß einen orionischen Fluch aus und schlug auf den Antigrav. Hundert Meter über dem Boden warf der Antigrav Sulu wieder in den Himmel, und die Sichtscheibe seines Helms beschlug sich bei einem Seufzer der Erleichterung.

»… verantwortlich machen«, sagte Nakai gerade, als Sulus Aufmerksamkeit sich wieder auf die Stimme in seinem Ohr richtete. Hoffentlich hatte er nicht zuviel von der aufgezeichneten Botschaft des alten Ingenieurs verpaßt. »Ich weiß es, weil ich die verdammten Dinger unter einem losen Bodenbrett in unserem Hangar gefunden habe.«

»Was denn für Dinger?« fragte Sulu und vergaß erneut, daß er mit einem Computer redete.

Doch Nakai war offenbar so besonnen gewesen, einige interaktive Schleifen in seine Nachricht einzubauen. Die schroffe Stimme legte eine Pause ein, dann fuhr sie fort. »Gut. Inzwischen wissen Sie wahrscheinlich schon, daß die Pläne für das Tarngerät gestohlen wurden und daß man uns die Schuld daran in die Schuhe schiebt. Ich weiß es, weil ich die verdammten Dinger unter einem losen Bodenbrett in unserem Hangar gefunden habe. Bin Mittwoch früh aufgestanden, um an einem Transtatorchip der *Phantom* zu arbeiten, und habe den Transporterimpuls auf einem meiner Subraum-Monitore erwischt. Ich wurde neugierig und habe ihn zurückverfolgt.«

Die *Phantom* sackte wieder ab, und Sulu aktivierte erneut den Antigrav. Diesmal führte der heftige Sprung der Fähre ihn nach Westen, auf die sich nähernde Finsternis der San Gabriels zu. Hinter der dunklen Bergwand konnte er das ausgedehnte Lichternetz von Los Angeles erblicken. Er steuerte die Maschine auf die dunklen Berge im Norden zu, wo das Naturschutzgebiet der Tehachapi-Föderation lag.

»Sobald ich dic Scannermarkierungen auf den Plänen

sah, wußte ich, daß man sie wahrscheinlich irgendwo hingesandt hatte – wahrscheinlich an einen Ort außerhalb der Erde«, fuhr Nakais Stimme fort. »Aber das entlastet uns noch lange nicht. Immerhin hatten wir beide Zugang zu den Hochsicherheitssubraumfrequenzen in der *Phantom.* Ich hatte, verdammt noch mal, keine Aufzeichnung des Transporterimpulses, den ich auffing. Ich wußte auch nicht, wie ich die Pläne vernichten sollte, ohne Spuren zu hinterlassen.« Der Ingenieur schnaubte. »Wie es auch ausgeht, wir beide stehen als die Schuldigen da. Mir ist nichts anderes eingefallen, als zumindest einen von uns unschuldig aussehen zu lassen. – Also hab' ich beschlossen, mir die Pläne zu schnappen und abzuhauen.«

Die gezackte Küstenlinie von Kalifornien verfestigte sich unter der wieder sinkenden *Phantom.* Sulu betätigte erneut den Antigrav und steuerte die kleine Fähre auf die leuchtende Finsternis des Pazifiks zu.

»Ich mach' mir aber keine allzu großen Sorgen, daß man mich erwischt.« Nakai schnaubte erneut. »Schließlich haben nicht mal hundert Generationen reitender Apatschen die Schlucht gefunden, in die ich gehe, also wird die Flotte es auch nicht schaffen. Ich gehe unter die Erde, wo die Satellitenortung mich nicht aufspüren kann. Ich bin dort sicher. Den wirklichen Dieb kann ich allerdings nicht festnageln.«

Sulu kniff die Augen zusammen. »Sie wollen also, daß ich ihn schnappe«, sagte er, als es ihm dämmerte.

»Deswegen habe ich die *Phantom* so frisiert, daß Sie Ihnen diese Botschaft vorspielt, sobald Sie den Versuch machen, den Tarnschirm einzuschalten«, bestätigte Nakai, als hätte er ihn gehört. Die Stimme des Ingenieurs verlor ihren südwestlichen Akzent und befleißigte sich nun einer fast vulkanischen Präzision, was bedeutete, daß er angestrengt nachdachte. »Ich weiß folgendes: Es muß jemand mit einem hohen Dienstgrad sein; vielleicht sogar jemand von außerhalb der Basis. Irgend jemand, der eine Mini-Transportereinheit nach White Sands einschmuggeln konnte. Und jemand, der die private Verwendung einer Hochsicherheitsfrequenz autorisieren kann, ohne daß jemand mithört.«

Sulu fügte im stillen noch ein viertes Kriterium hinzu: Es mußte jemand sein, der wollte, daß man die verräterischen Untaten den Angehörigen der *Enterprise*-Brückenmannschaft anlastete.

»Sie müssen vorsichtig sein, Sulu.« Nakais Stimme war nun wieder schroff. »Und zwar sehr vorsichtig. Wer diese Leute auch sind – sie sind gut organisiert und haben keine Skrupel. Es könnte auch jetzt noch sein, daß sie Ihnen etwas am Zeug flicken wollen. Vertrauen Sie niemandem.«

»Keine Sorge«, murmelte Sulu. »Mach' ich nicht.«

In der Aufzeichnung piepste ein Zeitmesser, und Nakai grunzte. »Das waren fünf Minuten. Fahren Sie jetzt lieber die Antenne aus, bevor White Sands mißtrauisch wird. – Ach ja, wenn Sie rausgekriegt haben, wer hinter der Sache steckt, halten Sie einfach an der alten Missionskirche in Alamogordo an und kaufen etwas Rohtürkisfarbe. Sie brauchen mit niemandem zu sprechen. Ich krieg' es schon mit. – Nakai, Ende.«

Stille senkte sich über das Cockpit der Fähre, eine angespannte und einsame Stille, die Sulu wünschen ließ, er könne auf den glänzenden Pazifik hinausfliegen, um nie wieder zurückzukehren. Er seufzte, dann streckte er die Hand aus, um die Subraum-Antenne der Phantom wieder in die normale Position zu fahren.

»White Sands ruft WKI-2, bitte melden.« Der schnarrende Ton von Willis' Stimme überraschte Sulu. Der Commodore hatte ihn doch wohl nicht während der ganzen Zeit angefunkt? »White Sands ruft WKI-2, bitte melden.«

»White Sands, hier ist WKI-2.« Sulu gab der *Phantom* ohne nachzudenken Aufwärtsschub. Es war leichter, Zeitverzögerungen zu schätzen, wenn die Grundlinie aus dem Meeresspiegel statt aus Bergeshöhen bestand. »Tut mir leid wegen der Störung, Sir. Ich bin über den San Gabriels in einige T-Stürme geraten.« Was natürlich gelogen war, aber Sulu bezweifelte, daß Willis eine Wetterkarte vor sich hatte.

Der Commodore stieß hörbar die Luft aus. »Ich dachte schon, Sie wären verschollen. Ist alles in Ordnung?«

»Alle Systeme normal.«

»Auch das Tarngerät?«

Sulu trat sich geistig in den Hintern. Nakais Botschaft hatte ihn so abgelenkt, daß er völlig vergessen hatte, daß er das Gerät testen sollte. »Das Fehlersuchprogramm ist gerade beendet, Sir«, log er weiter. »Sieht aus wie eine temporäre Fehlfunktion.«

»Können Sie das Tarngerät aktivieren?«

Sulu griff nach der Steuerung zu seinen Füßen, und diesmal spürte er das Schütteln der *Phantom,* als das Tarnfeld sich um ihn herum aufbaute. »Tarnfeld aktiviert, Sir.«

»Verstanden.« Willis' tiefe Stimme fand ihr volltönendes Timbre wieder. »Gut gemacht, Mr. Sulu.«

»Danke, Sir.« Sulu schaute den schärfer werdenden Wellen zu, als die Fähre nach unten zog. Sechshundert Meter über dem Meeresspiegel aktivierte er den Antigrav und wartete auf das Holpern.

Sein Schwerkraftinstinkt warnte ihn, mehrere Sekunden bevor die Alarmsirenen der *Phantom* aufheulten. Statt der Gravitationsbremse, die er hätte spüren müssen, sagten ihm seine Sinne beim vertrauten und unvermeidlichen Tempo von 9,816 Metern pro Sekunde, daß er weiter auf die Meeresoberfläche zuraste. Er schlug erneut auf den Antigrav – umsonst –, dann versuchte er, die Impulstriebwerke einzuschalten. Keine Reaktion.

Sulu fluchte, und als er versuchte, die störrische Fähre in einen Gleitflug zu zwingen, schaltete er den Kommunikator auf Normalfrequenz. »Fähre WKI-2, Notruf. Alle Systeme versagen. Wiederhole, alle Systeme versagen ...«

»Sagen Sie kein Wort!«

Chekov wehrte sich benommen gegen den Druck einer über ihm befindlichen Gestalt und krallte sich mit zunehmender Panik an die Hand über seinem Mund. Dünne Finger verstärkten den Griff über seinem Kinn. Er schloß die Augen und fiel zitternd wieder auf den Boden der Komzelle.

»... Krankenwagen wurde bereits zu Ihrem Aufenthaltsort beordert. Ich kann den Notruf nicht ohne Direktinstruktion eines zugelassenen Arztes stornieren.«

»Ich bin selbst zugelassener Arzt, du dämliche Sprechmaschine! Commander Leonard McCoy, Starfleet, a.D., medizinische Zulassungsnummer 4138884. Und jetzt storniere den verdammten Krankenwagen, verstanden? Außer mir ist niemand hier, und mir ging's noch ganz gut, bevor du angefangen hast, mir auf den Keks zu gehen!«

Chekov streckte erneut den Arm aus, um nach dem des Arztes zu greifen. Diesmal erwiderte McCoy den panischen Griff mit einem beruhigenden Händedruck. Erleichterung spülte wie eine Woge über Chekov hinweg.

Irgendwo in der Nähe ertönte die Sirene einer Ambulanz.

»Computer?« McCoy klang nun noch schärfer. »Hörst du mir überhaupt zu?«

»Stimmabdruck geprüft. Dr. Leonard McCoy, Zulassungsnummer 4138884.«

Das Sirenengeheul erstarb abrupt.

»Ambulanzbestellung storniert. Ambulanz zurückgerufen.« Irgendeine unsichtbare Veränderung fand außerhalb der Sicht- und Hörweite der abgelegenen Komzelle statt, und eine andere, fröhlicher klingende Stimme wünschte ihnen »noch viel Vergnügen«.

McCoy grunzte und schaltete das Lauschgerät der Einheit ab. »Das einzige, was wir möglicherweise hätten tun können, um die medizinische Wissenschaft noch ineffizienter zu machen, wäre ihre Automatisierung.« Er beugte sich erneut über Chekov und musterte ihn mit besorgter ärztlicher Miene. Diesem war das zerfurchte Gesicht noch nie so willkommen gewesen. »Blinzeln Sie nicht mal, bevor ich entschieden habe, ob Sie sich überhaupt bewegen dürfen. Wenn Sie mich schon mitten in der Nacht hierherholen, müssen Sie sich gefälligst auch an meine miese Laune gewöhnen.« Die Hand, die er von Chekovs Mund zurückzog, war sanft, als sie anfing, eine schnelle Untersuchung seiner Knochen und Muskeln vorzunehmen.

»Doktor ...« Die dünne Trockenheit seiner Stimme entsetzte Chekov. »Wie sind Sie hierhergekommen? Wie haben Sie mich gefunden?«

McCoy überraschte ihn mit einem schiefen Grinsen. »Tja, so viele anonyme Anrufe krieg' ich ja nun nicht.« Er drückte die Hände auf Chekovs Schlüsselbein, auf seine Schultern und weiter nach unten. »Als der Computer sagte, die Zelle sei zwar noch besetzt, aber es spräche niemand mit mir, hab' ich eben angenommen, daß irgend etwas nicht stimmt, und hab' mir noch mal das einzige vorspielen lassen, das Sie gesagt haben, als Sie noch bei Sinnen waren.«

»Ja.« Chekov fiel ein, was er in die Aufnahmeeinheit der Komzelle gesprochen hatte. »Anruf durchführen.« Er konnte nicht glauben, daß er so dumm gewesen war, irgend etwas zu sagen.

»Sie klangen verdammt kaputt.«

McCoys Hand glitt unter Chekovs rechten Ellbogen. Der Schmerz warf ihn wieder gegen die Zellenwand, und er schrie unkontrolliert auf. McCoy ballte eine Faust auf der Vorderseite seiner Parka, um ihn festzuhalten, als er den Versuch machte, auf die Knie zu sinken. »Keine Bewegung, verdammt noch mal!«

»Verzeihung ...« Chekov wollte sich entspannen, aber der wiedererwachte Schmerz brandete in ihm auf, bis sein Atem nur noch in kurzen, wirkungslosen Stößen kam. »Gebrochen ...«, knirschte er durch zusammengebissene Zähne. »Tut mir leid ...«

McCoy nickte ergrimmt und brachte ihn mit einer Geste zum Schweigen. »Schon gut, ich hab' verstanden.« Er faßte kurz an Chekovs Schulter, um sich zu entschuldigen, dann führte er die Untersuchungen an anderer Stelle fort. »Ich hab' mir von der Zelle sagen lassen, wo Sie sind, dann ein Automatentaxi gerufen und mich herbringen lassen.« McCoy fuhr mit der Erklärung fort, als sei es nie zu einer Unterbrechung gekommen. »Es ist Ihr Glück, daß der Laden, der meine Vortragsreisen organisiert, mich so gut bezahlt. Sonst hätte ich mir diese Fahrt nie erlauben können.«

»Wieso?« Chekov schaute stirnrunzelnd durch die transparente Zellenwand, doch die Außenwelt war wegen des Schneetreibens und der endlosen Schwärze für ihn unsichtbar. »Wo sind wir denn?«

»Auf der Halbinsel Delmarva, in einer Kleinstadt namens Pocomoke City. Das Kaff gibt's nicht mal auf der Landkarte.« McCoy drehte sich schwerfällig um und ging in die Knie, um sich Chekovs gesunden Arm über die Schulter zu legen und einen Arm hinter seinen Rücken zu schieben. Das Aufstehen und der erste Schritt nach vorn waren purer Schmerz.

»Ich weiß, daß es weh tut«, grunzte McCoy. Er wankte, als Chekov sich auf ihn stützte. »Aber es sieht so aus, als könnten wir im Augenblick nicht mehr für den Arm tun. Ich werde versuchen, ihn wieder hinzukriegen, bevor die Schwellung noch schlimmer wird.«

»Nein ...« Chekov wehrte sich schwach, stolperte aber nur auf den Arzt zu, dessen Griff noch fester wurde. »Ich kann in kein Krankenhaus.«

»Weiß ich, mein Sohn.« McCoy trat die Tür der Taxe auf und drehte sich langsam zur Seite, um Chekov hineinsinken zu lassen. »Machen Sie sich keine Sorgen. Ich habe schon andere Vorbereitungen getroffen.«

McCoys ›andere Vorbereitungen‹ erwiesen sich als Motel an der Küste der Halbinsel Delmarva. Als das Taxi vor ihrer Unterkunft anhielt, wirkte keins der anderen Quartiere bewohnt, und als sie drin waren, erkannte Chekov den Grund. Die niedrige Spiegeldecke reflektierte den Teppich und das Bett. Ein grelles Gemälde nach klingonischer Art nahm den Hauptteil der gegenüberliegenden Wand ein. Chekov fand, daß dies der einzige Ort war, den man aufsuchen konnte, an dem der Schmerz eines gebrochenen Arms vergleichsweise angenehm wirkte.

McCoy schob Chekov mit sanfter Bestimmtheit zum Bettrand. »Hinlegen«, knurrte er. Dann ging er wieder hinaus, in die windige Finsternis und den Schnee. Chekov schaute kurz hinter ihm her. Er war verschwitzt. Schließlich nahm er die schreckliche Aufgabe in Angriff, sich seiner Parka zu entledigen. Als die Hälfte der Knöpfe offen waren, kam McCoy wieder durch die Tür herein.

»Verdammt, Chekov ...« Der Arzt warf zwei schwarze Taschen auf einen in der Nähe stehenden Tisch, dann eilte er hinüber, schob Chekovs Hand sanft beiseite und beendete die Arbeit für ihn. »Ich wollte sie Ihnen gerade vom Leib schneiden.«

»Ich brauch' sie noch«, sagte Chekov in schwachem

Protest. McCoy griff hinter ihn, um den linken Arm aus dem Ärmel zu ziehen. »Ich hab' bei diesem ganzen Mist schon mal einen Mantel verloren.«

McCoy grunzte zwar, widersprach aber nicht, als er anfing, die rechte Mantelhälfte von Chekovs Körper zu schälen. »So«, sagte er zufrieden. »Erzählen Sie doch schon mal, was eigentlich passiert ist.«

»Kann ich nicht.« Chekov umklammerte ein Stück der zerknitterten Decke und drückte fest die Augen zu, um dem wahnsinnigen Drängen zu widerstehen, vor dem Schmerz zurückzuzucken. »Ich möchte nämlich nicht, daß Sie den Sicherheitsdienst der Flotte belügen müssen.«

McCoy drückte beide Hände auf Chekovs Brustkorb, bis er endlich nachgab und sich rückwärts aufs Bett sinken ließ. Die Matratze war hart und eigenartig klumpig. »Dann fangen wir mit dem an, was ich schon weiß.« Chekov hörte, daß McCoy sich aufrichtete und die Verschlüsse der schwarzen Taschen aufspringen ließ. »Ich weiß, daß Sie Mark Piper nicht umgebracht haben, mein Sohn«, sagte er und übertönte das Klappern der Instrumente, die er gerade sortierte. »Und Kirk weiß es auch.«

Chekov hob den Kopf. Die Nennung von Kirks Namen überraschte ihn. »Sie haben mit dem Admiral gesprochen?«

»Brauchte ich gar nicht.« Chekovs Mut nahm ab, aber er sagte nichts, als McCoy zu ihm kam und sich wieder neben das Bett kniete. »Jim Kirk kennt seine Mannschaft. Er vertraut Ihnen.« McCoy hob den Rand einer Manschette hoch, schob ein Schneidewerkzeug in den nassen Ärmel des Pullovers und schnitt ihn bis zur Schulter auf. »Rosa und Blau«, sagte er trocken, als er das gleiche mit dem Hemd machte. »Nicht gerade die Farben, die ich für Sie ausgesucht hätte, Chekov.«

Chekov fiel ein, wie Obersti ihm in ihrer Küche die

Kleidungsstücke gezeigt hatte. Ein wehmütiges Lächeln verzog seine Lippen. »Die Auswahl, die mir zur Verfügung stand, war etwas begrenzt.«

Ein Injektor zischte an der nackten Haut seiner Schulter, überspülte ihn mit kühler Erleichterung und löste den größten Teil der Schmerzen auf. Als er die Augen öffnete und sein hageres Abbild im Spiegel an der Decke sah, schaute er nur so lange hin, bis er die verschrammte, entstellte Ruine seines Arms auf der Tagesdecke sah, dann drehte er das Gesicht schnell zur Seite. Trotz aller grauenhaften Phantasien, die er im Zug und im Taxi gehabt hatte, war er auf die brutale Wirklichkeit nicht vorbereitet.

»Computer«, sagte Chekov. »Die Weltnachrichten.« Immerhin gab es nun etwas zu sehen; etwas, das ihn von dem ablenkte, was er sich selbst angetan hatte, und von dem, was McCoy gleich tun würde.

»Möchten Sie die Meinung eines studierten Mediziners hören?« fragte McCoy. Er wartete gar nicht erst auf Chekovs Antwort. »Schauen Sie nicht zu. Es würde Sie nur deprimieren.«

»Ich muß wissen, welche Nachrichten sie verbreiten.« Chekov zuckte erneut zusammen, als McCoy die Hälfte einer formbaren Schiene unter seinen Arm gleiten ließ. »Ich muß wissen, was sie wissen.« Auf dem Bildschirm malte ein seriöser Meteorologe mit den Händen Kreise über einen Sturm vor der Küste Floridas.

»Sie werden mir das, was ich jetzt mache, bestimmt übelnehmen ...« McCoys Griff schloß sich resolut um Chekovs Daumen. »Aber ich verspreche Ihnen, daß Sie mir danken werden, wenn es vorbei ist.«

Chekov redete sich ein, nicht zu wissen, was gleich passieren würde; daß es ihm besser gehen würde, wenn er sich entspannte; daß nichts, absolut nichts, ihm weher tun konnte als das, was er an diesem schrecklichen Tag bereits erlitten hatte. Dann verengte sich der

Griff um seine Hand, seine Knochen drehten sich und rutschten knackend wieder dorthin, wo sie hingehörten. Er wäre am liebsten aus der Haut gefahren, um diesem Augenblick des seelenzerreißenden Schmerzes zu entgehen. Doch als sein Körper ihn registrierte und Chekov einatmete, um aufzuschreien, ließ er auch schon nach.

»Das war's. Wir sind fertig.« McCoys Stimme klang weiter entfernt als vorher, leise und verschwommen. »Der schwierige Teil liegt nun hinter uns.« Chekovs Arm reagierte nur mit einem äußerst dickflüssigen Protestpulsieren, als der Arzt den Rest die Schiene anpaßte und sie fachmännisch befestigte.

Die Wachsamkeit kam langsam zurück. Chekov öffnete die Augen und sah die gedämpften Farben des Bildschirms. McCoys beruhigende Stimme vermischte sich mit den monotonen Worten des Sprechers zu nahtlosem Unsinn. Als Sulus schlankes, lächelndes Gesicht auf dem überdimensionalen Schirm auftauchte, glaubte Chekov, sein Geist habe aus den Fäden seiner Gedanken und McCoys Worten irgendein beruhigendes Phantom erzeugt. Dann sprach der Sprecher plötzlich lippensynchron, und Chekov ruckte in schlagartigem Entsetzen hoch.

»Chekov!« McCoy packte ihn mit beiden Händen. »Stillhalten!«

»Ruhig!« Oh, bitte, das kann doch nicht wahr sein! Das kann doch nicht stimmen!

»... Vernichtung eines militärischen Flugzeugs aus dem Versuchszentrum White Sands. Das Oberkommando der Flotte hat noch keine Einzelheiten über die vermißte Maschine bekannt gegeben. Wie verlautet, war der Nachtflug über dem Südpazifik Bestandteil einer geheimen Testreihe, die Lieutenant Commander Hikaru Sulu durchführte, der nach dem Verlust der Maschine für tot erklärt wurde.«

McCoy durchbrach die zwischen ihnen herrschende Stille, indem er heiser »O mein Gott ...« hervorstieß.

Chekov stierte den Bildschirm an, bis McCoy dem Computer befahl, ihn abzuschalten. Doch selbst danach wurde Chekov den Eindruck nicht los, Sulus lachendes Gesicht noch immer auf dem Schirm zu sehen, als weigere es sich, zu verblassen.

McCoy stand neben dem Bett, als wisse er nicht genau, was er tun solle. »Das kann doch nur ein Irrtum sein.«

Es war kein Irrtum. Piper. Obersti. Sulu. Daß all dies irgendwie miteinander zu tun hatte, bewiesen die Toten.

»Ich schau' mal nach, ob ich Kontakt mit Jim aufnehmen kann ...«

»Aber nicht von hier aus«, wandte Chekov ein.

»Nein, von hier aus nicht«, sagte McCoy zustimmend. Er hatte schon den Mantel in der Hand und zog ihn während des Sprechens an. »Ich kann versuchen, ihn von der Komzelle aus zu erreichen, in der ich Sie gefunden habe. Ich möchte, daß Sie hierbleiben und auf mich warten. Was dort auch gespielt wird: Wir sind besser dran, wenn wir uns der Sache gemeinsam stellen.« Er legte eine Hand unter Chekovs Kinn und drehte den Kopf des jungen Fähnrichs so, daß er gezwungen war, ihn anzuschauen. »Haben Sie mich verstanden? Bleiben Sie bloß hier!«

Das Lügen fiel ihm zu schwer, als daß ihm sofort eine passende Antwort eingefallen wäre, aber McCoy wartete nicht lange genug, um ihn zu einer solchen zu zwingen. »Wenn es nicht anders geht, Fähnrich, muß ich einen Befehl daraus machen.« Er warf eine blaßgoldene Kontokarte neben Chekov auf die Tagesdecke. »Schauen Sie mal nach, ob der Nahrungsautomat Ihnen auch etwas anderes gibt als Kaffee, und sorgen Sie dafür, daß Sie etwas Warmes in den Bauch kriegen. Ich werde keine Stunde brauchen.« Schneegestöber drang durch die Tür, während McCoy sie öffnete und hinaustrat. Als er gegangen war, kam der Raum Chekov sehr kalt und leer vor.

»Wie lautet der erste Eid, den ein Offizier der Flotte ablegt?« Oberstis Stimme hallte aus dem Jenseits zu ihm herüber.

Welchen Unterschied macht das jetzt noch? Chekov rieb seinen Arm, überwältigt von seiner Hilflosigkeit. Der erste Eid eines Sicherheitsmannes ist: zu beschützen und zu dienen.

»Und welche Pflicht ist wichtiger als alle anderen?«

Ich muß das mir anvertraute Leben schützen ... Chekov schaute auf das nachtschwarze Wasser und den Streifen der Vorinsel hinaus, die die Wogen des Ozeans zurückhielt. Der schmale Landstreifen reichte wie eine Brücke zwischen den Wirklichkeiten in die Finsternis hinein. Das erste Aufflackern eines Plans formte sich allmählich in seinem Hinterkopf. »... auch wenn es mich das eigene Leben kosten sollte.«

11

Starfleet-Akademie
San Francisco, Nordamerika
Terrestrisches Datum: 24. Dezember 2269
10.30 Uhr Ortszeit

»Commander?«

Uhura schaute von ihrem Schreibtisch auf. Sie zuckte zusammen, denn sie hatte unglückliche Gedanken gewälzt. Falls es überhaupt etwas gab, was sie in diesem Semester als Dozentin gelernt hatte, dann das, daß Studenten sich in den frühen Bürostunden eines Montags nie bei ihr meldeten, es sei denn, sie standen vor dem Examen. Und die Prüfungswoche hatte letzten Freitag geendet. Nur Professoren und Stabsoffiziere waren noch auf dem Gelände, und dazu vereinzelte außerirdische Studierende, die es sich nicht leisten konnten, die teure Reise in die Heimat zu bezahlen.

Das stupsnasige, schüchtern um den Türrahmen lugende Gesicht gehörte zur zweiten Kategorie. Fähnrich Dana Cercone hatte die dunklen Augen und die leicht bräunende Haut ihrer italienischen Vorfahren, doch ihr singender Akzent zeigte an, daß sie eine Bewohnerin des Planeten Sherman war, einer irdischen Kolonie, auf der man Neuesperanto sprach. Uhura zwang sich zu einem Lächeln und begrüßte die Studentin in ihrer Muttersprache.

Cercone wechselte sofort ins Neuesperanto über. Sie wirkte besorgt. »Ich möchte Sie nicht stören, Commander, wenn Sie beschäftigt sind. Haben Sie Zeit, jetzt mit mir zu sprechen?«

»Ich benote nur Aufsätze. Ich habe nichts dagegen, wenn man mich dabei stört.« Uhura schob einen Prüfungsbogenstapel von dem Stuhl neben dem Tisch und gab Cercone mit einer Geste zu verstehen, sie solle sich setzen. »Haben Sie eine Frage zu Ihrem Test? Ich habe ihn noch nicht gelesen.«

»Ach, nein, Commander.« Fähnrich Cercone schaute zu Boden und fummelte an der Kadetten-Wintermütze, die sie auf ihrem Schoß gefaltet hielt. »Ich glaube, er ist mir ganz gut gelungen. Ihr Unterricht gefällt mir sehr.«

»Mir auch. Sie waren alle ziemlich gut.« Uhura legte den Benotungsdatenblock hin. »Womit kann ich Ihnen sonst helfen?«

Cercone schaute auf; ihr Blick war nun geheimnisvoll und ernsthaft. »Es geht um meine Examensarbeit, Commander. Ich hatte mir vorgenommen, während der Winterferien daran zu arbeiten, da ich hier festsitze ... Ähm ... ich meine, da ich mich zum Bleiben entschlossen habe ...«

Uhura lächelte wider Willen erneut. »Hier festsitzen ist genau das richtige Wort, Fähnrich. Worum geht's denn in Ihrer Arbeit?«

»Datenkompression bei planetaren Subraumverbindungen. Ich möchte lineare Zeitverzögerungen ausschalten, indem ich ein transporterähnliches System einsetze, um Daten in simultan intakten Bündeln zu verschicken.«

Uhura nickte. »Das ist eine gute Idee. Funktioniert sie auch?«

»Tja, noch nicht«, gab Cercone zu. »Ich muß noch eine Möglichkeit finden, um um das Quantentor-Problem herumzukommen, aber ich habe ein paar vielversprechende Experimente in der Haupttransporteranlage der Flotte gemacht. Das Problem ist ...« Ihre glatte

Stirn runzelte sich verwirrt. »Ich kriege eine Menge eigenartige Störungen bei den Subraum-Botschaften, aber erst seit kurzem.«

»Und Sie möchten, daß ich es mir mal ansehe«, vermutete Uhura.

»Ja, Commander. – Ich glaube zwar nicht, daß es irgend etwas mit meinem Arbeitsproblem zu tun hat«, fügte Fähnrich Cercone eilig hinzu, »denn wenn es so wäre, würde ich Sie natürlich nicht bitten, es mir zu erklären. Aber wenn es nur ein von außen kommender planetarer Effekt ist ... Nun, ich weiß, daß Sie eine Menge Erfahrung darin haben, Dinge dieser Art zu entwirren.«

»Außerdem macht es mir viel mehr Spaß, als mich mit Aufsätzen herumzuschlagen.« Uhura musterte stirnrunzelnd den auf ihrem Schreibtisch liegenden Stapel und kalkulierte die vor ihr liegende Arbeit. »Ich sag' Ihnen was, Fähnrich: Ich müßte in einer Stunde mit dem Zeug fertig sein. Wenn Sie mir bis dahin Ihre Daten herbringen, schaue ich Sie mir mal an.«

»Großartig!« Cercone sprang mit der ansteckenden Energie der Jugend auf. »Ich füge alles so zusammen, wie es hereingekommen ist. Danke, Commander.«

»Kein Problem.« Uhura schaute ihr beim Hinausgehen zu, dann richtete sie ihre Aufmerksamkeit zögernd wieder auf die Tests. Sie seufzte. An Notenvergaben zu denken war noch immer besser, als ...

»Entschuldigung, Commander.«

Uhura erkannte die freundliche Stimme schon, bevor sie zu dem hochgewachsenen Mann mit den hängenden Schultern aufschaute, der im Türrahmen stand. »Guten Morgen, Mr. Kahle.« Sie rang sich ein weiteres Lächeln ab. »Kommen Sie, um Ihre Noten zu überprüfen?«

Der Multimilliardär schnaubte. »Auf Noten war ich nie sehr wild, Madam. Ich habe den Test nur mitgemacht, um zu sehen, ob ich den Druck noch aushalte.« Er zog fragend eine eisgraue Braue hoch. »Habe ich bestanden?«

»Mit Pauken und Trompeten«, gab Uhura zurück. »Möchten Sie reinkommen und es sich ansehen?«

Kahle schwenkte bedauernd seinen Krückstock. »Heute habe ich keine Zeit. Ich wollte nur mal reinschauen, um zu fragen, ob Sie heute abend zur Weihnachtsfeier kommen.«

»Hatte ich eigentlich vor.« Der Gedanke an die Feier – und an die Männer, die versprochen hatten, als ihre Gäste zu erscheinen – ließ sie schlagartig wieder an die bedrohliche Ungewißheit dessen denken, was Chekov und Sulu an diesem Wochenende widerfahren war. Sie biß sich auf die Lippe und sagte, nun weniger sicher: »Falls ich es schaffe. Könnte sein, daß noch … irgendwas dazwischenkommt.«

»Verstehe, Madam.« Kahle nickte ihr ernst und verständnisvoll zu. Uhura hatte den Eindruck, daß es bei der Flotte nur wenige Geheimnisse gab, in die der ehemalige Raumschiffkommandant nicht eingeweiht war. »Ich hoffe, Sie kriegen gute Nachrichten, und daß wir uns dann sehen. Ihr alter Kollege Mr. Scott hat versprochen, zu diesem Ereignis herunterzukommen.« Kahle schnaubte erneut. »Mußte ihm allerdings saurianischen Brandy versprechen, um ihn von der *Enterprise* loszueisen.«

»Das sieht Mr. Scott ähnlich, Sir.« Uhura rang sich ein zittriges Lachen ab. »Sagen Sie ihm, daß ich mich bemühen werde zu kommen, auch wenn ich nur eine Weile bleiben kann.«

»Gut.« Kahle tippte an seine Mütze, dann verschwand er mit einem Schritt, der einem jungen Fähnrich alle Ehre gemacht hätte.

Uhura stieß einen erneuten Seufzer aus und zwang sich dazu, sich auf die Prüfungen zu konzentrieren, die sie benoten mußte. Sie wußte, wenn sie zuließ, daß sie an ihre verschollenen Freunde dachte, endete es damit, daß sie den gleichen sinnlosen Zyklus von Sorgen, Kummer und Empörung empfand wie gestern. Und nichts davon würde Sulu und Chekov helfen. Wenn ihr doch nur etwas eingefallen wäre, das den beiden wirklich helfen konnte ...

»Uhura.«

Sie erkannte die neue Stimme, und ihr Kopf ruckte hoch. Sie musterte die schlanke, drahtige Gestalt im Türrahmen mit einer Mischung aus Hoffnung und Furcht. »Admiral Kirk! Haben Sie herausgekriegt ...«

Kirk schüttelte den Kopf und trat in ihr Büro. Er ließ die Tür hinter sich ins Schloß fallen. »Immer noch kein Wort über Chekovs Aufenthaltsort. Und noch immer kein Glück, was die Absturzstelle der *Phantom* angeht.«

»Ach ...«

Der Admiral schien die Bestürzung in ihrem Blick gesehen zu haben. »Es sind gute Nachrichten, Uhura. Wenn Sulu wirklich in der Nähe der Koordinaten seines letzten Funkspruchs heruntergekommen ist, hätten wir inzwischen längst Beweise dafür finden müssen. Die Suchgruppe hat den Meeresboden in einem Umkreis von fünfzig Kilometern rund um die Absturzstelle abgesucht. Man hat nicht mal einen Ölfleck gefunden, geschweige denn irgendeine Spur von einem Wrack.«

Uhura nickte. Genau das sagte sie sich auch immer, wenn sie nicht gerade der festen Ansicht war, daß die *Phantom* sich in einer noch nie dagewesenen Explosion vollständig in ihre Einzelteile aufgelöst hatte. »Aber ist es auch eine gute Nachricht, daß Chekov noch nicht aufgestöbert wurde?«

Kirk seufzte, zog sich einen Stuhl heran und nahm vor ihrem Schreibtisch Platz. Sein Gesicht wies die typischen scharfen Kanten auf, wie immer bei einer Krise, und seine braunen Augen zeigten ein unbehagliches Dunkel. »Das weiß ich nun nicht genau«, gestand er ein. »Es wäre mir am liebsten, wenn der Junge sich stellen würde, damit wir ihn irgendwo einsperren und herauskriegen können, wer hinter ihm her ist.« Er warf Uhura halb verärgert, halb verdrossen eine Frage hin. »Warum vertraut er uns nicht, verdammt noch mal?«

»Ich glaube, er mißtraut dem Sicherheitsdienst der Flotte«, sagte eine Stimme von der Tür her.

Uhura schnappte nach Luft, und Kirk fuhr mit einem Fluch herum. Seine Hand fuhr nach dem Phaser, den er nicht besaß. Die vertraute, geschmeidige Gestalt im Korridor musterte sie mit gelassenen blauen Augen, die ihre Spannung ebenso entschärften, wie sie früher Dr. McCoys erbostete Tiraden bezwungen hatten. Christine Chapels Aura stiller Gefaßtheit war stets so gelassen gewesen, als wolle sie Mr. Spock Konkurrenz machen. Nun, da die Krankenschwester ein Medizinstudium absolviert hatte und in der Forschung ihren Doktor machte, hatte sie auch mehr Selbstvertrauen bekommen.

»Christine!« Uhura sprang auf, zog ihre Freundin ins Büro und machte die Tür fest hinter ihr zu. »Woher, um alles in der Welt, weißt du über Chekov Bescheid?«

»Leonard hat's mir natürlich erzählt.« Chapel hockte sich auf die Kante des überladenen Schreibtisches und gab Kirk mit einer Handbewegung zu verstehen, daß sie den Stuhl nicht brauchte, den er ihr anbot. »Deswegen bin ich hier. Das soll ich berichten.«

Kirk, der gerade wieder Platz nehmen wollte, hielt inne und schaute überrascht auf. »Pille weiß was von Chekov?« Dann erhellte sich seine Miene in plötzlichem Verstehen. »Ach ja, hat McCoy nicht in diesem Semester Vorlesungen an der Johns Hopkins gehalten? Sagen Sie bloß, Chekov versteckt sich bei ihm!«

Chapel schüttelte den Kopf. »Nein, nicht mehr. McCoy hat gesagt …«

»Persönlich?« fiel Kirk ihr aufgeregt ins Wort. »Oder durch die Flottenkanäle?«

»Keins von beidem.« Sie lächelte matt. »Er hat gesagt, er kann dem amtlichen Komnetz nicht trauen. Und wie Sie wissen, kann er Flugzeuge nicht ausstehen. Also hat er mir von der Johns Hopkins über das medizinische Netz eine Botschaft nach Stanford geschickt und sie so codiert, als ginge es um eine vertrauliche Patientendatei und mein Gutachten.«

Kirk pfiff zustimmend. »Gut gemacht, Pille! Und was besagt die Botschaft?«

»Daß Chekov ihn Samstag abend aus einer öffentlichen Komzelle irgendwo an der Ostküste von Maryland angerufen hat.« Chapels Stimme nahm nun den sorgfältig abgemessenen Tonfall einer Ärztin an, die eine Krankengeschichte referiert. »Er war verletzt …« Als sie Uhuras bestürztes Luftholen vernahm, fügte sie beruhigend hinzu: »Es war nur ein einfacher radialer Bruch der rechten Elle. Leonard hat ein Automatentaxi genommen, um ihn abzuholen, aber Chekov wollte nicht ins Krankenhaus gehen. Er hat den Arm in einem Motel geschient, aber als er rausging, um einen Hilferuf loszulassen, lief er einem Kommando des Sicherheitsdienstes genau in die Arme. Er konnte sich zwar herausreden, so daß man ihn nicht festgenommen hat, aber als er wieder ins Zimmer kam, war Chekov weg.« Ihr Blick zeigte stillen Humor. »Und allem Anschein nach auch Leonards Kontokarte.«

Kirk setzte eine finstere Miene auf. »Hat Chekov gesagt, wohin er will? Oder woher er die Verletzung hat?«

Die Ärztin schüttelte den Kopf. »Nein. Er hat gesagt, er wolle niemanden zwingen, den Sicherheitsdienst zu belügen. Deswegen glaubt Leonard, daß Chekov diesen

Leuten nicht traut. Warum sollte man sie sonst anlügen?«

Kirk sprang wieder fluchend von seinem Stuhl auf. Er ging im Büro auf und ab wie ein Tiger im Käfig. Uhura und Chapel tauschten einen Blick. Beide erkannten, daß ihr Ex-Kommandant drauf und dran war, etwas in die Wege zu leiten. Wären sie an Bord der *Enterprise* gewesen, hätten Kirks nächste Worte aus dem Befehl bestanden, die Photonentorpedos abzufeuern.

Aber dies war keine Schlacht, die man mit den Geschützen eines Raumschiffes gewinnen konnte. Uhura erkannte an Kirks finsterer Konzentration, daß auch er es wußte. Er blieb stehen und fluchte noch einmal.

»Deswegen kann Chekov sich nicht stellen.« Kirk schlug so fest mit der geballten Faust in seine flache Hand, daß Uhura fast vom Stuhl gesprungen wäre. »Der Sicherheitsdienst ist in die Geschichte verwickelt. Wahrscheinlich sogar höchste Dienstgrade! Selbst wenn die Patrouille, die ihn festnimmt, loyal ist ... Er weiß, man wird ihn irgendwann, wenn er von da nach dort gebracht wird, an jemanden ausliefern, der uns reinlegen will ...«

»Uns reinlegen?« Dies war das einzige, was Uhura sich nicht zu denken gestattet hatte, obwohl ihr Verstand immer wieder zu dieser Vorstellung zurückkehrte, wie eine Motte, die gegen eine Fensterscheibe flog. Es war der Gedanke, der sie am meisten ängstigte. »Meinen Sie die Mannschaft der *Enterprise?*«

»Allerwenigstens die Brückenmannschaft.« Kirks Schritte ließen Uhuras Schreibtisch vibrieren, als er an ihm vorbeikam. Die Prüfungsbögen segelten unbemerkt zu Boden. »Verdammt noch mal, es kann doch kein Zufall sein, daß man Chekov und Sulu die beiden schlimmsten Verbrechen gegen die Flotte vorwirft, die sich in diesem Jahrhundert ereigneten! Irgend jemand ... irgend jemand ganz oben ... will es so aussehen lassen, als stünde meine Mannschaft hinter der ganzen Sache.« Kirk blieb erneut stehen. Seine Lippen zuckten, als hätte er irgend etwas Bitteres verschluckt. »Und ich glaube, ich kenne den Grund dafür.«

»Um Sie zu diskreditieren«, sagte Chapel leise.

Kirk nickte grimmig. »Im Föderationsrat gibt es eine Menge Fraktionen, die weder mich noch die anderen Admirale leiden können. Aber da ich momentan der diplomatische Problemlöser der Flotte bin, gebe ich natürlich die beste Zielscheibe ab.« Kirk nahm seine Wanderung mit einem wortlosen, frustrierten Knurren wieder auf. »Ich wünschte nur, ich wüßte, mit wem wir es zu tun haben – und wen diese Leute in den Reihen der Flotte gefunden haben, der die Arbeit für sie erledigt!«

Chapel runzelte die Stirn. »Wenn wir das in Erfahrung bringen könnten, wüßten wir, wer die wirklichen Verräter sind.«

»Ja. Und genau deswegen haben sie ihre Spuren so gut verwischt.« Kirk rieb sich frustriert mit der Hand übers Gesicht. »Ich habe Riley jede mögliche Computerprüfung machen lassen, um andere Verdächtige für die Diebstähle zu finden, aber wir kriegen einfach nichts auf die Reihe. Ich weiß nicht, ob es daran liegt, daß jemand Rileys Bemühungen sabotiert, oder ob die Diebe so verdammt gerissen sind, daß sie einfach keine Spuren hinterlassen haben.«

Uhura drückte die gefalteten Hände an ihren Mund. Sie dachte angestrengt nach. »Aber es gibt einen Ort, an dem sie ihre Spuren nicht verwischen können«, sagte sie endlich in die angespannte Stille hinein. »Sie müssen die gestohlene Technik doch irgendwo verkaufen, oder?«

Kirk blieb schlagartig stehen. Ein konzentrierter Ausdruck war auf seinem Gesicht. »Und die Käufer werden wissen wollen, mit wem sie es zu tun haben, weil sie sichergehen müssen, daß die Ware auch etwas taugt. Wir brauchen sie nur zu finden und zu überreden, eine Aussage zu machen …« Er durchquerte mit drei langen Schritten das Büro und nahm Uhura kurz in die Arme. »Großes Lob, Uhura.«

»Danke, Sir.« Sie trat außer Atem, aber glücklich, einen Schritt zurück. »Brauchen Sie beim Aufspüren der Kunden Hilfe, Admiral?«

Kirk trommelte nachdenklich mit den Fingern auf die Schreibtischplatte. »Natürlich, Commander, aber ich glaube, Hilfe dieser Art wird man auf der Erde schwerlich an jeder Ecke finden. Die Käufer kommen von Außenwelt, also muß ich den Planeten verlassen, um sie aufzuspüren. Ich brauche eine neutrale Intelligenz; jemanden, mit dem all unsere Alliierten und Gegner zu reden bereit sind. Jemanden, den alle kennen und dem alle vertrauen. Jemanden, den ich überreden kann, uns beizustehen …«

»Wir haben vor einer Weile das Leben von Botschafter Sarek gerettet«, erinnerte Uhura ihn. »Er ist uns einen Gefallen schuldig.«

»Das kann man wohl sagen.« Kirks Lächeln wurde wieder zu einem Lachen. »Und ist es nicht günstig, daß er gerade in der vulkanischen Gesandtschaft in San Francisco stationiert ist? Ich glaube, ich werde ihn sofort aufsuchen und mich mit ihm unterhalten.«

»Was sollen wir tun?« fragte Chapel.

Kirk reichte Uhura die Rangabzeichen, die er von seiner Uniformjacke nahm. »Bewahren Sie sie für mich auf, bis ich die Flotte überzeugen kann, daß ich es verdiene, sie zurückzukriegen. Und aktivieren Sie sämtliche Kommunikationskontakte, die Sie haben. Schauen Sie nach, ob Sie Sulu und Chekov lokalisieren können, ohne daß jemand von der Sicherheitsabteilung etwas davon bemerkt. Sorgen Sie dafür, daß sie ein sicheres Versteck finden – oder daß sie sich wenigstens bei

Kevin Riley melden. Er wird wissen, was zu tun ist.« Dann löste Kirk seinen Gelenkkommunikator und warf ihn Chapel zu. »Doktor, ich möchte, daß Sie ihn mit nach Stanford nehmen. Falls mich jemand anruft, sagen Sie, daß ich gerade meine jährliche medizinische Untersuchung absolviere und nicht gestört werden kann.«

Chapel musterte ihn mit einem zweifelnden Blick. »Wenn ich mich recht entsinne, Admiral, hatten Sie früher immer eine Entschuldigung parat, um die Untersuchung ausfallen zu lassen.«

»Weswegen ich jetzt allerwenigstens einen ganzen Tag brauche, um sämtliche Untersuchungen nachzuholen«, erwiderte Kirk. »Stimmt's, Doktor?«

Ein Lächeln huschte über Chapels Gesicht. »Stimmt, Sir. – Viel Glück«, fügte sie hinzu, als er sich der Tür zuwandte.

Kirk warf einen Blick über seine Schulter. Er war plötzlich wieder ernst. »Ich bin nicht derjenige, der Glück haben muß, Doktor. Wer die Leute auch sind, die hinter dieser Verschwörung stecken, in den nächsten vierundzwanzig Stunden bin ich völlig außerhalb ihrer Reichweite.« Er deutete auf Uhura. »Sie aber nicht – und da Spock sich auf Vulkan befindet, sind Sie das einzige verbleibende Mitglied der Brückenmannschaft. Achten Sie darauf, daß Sie nicht das nächste Ziel werden.«

»Keine Sorge, Admiral.« Uhura hob die Schultern, damit er nicht sah, wie sehr sie fröstelte. »Hier in der Akademie bin ich relativ sicher. Außerdem wüßte ich nicht, was Verräter von mir kriegen könnten.«

Eine große, stumpfe Faust traf Chekov durch die Wand der thermalen Schlafröhre. Er redete sich zwar ein, es sei besser, sie nach Möglichkeit zu ignorieren, doch als ein neuer Stoß seinen Arm traf, zwang der Schmerz ihn dazu, die Kopfklappe beiseite zu ziehen und den Pferdekopf über ihm mit finsterer Miene zu mustern. »Also, ich muß doch sehr bitten …«

Das Pony schnaubte laut und überrascht und tanzte ab. Es schüttelte den Kopf, als es ein paar Meter weitertrippelte und ihn anschaute. Die vier anderen, die zu ihm gehörten, machten einen Satz in Richtung Unterholz, dann schienen alle fünf ihren Vorsatz zu vergessen und schlenderten zur Nahrungssuche zurück. Wie deprimierend zu wissen, daß man nicht mal fähig ist, eine kleine Herde von Wildpferden anzuführen, dachte Chekov.

Donner tönte über den schwarzen Himmel. Ein Windstoß trieb Teilchen erstarrten Buschwerks über die gesamte Lichtung. Es konnte Mitternacht oder Mittag sein. Chekov schätzte anhand der trägen Wanderung der Pferde, daß es noch ziemlich früh am Abend war. Vielleicht war es nicht mal so spät. Wie auch immer, er hatte eine Menge zu tun.

Er krabbelte aus der Thermalröhre heraus und machte sich nicht mehr die Mühe, den Sand aus ihr herauszuhalten. Das Zeug war heimtückisch. Als ihm die ›Idee‹ gekommen war, hierherzugehen, war ihm nicht klar gewesen, daß die ›Insel‹ nicht mehr war als eine lange Sandbank, auf der gerade genug verkümmerte Büsche und spärliches Gras wuchsen, um sie daran zu hindern, fortgespült zu werden. Er hatte noch kein Wasserreservoir gefunden, das nicht salzig war und so bitter schmeckte wie das Meer. Trotzdem – die Pferde mußten irgend etwas trinken. Vielleicht aber auch nicht. Er wußte nicht genau, wie lange ein Pferd es ohne Wasser aushalten konnten; er wußte nur, daß man Rentiere ausgiebig und oft saufen lassen mußte.

Als Marina Franz über Assateague gesprochen hatte, hatte es entzückend und pittoresk geklungen. »Ich habe mit dem Naturschutzkorps einen ganzen Sommer dort verbracht«, hatte sie erzählt, als sie Anfang des Jahres zwischen zwei Unterrichtsstunden spazierengegangen waren. »Außer der Parkleitung und der Nothilfe für die Ponys darf niemand auf die Insel gehen – keine Besucher, keine Touristen, nicht mal die Förster sind ständig dort. Es ist wunderbar!«

Nun, da sein Mund aufgrund von Wassermangel trocken war und jeder Quadratzentimeter seiner Haut wegen des wehenden weißen Sandes juckte, kam Chekov nicht umhin, sich zu fragen, warum Besucher, Touristen, ja sogar Ponys je den Wunsch verspüren sollten, auf die Insel Assateague zu kommen.

Um so mehr ein Grund, so lange wie möglich hier zu bleiben. Niemand, der seine fünf Sinne beisammen hatte, würde auch nur im Traum auf die Idee kommen, mitten im stürmischen Dezember hier seine Zelte aufzuschlagen. Womit sich zeigt, in welchem geistigen Zustand ich mich befinde. Er lächelte wehmütig, als er die Schlafröhre einrollte und in den Tragesack stopfte.

Marina hatte berichtet, daß sich auf der Insel überall Unterstände für die Förster befanden. »An der Hauptstraße entlang«, hatte sie gesagt. »Es sind süße Häuschen, in denen die Leute vom Naturschutz manchmal Meßgeräte und Kommunikationsanlagen unterstellen.« Als er vor zwei Nächten die Landbrücke zur Insel überquert hatte, hatte er gehofft, sich vor dem Wetter in einem der ›Häuschen‹ schützen zu können. Doch bisher hatte ihm der tagelange Marsch über die einzige Inselstraße keinen Hinweis auf die versprochenen Unterkünfte gegeben. Chekov freute sich nur, daß er auf die Idee gekommen war, McCoys Kontokarte mitgehen zu lassen, um sich die Campingausrüstung zu kaufen. Und natürlich nahm er sich vor, dem Arzt die unfreiwillige Spende zurückzuzahlen, sobald all dies hinter ihm lag.

Er war bei Nacht auf der Insel angekommen. Nach einem Marsch, bei dem er bis an seine Grenzen gestoßen war, hatte er sich in die Schlafröhre begeben und sich abgemüht, ein Päckchen mit Camper-Winterrationen aufzubeißen. Er war mit dem verschlossenen Päckchen im Mund eingeschlafen, die unnachgiebige Lasche zwischen den Zähnen.

Chekov hob den leichtgewichtigen Tragesack, zog den Handschuh mit den Zähnen an und wünschte sich nicht zum ersten Mal, die Finger seiner rechten Hand seien nützlicher. Immerhin war das Unbehagen nicht über den Punkt einiger warnender Stiche hinausgegangen, seit McCoy seine Knochen wieder eingerichtet hatte. Er mußte auch für diese schlichte Verbesserung Dankbarkeit empfinden – Flüchtlinge konnten bezüglich der Details ihres Exils nicht zu wählerisch sein. Er schob sich ins Unterholz und eilte entschlossen der Straße entgegen.

Der flache, gerade Zugangsweg war der bisher leichteste Teil seines langen Martyriums. Seine müden Beine und sein schmerzender Rücken nahmen es dankbar zur Kenntnis. Er machte sich nicht mehr die Mühe, einen Dauerlauf hinzulegen. Warum sollte er sich beeilen? Wenn er das Ende der Insel erreicht hatte, konnte er ohnehin nirgendwo mehr hingehen, und es gab auch keinen brillanten Plan mehr, dem er folgen konnte. Ebensogut konnte er die Bestätigung seines Schicksals so lange wie möglich hinausschieben, da er nicht wußte, ob er auf den Beinen blieb, wenn er kein Ziel mehr hatte, dem zu folgen sich lohnte.

Das Trampeln der Ponyhufe hallte durch die ihn umgebende Finsternis. So leichtfüßig und still, wie sie in den Dünen auch waren, auf dem Weg machten die Pferde einen Höllenlärm und übertönten jedes Geräusch, das seine Stiefel gemacht hätten. Er war seit dem ersten Abend stets im Schatten derselben fünf sanften Hengste gegangen. Die Förster schienen sie zu füttern, wenn sie kamen, um nach ihnen zu sehen. Vielleicht hinderte auch das Nichtvorhandensein störender Touristen die Ponys daran zu lernen, wie gefährlich die Anwesenheit von Menschen sein konnte. Was auch der Grund war, sie hatten sich als ziemlich erfreuliche Reisegefährten erwiesen, und ihr unermüdlicher Hufschlag hatte ihm als Orientierungshilfe gedient.

Deswegen fiel es ihm sofort auf, als der Hufschlag aussetzte.

Chekov verlangsamte seinen Schritt und tastete den vor ihm liegenden Weg mit seinen begrenzten Sinnen ab. Der Wind zerriß zwar jedes unterschwellige Geräusch, aber er glaubte, kurz bevor sein Fuß über den Abgrund trat und er in eine eiskalte, schäumende Suppe fiel, das Klatschen von Wasser gehört zu haben.

Es gelang ihm, aus dem seichten Teich zurückzustolpern, doch seine Hosen waren nun völlig durchnäßt. Ein Windstoß schnitt durch den nassen Stoff, und er verfluchte sich laut, weil er so dumm gewesen war, nicht auf den Weg zu achten.

Wellen und Regen hatten die Straße unterspült. Chekov stand am Rand des Loches. Wenn er sich an einem Pferd festhalten konnte, konnte er vielleicht versuchen, sich durch das finstere, schaumige Chaos zu kämpfen. Doch die Ponys hatten sich schon aus seiner Reichweite entfernt. Mithin konnte er nur ins Unterholz zurückkehren und sich einen Weg um die Unterspülung herum suchen, doch ohne Garantie, daß er einen sauberen Weg zur Straße zurück finden würde.

»Ach, wieviel schlimmer kann meine Lage noch werden?« Es war doch nicht so, daß Leong oder Broad irgendwo im Hinterhalt auf ihn warteten. Deswegen war es überall besser als an der Küste. Er bückte sich, um soviel Wasser wie möglich aus dem Hosenbein zu wringen, dann folgte er dem letzten sich zurückziehenden Pony zwischen die Büsche, weil er annahm, daß die Pferde wußten, was sie vorhatten.

Der Sand unter seinen Füßen rutschte und bewegte sich. Zweige rissen ab, als er nach ihnen griff, um die Balance zu bewahren. Die Ponys schritten über einen schmalen, sich windenden Pfad durch das Buschwerk, gingen ausnahmslos mit der Nase am Schweif des Vordermanns, als seien sie wie Figuren eines Scherenschnitts miteinander verbunden. Als die Herde nach links abbog, führte Chekov dies auf die Launen zurück, nach denen Ponys vorgingen. Dann übte das letzte Tier in der Schlange seine Unabhängigkeit aus, indem es gelassen nach rechts trabte, und Chekov erkannte überrascht, daß sie irgend etwas umgingen, was der Busch und ihre Leiber seinen Blicken bisher verborgen hatten. Er blieb stehen, um sie weitergehen zu lassen, dann kletterte er in das Unkraut und fing an zu graben.

Dem langen Eisenhenkel war es gelungen, jedes abgerissene Ästchen und jeden Tangknoten, den der vordringende Sturm aufgewirbelt hatte, einzufangen. Chekov zog den Schutt von dem Deckel fort, dann stöhnte er enttäuscht auf, als er die dicken, vom Sand abgescheuerten Buchstaben erblickte: FORSTSTATION 13, NATURSCHUTZGEBIET ASSATEAGUE ISLAND.

»Ach, Marina…« Aus irgendeinem Grund, hatte er bei der Bezeichnung ›Häuschen‹ angenommen, sie hätte Gebäude gemeint, in denen tatsächlich Menschen Platz fanden.

Er knackte das einfache Schloß des Kastens. Immerhin hatte er im Sicherheitsunterricht ein paar nützliche Praktiken gelernt. Im seinem Inneren stieß er auf wissenschaftliche Datenblöcke, Erste-Hilfe-Kästen (einen für Menschen, einen für Pferde), ein Sortiment verschiedener Probengläschen und Datendisketten sowie ein Kommunikationsgerät. Er küßte den kleinen Sender, zog den Handschuh aus und gab den Verbindungscode ein.

Er hoffte, daß es für die Pazifische Standardzeit noch

nicht zu spät war. Ohne Zugriff zu einem Knotenpunkt der Flotte konnte er nur versuchen, Kirk im Büro zu erreichen. Der Sicherheitsdienst würde die Leitung abhören, aber er hatte sich darauf vorbereitet. Und falls Kirk anwesend war und er mit ihm reden konnte, ließ er bestimmt nicht zu, daß ihm etwas passierte. Er mußte nur die Verbindung zu ihm herstellen.

Das Kommunikationsgerät gab ein Klingeln ab. »Starfleet-Hauptquartier, Büro Admiral Kirk.«

Chekov brauchte einen Augenblick, um seine Stimme zu beherrschen, und er fragte sich in einem plötzlichen Anflug von Panik, wie der Wind und der Donner über die transkontinentale Frequenz klangen. »Kann ich bitte mit Admiral Kirk sprechen?« Er hätte alles dafür gegeben, seinen russischen Akzent für ein paar Tage zu verlieren.

Die Stimme am anderen Ende schwieg einen Moment, als sei sie durch zu viele Memoranden abgelenkt oder als suche sie nach einer Notiz, die klarstellte, wer Kirk stören durfte und wer nicht. Als der Mann wieder das Wort ergriff, klang er steif und müde, und sein Tonfall war bekümmert. »Tut mir leid, aber Admiral Kirk ist bis auf weiteres im Krankenhaus und nicht erreichbar.« Dann, mit vorsichtigem Interesse: »Fähnrich Chekov? Sind Sie's …?«

Chekov trennte mit einer schnellen Handbewegung die Verbindung.

Admiral Kirk … im Krankenhaus. Er sank neben der Station auf den Boden und stützte einen Ellbogen auf den Deckel, um das Gesicht in seinem Arm zu verbergen.

12

Starfleet-Akademie
San Francisco, Nordamerika
Terrestrisches Datum: 24. Dezember 2269
11.30 Ortszeit

Die ursprünglich an die Haupttransporteranlage der Flotte gerichtete Botschaft war einfach gewesen: Es war das Wort ›Frieden‹, in Neuesperanto, fünfzigmal wiederholt. Als sie zurückkam, war sie in ein Alptraum-Kauderwelsch aus Buchstaben umgewandelt, die keinerlei Bedeutung hatten und kein erkennbares Muster aufwiesen. Uhura schaute sich den letzten Ausdruck zweimal an, dann schüttelte sie den Kopf.

»Ich verstehe, warum es Sie verwirrt hat, Fähnrich.« Sie fuhr mit einem schwarzen Finger über eine Zeile und bemerkte das völlige Fehlen von Leerzeichen zwischen den Buchstaben. »Haben Sie das Zeug anhand der Unterlagen über planetarische Interferenzen in der Kommunikationsbibliothek überprüft?«

Fähnrich Cercone nickte. »Der Bibliothekscomputer konnte überhaupt nichts damit anfangen. Deswegen bin ich zu Ihnen gekommen, Commander.«

»Hmmm.« Uhura schaute über den Schreibtisch hinweg in das erwartungsvoll strahlende Gesicht ihrer Schülerin. Es fiel ihr schwer zuzugeben, daß es ihr nicht anders erging. Doch andererseits, sagte sie sich, war es viel produktiver, sich den Kopf über Kommunikationsprobleme zu zerbrechen, als herumzusitzen und sich zu fragen, wie, um alles in der Welt, Admiral Kirk rechtzeitig den Beweis für die Unschuld seiner Leute finden wollte, um sie zu retten. Denn damit hatte sie den größten Teil ihrer Zeit verbracht, seit sie mit dem Benoten der Prüfungsaufgaben fertig war.

»Glauben Sie, es könnte eine Neutrino-Interferenz sein, Commander?« fragte Cercone. »Einfluß durch Sonnenflecken?«

Uhura ertappte sich beim Kopfschütteln, bevor sie noch über die Frage nachgedacht hatte.

»Ich glaube nicht, daß es sich um irgendwelche natürlichen Störungen handelt, Fähnrich«, sagte sie langsam. Erneut fuhr ihr Finger über den Text. Jede verstümmelte Zeile war vollständig mit lateinischen Buchstaben gefüllt, ebenso wie die ursprüngliche Botschaft. »Sie haben den normalen Code der Föderation für die Sendung benutzt, nicht wahr?«

»Ja, Commander.«

»Wissen Sie, wie viele Informationseinheiten man braucht, um einen einzelnen Buchstaben in Föderationsnorm zu identifizieren?«

»Vierundsechzig«, sagte Cercone sofort. »Die minimale Anzahl, die man braucht, um die sieben wichtigsten Alphabete und Piktogramme der Erde, die fünf vulkanischen Alphabete, die sechs Zweige der andorianischen Literatur und die gesamte telluritische Handelssymbologie zu übertragen.«

»Sehr gut.« Uhura verbarg ein Lächeln, und ihr fiel ein, daß auch sie immer so schnell gewesen war, als Antwort auf einfache Fragen alles abzuspulen, was sie wußte. Admiral Kirk hatte jedermann seiner Besatzung von dieser Gewohnheit kuriert – ausgenommen vielleicht Mr. Spock. »Nun, falls eine natürliche Interferenz willkürlich einige der von Ihnen verschickten Codeeinheiten verändert hätte, glauben Sie, daß sämtliche veränderten Daten sich trotzdem in lateinischen Buchstaben zeigen würden?«

Fähnrich Cercone öffnete den Mund, um zu antworten, doch das, was aus ihr herauskam, war ein überraschter Ausruf, denn nun dämmerte es ihr. »Nein, natürlich nicht!« Sie ließ die Finger vorwurfsvoll über den gesamten Ausdruck gleiten. »Einige Buchstaben müßten russische Tschschs, arabische Qafs oder vulkanische Iluzals sein ...«

»Genau.« Uhura tippte auf den Durchschlag. »Aber was hier vor uns liegt, Fähnrich, ist eine bewußt falsch codierte Botschaft.«

Cercone war wie vom Donner gerührt. »Sie meinen, jemand will meine Examensarbeit sabotieren, Commander?«

Uhura hielt verblüfft inne. Sie war dermaßen an codierte Botschaften aus fernen und unfreundlichen Teilen der Galaxis gewöhnt, daß ihr gar nicht aufgefallen war, wie komisch es war, ihnen auf der Erde zu begegnen. »Ich weiß nicht genau. Es gibt nur eine Möglichkeit, es in Erfahrung zu bringen: Wir müssen sehen, ob dieser Datensalat willkürlich entstanden oder eine Nachricht in ihm verborgen ist.«

»Kann man das denn?«

»Es ist sehr leicht.« Uhura schwang herum und nahm den Scanner, dann fuhr sie mit ihm über den dünnen Ausdruck und übertrug den Text auf ihren Tischrechner. Der Computer piepste einen Fehlercode und wiederholte die erste Zeile der Nachricht verbal.

»Eunhtuerrapirmiasleievne?« Der künstliche Tonfall des Rechners stolperte klickend über die schwerfällige Buchstabenkombination. »Sprachbezug?«

»Codierte Nachricht, unbekannte Chiffre«, erwiderte Uhura beruhigend. Sie konnte sich die Freundlichkeit nicht abgewöhnen, nicht mal dann, wenn sie mit Maschinen sprach. »Standardmusteranalyse starten, Zwischenraum zwei Anfang.«

»Analysiere.« Die Pause des Rechners dauerte nur einen Lidschlag. »Analyse beendet. Zehn-Buchstaben-Muster bei Zwischenraum zwei entdeckt. Wiederholungsfrequenz neun.«

Uhura seufzte und wünschte sich, man könne Computer darauf programmieren, die nächste Frage vorauszusehen. »Bilden die zehn Buchstaben ein Wort?«

»Bestätige. Das Wort lautet *Enterprise.*«

Uhura stockte der Atem, und sie war einen Moment lang so benommen, daß sie sich fast wie von einem Phaser gelähmt fühlte. *Enterprise?*

»Enterprise?« Cercones Augen wurden vor Überraschung groß. »Aber Commander, das ist doch der Name des Schiffes, auf dem Sie … oh!« Ihre Augen blitzten wieder vor Intelligenz. »Die versteckte Botschaft ist für Sie, Commander!«

»Ich glaube auch.« Uhura streckte die Hand aus, um die Analyse des Rechners abzuspeichern. Sie fürchtete sich vor dem, was er wohl als nächstes von sich gab. »Aber wer kann denn wissen …«

»Jemand, der weiß, daß ich in Ihrem Kursus bin und gehofft hat, daß ich Sie in dieser Angelegenheit um Hilfe bitte«, riet Cercone. »Oder gehofft hat, daß ich Ihnen den Text bringe, wenn es mir gelungen wäre, ihn selbst zu decodieren.«

Uhura holte tief Luft. »Wollen Sie ihn selbst decodieren?« fragte sie. Dann fügte sie hinzu: »Bevor Sie antworten, möchte ich Ihnen sagen, daß irgend jemand in der Föderation darauf aus ist, Admiral Kirk wie einen Verräter dastehen zu lassen. Ich möchte zwar nicht, daß Sie in diese Auseinandersetzung verwickelt werden, Fähnrich, aber die Botschaft ist ein Teil Ihrer Forschungsarbeit. Ich kann sie Ihnen nicht wegnehmen.«

Cercones Brauen zogen sich nachdenklich zusammen. »Commodore, ich glaube, ich …«

Das Piepsen von Uhuras Kommunikator unterbrach sie. Uhura griff nach unten, um ihn zu aktivieren. »Hier ist Uhura.«

»Uhura, hier ist Janice Rand in Island. Sind Sie allein?«

Uhura öffnete den Mund, um nein zu sagen, aber das Klicken des elektronischen Türschlosses hielt sie davon ab. Sie blickte auf ihren Schreibtisch und sah, daß Cercone den Durchschlag über den Tisch geschoben hatte, bevor sie gegangen war.

»Jetzt bin ich es«, sagte sie zu Rand. »Was haben Sie herausgekriegt?«

»Eine ganze Menge.« Die andere Kommunikationsoffizierin klang düster. »Und das meiste davon ist schlimm. Stimmt es, daß Admiral Kirk sich für einige Tage ins Krankenhaus begeben hat?«

»So habe ich es gehört.« Alle guten Funker kannten den Trick, mit dem man inoffizielle Informationen weitergab, die nicht unbedingt der Wahrheit entsprachen. Rands rascher Atemzug sagte Uhura, daß sie verstanden hatte. »Jedenfalls ist er momentan für uns unerreichbar.«

»Tja, er hätte sich keinen schlechteren Termin aussuchen können«, fuhr Rand fort. »Ich habe heute morgen eine Information aus dem Kommunikationsnetz der Sicherheit gezogen. Die Computer haben eine unautorisierte Sendung aus dem Naturschutzgebiet auf Assateagne Island aufgefangen. Ich habe mir anfangs nicht viel dabei gedacht, aber vor einigen Minuten hat der Aufklärungssatellit der Sicherheit gemeldet, daß auf dieser Insel ein einzelnes abweichendes Signal registriert wurde.«

»Und?« Uhura gab während des Zuhörens dem Rechner ein, das *›Enterprise‹* überall dort, wo es auftauchte, zu entfernen und den Rest der verstümmelten Botschaft Fähnrich Cercones zu decodieren. Beschäftigt, wie sie war, sah sie nicht, warum die Neuigkeit Rand so finster klingen ließ. »Das Infrarotsignal könnte zwar von jedem da draußen stammen – vielleicht von einem Förster oder einem Wissenschaftler auf Besuch. Es könnte sogar eins der dortigen Wildpferde sein!«

Rand schnaubte. »Uhura, haben Sie in letzter Zeit mal die Weltnachrichten gesehen?«

»Nein. Warum?«

»Weil ein Hurrikan der Klasse vier in etwa einer Stunde über die Insel herfällt!« Verzweiflung knisterte unter der kompetenten Stimme der anderen Frau. »Das gesamte Personal wurde heute morgen evakuiert.«

Uhura biß sich in zunehmender Bestürzung auf die Lippe. »Aber die Ponys müssen doch noch da draußen sein!«

»Ja, ob Sie's glauben oder nicht, die Förster wissen genau, wie viele da draußen sind. Und was sie wissen, weiß auch die Sicherheitstruppe der Flotte.« Rand legte eine bedeutungsvolle Pause ein. »Es gibt ein abweichendes Infrarotsignal auf der Insel.«

»Und das ist Chekov.« Uhura zupfte hilflos an ihren Ohrringen, eine Geste der Frustration. »Und Admiral Kirk ist erst vor einer Stunde gegangen ...«

»Können Sie ihn nicht zurückrufen?«

»Ich bezweifle es.« Uhura musterte den über ihren Bildschirm laufenden Text, ohne ihn zu sehen, und ihr Verstand lotete die Möglichkeiten aus. »Ich könnte Riley anrufen. Er könnte vielleicht ...« Sie brach plötzlich ab, als der Bildschirmtext stehenblieb und schärfer wurde.

»Was kann er tun?« fragte Rand nach kurzem Schweigen. »Uhura, sind Sie noch da?«

»Aber ja ...« Uhura starrte den Schirm des Rechners an und sah die Spiegelung ihres unglaublichen Lächelns, das die dort sichtbaren Worte überlagerte. »Keine Sorge, Janice. Ich weiß genau, was ich tun muß. – Uhura, Ende.«

Das Verbindung endete mit einem Piepsen, und Uhura reaktivierte eiligst die Audioausgabe des Rechners, um sicherzugehen, daß sie nicht träumte. »Uhura«, sagte die tonlose Computerstimme, »ich lebe und bin bei Kyle in Tasmanien. Sag Kirk, die *Phantom* wurde sabotiert, um es uns anzuhängen. Sie ist aber nun repariert. Chekov schon gefunden? Antworten Sie via Transporter.«

Es war Sulu.

»Gottverdammt!«

Chekov zuckte bei dem scharfen, deutlich hörbaren Schrei aus einer menschlichen Kehle hoch. Blinder Instinkt warnte ihn, sich zu fürchten, noch ehe sein Hirn die Quelle des Geräuschs identifiziert hatte. Er duckte sich hinter die Station und lauschte dem Krachen und Poltern der Ponys, die durch das ihn umgebende Gestrüpp eilten, und er versuchte zu berechnen, wie lange er seit dem Versuch, mit Admiral Kirk Kontakt aufzunehmen, hier herumgesessen hatte.

»Was?« Die zweite Stimme klang eher gereizt als wütend und ging im Krachen des Gewitters fast unter. »Was ist denn los?«

»Ach, nur wieder eins von den verdammten Pferden.« Die Pausen zwischen den Stimmen wurden von Regengüssen und Blitzen gefüllt. »Was sollen wir überhaupt hier draußen? Falls sich wirklich irgendein Flüchtling auf der Insel rumtreibt, soll er doch die Nacht im Sturm überstehen, dann ist er morgen tot.«

»Na, hör mal, Adam, das wäre aber unmenschlich.«

»Daß man uns bei diesem Wetter hier rausschickt – das ist unmenschlich! Ach, verdammt! Der Weg ist schon wieder weg.«

Chekov kroch fort; er brauchte gar nicht mehr zu hören.

Hatte man seinen Anruf bei Kirk so schnell zurückverfolgen können? Selbst wenn man damit gerechnet hatte, daß er sich an ihn wenden würde, er hatte die Leitung nicht lange genug offen gelassen, um die Spur weiter als bis zum Ostküstenmultiplex zu verfolgen. Gab es etwa irgendein System, das unautorisierte Anrufe aus den Stationen der Naturschutzgebiete registrierte? Es erschien ihm wahrscheinlicher. Nachdem man eine Verbindung mit einem Fernsatelliten erkannt hatte, hätte es eines taktischen Genies bedurft, um auszurechnen, daß der Anruf von hier gekommen war. Das bedeutete, daß die Männer genau wußten, wen sie suchten – und daß seine Möglichkeiten, ihnen aus dem Weg zu gehen, begrenzt waren. Er rappelte sich auf und fing an zu rennen.

Die Ponys zeigten ihm, wie üblich, den Weg. Sie kritisierten die Anwesenheit der Sicherheitsleute auf der Insel durch Gestampfe, Geschnaube und peitschende Schwänze, als sie durch das Labyrinth des Buschwerks trotteten. Chekov versuchte erst gar nicht, auf ihren Pfaden zu bleiben, er kämpfte sich lieber durchs Gebüsch. Die Wurzeln und das Unkraut machten das Gehen zwar auch nicht einfacher, aber er wagte es nicht, sich zwischen die aneinanderstoßenden Pferde zu begeben – es waren nun Dutzende, alle verfolgten eigene Ziele und zeigten sich an seinen Schwächen wenig interessiert. Er wußte zwar nicht genau, wie schnell man einen Menschen zu Tode trampeln konnte, aber er hatte auch nicht vor, es herauszukriegen.

Als Suchscheinwerfer weiße Tunnels aus dem Himmel herausschnitten, ließ das Kreischen einer über ihnen hinwegfliegenden Maschine die Pferde wie einen erschreckten Fischschwarm auseinanderstieben. Sie verschmolzen erneut miteinander, aber Chekov mußte sich dazu zwingen, die dichte Deckung zu verlassen, als die Herde über die Dünen und ins Freie strömte.

Grausame Ströme blendenden Eisregens krachten vom Meer herein, jagten große, schaumige Wellen an den Strand und fraßen bei jedem hungrigen Lecken am Sand. Die Pferde erreichten den Gipfel des Hügels und verstreuten sich, als sie an den offenen Strand trotteten, richtungslos wie Herbstblätter. Es gab überhaupt keinen Grund, hier zu sein, es gab keinen Ort, an dem sie sich verstecken und darauf warten konnten, daß die Suchgruppen wieder verschwanden. Chekov wäre am liebsten heulend auf die Knie gefallen.

Ein Brüllen, als würde der Himmel zerreißen, explodierte über der Sturmfront. Chekov fuhr zurück, um in voller Länge in den Sand zu fallen, erschreckt in seiner Verzweiflung von der Gewalt des Lärms. Die Ponys ergriffen die Flucht. Seetang und Gras flogen in die Höhe, um eine tiefe, unregelmäßige Grube in die Dünen zu schneiden. Die nächste auf den Strand knallende Wasserwelle fiel in sich zusammen und ließ eine riesige, deformierte Höhlung zurück. Chekov hatte sich gerade auf die Knie erhoben, als die glänzend schwarze Oberfläche eines Atmosphärenflugzeugs auftauchte.

»Wehe, ich höre irgendeine Kritik!« rief eine vertraute Stimme, als die Luke der Maschine aufging und nach innen glitt. »Du kannst ja selbst versuchen, beim schlimmsten Sauwetter seit dem Bau der Arche Noah eine bessere Landung hinzulegen.« Sulu mußte sich am Rand der Luke festhalten, um nicht wieder ins Innere der *Phantom* geworfen zu werden, denn sie lag schräg auf dem unebenen Strand, und ihr Bug zeigte in die Luft. »Was ist? Worauf wartest du?« Er winkte ungeduldig, da Chekov seinen Ausruf mit einem ungläubigen Starren beantwortete. »Steh nicht da rum, als hättest du ein Gespenst gesehen! Steig ein!«

13

Assateague Island
Halbinsel Delmarva, Nordamerika
Terrestrisches Datum: 24. Dezember 2269
16.00 Uhr Ortszeit

Ein erneuter Donnerschlag warf Blitze über den Himmel, und Chekov grub die Faust in den Sand, um vor der Explosion den Kopf einzuziehen. Vier Tage des Laufens hatten seine Nerven bloßgelegt und ihn für die nie endende Gefahr der Suchscheinwerfer empfindlich gemacht.

»Chekov? Hast du was an den Ohren?«

Chekovs Aufmerksamkeit richtete sich wieder auf die erodierende Küste. Als hätten die Blitze ihn aus einem Alptraum geweckt, wurde er sich plötzlich wieder der sehr realen Gegenwart der *Phantom* bewußt.

»Na, komm schon!« schrie Sulu und ging in die Knie, um dem Ansturm einer neuen Welle gegen die ungeschützte Seite der Fähre zu entgehen. »Wir haben noch etwa zehn Minuten, bevor uns das Unwetter oder deine Kumpane von der Sicherheit kaltmachen! Steig jetzt ein!«

Wenn es Wahnsinn ist, dachte Chekov, als er nach vorn kroch, dann machen wir mal das Beste draus. Er rutschte durch den feuchten Sand die Düne hinab, rappelte sich, unten angekommen, auf die Beine und rannte in den Mahlstrom hinein, so gut die schmerzenden Beine ihn tragen wollten. Spielte es eine Rolle, wenn er jetzt naß wurde oder sich schmutzig machte? Er stand am Rande der Rettung oder des Todes, und auf alle Fälle war seine Leidenszeit jetzt zu Ende.

Als er gegen die zu hohe Schwelle der *Phantom* stolperte, fühlte sich der Schmerz seines an dem polierten Metall reibenden Fleisches gar nicht mehr so schlimm an.

»Was machst du denn hier?« Er streckte eine Hand aus, um die seines Kollegen zu ergreifen, hielt sich an ihr fest und stieß sich gleichzeitig von dem nassen Rumpf ab. »Die *Phantom* soll doch abgestürzt sein! Wieso bist du nicht tot?«

»Weil die Götter mich dazu verdammt haben, den Schutzengel für Wildpferde und dämliche Russen zu spielen. Hier …« Sulu warf ihm einen silbernen Schutzanzug zu und gab der Außenschleuse das Signal, sich zu schließen. »Zieh das an.« Er jagte zum Bug der Maschine zurück, ohne sich zu überzeugen, ob Chekov gehorchte.

»Moment mal!« Chekov packte den schillernden Stoff und eilte hinter ihm her, wobei seine Stiefel auf dem abscheulich schrägen Boden ausglitten. »Sulu, tu mir das nicht an – ich bin zu erledigt, um mich jetzt mit Hohn und Spott abzugeben.« Er warf sich in den Kopilotensitz und schüttelte den Schutzanzug mit einer Hand. »Wieso bist du nicht tot?«

Sulu lächelte. Seine Hände fegten über die Kontrollen der *Phantom.* »Die Beharrlichkeit der Schwerkraft.«

Chekov bückte sich und schob ein Bein in den dünnen Anzug. »Was?« fragte er müde.

Als sei dies eine Antwort, machte die kleine Fähre einen Satz in die Luft, und ihre Düsen erwachten brüllend zum Leben. »Weißt du, man kann einen Antigrav zeitweise mit einem Negativphasengenerator k. o. schlagen, aber man kann ihn nicht permanent ausschalten. Sobald mir klar war, daß die Quelle der negativen

Phasenverschiebung mein Tarngerät sein mußte, hab' ich es einfach abgeschaltet – und der Antigrav ging sofort wieder an.« Sulu zuckte die Achseln, als sei dies das allertrivialste Pilotenkunststück. »Da beide Düsen und das Tarngerät außer Betrieb waren, mußte ich den ganzen Flug nach Tasmanien damit zubringen, von einem Wellenberg zum nächsten zu springen, um der Entdeckung zu entgehen. Ich war noch nie im Leben so seekrank.« Er verzog das Gesicht und steuerte die Fähre nach Osten. »Hast du den Anzug endlich an?«

»Nein.« Chekov krümmte sich in eine bequemere Stellung, dann knurrte er, da er noch immer keinen festen Halt finden konnte, um den Anzug über die Hüften zu ziehen. »Ich glaube, diese Dinger sind nicht dazu gedacht, daß man sie über nasse Parkas zieht.«

»Tja, dann mach es passend«, schlug Sulu vor. »Ich bin doch nicht die ganze Strecke durch den Hurrikan Kevin geflogen, um dich zu toasten, wenn ich das Tarngerät einschalte.«

Chekov riß überrascht den Kopf hoch. »Du bist durch einen Hurrikan geflogen?«

»Und das machen wir gleich wieder.« Regen krachte mit dämonischer Wut über den Bildschirm. »Und jetzt hör auf zu nörgeln und zieh den Anzug an!«

Das Verschließen der Siegel an der Vorderseite der Parka erwies sich nur als erstes von Chekovs Problemen. Er drehte sich auf dem Sitz zur Seite, setzte die Konsole als Hebel ein und schaffte es so, den linken Arm aus dem Ärmel zu ziehen. Dann befreite er den rechten, ohne einen Gedanken daran zu verschwenden, was passierte, wenn er die Schiene bewegte. Der Schmerz schlug tatsächlich zweimal zu, als er die Parka von den Schultern und hinter sich zu Boden schüttelte, aber sein Arm protestierte nicht im geringsten, als er ihn in den Ärmel des Anzugs schob und den Verschluß zumachte.

»In Ordnung.« Es war noch immer zu eng – der Anzug war auch nicht dazu geschaffen, über mehreren Lagen von Wolle getragen zu werden –, aber vorn blieb er fest verschlossen, selbst als Chekov sich vorbeugte, um den Helm unter den Armaturen zwischen seinen Beinen herauszuholen. »Ich bin bereit.«

Sulu ließ seinen Helm zuschnappen. »Dann geht's jetzt los.«

Ein Knistern funkelnder Blitze schien durch das Cockpit zu kreisen. Chekov spürte das Entlanggleiten des unsichtbaren Wellenimpulses an seinen Nervenbahnen; dann blitzte der Bildschirm weiß auf, und eine einzelne verdunkelte Anzeige auf Sulus Rechner erwachte lautlos zum Leben. Sie waren getarnt.

»Sulu, wenn wir unsichtbar sind, können wir es dann bitte vermeiden, durch den Hurrikan zu fliegen?« Es war ein bizarres Gefühl, eine Route in Betracht zu ziehen, die auf dem Unvermögen der Flotte basierte, sie aufzuspüren. Er wußte plötzlich, wie die Romulaner sich fühlen mußten.

»Tut mir leid«, erwiderte Sulu. »Bei dem starken Niederschlag – speziell bei dem Schnee – werden die Sucher die Turbulenzen der Luft bemerken, wenn wir vorbeifliegen.« Seine Helmscheibe spiegelte sein grimmiges Lächeln. »Und daran hat Dr. Nakai nie gedacht.« Sein wacher Blick überflog eine Reihe von Anzeigen. »Unsere einzige Chance, unbemerkt hier rauszukommen, besteht darin, daß wir uns durch den Sturm mogeln, durch den man uns nicht folgen kann.«

Chekov tastete den Kopilotensitz nach dem Sicherheitsgurt ab. »Aber spielt das alles noch eine Rolle, wenn wir das Ende des Fluchtweges gar nicht mehr erreichen?«

»Worüber machst du dir Sorgen? Ein Hurrikan der Klasse vier ist doch nicht schlimmer als ein durchschnittlicher Ionensturm.«

Chekov kam zu dem Schluß, daß dies keine günstige Zeit war, um zu erwähnen, wie viele Raumschiffe jedes Jahr in Ionenstürmen havarierten.

Sie krachten mitten ins Gesicht des heranwehenden Sturms, und wehende Vorhänge prasselnden Regens zischten und rissen am Außenrumpf der *Phantom.* Windböen droschen mit Hämmern auf die Maschine ein. Chekov krallte sich an die vor ihm befindlichen Armaturen und wünschte sich verzweifelt, er könne etwas Konstruktives tun. Ein Schmerz, der die Knochen seines rechten Arms hinaufraste, vertrieb jeden Gedanken daran, dem Piloten zu helfen, und er ließ die Konsole los und legte beide Hände in den Schoß.

Als die *Phantom* wieder ins Sonnenlicht hinausstürmte, war Chekov der eindeutigen Meinung, daß sie einen Phasertreffer erhalten hatten und das Licht nur ein Ergebnis der Explosion sei. Ihm fiel gerade noch rechtzeitig ein, daß sie getarnt waren, als sein Blick auf den von Trümmern wimmelnden, unsteten Ozean unter ihm fiel und Sulu die *Phantom* mit dem Bug nach oben zog, um den letzten Aufstieg in Angriff zu nehmen. Chekov ließ sich von der Beschleunigung in den Polstersitz zurückdrücken, schloß die Augen vor dem klingelnden Branden des Schwindelgefühls und zählte die Sekunden, bis der Druck nachließ.

Als die *Phantom* auf einen stillen horizontalen Kurs ging, öffnete er ein Auge, um Sulu einen verstohlenen Blick zuzuwerfen. »Ist was?« fragte er endlich.

Sulu schüttelte den Kopf, schaute aber vom Sensorenarsenal der *Phantom* nicht auf. »Nee.« Allein die Beobachtung der schnellen, rhythmischen Bewegungen seiner Hände ließ Chekov schwindlig werden. »Sieht so aus, als wären wir aus dem Gröbsten raus.« Sulu stieß sich mit einem Seufzer von der Konsole ab und fuhr unbewußt mit der Hand über den Rand der Helmscheibe, als wolle er sich den Schweiß von der Stirn wischen. »Weißt du, eigentlich ist es leichter, tot zu sein, als die halbe Flotte an den Fersen zu haben.«

»Aber nicht so lustig.« Chekov schloß erneut die Augen. Die Wärme im Inneren der *Phantom* wirkte wie ein Narkotikum. »Was machen wir jetzt?« fragte er, als er den Eindruck hatte, etwas sagen zu müssen.

Sulu seufzte. »Ich habe darüber nachgedacht. Es ist natürlich nicht möglich, daß wir uns für unbegrenzte Zeit auf der Erde verstecken. Irgendwann wird jemand die Kiste orten, und sei es auch nur, indem er unsere Ionenspur mißt. Aber das Ding ist so konstruiert, daß seine Reichweite außerhalb der Erdatmosphäre nur bis zum Mond geht.«

»Also müssen wir irgendwo im Orbit etwas finden, das groß genug ist, um uns beide und die Fähre zu verstecken. Wo niemand über uns stolpern kann, bevor wir bereit sind, uns finden zu lassen.« Chekov hatte es kaum ausgesprochen, als er die Antwort auch schon vor sich sah – wie einen Engel, der sich auf einem Baldachin aus Seide und Sternen vor ihnen präsentierte.

»Tja«, sagte Sulu, »da fällt mir doch glatt ein Ort ein, der dazu passen könnte.«

Chekov drehte sich um und bedachte seinen Freund mit einem müden Lächeln. »Die *Enterprise*.«

»Ob das wirklich eine gute Idee ist, Uhura?«

Schwitzend und vom Gewicht eines Mantels belastet, den sie erst in Annapolis brauchte, warf Uhura einen Blick über ihre Schulter. Christine Chapel stand irgendwo hinter ihr im Ansturm der Ferienausflügler des Bahnhofes von Stanford, dem Westküsten-Hauptknotenpunkt der nordamerikanischen Magnetbahn. Die traurige Stimme der Ärztin war im bunten Sprachgemisch der Familien und dem Hintergrundgeklimper der Cembalomusik kaum zu vernehmen. Uhura machte nicht mal einen Versuch, ihr zu antworten. Sie war zu sehr damit beschäftigt, sich freundlich in die Schlange einzufädeln, die vor der Fahrkartenausgabe stand.

Eine asketische Gruppe vulkanischer Mönche machte Chapel so schweigend wie ein Fischschwarm Platz und ließ sie in die Reihe der Wartenden ein. Die Ärztin hob eine Braue, als sie sah, wie weit Uhura noch vom nächsten Ticketautomaten entfernt war. »Du kriegst nie eine Fahrkarte, bevor der nächste Zug einläuft«, sagte sie, ohne sich die Mühe zu machen, in dem schallschluckenden Lärm leiser zu sprechen. »Warum wartest du nicht, bis Sulu anruft, bevor du dich nach Assateague aufmachst?«

»Weil es bis dahin vielleicht zu spät ist.« Uhura scheute davor zurück, einen Blick auf ihre Armbanduhr zu werfen, weil sie wußte, es würde sie ohnehin nur deprimieren. Janice Rand hatte kurz vor der Mittagspause angerufen, und jetzt war schon Nachmittag. Es bestand durchaus die Möglichkeit, daß man den Russen inzwischen festgenommen hatte. »Wenn ich mit diesem Zug nicht wegkomme, nehme ich eben den nächsten. Er fährt in drei Stunden.«

Chapels glatte Stirn legte sich in sorgenvolle Falten. »Aber angenommen, Sulu kann ihn bis dahin retten? Wie sollen sie sich mit dir in Verbindung setzen?«

»Mein Bürocomputer leitet alle an mich gerichteten Anrufe an Admiral Kirks Büro weiter. Sulu wird wissen, daß er sich mit Riley unterhalten kann, auch wenn Chekov es nicht weiß.« Uhura machte einen weiteren Schritt auf den fernen Ticketautomaten zu und schluckte die Verzweiflung herunter. »Im Moment ist es für mich viel wichtiger, nach Assateague zu kommen und in Erfahrung zu bringen, ob sie Chekov geschnappt haben, als hier herumzusitzen und darauf zu warten, daß ich erfahre, ob er in Sicherheit ist. Wenn er wirklich in Sicherheit ist, habe ich nur eine Zugfahrt vergeudet. Aber wenn man ihn festgenommen hat und ich ihn erreiche, bevor die anderen ihn kriegen ...«

»... bringen sie euch möglicherweise beide um.« Chapels kultivierte Stimme enthielt nun einen ätzenden Ton, den Uhura noch nie zuvor gehört hatte. »Hör zu, Uhura! Daß dir nichts passiert ist, bedeutet noch lange nicht, daß du gegen diese Verschwörung irgendwie immun bist.«

Uhura öffnete den Mund, um ihre Freundin zu beruhigen, doch ein plötzlicher Strom rotschwarzgekleideter Kadetten der Sicherheitsabteilung rempelte sich an ihnen vorbei und brachte sie zum Schweigen. Uhura und Chapel tauschten einen bestürzten Blick. »Der Zug aus Annapolis muß gerade angekommen sein«, sagte Uhura und bemühte sich, einen ruhigen Tonfall beizubehalten. »Kannst du mal nachsehen, ob er pünktlich abfährt?«

»Uhura ...« Ihr Gesichtsausdruck schien Chapel verdeutlicht zu haben, daß jedes weitere Argument sinnlos war. Die Ärztin seufzte. »Ach, na gut. Warte hier.«

Uhura brachte ein halb abgewürgtes Lachen zustande und deutete auf die träge Schlange vor ihr. »Keine Sorge. Ich gehe nicht weg.«

Chapel nickte und eilte davon. Uhura, zum ersten Mal allein, seit sie im Pendlerzug nach Stanford auf Christine gestoßen war, spürte nun ihre Zweifel und Hoffnungen intensiver. Wenn sie doch nur hätte sicher sein können, daß der Hurrikan Kevin Sulu nicht aufhielt ... Wenn sie sich doch nur überzeugen könnte, daß die Männer, die man ausgeschickt hatte, um Chekov festzunehmen, nicht alle in das Geflecht der Verschwörung verwickelt waren ... Wenn sie doch nur gewußt hätte, wohin Kirk unterwegs war und wieviel Zeit er brauchen würde, um zu beweisen, daß sie alle unschuldig waren ...

»Ich bin Arzt, meine Dame, keine Auskunftei!«

»Dr. McCoy!« Uhura wirbelte herum und suchte in einer Mischung aus Unglauben und Erleichterung die Menge ab. Die schleppende Stimme, die sie gerade gehört hatte, konnte nur einem Menschen gehören. Sie hob ihre Stimme, um das Gebrabbel in der Bahnhofshalle zu übertönen. »Dr. McCoy, sind Sie hier irgendwo?«

»Uhura?« Eine drahtige Gestalt in einem viel zu großen Mantel bahnte sich einen Weg durch den Strom vorbeidefilierender Sicherheitskadetten. Uhura winkte dem Arzt zu, da sie auch trotz der hochwillkommenen Begegnung den Platz in der Warteschlange nicht aufgeben wollte. McCoy setzte eine finstere Miene auf und drängte sich einfach durch die Menge, um sie zu erreichen.

»Was, zum Henker, machen Sie denn hier?« zischte er ihr zu, als er nahe genug an sie herangekommen war, um sich mit ihr unterhalten zu können.

»Ich fahre nach Assateague, um nachzuprüfen, ob sie Chekov geschnappt haben.«

»Den Teufel werden Sie tun!« Der Arzt packte Uhuras Handgelenk mit ungewöhnlicher Kraft und zerrte sie aus der Schlange heraus. Er ignorierte die Beschwerden, die rings um ihn laut wurden, und zog sie auf den Bahnsteig zurück. Die Menge der Wartenden machte ihnen Platz, als könnte sie die Dringlichkeit spüren, die McCoy ausstrahlte.

Uhura wollte gerade zu einem Protest ansetzen, als sie die angestrengten Falten sah, die sich in das zerfurchte Gesicht des Arztes gegraben hatten. Seine blauen, von Sorgenfalten umgebenen Augen musterten die Umstehenden. »Was ist denn los? Ist etwas passiert ...«

McCoy drehte sich um, legte schnell eine Hand auf ihren Mund und schüttelte warnend den Kopf. »Hier nicht«, sagte er leise.

Uhura riß die Augen auf; ihr wurde plötzlich etwas klar. Diese Vorsicht, wußte sie, konnte nicht nur mit der Begegnung zwischen McCoy und Chekov zu tun haben. Dem Arzt mußte seither noch etwas anderes passiert sein, irgend etwas, das viel bedrohlicher war.

Uhura schaute sich aufmerksam nach einem Ort um, an dem sie ungestört von den Magnetbahn-Passagieren miteinander reden konnten. Sie kamen an einer Spielhalle vorbei, in der es von lärmenden Kindern wimmelte, dann an einem noch stärker frequentierten Cappuccinostand. Als sie schon resignierte und bereit war, den Bahnhof zu verlassen, um sich draußen mit ihm zu unterhalten, erblickte sie einen fast leeren elektronischen Kiosk.

Sie deutete darauf, und McCoy nickte. Dann führte er sie über den Bahnsteig hinweg dorthin. Geräuschdämpfer warfen einen wohltuenden Vorhang der Stille über sie, als sie eintraten. Nur ein anderer Kunde ließ sich an einer der Nachrichtenboxen ein Blatt ausdrucken. McCoy schaute sich um, dann zog er Uhura in eine telluritische Nachrichtenbox mit zahlreichen leuchtenden 3-D-Symbolen.

»Ah, endlich allein.« Anspannung knisterte unter McCoys Humor. »Tut mir leid, wenn ich Ihnen eben einen Schreck eingejagt habe, Uhura.«

Sie schüttelte den Kopf und überging seine Entschuldigung. »Was ist denn los? Werden Sie verfolgt?«

»Ich würd' was drum geben, wenn ich's wüßte.« McCoy verzog das Gesicht. »Ich war nie besonders gut im Erkennen von Beschattern. Ich weiß nur ...« Er hielt inne und fuhr sich mit der Hand über die feuchten, gefurchten Brauen. »Nun, wenn ich einer von den Typen wäre, die hinter dieser verdammten Verschwörung stecken, würde ich mir bestimmt folgen.«

»Dann haben sie es wahrscheinlich auch getan.« Uhura drehte sich um und trat einen Schritt aus der telluritischen Nachrichtenbox heraus, um einen Blick auf die vorbeigehenden Massen zu werfen. »Was ist denn passiert?«

»Ich habe heute morgen ein Päckchen bekommen«, sagte McCoy offen heraus. »Es enthielt eine aufgezeichnete Nachricht von Mark Piper.«

Uhura musterte ihn mit einem überraschten Blick. »Er hat sie vor seinem Tod abgeschickt?«

»Nein, hinterher.« McCoy räusperte sich, um die Schroffheit aus seiner Stimme zu verbannen. »Das Päckchen kam von seiner Schwester in Boston. Sie sagt, er hätte sie angewiesen, es mir im Falle seines Ablebens zu schicken.«

»Dann hat er gewußt, daß in seinem Labor irgend etwas nicht stimmte«, nahm Uhura an. Sie musterte den Bahnsteig in der Hoffnung, Christine Chapel zu sehen, bevor sie zur Warteschlange zurückkehrte und feststellte, daß sie nicht mehr dort war. Nur der Himmel mochte wissen, was sie in diesem Fall dachte. »Und der Sicherheitsabteilung hat er diese Information nicht anvertraut.«

McCoy nickte grimmig. »Deswegen hat er Chekov auch gebeten, mit ihm an der Universität zusammenzuarbeiten. Er sollte ihm helfen, den mutmaßlichen Verräter dingfest zu machen. Er hat gesagt, er sei immer bereit, einem Angehörigen von Jim Kirks Brückenmannschaft zu trauen.«

Uhura spürte, daß sich ihre Kehle vor Bedauern verengte. »Und genau das hat den Spionen bestens in den Kram gepaßt, nicht wahr? Sie haben Dr. Piper umgebracht und Chekov den Intervallerdiebstahl angehängt.«

»Genau.« McCoy schnaubte angewidert. »Ach, wäre ich doch unten in Georgia geblieben und hätte mich in Bourbon ersäuft! Hätte ich Piper an diesem Abend in Baltimore nicht zum Essen eingeladen …« McCoy schnitt sich das eigene Wort ab, indem er die Zähne fest zusammenbiß. »Aber das spielt jetzt alles keine Rolle mehr. Das Wichtige, Uhura, ist, daß Mark Piper nicht unterschätzt hat, wie skrupellos diese verdammten Verräter sein können. Er hat vermutet, daß sie ihn eventuell umbringen – und er hat Vorsichtsmaßnahmen ergriffen.«

Das Aufblitzen blonden Haars am anderen Ende der Halle zog Uhuras Aufmerksamkeit auf sich. Sie stellte sich auf die Zehenspitzen, um besser zu sehen und zu erkennen, ob es Chapel war, bevor sie ihr zuwinkte. »Was für Vorsichtsmaßnahmen?«

»Er hat sämtliche Hinweise auf die Identität der Verräter in einem Päckchen verpackt ...«

Es war wirklich Chapel. Uhura schob sich um die Ecke der telluritischen Nachrichtenbox und hob die Hand, um ihr zu winken. McCoys besorgt klingende Stimme sprach hinter ihrem Rücken weiter.

»... und es ist ihm irgendwie gelungen, es zur *Enterprise* hochzuschicken.«

Ohne Warnung explodierte die künstliche Stille des Kiosks in brüllendem Feuer. Schmerz sengte über Uhuras erhobene Hand, und sie sprang ins Freie. Sie hatte genug Reaktionsschnelligkeit, um den flammenden Ärmel gegen den festen Stoff ihres Mantels zu schlagen und ihn zu ersticken, aber irgendwie schien dies das Brennen nicht aufzuhalten. Uhura rappelte sich keuchend auf die Beine und drehte sich um, um nach Wasser Ausschau zu halten.

Starke Hände fingen sie auf und rissen ihre Hand aus dem schwelenden Mantelstoff. Im Chaos des sie umgebenden Qualms konnte sie zwar nicht sehen, wer es war, aber sie hörte etwas zischen und spürte dann, daß kalter Schaum über ihre Hand spritzte. Er roch wie Ammoniak und stach wie das Gift einer Wespe in ihre versengte Haut. Uhura schrie vor Qual und wollte sich losreißen.

»Ist schon in Ordnung, ist schon in Ordnung.« Christine Chapels Stimme durchdrang den Rauch; kühle Beruhigung gegen das Flammen der Schmerzen. Uhura schloß die Augen, stützte sich auf die sie haltenden Arme, sammelte Kraft, um sich dem Schmerz zu stellen. Auf dem Bahnsteig heulten Sirenen, übertönten die lauter werdenden Schreie in der Umgebung. Sie biß die Zähne zusammen, holte tief Luft, um nicht loszuweinen, und öffnete wieder die Augen.

Der größte Teil des Rauches war weg. Uhura erblickte den versengten schwarzen Kreis, der den kleinen Kiosk umgab. Hohe Flammen brannten noch immer da und dort auf dem Boden, ein eigenartiges grüngoldenes Feuer, das eher nach Schwefel roch als nach Rauch. Löschschaum sprühte aus den geschwärzten Nachrichtenboxen und erstickte langsam den Rest der Flammen. Uhura ignorierte den Schmerz und drehte sich von Grauen erfüllt zu dem Kiosk um, zu dem telluritischen Bildschirm, der sie vor der schlimmsten Gewalt bewahrt hatte, und dann fiel ihr Blick auf die geschwärzte, zusammengesunkene Gestalt ...

»Schau nicht hin.« Christine Chapels Stimme zitterte unter ihrer professionellen Gelassenheit, aber die Hand, die Uhuras Gesicht zur Seite drehte, war völlig ruhig. »Es ist Leonard.«

14

Stanford-Klinikum
Stanford, Nordamerika
Terrestrisches Datum: 24. Dezember 2269
15.00 Uhr Ortszeit

Das vertraute Summen der Antigravgeneratoren klang in Uhuras Ohren innerhalb der aseptischen Mauern der Intensivstation für Verbrennungsopfer gespenstisch fehl am Platze. Sie bahnte sich einen Weg hinein und achtete darauf, das verschlungene Netz der Schläuche nicht zu behindern, das Sauerstoff, synthetisches Blut und Bioplasma in den transparenten Aluminium-Sarkophag in der Mitte des Raumes leitete. Im Inneren der großen Hautregenerationseinheit ruhte McCoys hagere Gestalt auf Antigravitatoren, um seine Verbrennungen vor einem Berührungstrauma zu bewahren. Die Stille des von Blasen bedeckten Gesichts des Arztes ließ Uhura zusammenzucken.

»Christine, weißt du genau, daß er wieder in Ordnung kommt?«

Dr. Chapel wandte sich von McCoys Lebenserhaltungscomputer ab und schaute Uhura mit fragend hochgezogener Augenbraue an. »Natürlich weiß ich es genau. Wüßte ich nicht, daß es so ist, hätte ich nicht gesagt, daß sein Zustand besser geworden ist.«

»Verzeihung.« Uhura rieb an der Plasthautbandage, die ihre rechte Hand und das Gelenk umschloß. Obwohl sie eine Stunde damit verbracht hatte, ihren Arm in eine Miniversion von McCoys Bioplasmaeinheit einzutauchen, beharrten die versengten Nerven unter der nagelneuen Haut darauf, daß sie Schmerz empfanden. Sie nahm an, daß McCoy unter starken Betäubungsmitteln stand. »Ich kann's eben kaum glauben, daß er es überlebt hat, nachdem die Bombe an die Rückseite seines Mantels geheftet war.«

»Er hatte Glück«, sagte Chapel nüchtern. »Man kann nur eine bestimmte Menge Eruptivharz in einer knopfgroßen Bombe unterbringen, und sein Mantel hat das meiste abgefangen.« Sie deutete auf die schematische Darstellung des medizinischen Abtasters, die nur an wenigen Stellen rote Pünktchen zeigte. »Den größten Schaden hat sie an Hinterkopf und Nacken angerichtet, wo das Harz auf die ungeschützte Haut getroffen ist. Seine Kleider haben sofort den automatisch aktivierten Löschschaum der telluritischen Nachrichtenbox abgekriegt.«

Uhura runzelte die Stirn und erinnerte sich an den glitzernden Dunst, den die Hitze der Explosion ausgelöst hatte. »Derjenige, der die Bombe gezündet hat, hat sicher nicht gewußt, daß automatische Feuerlöscher in Kioske eingebaut sind.«

»Oder er hat nicht gewußt, wo ihr gerade wart.« Chapel führte sie aus der Intensivstation heraus und brachte sie in einen ruhigen Krankenhauskorridor. »Ich habe in McCoys Mantel einige Metallsplitter gefunden und sie einer Nanotechnikerin der Klinik gegeben. Sie ist sich zwar nicht hundertprozentig sicher, aber sie glaubt, an der Bombe könne ein Abhörgerät befestigt gewesen sein. Es kann zwar keine große Sendereichweite gehabt haben, aber derjenige, der sie McCoy angeheftet hat, befand sich möglicherweise nicht in Sichtweite, als die Bombe gezündet wurde.«

»Sie haben uns belauscht.« Uhura spürte, daß es ihr kalt über den Rücken lief, als sie begriff, welche Informationen McCoy dem unsichtbaren Lauscher gegeben hatte. »Dann wissen sie … Christine, ich muß sofort hier raus!«

Sie drehte sich um, und ihr Verstand berechnete schon jetzt den sichersten und schnellsten Weg von Stanford nach San Francisco. Doch bevor sie einen zweiten Schritt machen konnte, hatte Chapel ihre Schulter ergriffen. »Sei nicht dumm, Uhura!« appellierte die Ärztin an sie. »Willst du den Leuten, die euch die Bombe angehängt haben, noch eine Chance geben, dich abzuservieren? Bleib hier, wo du sicher bist!«

»Ich weiß aber nicht, ob ich hier sicher bin«, erwiderte Uhura unverblümt. »Oder ob du es bist, wenn ich in deiner Nähe bleibe.« Sie sah, daß Chapels Gesicht eine starrsinnige Miene annahm, und fügte hinzu: »Oder gar Dr. McCoy. Wenn die Attentäter der Ambulanz hierher gefolgt sind, wissen sie, wo wir sind. Sobald sie erfahren, daß wir noch leben, versuchen sie es vielleicht noch einmal.«

Chapel hielt inne und tippte besorgt mit den Fingerspitzen auf ihre zusammengepreßten Lippen. »Könnte sein«, gab sie endlich zu. Dann warf sie einen Blick auf ihre Armbanduhr. »Natürlich ist es erst 15.00 Uhr. Das Krankenhaus hat bisher noch keine offiziellen Meldungen an die Nachrichtensendungen herausgegeben. Wenn wir nichts über Dr. McCoy sagen …«

»Die Verräter werden wissen, daß er noch lebt.« Uhura rieb ihr schmerzendes Handgelenk und versuchte sich auszumalen, was Admiral Kirk wohl in dieser Situation getan hätte. Ihr Blick verengte sich bei einem plötzlichen klugen Gedanken. »Aber wenn man bekannt gibt, daß er tot ist und die Flotte mich in Gewahrsam genommen hat …«

Chapel schaute sie stirnrunzelnd an. »Welchen Grund hätte sie dazu?«

»Um mich über McCoys Tod zu verhören oder

um mich in Schutzhaft zu nehmen. Was am besten klingt ...« Uhura setzte ihren Weg durch den Korridor fort. Diesmal folgte ihr die Ärztin zur Hauptreihe der Aufzüge. »Bis sie erfahren haben, daß es nicht stimmt, könnte ich längst sicher im Flottenhauptquartier sein.« Uhura sah die unausgesprochene Frage im Blick der anderen und beantwortete sie. »Ich muß gehen, Chris. Unser Ruf – und unser Leben – hängt vielleicht davon ab.«

»Aber wie willst du dort hinkommen?« fragte Chapel erhitzt. »Diese Lumpen bewachen doch möglicherweise sämtliche Krankenhausausgänge!«

»Ich hoffe, daß sie es tun, weil wir Ihnen nämlich genau das zeigen, was sie zu sehen hoffen.« Uhura zog Chapel in den offenen Aufzug hinein und deutete dann auf die Reihe der Abkürzungen auf der Steuerplatte. »Welcher Knopf bringt uns in die Leichenhalle?«

Leichensäcke, stellte Uhura eine unbehagliche halbe Stunde später fest, waren einfach nicht dazu bestimmt, Lebendige zu transportieren. Der sie einhüllende schwere Kunststoff war nicht nur hauteng und schweißklebrig, sondern besaß auch Tragegriffe, die gegen ihre Rippen drückten, in welche Lage sie sich auch krümmte. Zwar war er nun nicht mehr luftdicht – Christine Chapel und ein scharfes Skalpell hatten dafür gesorgt, bevor sie die Leichenhalle verlassen hatte –, aber er roch deprimierend nach Formaldehyd.

Uhura krümmte sich erneut und versuchte, ihr beharrlich schmerzendes rechtes Gelenk zu reiben. Der Trip nach San Francisco hatte länger als erwartet gedauert, wahrscheinlich deswegen, weil der Leichenhallen-Pilot der Küste gefolgt war, statt die Schnellroute über die Halbinsel zu nehmen. Soweit es ihn betraf, war dies nur eine Routinefahrt zum Friedhof der Flotte. Nur die beiden Mitarbeiter, die Uhura an Bord getragen hatten, wußten, daß die ›Leiche‹ in dem Sack noch nicht tot war.

Die Maschine legte sich in eine Kurve und setzte zum Landeanflug an. Eine anonyme Hand von draußen stabilisierte Uhura gegen das Trägheitsziehen, und eine gedämpfte Stimme sagte: »Wir sind gleich da, Madam.«

Uhura empfand gemischte Gefühle. Sosehr sie auch darauf bedacht war, endlich aus dem Sack steigen zu können, so wenig war sie wild darauf, dem Starfleet-Pathologen zu begegnen, der ihn öffnen würde. Auch wenn er – oder sie – den Schreck überlebte, es bestand noch immer die Möglichkeit, daß sie Gewalt anwenden mußte, um zu verhindern, daß ihre unkonventionelle Ankunft der Sicherheit gemeldet wurde.

Als die Fähre am Boden aufsetzte, ächzte sie wie ein rostiger alter Sessel. Dann wurde die Tür geöffnet, man hob sie hoch und trug sie fort, doch sie wußte erst, daß sie sich im Inneren des Leichenschauhauses befand, als sie auf eine Unterlage gelegt wurde, die so kalt war, daß sie nur aus Stein bestehen konnte.

Dann folgte eine lange, nervtötende Stille. Endlich wurde irgendwo in der Ferne eine Tür zugeworfen. Uhura hielt die Luft an und fragte sich, ob sie sich die schnellen Schritte, die sich ihr näherten, nur einbildete.

Das Zischen des elektrostatischen Leichensacksiegels beantwortete ihre Frage, und das plötzliche Aufflackern einer Halogenleuchte blendete sie. Uhura schirmte die Augen mit einer Hand ab und wuchtete sich mit der anderen hoch. Sie wollte sehen, wer den Sack geöffnet hatte. Das besorgte Gesicht, das sie anschaute, war so schwarz wie das ihre und ihr überraschend vertraut.

»Dr. M'Benga!«

Ein kurzes Lächeln vertrieb die Furcht aus dem Blick des ehemaligen *Enterprise*-Arztes. »Lieutenant Commander Uhura.« M'Benga half ihr, auch den Rest des Körpers aus dem an ihr klebenden Sack zu hieven, bis sie sich aufrecht auf den Tisch setzen konnte. »Ich hatte gehofft, daß Sie es sind.«

Uhura riß überrascht die Augen auf. »Sie haben es gehofft?« fragte sie und deutete auf den Sack, in dem sie angereist war.

M'Benga grinste sie an. »Tja, daß Sie noch leben, habe ich gewußt.« Er drehte die an dem Sack befestigte Identitätskarte in der Hand, um ihr McCoys Namen zu zeigen. »Aber was Leonard angeht, war ich mir nicht sicher. Ich habe erst vor ein paar Minuten in den Nachrichten gesehen, daß Christine seinen Tod gemeldet hat, aber meiner Meinung nach wirkte sie nicht erschüttert genug, als daß es hätte stimmen können. Er lebt doch noch, oder?«

Uhura nickte geistesabwesend. »Aber was, um alles in der Welt, machen Sie hier, Ben? Ich dachte, Sie schieben inzwischen Dienst auf einem anderen Schiff.«

»Um die Chance zu verpassen, wieder auf die *Enterprise* zu kommen? O nein!« Der Arzt fuhr lächelnd mit der Hand über das Pathologen-Abzeichen auf seiner Uniform. »Außerdem habe ich schon immer geglaubt, daß die Pathologie mir vielleicht gefallen könnte. Es war eine gute Gelegenheit, ein Jahr Erfahrungen zu sammeln, ohne mich zu verpflichten.«

»Aber warum haben Sie mir nicht erzählt, daß Sie hier stationiert sind?« fragte Uhura leicht verletzt. »Ich arbeite seit drei Monaten gleich um die Ecke!«

M'Benga zuckte die Achseln. Sein fein gemeißelter Mund verzog sich leicht verlegen. »Nun ja ... Ich wollte zwar immer mal anrufen, aber ich wollte nicht, daß Sie glauben, ich würde ... ähm ... Ihnen nachstellen. Ich wollte mich nicht aufdrängen.«

»Aber das hätten Sie gar nicht ...« Uhura brach ab und schüttelte empört den Kopf. »Männer! Ihnen ist wohl nie die Idee gekommen, mich entscheiden zu lassen, ob ich Sie sehen will oder nicht?«

»Nee«, gab M'Benga beschämt zu. »Und – wollen Sie?«

»Ja.« Uhura sprang plötzlich entschlossen vom Tisch herunter. »Offen gesagt, ich hätte nichts dagegen, wenn Sie mich jetzt gleich zur Starfleet-Weihnachtsfeier mitnehmen.«

M'Bengas schmales Gesicht wirkte ernüchtert. »Warum habe ich nur das Gefühl, daß dies keine Einladung zu einer Geselligkeit ist? Uhura ...« Er deutete auf den hinter ihr liegenden Leichensack. »Wenn jemand darauf aus ist, Sie umzubringen, sollten Sie da nicht unsere Sicherheitsleute rufen und sie den Fall klären lassen?«

»Nein. Die gerade nicht.« Uhura sah sein Stirnrunzeln. »Ich weiß zwar nicht genau, wer es ist, Ben, aber irgend jemand innerhalb der Flotte ist darauf aus, Admiral Kirk und seiner alten Brückenmannschaft ein Bein zu stellen. Und irgendwer von der Sicherheit arbeitet mit ihm zusammen.«

»Ach.« Die beweglichen Augenbrauen des Arztes fuhren verstehend hoch. »Wird Sulu deswegen vermißt? Und ist Chekov darum auf der Flucht?«

Uhura nickte. »Und deswegen muß ich heute abend auf die Weihnachtsfeier der Flotte. Mr. Scott wird ebenfalls dort sein, und er ist vielleicht der einzige Mensch auf der Erde, der uns helfen kann.«

»Dann werden wir Sie mal sicher zu ihm bringen«, sagte M'Benga fest entschlossen. Er warf einen taktvollen Blick auf ihre Kleider und räusperte sich. »Sie wollen doch wohl nicht so dort aufkreuzen, oder? Falls jemand von der Sicherheit nach Ihnen Ausschau hält, werden die Verbrennungen Sie sofort verraten.«

Uhura musterte ihre Uniform und zuckte zusammen, als sie die Beschädigungen sah. »Und nach einer

Stunde in dem Sack rieche ich vermutlich auch wie ein eingelegter Hering. Ich könnte versuchen, mich in mein Quartier zu schmuggeln, um mich umzuz ...«

M'Benga schüttelte den Kopf. »Zu gefährlich und außerdem völlig unnötig. Ich habe gleich nebenan einen ganzen Haufen Ausgehuniformen.« Er führte sie aus der Leichenhalle in den langen Hauptkorridor der Pathologie. Er war verlassen, denn heute war schließlich Heiligabend. »Schauen Sie mal nach, ob die Arztklamotten Ihnen passen. Ich könnte mir vorstellen, daß wir damit besser an den Wachen vorbeikommen.«

»Ja, aber ...« Uhura lugte durch die Tür, vor der M'Benga freundlicherweise stehengeblieben war. Sie sah Regale voller Uniformen, die wie Ersatzteile in hohen Geräteregalen lagen. Trotzdem – dies war eindeutig kein Nachschublager. »Ben, wozu haben Sie die alle?«

Der Arzt lächelte ironisch. »Natürlich für Beerdigungen«, sagte er und ließ sie stehen.

Der Saal des Flottenhauptquartiers glitzerte wie ein Miniatursternnebel, und die hoch aufragende Kuppel war von tausend schwebenden Leuchtkörpern erfüllt, deren Lichter den in den Abend übergehenden Nachmittag in ein helles Licht tauchten. Das Geflüster zahlloser winziger Antigravgeneratoren verlor sich unter den Klängen andorianischer Wintersonnenwendmusik, die ein interplanetarisches Kammerorchester am anderen Ende des Raumes spielte. In der Nähe der Tür begrüßte eine Reihe von Würdenträgern ankommende Offiziere und deren Gatten und schüttelte ihnen mit einer einstudierten Mischung aus Entzücken und rascher Effizienz die Hand. Oben auf der Säulenvorbautreppe stand ein Wächter, der die Namen der jeweils Eintretenden verkündete.

Uhura holte tief Luft, als M'Benga ihre Identifikation

übergab, und spürte, wie die ausgeliehene blaue Arztuniform sich um ihre angespannten Schultern verengte. Der Wächter musterte die Karte, dann schaute er sie und M'Benga an.

»Dr. M'Benga?« fragte er.

»Ja«, sagte Uhura und bemühte sich, rein geschäftsmäßig zu klingen. Die starre Linie der Lippen des Wächters machte sie jedoch äußerst nervös.

»Und Gatte?« Der Wächter musterte den hochgewachsenen Mann, der in Zivilkleidern hinter ihr stand, sorgfältiger.

»Ja.« M'Bengas Hand fiel mit einer Geste beiläufiger Zuneigung auf Uhuras Schulter. »Bin zum ersten Mal hier«, gestand er dem Wächter in gedämpftem Ton. »Faszinierend, nicht? Gut, daß meine Frau hier ist, um mich zu beschützen.«

»Jawohl, Sir.« Der Mund des Wächters zuckte, als wolle er loslachen, dann riß er sich zusammen. Uhura erkannte, daß seine Erheiterung nichts mit Argwohn zu tun hatte, sondern mit ihrer unterschiedlichen Körpergröße. Dies war dem Mann so komisch vorgekommen. Sie stieß insgeheim einen Seufzer der Erleichterung aus und schenkte dem ersten alten Admiral in der Reihe der Begrüßenden ein strahlendes Lächeln. Er zwinkerte ihr zu und erwiderte es.

»Dr. M'Benga, nicht wahr? Pathologie, glaube ich.«

»Ja, Admiral.« Von ihrem Anfangserfolg ermutigt, gelang es Uhura, ihre Stimme nun zuversichtlich und fröhlich klingen zu lassen. Sie schritt die Front ab, lächelte den Würdenträgern zu, erwiderte alle herzlichen Grüße und stellte einem Stabsoffizier nach dem anderen ihren freundlichen ›zivilen‹ Gatten vor. Nur eins war ihr wirklich bewußt: daß das Gesicht, das sie am liebsten gesehen hätte – das von Admiral Kirk –, enttäuschenderweise abwesend war.

Schließlich erreichten sie das Ende der Reihe, wo

man ihnen nur ein Glas Champagner reichte und sie von einem am heutigen Abend als Kellner tätigen Studenten der Akademie in den Raum mit dem Buffet geschoben wurden. Der Fähnrich musterte Uhuras blaue Medizinerkleidung mit einem leicht überraschten Blick, und sie erstarrte. Es wäre blanke Ironie gewesen, wenn es ihr gelungen war, das gesamte Oberkommando der Raumflotte zu foppen, um anschließend von einem Fähnrich als Hochstaplerin entlarvt zu werden. Doch nachdem der junge Mann ihnen gezeigt hatte, wo das Buffet anfing, nickte er respektvoll und ging, ohne ihnen noch einen Blick zu schenken.

»Einer Ihrer Studenten?« murmelte M'Benga Uhura zu und reichte ihr einen Teller. Ihm war der Blick von der Seite wohl ebenfalls aufgefallen.

»Nein.« Uhura schaufelte geistesabwesend Lachs in Blätterteig auf den Teller und zermarterte sich das Gehirn. »Wahrscheinlich hat er mich in der Akademie gesehen. Es sind zwar nicht viele Flottenmediziner da, die einen Lehrauftrag haben, aber hin und wieder sieht man doch einen.«

»Deswegen hat er wohl auch so überrascht geschaut.« M'Benga füllte seinen Teller mit Salat aus geräucherten Artischocken, mariniertem Spargel und Wasserbüffelkäse, dann griff er nach den Brötchen. »Haben Sie sich schon Gedanken gemacht, wie wir Mr. Scott in dieser Meute finden sollen?«

»Ach, das ist der leichte Teil.« Uhura füllte ihren Teller mit Garnelen, gebackenem Brie und mit Krabbenfleisch gefüllten Pilzen, denn nun wurde ihr bewußt, wie lange sie schon nichts mehr gegessen hatte.

»Ach, wirklich?« M'Benga blieb in dem Türrahmen stehen, der vom Buffetraum in den Hauptsaal zurückführte. Der riesige Raum war schon jetzt mit Flottenoffizieren und deren Ehepartnern gefüllt, ganz zu schweigen von einer Horde extraterrestrischer Würdenträger, die in unterschiedlichen Ecken Hof hielten. Das Kammerorchester spielte nun einen uralten, schwungvollen Walzer. Der Lärmpegel war demgemäß ordentlich gestiegen.

»Natürlich.« Uhura gesellte sich zu ihm, suchte mit geübtem Auge den Raum ab und spießte Lachs und Brie auf ihre Gabel. »Wir müssen nur die Bar suchen.« Sie entdeckte sie nach einigen weiteren Happen; sie wurde diskret von einer Reihe heller orionischer Farnbäume verborgen. Schon von hier aus konnte sie die vertraute untersetzte Gestalt erkennen, die am anderen Ende der Theke lehnte. »Da ist sie ja. Und er auch.«

»Oh! Natürlich!« M'Benga folgte ihr durch die Menge. »Wenn das der leichte Teil war, was ist dann der schwierige?«

Uhura reichte ihm lächelnd ihren Teller. »Der schwierige Teil«, erwiderte sie, »besteht darin, ihn von dort wegzulotsen.«

»Uhura!« Montgomery Scotts braune Augen leuchteten in unverhohlener Freude. »Wie hab' ich gehofft, Sie hier zu treffen!«

»O Mr. Scott.« Uhura mußte dem Drängen widerstehen, den bulligen Ingenieur zu umarmen. Doch da sie wußte, daß es ihn verlegen machen würde, lächelte sie ihn nur an. »Und Sie glauben nicht, wie sehr ich gehofft habe, Sie zu sehen!«

»Ihnen fehlt die alte Mannschaft, was?« Scott schüttelte seufzend den Kopf. »Ach, Mädel, so geht's mir auch. Ich habe gerade erst zu meinem Freund gesagt ...« Er deutete auf den schweigenden Barkeeper. »... wie schwer es ist, in unserem Schiff herumzugehen und niemandem von der alten Mannschaft zu begegnen.«

»Ja, ich weiß.« Uhura warf einen Blick über ihre

Schulter, dorthin, wo M'Benga vor den Farnen Wache stand. Er unterbrach die Beobachtung der Menge, um ihr beruhigend zuzunicken. »Mr. Scott, ich muß mit Ihnen reden. Haben Sie einen Augenblick Zeit?«

»Für Sie habe ich alle Zeit der Welt, Mädel.« Scott leerte sein Glas und gab es zurück. »Mach mir noch einen davon, mein Junge. Ein guter, seltener saurianischer Jahrgang.«

Uhura stieß einen Seufzer aus, beschloß aber zu warten, bis ihm neu eingeschenkt wurde, bevor sie einen weiteren Versuch machte. »Es ist nur leider so, Mr. Scott, daß ich … unter vier Augen mit Ihnen sprechen muß. Es ist sehr wichtig.«

Irgend etwas in ihrer Stimme schien durch die fröhliche Aura der Geselligkeit gedrungen zu sein, die sie sich auszustrahlen bemühte. Scott hielt – das Glas auf halbem Weg zum Mund – inne und musterte sie mit echter Besorgnis. »Was ist denn los, Mädel?« Sein Blick wanderte zu M'Bengas hoher Silhouette und verengte sich. »Der Doktor benimmt sich doch hoffentlich Ihnen gegenüber wie ein Gentleman, oder?«

»Nein, das ist es nicht.« Uhura schaute sich um und sah, daß die Leute an der Bar sie nicht beachteten. Sie stellte sich auf die Zehenspitzen und sagte leise: »Es geht um das, was mit Chekov und Sulu passiert ist.«

»Ach, wirklich?« Die intelligente Miene des Ingenieurs blieb völlig ahnungslos. »Und was ist mit Chekov und Sulu passiert?«

Diesmal war Uhuras Seufzer lauter und verzweifelt. »Mr. Scott, lesen Sie denn gar nichts außer technischen Handbüchern?«

»Nicht, wenn ich ein Raumschiff auf den neuesten Stand bringe, Mädel.« Scott folgte ihr mit zögerndem Gehorsam, als sie an seinem Ärmel zupfte. Sie verließen die Theke in Richtung einer geschützten Nische zwischen den hellen weißen Farnen. Auf der anderen

Seite hatte das Orchester eine feierliche vulkanische Neujahrsmusik angestimmt.

»Wenn Sie sich in dieser Woche mal die Nachrichten angeschaut hätten, wüßten Sie, daß Chekov des Mordes beschuldigt wird und Sulu verschollen und vermutlich tot ist!« Uhura sah den warnenden Blick, den M'Benga ihr durch die gespenstischen Farnwedel zuwarf, und zwang sich erneut, leiser zu sprechen. »Captain Kirk hat die Erde verlassen, um zu beweisen, daß die beiden keine Verräter sind, aber ich habe gerade von Dr. McCoy erfahren, daß sich die dazu nötigen Beweise an Bord der *Enterprise* befinden.«

»Auf der *Enterprise*?« Scott wurde leiser, als er sah, daß Uhura zusammenzuckte und einen warnenden Finger auf ihre Lippen legte. »Aber wie kann man dort etwas verstecken, Mädel? Das Schiff ist doch gerade mal zur Hälfte überholt, und es ist nicht der kleinste Krümel Ladung an Bord.«

»Wirklich nicht?« Uhura musterte ihn erschreckt. »Aber Dr. McCoy hat doch gesagt, daß ...«

Scott hob den Blick, und sie erkannte, daß sie schweigen sollte. Erst dann spürte sie den winzigen Luftzug, der die Ankunft eines anderen Menschen ankündigte. Da Uhura mit M'Benga gerechnet hatte, der ihr eine Warnung zukommen lassen wollte, fuhr sie herum – und schnappte nach Luft.

»Guten Abend, Madam«, sagte Jackson Kahle. Der Ex-Raumschiffkommandant nickte Mr. Scott freundlich zu, doch sein scharfer Blick musterte Uhuras Gesicht. Sie bemühte sich, ihre Überraschung zu verbergen. »Verzeihen Sie, daß ich einfach so in Ihr Gespräch reinplatze, aber nachdem ich gehört habe, was in Stanford passiert ist, wollte ich mich versichern, daß es Ihnen gutgeht und Sie noch unter uns weilen.«

Uhura zwang sich ein Lächeln ab. »Danke, Mr. Kahle. Ich weiß Ihre Besorgnis zu schätzen.«

Kahle verzog das Gesicht und schwenkte selbsttadelnd seinen Krückstock. »Ich bin halt nur ein neugieriger alter Knabe. Ich habe heute abend einige meiner jungen Kommilitonen nach Ihnen Ausschau halten lassen und mir Sorgen gemacht, als es hieß, Sie trügen eine merkwürdige Uniform.«

Uhura wischte verlegen mit der Hand über das geborgte Medizinerjackett. »Ich … ähm … hatte keine Zeit, um in meine Unterkunft zurückzukehren, da habe ich mir die Sachen von meiner Freundin Christine Chapel in Stanford geliehen.«

»Die junge Dame, die in den Nachrichten aufgetreten ist? Ach, ja.« Der Milliardär runzelte die Stirn. »Tut mir leid, das von McCoy zu hören. Er war ein guter Mann.«

»Ja.« Uhura griff nach Scotts Arm, als wolle sie sich darauf stützen, doch ihr Griff verengte sich warnend um den Unterarm des Ingenieurs. Scott setzte eine finstere Miene auf, sagte aber nichts. »Ja, wirklich.«

Trotz aller Bemühungen schien irgend etwas in ihrer Stimme nicht richtig geklungen zu haben. Kahles stahlblaue Augen fingen Uhuras Blick ein und nagelten ihn mit plötzlicher unerbittlicher Schärfe fest. »Stimmt was nicht, Madam? Kann ich Ihnen irgendwie helfen?«

Uhura schluckte mit angespannter Kehle, dann kam sie zu dem Schluß, daß eine Halbwahrheit ihr jetzt besser dienen konnte als eine unverblümte Lüge. »Ja, Mr. Kahle. Ich fürchte, daß eine Menge Dinge nicht stimmen. Aber ich kann weder Sie noch einen anderen bitten, mir Hilfe zu leisten.«

»Wissen Sie das ganz genau?« Kahle musterte sie mit hochgezogener Augenbraue. »Wie Sie wissen, habe ich eine Menge Verbindungen.«

Uhura gelang ein schwaches Lächeln. »Ich weiß, Sir. Aber die einzige Verbindung, die ich im Moment brauche, ist die zu Admiral Kirk, und der ist nicht zu sprechen.«

Kahle schnaubte. »Das ist doch kein Problem, Madam. Kommen Sie morgen zur Sicherheitsakademie in Annapolis. Kirk hat mir versprochen, daß er auf der Territorialkonferenz mit den Romulanern zugegen sein wird.«

»Wirklich?« Diesmal brauchte Uhura ihr Lächeln nicht vorzutäuschen. »Welch wunderbare Nachricht, Mr. Kahle! Ich danke Ihnen.«

»Bin Ihnen gern zu Diensten, Madam.« Kahle nickte freundlich M'Benga zu, der gerade atemlos herbeieilte, um ihn zu mustern. »Guten Abend, Doktor. Ich hoffe, das Fest gefällt Ihnen.«

M'Bengas Augen wurden groß, als er den Milliardär von dannen schreiten sah. »Weiß der Typ, wer ich bin?« fragte er Uhura.

»Ich nehme es an.« Sie schüttelte erneut erstaunt den Kopf. »Manchmal glaube ich, daß Jackson Kahle die gesamte Flotte kennt.«

»Nun, das erklärt meine Überraschung.« M'Benga sah den fragenden Blick in Uhuras Augen und zuckte die Achseln. »Er kam zu mir und sagte, einer der vulkanischen Gesandten hätte sich an irgend etwas verschluckt und hätte Schwierigkeiten mit der Atmung.«

Uhura runzelte die Stirn. »Und war es wirklich so?«

»O ja.« M'Benga rieb sich die Hände. »Sie haben ja keine Ahnung, wie schwer es ist, das Zwerchfell eines Vulkaniers an der richtigen Stelle zu treffen.«

Scott hustete plötzlich und leerte sein Glas. Er warf Uhura einen traurigen Blick zu. »Ich habe wohl keine Zeit mehr für einen Brandy, oder?«

»Nein.« Uhura warf erneut einen sehnlichen Blick auf den noch fast vollen Teller, den M'Benga mitgebracht hatte, dann holte sie tief Luft und drehte sich um. »Sie haben gehört, was Mr. Kahle gesagt hat: Admiral Kirk wird morgen in Annapolis sein. Es bedeutet, daß wir es heute nacht machen müssen.«

Scott setzte eine finstere Miene auf. »Was müssen wir tun, Mädel?«

»Herauskriegen, wer die Verräter sind.« Uhura zupfte erneut an seinem Ärmel. »Kommen Sie. Wir beide müssen jetzt zur *Enterprise* hinauf.«

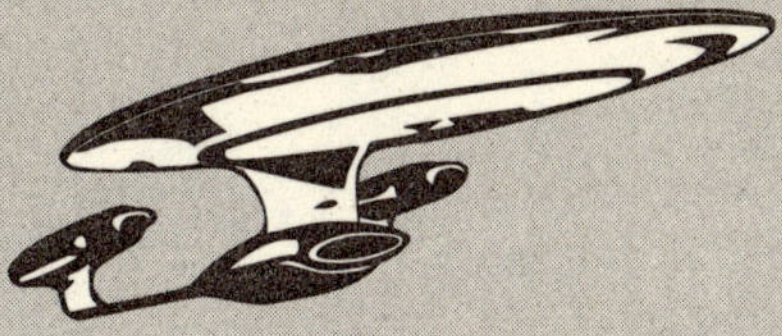

ZWISCHEN-
SPIEL

USS *DeGama*
Sektor Donatu, Koordinaten unbekannt
Terrestrisches Datum: 24. Dezember 2269
23.30 Uhr Schiffszeit

»Brücke an Admiral Kirk.«

Die Anspannung in der Stimme des Funkoffiziers ließ Kirk aus dem Sessel hochfahren. Er eilte mit zwei langen Schritten zum Wandkommunikator, drückte mit mehr Kraft als nötig die Antworttaste und zuckte beim Heulen der Rückkopplung zusammen. »Hier ist Kirk«, sagte er über den Lärm hinweg und bemühte sich, Sareks gerunzelte Stirn zu übersehen. »Was ist los?«

»Wir haben an der *Kozain* angedockt, Sir, aber der Kommandant verweigert uns den Zutritt zu seinem Schiff.«

Diesmal war Kirk an der Reihe, Sarek mit gerunzelter Stirn zu mustern. Der vulkanische Botschafter bedachte ihn mit einem undurchsichtigen Blick, der Kirk annehmen ließ, daß er angestrengt nachdachte. Sie hatten auf dem Weg zu diesem Treffen sehr viele Möglichkeiten diskutiert, doch die momentane gehörte nicht dazu.

»Haben Sie den Kommandanten gefragt, warum er uns trifft, wenn er nicht die Absicht hat, uns anzuhören?« fragte Kirk.

Diesmal antwortete der weibliche Captain der *DeGama*, und ihre frische Stimme klang diesmal eher verärgert als angespannt. »Der Kommandant der *Kozain* sagt, er wollte nur sehen, ob er wirklich so weit in den Machtbereich der Föderation vordringen kann, ohne beschossen zu werden, Admiral.«

Kirk schnaubte und nahm die Hand vom Sendeknopf. »Der alte Lügenbold.«

»Wirklich?« Der Vulkanier schaute ihn über seine zusammengelegten Fingerspitzen hinweg an. »Angesichts des Stammesdenkens unserer Freunde auf der *Kozain* könnte die Behauptung des Kommandanten durchaus der Wahrheit entsprechen, Admiral.«

»Und warum sind sie dann hier? Warum werfen sie nicht einfach eine Nachrichtenboje ab und fliehen in die nächste Neutrale Zone?« Kirk schüttelte mit finsterer Miene den Kopf. »Nein, sie sind gekommen, um mit uns zu reden. Sie wollen nur prüfen, wie verzweifelt wir sind.«

Sarek dachte über seine Worte nach. »Wir können dieser Hypothese einen hohen Sicherheitsgrad zubilligen und dementsprechend verfahren«, sagte er schließlich zustimmend und mit der übertrieben gewissenhaften vulkanischen Präzision, die Kirk sich nach Spocks schnellerer und halb menschlicher Beurteilung sehnen ließ. »Wie verzweifelt sind wir denn, Admiral?«

Kirk unterdrückte einen Seufzer, weil er wußte, daß die Frage für Sarek keine rhetorische Bedeutung hatte. »Ich hoffe, nicht so verzweifelt, um Dummheiten zu machen.« Er drückte die Handfläche auf den Antwortknopf des Kommunikators und übte sich diesmal in vulkanischer Geduld. Die Komverbindung öffnete sich mit einem winzigen Zischen des Protests. »Kirk an Brücke. Ist die *Kozain* noch mit uns verbunden?«

»Jawohl, Admiral.«

»Dann senden Sie dem Kommandanten folgende Botschaft.« Kirk hielt inne und wählte seine Worte sorgfältig. »Sein nächster Krieg wird sich zwar nicht gegen die Föderation richten, aber Menschen werden ihn für ihn anzetteln. Ende der Botschaft.«

»Aye, aye, Sir.« Der unterdrückte Anflug völliger Verwirrung in der Stimme des Funkoffiziers ließ Kirk grinsen. Er wandte sich vom Wandkommunikator ab und sah ein milderes Echo seiner Erheiterung in dem dunklen Blick, den Sarek ihm schenkte.

»Eine unlogische Prophezeiung, Admiral.«

Kirk nickte. Sein Grinsen erlosch. »Aber eine akkurate. Und ich wette, daß der Kommandant der *Kozain* dies weiß.«

Sarek spreizte die Finger beider Hände, was für einen Vulkanier eine höchst eloquente Geste war. »Und welchem Zweck dient sie Ihrer Meinung nach?«

Der letzte Schluck von Kirks Kaffee war am Tassenboden zu bitterem Sirup geronnen, aber er trank ihn trotzdem. Immerhin hatte sein Magen nun etwas, gegen das er wirklich protestieren konnte. »Ich rechne damit, daß er wütend wird«, sagte er zu Sarek. »Hoffentlich so wütend, daß er verlangt, daß wir herüberkommen und es ihm erklären.«

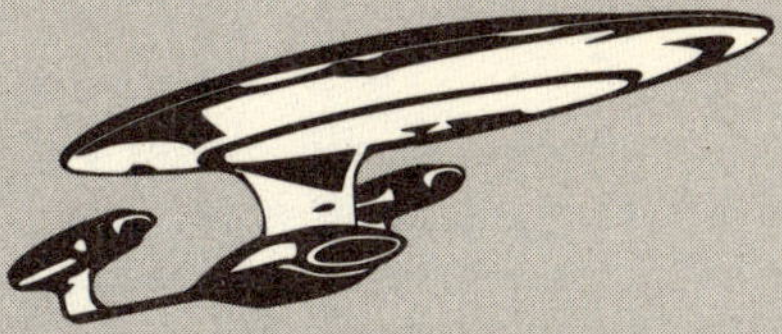

ENTERPRISE

15

Starfleet-Fähre WKI-2
Irgendwo oberhalb der Erde
Terrestrisches Datum: 24. Dezember 2269
17.30 Uhr Schiffszeit

»He! – He! Ist schon in Ordnung! Ich bin's doch nur! Pavel? Ich bin's doch nur …«

Chekov wich vor den Händen zurück, die sich ausstreckten, um ihn zu packen, und sein Helm krachte fest gegen das unnachgiebige Schott neben ihm. Er riß die Augen auf. Erst jetzt wurde ihm klar, daß sie geschlossen gewesen waren. Er zog beide Beine an, um sich auf einen Tritt vorzubereiten.

Sulu, der im Pilotensitz der *Phantom* hockte, musterte ihn. Er hatte die Hände in der uralten Geste des Aufgebens erhoben. »He, Pavel, alles klar? Ich bin's.«

Chekovs Finger, in den Rand des Sitzes verkrallt, lösten sich nacheinander. »Hab' ich dich geschlagen?« fragte er erschreckt.

Sulu nickte und hob flink eine Schulter, um anzudeuten, daß es nicht so schlimm gewesen war. »Ich hätte dich eben nicht erschrecken sollen.« Er wehrte jeden weiteren Kommentar ab, indem er Chekovs Aufmerksamkeit auf den Frontbildschirm lenkte. »Wir sind da.«

Chekov nahm eine bequemere Stellung ein, beugte sich über die Armaturen und folgte Sulus Blick. Die *Enterprise* wirkte von außen prächtiger und stattlicher, als er sie von innen her in Erinnerung hatte, und sie erfüllte den Raum mit einer Pracht, den das Gestänge des sie einhüllenden Gerüsts noch steigerte.

Blendender Sonnenschein beleuchtete die zerbrechliche Struktur des Schiffes von hinten und goß wäßrigen Glanz auf jede nagelneue Strebe und Platte. In wenigen Monaten würde das Schiff seine Fesseln abschütteln und erneut in die ewige Dunkelheit des Weltraums eintauchen. Bis dahin, dachte Chekov, ist es wohl nur passend, daß man es hegt und pflegt und verehrt, weil es ein mythisches Geschöpf ist. Wie kann jemand mit einem Leben auf festem Boden zufrieden sein, fragte er sich, wenn so etwas gleich hinter der planetaren Atmosphäre auf einen wartet?

»Sie hat noch nie so toll ausgesehen.«

»Yeah.« Sulu klang deutlich weniger begeistert. »Wenn wir nur reinkommen könnten.«

Chekov drehte sich um und musterte ihn mit einem fragenden Blick. Sulu deutete entmutigt auf das Heck des *Enterprise*-Maschinenraums. Das Tor des Fährenhangars war fest verschlossen. Es gab nicht mal das übliche Flutlicht der sie umgebenden orbitalen Werftplattform. Alle waren über die Feiertage nach Hause zurückgekehrt, und sie hatten alles hinter sich abgeschlossen. »Daran hab' ich nicht gedacht.«

»Ich auch nicht.« Sulu drückte sanft auf die Steuerdüsen, steuerte die Fähre fort vom Heck des großen Raumschiffes und begann die Werft zu umkreisen. »Sieht so aus, als wären längs der Orbitalplattform eine Menge Arbeitsdrohnen-Stellplätze.« Er wies auf die nächste Bucht. »Vielleicht können wir im Gerüst parken und über die Wartungslaufgänge gehen.«

»Um was zu tun?« wollte Chekov wissen. »Das Tarngerät permanent eingeschaltet lassen und hoffen, daß niemand versucht, eine Drohne auf der Fähre zu parken? Nein, wenn wir hierbleiben wollen, müssen wir die *Phantom* in den Hangar bringen.«

Sulu zuckte die Achseln und ließ die Maschine sauber unter einer der vielen transparenten Laufgangröhren hindurchtauchten. »Tja, aber eins weiß ich: Durch das Hangartor kommen wir nicht rein.«

Chekov drehte sich auf seinem Sitz und musterte die hinter ihnen vorbeiziehenden Laufgänge und den Hangar. »Vielleicht doch.« Er wandte sich wieder Sulu zu, als sie am Gehäuse des Primärsensors vorbeikamen. »Gibt es an Bord dieser Kiste so etwas wie einen Raumanzug?«

Sulu schaute ihn stirnrunzelnd an, dann richtete er den Blick wieder auf den Frontbildschirm. »Du trägst einen. Der Schutzanzug widersteht dem Vakuum zwar nicht ewig, aber er ist dazu konstruiert, im Fall von Atmosphärenverlust genau das zu tun. Warum? Was hast du vor?«

»Ich glaube«, sagte Chekov und fing an, nach allen Atmosphärenverschlüssen zu suchen, über die der geliehene Schutzanzug verfügte, »daß Mr. Scott zu beschäftigt war, um die Handsteuerung der äußeren Schleusentore auszuwechseln. Wenn es uns gelingt, den Hangar von außen zu öffnen, müßte es leicht sein, die Tore zu schließen, wenn wir erst einmal drin sind.«

Sulu beschäftigte sich einen Moment mit der Steuerung. Er drehte die *Phantom* leicht nach Steuerbord und stimmte ihre Höhe ab. »Hör mal«, sagte er, »ich möchte es dir zwar nicht ausreden, Pavel, aber du kannst diese Kiste unmöglich fliegen. Und noch weniger kannst du eine kontrollierte Landung auf beengtem Raum machen.«

»Ich weiß.« Die Vorstellung, die *Phantom* zu fliegen, war ihm gar nicht gekommen. »Deswegen gehe ich ja raus.«

»Du hast sie wohl nicht alle! Du kannst doch kaum geradeaus gehen. Kommt gar nicht in Frage.«

»Um so mehr ein Grund, warum ich nicht fliegen sollte.« Chekov löste die Schultergurte des Kopilotensitzes und glitt vorsichtig aus dem Sitz, damit Sulu nicht bemerkte, wie schwer ihm jede Bewegung fiel. Sein Freund sah nicht gerade begeistert aus.

»Hör zu, Hikaru. Wenn ich bei der ganzen Sache etwas gelernt habe, dann das: Wir sind ganz auf uns allein gestellt. Ich habe nicht vor, hier sitzenzubleiben, darauf zu warten, daß uns die Atemluft ausgeht, und mich dabei mit dir zu streiten, was wir tun und lassen sollen. Sagst du mir jetzt, wie man eine Luftschleuse öffnet, oder muß ich dir beweisen, daß man uns in der Sicherheitsausbildung beigebracht hat, wie man einen Kommandocode außer Kraft setzt?«

Sulu schaute ihn eine ganze Weile stumm an, dann fragte er ohne Anzeichen von Groll: »Einen konstruktiven Rat nimmst du doch hoffentlich von mir an?«

Chekov musterte ihn finster. »Welchen?«

»Schalt das Sauerstoffgerät ein, bevor du rausgehst.« Er riß das Gerät aus dem Raum unterhalb der Konsole und hielt es Chekov lächelnd hin. »Außerdem funktioniert dein Anzug so besser.«

Stille.

Tiefe, gespenstische, eiskalte Stille einer Art, wie Chekov sie nie zuvor empfunden hatte. Auch zu einer Reise in einem Schutzanzug gehörten ein Helmkommunikator und manchmal die Klänge eines Bordcomputers – er war noch nie Gefangener eines dünnen Anzugs gewesen, der nicht wenigstens Kontakt mit einer Zwischenstation unterhielt. Nun hatte er nur das betäubende Geräusch seines Atmens gegen die Helmscheibe und das schwere Schlagen seines Herzens in den Ohren. Keins der Geräusche wirkte sonderlich beruhigend auf ihn, und besonders nicht beide zusammen. Er glitt an den Platten vorbei, aus denen die Oberfläche der *Phantom* bestand, und tastete sich langsam, Hand über Hand, auf die Schwinge zu.

Er hätte es ohne den an den Kontrollen sitzenden Sulu nie versucht. Die kleinste Zuckung, das kleinste Beben – Chekov hätte jeden Kontakt mit der Fähre verloren und genügend Bewegungsmoment gehabt, um hilflos davonzutreiben.

»Ich bin da«, sagte er sinnloserweise ins Vakuum hinein, als er sich an der Ecke der breiten, gerippten Schwinge auf die Knie erhob. Er fühlte sich besser, wenn er jemandem Meldung machen konnte, um sich einzureden, daß der, der sie bekam, ihn retten konnte, wenn er einen falschen Schritt machte. »Ich versuche jetzt, auf der Torschwelle zu landen. Ich dürfte einen kleinen Fehlerspielraum haben.« Wie groß der Spielraum war, spielte eigentlich keine Rolle. Entweder schaffte er den Sprung oder nicht – über einen bestimmten Punkt hinaus verlor jede Statistik ihre Bedeutung.

Die Ausführung des Sprungs erforderte nur ein kleines Anheben der Fersen und Zehen. Kein Ziehen am Schutzanzug warnte ihn. Kein Gefühl der Beschleunigung setzte ein, als das Schleusentor näher kam. Er richtete den Blick fest auf die hohe, weiße Fläche und zählte laut die Sekunden, bis er auftraf.

Der Aufschlag ließ Schmerzen durch seine gespreizten Fingerspitzen rasen und verschlug ihm den Atem. Ein Anfall von Panik schrie ihm zu, er solle mit den Armen wirbeln. Chekov erstickte das Gefühl, ließ seinen Körper sanft zurückfallen, bis die Rumpfkontur vor ihm in Reichweite kam, und konnte nun gelassen zulangen, um den äußeren Handgriff der linken Torseite zu packen. Nachdem er sich in Stellung gezogen und einen Arm durch den Griff geschoben hatte, um sich sicher zu verankern, entspannte er sich und gab seinem Zittern nach.

Die Außensteuerung war keine Armeslänge von ihm entfernt, war offen, blinkte. Der Rand des eingefügten Gehäuses war verbeult, als sei jemand von hinten mit einer Drohne in sie hineingefahren. Chekov beugte sich nach links, um den Aktivierungsknopf zu drücken. Er stieß einen monströsen Seufzer der Erleichterung aus, als die Steuerung ihm mit hellgrünem Licht antwortete. Kontakte und Schaltungen schlossen einwandfrei, und er schob den Steuerknüppel so weit nach vorn, wie seine Finger ihn drücken konnten. Das Schiff unter ihm schien zu rumpeln, als die Torhälften majestätisch aufglitten.

Chekov klammerte sich bebend – das Schutzanzuginnere war nun voller kaltem Schweiß – mit beiden Händen an den Außengriff und schaute zu, als Sulu die *Phantom* in Position brachte und dann durchs Hangartor steuerte. Chekov hätte die schwarze Hülle berühren können, als sie vorüberglitt, und kurz darauf spürte er, wie die Fähre aufsetzte. Er tastete nach einem Halt hinter dem Rand des halb offenen Tors, gab die Hocke mit einem sanften Stoß auf, trieb hinein und ließ sich von der künstlichen Schwerkraft ziehen.

Er landete auf der Innenschwelle des Fährenhangars. Das Schiff fühlte sich gut, wirklich und fest an – die *Phantom* wirkte im Inneren der Nische sauber abgestellt, und das Wiedereinsetzen der Schwerkraft erinnerte ihn daran, daß er seit der Begegnung mit McCoy in Delmarva keine Schmerzmittel mehr genommen hatte. Hätte er nicht den ganzen langen Weg durch den Hangar gehen müssen, um die Türschaltung der Innenschleuse zu bedienen, wäre er am liebsten für immer hier geblieben, um sich einfach auf seine vier Buchstaben zu setzen.

Chekov bemerkte zwar nicht, daß die Torhälften sich hinter ihm schlossen, aber ihm fiel der zunehmende Außendruck auf, das schrittweise Erblühen von Geräuschen in dem ihn umgebenden Hangar. Als er aufschaute, registrierte er Sulu, der starr in der offenen Luke der *Phantom* stand und ein sehr erstauntes Gesicht machte. Und dann ertönte Scotts dröhnende Stimme: »Tja, wenn man vom Teufel redet, dann kreuzt er auf!«

Montgomery Scott kam um den Bug des nicht mehr getarnten Raumfahrzeugs herum, stützte die Hände in die Hüften und setzte eine väterlich-finstere Miene auf. »Sieht aus, als wärt ihr genau im rechten Augenblick hier angekommen, Jungs. Wenn nur die Hälfte von dem stimmt, was Uhura mir erzählt hat, habt ihr mir eine Menge zu erklären.«

Die *Phantom-II*-Fähre knisterte, als sie sich abkühlte. Dampf stieg von der gerippten schwarzen Hülle in der kalten, feuchten Hangarluft auf. Sulu hechtete durch die offene Luke ins Freie und suchte nach der Quelle der ihn begrüßenden Stimmen. Die stämmige Gestalt von Commander Scott sah er zuerst; dann kam auch Uhura näher, um ihn und Chekov zu begrüßen. Sie trug statt der üblichen eine blaue Ärzteuniform, doch ihr Lächeln war so strahlend wie ein Feuer an einem Winterabend.

»Woher, in aller Welt, wußtet ihr, daß ihr hierherkommen solltet?« fragte sie, nahm Chekovs behandschuhte Hände in die ihren und drückte sie fest.

Der Russe gab keine Antwort. Er wirkte, als sei die Aufgabe, die Verschlüsse des silbernen Schutzanzugs zu öffnen, das einzige, wozu sein Geist und seine Muskeln im Moment imstande waren. Nun, da er den Helm abgenommen hatte, sah Sulu, daß sein Gesicht vor Erschöpfung hager und frostbleich war.

»Wir wußten es gar nicht.« Sulu glitt mit der Leichtigkeit langer Übung aus dem Schutzanzug und trat zu Chekov hinüber, um ihm zu helfen, sich aus dem Rest seiner Montur zu schälen. Unter dem metallischen Gewebe war der Russe naß bis auf die Haut. Er schüttelte sich. »Die *Enterprise* war nur der einzige Ort, der uns eingefallen ist, an dem es nicht von Leuten der Sicherheitsabteilung wimmelt. Mr. Scott, gibt es hier einen Erste-Hilfe-Kasten?«

»Aye, Junge.« Der Ingenieur ließ einen wissenden Blick über die dünnen Stahlträger schweifen, aus denen die neue Hangaranlage der *Enterprise* bestand. »Wir müssen in jedem Sektor einen für die Arbeiter haben. Ah, da ist ja einer.« Er wuchtete mit Leichtigkeit eine schwere Bodenstahlplatte hoch und entnahm der darunter befindlichen Öffnung das Gesuchte.

Sulu nahm den Kasten, durchwühlte ihn, fand einen Injektor mit einem Medikament gegen Schockzustände und einen weiteren mit einem metabolischen Stimulans. Chekov setzte sich hin und schaute mit unkonzentrierter Distanz zu, als Uhura den Ärmel seines rechten Arms hochrollte und Sulu beide Geräte an seine Haut drückte. Die unwillkommene Kälte auf der *Enterprise* schien das Frösteln des Russen eher schlimmer als besser zu machen.

»Der Junge muß hier weg, an einen wärmeren Ort«, sagte Commander Scott, brachte die Lage mit der für ihn typischen Pragmatik auf den Punkt und setzte seine Analyse dann in die Tat um, indem er sich einfach vorbeugte und Chekov auf seine Arme hob. »Wir packen ihn in ein paar Thermodecken und flößen ihm was Warmes ein, dann kommt er schon wieder auf die Beine.«

Sulu folgte Uhura und dem stämmigen Ingenieur aus dem Hangar in einen primitiven Gang. Geschweißte Stahl- und Aluplatten ragten in eigenartigen Winkeln überall hervor, über ihnen hingen ein Gewirr von Glasfaserkabeln und isolierte Bündel von Supraleitern. Sulu spürte, daß sich sein Magen zusammenzog. Das Gefühl war beinahe schmerzhaft. Er hatte zwar schon andere Schiffe im Rohzustand gesehen, aber irgendwie war es auf der *Enterprise* anders. Es war schwer zu glauben, daß man aus diesem scheinbaren Chaos etwas machen konnte, geschweige denn ein Raumschiff der Spitzenklasse.

Mr. Scott duckte sich unter einen niedrigen Träger und bog in einen weiteren halbfertigen Gang ein. Sulu schaute sich stirnrunzelnd um. »Ist das der Rückweg zur Orbitalplattform?«

»Nein. Wir können euch dort nicht hinbringen, Jungs.« Scott bog in einen neuen, diesmal fertig aussehenden Gang ein. »Auf der Plattform hält sich im Moment außer Uhura und mir offiziell keine Seele auf. Der Computer würde sofort registrieren, daß sich dort zwei Lebensformen zuviel aufhalten. Wir sind sicherer, wenn wir hier bleiben.«

»Aber hier ist es nirgendwo warm genug«, sagte Uhura besorgt.

»Es gibt eine Stelle.« Scott blieb vor einer versiegelten Tür stehen und legte die Handfläche auf das Schloß. Als sie aufging, erzeugten Lampen automatisch Helligkeit, und eine beruhigende Wärme kam auf sie zu. »Das Hilfslazarett. Wir mußten es als erstes fertigstellen und voll ausrüsten, für den Fall, daß es zu Arbeitsunfällen kommt.«

»Dankt Gott für die Unfallverhütungsvorschriften.« Sulu half ihm, Chekov auf einen Untersuchungstisch zu legen. Der Russe ließ sich mit einem Stöhnen fallen. Uhura beugte sich vor, schaltete die Diagnosesteuerung ein und ließ sie summend zum Leben erwachen.

»Wir müssen rauskriegen, was dir fehlt«, sagte sie zu Chekov, als er sie mit argwöhnischem Blick musterte. Das Antischockmittel ist wohl jetzt wirksam, dachte Sulu erleichtert. Chekov wirkte nun eher grantig als geistesabwesend. »Halt still.«

Der Medocomputer über ihm tastete die liegende Gestalt mit Ultraschall und schimmerndem Laserlicht ab. »Patient leidet an radialer Fraktur der rechten Elle, die er sich vor ungefähr siebzig Stunden zugezogen hat«, meldete die Maschine sofort. »Außerdem leidet er an starker Unterkühlung, und er ist unterernährt und leicht dehydriert. Empfohlene Behandlung: akustische Stimulation zur Reduktion der Posttraumaschwellung, anschließend Karbonharzschienung des rechten Arms. Empfohlene Sekundärbehandlung: orale Einnahme heißer Flüssigkeiten und Nährstoffe, externe Anwendung von isolierenden Materialien, ausgiebige Bettruhe.«

»Na, hab ich's nicht gesagt?« Scott hatte inzwischen silbrige Thermodecken aus einem Lagerabteil genommen. Er gab sie an Sulu weiter, während Uhura anfing, eine Schublade mit medizinischen Instrumenten nach der anderen zu öffnen. »Ich laufe mal eben zur Orbitalplattform rüber und hole einen tragbaren Nahrungsautomaten, dann ist Chekov bald wieder auf den Beinen.«

Der Ingenieur tauchte im Korridor unter. Sulu schüttelte eine Isolierdecke aus und legte sie über Chekovs Beine, dann wickelte er eine andere um den Oberkörper, wobei er sorgfältig darauf achtete, daß der gebrochene Arm für die Behandlung freiblieb. Als Sulu die dritte Decke ausschüttelte, hatte Chekov sich so weit erholt, um ihn mit finsterer Miene zu mustern.

»Wofür ist die?« fragte der Russe.

»Für deinen Kopf.« Sulu breitete die letzte Decke so aus, daß sie Chekovs feuchtes Haar und seine Schultern bedeckte. »Weißt du nicht, daß man die meiste Körperwärme durch den Kopf verliert?«

Chekovs Blick verengte sich und wurde zu einem irritierten Stirnrunzeln. »Es bedeutet aber nicht, daß du mir einen Turban aufsetzen mußt.« Als Sulu den Versuch machte, den Deckensaum unter sein Kinn zu stopfen, fuhr Chekovs Kopf zur Seite. »Das reicht jetzt!«

»Dir geht's offenbar schon besser – du fängst ja schon an zu knurren.« Sulu befestigte sämtliche Decken an den Seiten und am Fußteil des Bettes und machte die Liege so zu einem silbernen Kokon.

Uhura eilte mit einem schreibstiftgroßen Untersuchungsgerät an den Tisch zurück. Ein Lächeln spiegelte sich in ihren schwarzen Augen, als sie Chekovs in Decken gehüllte Gestalt erblickte. »Du siehst aus wie eine Frühlingsrolle.«

»Danke. Soll das heißen, ihr werdet mich mit Eßstäbchen pieksen?« Dem Russen ging es eindeutig besser. Er klang zwar heiser, aber wachsam, und Sulu registrierte, daß eine leichte Farbtönung sich allmählich auf seinem Gesicht ausbreitete.

»Nein, aber ich werde den Akustikstimulator einsetzen, damit die Schwellung an deinem Arm zurückgeht.« Uhura blieb neben Chekovs Lager stehen. »Wir müssen die Schiene ablösen, um an die Schwellung ranzukommen«, sagte sie unsicher. »Sulu, könntest du vielleicht ...?«

Sulu zuckte zusammen, aber er beugte sich über die Kunstharzschiene und ließ die Finger vorsichtig über den Verbandriemen fahren. »Hat Dr. McCoy das Ding verschweißt?«

Chekov schüttelte den Kopf. »Ich glaube, da oben ist eine Öffnungslasche.«

Sulu grunzte. Seine Hand glitt über die Schiene hinweg. »Ich kann keine finden – ach, da ist sie ja.« Irgend etwas knallte, und die Kunststoffriemen, die die Schiene seitlich zusammenhielten, öffneten sich. Chekov stieß einen leisen russischen Fluch aus, aber es gelang ihm, den Arm starr zu halten, während Sulu und Uhura den Rest der Schiene entfernten. Uhura schaltete den Akustikstimulator ein und ließ ihn langsam über die bunten Flecke fahren, die Chekovs Arm bedeckten.

Sulu streckte eine Hand, zog einen Schreibtischsessel über den Mittelgang, ließ sich hineinsinken und schaute ihr müde zu. »Wie ist das eigentlich passiert?« fragte er Chekov.

Der Russe stieß ein Grunzen aus, das unter anderen Umständen möglicherweise ein Lachen gewesen wäre. »Ich habe jemandem zu fest eine verpaßt«, sagte er und schnappte mehrmals nach Luft. »Aber auf die falsche Stelle. Beim waffenlosen Kampf kann man sich leicht die Knochen brechen. Besonders, wenn man nicht weiß, was man tut.«

Seine Worte klangen wie ein auswendig gelernter Lehrsatz aus der Sicherheitsakademie, den die Erfahrung leicht bitter färbte. Sulu runzelte die Stirn und stellte fest, daß einige der Flecken auf Chekovs Arm verblaßter waren als andere und weit über den tatsächlichen Bruch hinausreichten.

»Und die anderen Schrammen?« fragte er. »Woher hast du die?«

Chekov wollte eine Schulter heben, zuckte aber zusammen. »Die habe ich von einem meiner Kommilitonen. Von dem, der auch Dr. Piper umgebracht hat.«

»Einer deiner Kommilitonen hat Dr. Piper umgebracht?« Sulu sank aufstöhnend in den Sessel zurück. »Jetzt sag bloß nicht, daß hinter dieser Verschwörung jemand aus der Sicherheitsabteilung steckt!«

»Nein, er war nur der Mietkiller. Es sind noch zwei andere von der Universität darin verwickelt. Peter Broad und Yolande Stern. Labortechniker.«

»Aha.« Sulu setzte sich in eine aufrechte Position und dachte darüber nach. »In deinem Fall waren es Labortechniker und ein Sicherheitsmann – wer es bei mir war, weiß ich nicht. Ich weiß nur, daß Hernan Nakai nichts damit zu tun hat.« Er streckte eine Hand aus und tippte gegen die Plasthautbandage, die unter dem Ärmel von Uhuras geliehener Medizinerkluft zu sehen war. Sie zuckte leicht zusammen, als sei die darunter befindliche Haut noch empfindlich. »Und was ist mit dir passiert? Den Verband hast du doch nicht, weil du zu viele Weihnachtsgeschenke eingepackt hast.«

»Dr. McCoy wurde am Bahnhof in Stanford von einer ferngezündeten Brandbombe verletzt«, sagte sie kurz. »Ich stand neben ihm.« Als sie die besorgten Blicke der anderen sah, fuhr sie fort: »Er ist in Ordnung. Er ist in Sicherheit und liegt auf der Intensivstation. Christine Chapel hat versprochen, nur Leute in sein Zimmer zu lassen, die sie persönlich kennt. Ich habe Dr. M'Benga nach Stanford geschickt, damit er ihr hilft, ihn zu bewachen. Aber bisher hat die Flotte noch niemanden wegen der Brandbombe festgenommen.«

Chekov schnaubte. »Natürlich nicht. Wer diese Leute auch sein mögen, sie haben irgend jemanden in der Hand, der in der Sicherheitsabteilung sitzt.«

»Und auch jemanden in White Sands.« Sulus Stirnrunzeln wurde zur finsteren Miene. »Verdammt noch mal, der Gedanke, daß sich Flottenoffiziere so leicht kaufen lassen, gefällt mir gar nicht!«

»Ich weiß. Wäre Admiral Kirk doch nur hier. Im Moment ist er der einzige Stabsoffizier, dem ich vertraue.« Uhura beendete ihre Behandlung mit dem Akustikstimulator.

Sulu schaute sie fragend an. »Chekov hat gesagt, der Admiral ist ebenfalls im Krankenhaus. Können wir dort nicht einfach mit ihm reden?«

Uhura seufzte, als sie das Lazarett nach Instrumenten absuchte, die sie brauchte, um Chekovs Arm weiter zu versorgen. »Er ist nicht im Krankenhaus – das ist nur die Geschichte, die sein Sekretär überall erzählen soll. Er ist heute morgen mit Botschafter Sarek in einem Hochgeschwindigkeitskurier gestartet, weil er weiß, wo er einen Beweis gegen die Verräter finden kann. Ich weiß nicht mal, was sein Ziel ist.« Sie blieb vor einem gläsernen Regal stehen. Ihre frustrierte Miene spiegelte sich in der transparenten Scheibe. »Und kaum drei Stunden nach seiner Abreise hat Dr. McCoy die nötigen Beweise von Dr. Piper erhalten!«

»Beweise?« fragte Sulu.

»Dr. Piper?« fragte Chekov im gleichen Moment.

Uhura warf ihnen einen Blick über die Schulter zu. Sie wirkte erstaunt. »Habe ich euch denn nicht erzählt ... Nein, natürlich nicht; dazu hatten wir doch noch gar keine Zeit. Dr. McCoy ist nur nach Kalifornien gekommen, um mir zu sagen, daß Dr. Piper irgendwelche Beweise über den Intervallerdiebstahl zur *Enterprise* hinaufgeschickt hat.«

»Und wo sind sie?« Diesmal sprachen Chekov und Sulu wie aus einem Munde.

»Ich weiß es nicht!« Uhura wandte sich um und schaute sie an. Ihre Stimme war lauter geworden, als hätte die Anspannung der vergangenen Tage ihre starre Beherrschung endlich durchbrochen. »Dr. McCoy hat vom einem Päckchen geredet, aber Mr. Scott sagt, es ist keinerlei Fracht an Bord. Ich habe nicht die geringste Ahnung, wo ich danach suchen soll. Wie soll man in diesem Chaos auch irgend etwas finden?« Sie breitete hilflos die Arme aus. »Ich kann nicht mal für Chekov einen Schienenautomaten finden!«

Sulu machte ein wortloses, beruhigendes Geräusch und kam ihr zu Hilfe. »Da ist der Schienenautomat«, sagte er und richtete ihre Aufmerksamkeit auf die oberste Ablage des Instrumentenbehälters und den gerundeten Umriß des medizinischen Geräts. »Holen wir ein Wägelchen und schaffen ihn zu Chekov rüber, okay?«

»Okay.« Uhura deutete verstohlen auf ihre Augen, bevor sie ging, um einen Karren von der anderen Seite des Raumes zu holen.

Sulu belud ihn mit dem Automaten und tätschelte ihre Hand. »Mach dir mal keine Sorgen. Wenn wir das hier gefunden haben, finden wir auch McCoys Päckchen. Es kommt uns jetzt nur unmöglich vor, weil wir müde, erschlagen und hungrig sind. Wann hast du zum letzten Mal etwas gegessen?«

Uhura brachte ein zittriges Lächeln zustande. »Eigentlich erst vor einer Stunde.« Sulu bedachte sie mit einem gekränkten Blick, und ihr Lächeln wurde offener. »Auf der Weihnachtsfeier der Flotte: Lachs in Blätterteig, gebackenen Brie und gedünstete Garnelen.«

Sulu stöhnte auf und tat so, als sei er im Begriff, neben dem Wägelchen zusammenzubrechen. »Welch dekadente Völlerei! Während der arme Chekov dem Hungertod ausgesetzt war – und ich die Notrationen der *Phantom* essen mußte!«

»Davor hatte ich aber den ganzen Tag kaum etwas gegessen«, verteidigte sich Uhura, »weil ich glaubte, ihr beide wärt tot!« Sie schaute zu, als Sulu den Automaten so niedrig wie möglich über Chekovs Brustkorb positionierte und seinem Freund dann vorsichtig half, den Arm hineinzuschieben. Die Maschine erwachte sofort zum Leben. Chekov stieß einen erneuten Fluch aus, als sie anfing, seine Verletzung zu bearbeiten, doch diesmal bemerkte Sulu, daß sein Gesicht dabei nicht mehr vor Schmerz erblaßte. Das Antischockmedikament schien inzwischen in seinem Kreislauf aktiv zu sein.

»Vielleicht kann der Nahrungsautomat ein paar Garnelen und Lachs für uns herstellen.« Sulu schaute auf, denn die Tür öffnete sich und ließ einen kalten Lufthauch und Commander Scott herein. Der tragbare Automat ruhte leicht auf seiner breiten Schulter. »Glauben Sie, das Maschinchen kann auch Fisch produzieren, Mr. Scott?«

Uhura musterte die kleine Kiste argwöhnisch. »Ich

weiß nicht mal, ob ein so kleines Ding überhaupt echtes Essen herstellen kann. Oder, Mr. Scott?«

»Tja, ich weiß zumindest, daß es Schafsmagen im Programm hat.« Der Ingenieur richtete sich auf und maß Uhura mit einem schiefen Grinsen. »Ich weiß aber nicht, ob man so was als Nahrung bezeichnen kann.«

16

USS *Enterprise*
Sektor Erde, Standardorbit
Terrestrisches Datum: 24. Dezember 2269
20.00 Uhr Bordzeit

Die Aussicht von der *Enterprise* war wunderschön. Wie immer.

Chekov stand so dicht, wie er es wagte, an der aus Transparentaluminium bestehenden Luftschleuse. Er hielt sich sorgfältig von allen Vertäuungen und provisorischen Siegeln fern und schaute dem letzten Zwinkern der Sonnenkorona zu, die in der Schwärze des südpazifischen Randes verschwand. Über Nordamerika wurde es Nacht.

Eine Reihe von Städten war an den Rändern des Kontinents zu sehen. Sie funkelten wie Bruchstücke spikanischer Feuerjuwelen. Straßen und Magnetbahntrassen liefen kreuz und quer von einer Küste zur anderen, so daß die Landmasse mit tausend glitzernden Arterien zu pulsieren und zu atmen schien. Eine Million Kilometer entfernt von dieser Schönheit konnte Chekov sich fast vorstellen, daß jeder glitzernde bunte Fleck eine der Lichterketten war, die in den Gärten und Häusern der Nordamerikaner zu dieser Jahreszeit so beliebt waren. Es war ein besseres Feiertagserlebnis, als sich im Maschinenraum eines Raumschiffes zu verstecken und darauf zu warten, daß sich seine Laufbahn – vielleicht sogar sein Leben – dem Ende näherte.

»Da bist du ja.«

Chekov warf einen kurzen Blick zur Seite. Die Ankunft Sulus überraschte ihn keineswegs. Auf einem Schiff, das so leer und so weit von allem entfernt war, konnte man sich nur schwerlich vorstellen, daß jemand überraschend auftauchte.

»Uhura und Mr. Scott versuchen, dem Automaten etwas Eßbares zu entlocken«, sagte Sulu, als er sich neben Chekov aufbaute. »Hast du irgendwelche Wünsche?«

Chekov zuckte die Achseln und wandte sich wieder der Erde zu. »Momentan ist mir alles Warme recht.«

»Okay.« Sulu stellte sich neugierig auf die Zehenspitzen und drückte vorsichtig eine Hand auf das transparente Portal. »Und was machst du hier draußen?«

»Ausschau halten nach Moskau.«

»Ahhh, Chekov ...« In Sulus Stimme schwang so etwas wie Erheiterung mit. »Wir sind doch in einer geosynchronen Bahn über Nordamerika.«

Chekov legte seine Hand neben der Sulus auf die kalte, transparente Barriere. »Weiß ich.«

»Ach.« Sulu trat zurück, um seinen hageren Rücken an das letzte fertige Segment des Ganges zu lehnen, und musterte verstohlen das dünne Gerüst, das vor der Schleuse aufragte. Dann schaute er entschlossen wieder in den Raum hinaus, als bereite ihm der Anblick des unfertigen Schiffes Unbehagen. »Ich hätte die Feiertage auch gern anders verbracht«, gab er nach langem, freundlichem Schweigen zu. »Ich hätte mich eher auf ein hübsches, verregnetes Wochenende in Kalifornien gefreut, bei dem man nichts anderes zu tun hat, als in Sausalito herumzustromern und nach teuren Restaurants Ausschau zu halten.«

Chekov zuckte mit der Schulter, dann gab er seinen Aussichtsposten auf und wandte sich zu seinem Gefährten um. »Du wärst wenigstens nach Hause gekommen.«

»Stimmt.« Sulu streckte die Hand aus und klopfte Chekov seufzend auf den Rücken. »Ich sag' dir was«, sagte er mit theatralischer Grimasse. »Wir haben noch etwas Zeit, bis es mit dem Essen soweit ist. Laß mich doch mal ausprobieren, ob ich was gegen den Feiertags-Katzenjammer unternehmen kann.« Er fummelte an der Brustseite von Chekovs Pullover herum. »Ich glaube, ich weiß, was in diesem Jahr das perfekte Weihnachtsgeschenk für dich ist.«

»Irgendwie ist es nicht das, was ich von dir erwartet habe.«

Sulu schaute auf. Er kramte in Scotts offenem Schrank herum, und sein Gesicht leuchtete in einer Mischung aus Frohsinn und Schalkhaftigkeit. »Dann sieh es als dein Weihnachtsgeschenk für Uhura und mich an. Ich glaube, ich kann für uns beide sprechen, wenn ich sage, daß wir nicht die Absicht haben, mit irgend jemanden im Lazarett zu schlafen, der so riecht wie du in diesem Moment. Setz dich nicht da drauf.«

Chekov fuhr hoch, bevor er den Sessel berührt hatte, und musterte Sulu dann mit einem strafenden Blick. »Du hast mich durch jeden Korridor und über jeden Laufgang des Schiffes geschleift«, beschwerte er sich. »Du hast mich durch einen Hurrikan geflogen! Du könntest mir wenigstens eine Chance geben, mich mal hinzusetzen.«

»Und außerdem klaue ich Mr. Scotts Kleidung«, erinnerte Sulu ihn. »Da kannst du wenigstens verhindern, daß hier alles nach Meer riecht.« Er stand mit einer Uniformjacke und einer Hose über den Schultern da und durchquerte den Raum, um beide auf das Bett zu werfen. »Raus aus den Klamotten, Fähnrich. Das ist ein Befehl. Ich werde deine alten Gewänder rauswerfen. Du nimmst jetzt eine Dusche.«

»Mr. Scott hat nicht mal ansatzweise meine Größe.«

Doch Chekov zog seinen dicken Pullover aus, bevor Sulu ihn erneut anschreien konnte.

Sulu nahm ihn ihm ab und warf ihn einfach hinter sich. »Sind Mr. Scotts Kleider trocken?«

»Das nehme ich an.« Chekov zog sich auch das Unterhemd über den Kopf.

»Riechen sie schlecht?«

»Nein.«

Sulu kickte den ganzen schmutzigen Stapel auf die offene Kabinentür zu. »Dann ist die Größe unwichtig. Geh jetzt in die Dusche.«

Ob sie Mr. Scotts Klamotten nun klauten oder nicht, für Chekov war es die beste Idee, die Sulu je gehabt hatte, und die Dusche war die Sache allemal wert. Er stand unter dem prasselnden Strahl und schlief fast ein, als die Wärme, der Dampf und die Vibration den Salzbelag von seinem Körper spülten und ihr Zauberwerk an seinen strapazierten Nebenhöhlen begann. Wenn er die Nacht unter der Dusche hätte verbringen können, hätte er es getan. Doch wie die Lage aussah, mußte er sich mit zwanzig Minuten zufriedengeben. Anschließend stolperte er in das feuchte Badezimmer und trocknete sich so lange ab, wie es vertretbar war.

Die Kleider paßten ihm, wie erwartet, nicht.

»Man wird mich noch einbuchten, weil ich mich als Offizier ausgebe.« Er wollte die Jackettärmel aufrollen, aber die goldenen Commanderstreifen waren ihm ständig im Weg.

»Mann, sie wollen dich schon wegen Hochverrats festnehmen.« Sulu streifte seinen Gürtel ab und hielt ihn Chekov hin, damit er ihn nahm, denn es war offensichtlich, daß seine Hose niemals von allein oben bleiben würden. »Und wenn sie dich hochnehmen, kannst du auch so gut wie möglich aussehen.«

Der Russe sagte sich, daß das Ingenieursjackett wenigstens rot war.

Der Rückmarsch zum Lazarett war offenbar nur halb so lang wie der Hinweg. Chekov fragte sich, ob er ohne den zwanzig Kilo schweren patschnassen Pullover, der ihn ständig zu Boden gezogen hatte, einfach besser gerüstet war oder ob Sulu einen anderen Weg ausgetüftelt hatte, als er unter der Dusche damit beschäftigt gewesen war, gegen den Schlaf anzukämpfen. Wie die Antwort auch ausfiel, sie kehrten in die besser isolierten Raumschiffgänge zurück, wobei Chekov sich bemühte, sein feuchtes Haar mit den Fingern zu kämmen. Der warme Geruch der synthetisierten Menüs wehte ihnen entgegen. Sein Magen tat einen Satz, als ihm einfiel, wie lange er es ohne Essen ausgehalten hatte.

Als sie eintraten, blickte Uhura von einem Arbeitsplatz auf und streckte die Hände aus, um ein kunterbuntes Sortiment von Tassen, Schüsseln und Tellern auf den Armen zu balancieren. »Wo ist Mr. Scott?« fragte Sulu und eilte auf sie zu, um ihr die Hälfte der Last abzunehmen.

»Im Fährenhangar. Er hat gesagt, er will mal nachschauen, ob Kyle alle *Phantom*-Systeme korrekt bedient hat, bevor er dich von Tasmanien aus hat ziehen lassen.« Sie sortierte lächelnd das Geschirr für drei Personen. »Ich persönlich glaube aber, er will sich einfach nur mal ansehen, wie die *Phantom* funktioniert.«

»Wer kann's ihm verübeln? Es ist ja nicht so, als würde man auf einem Raumschiff viele von diesen Kisten sehen.«

»Das kann man wohl sagen.« Uhura ließ sich auf einem Sessel nieder und musterte Chekov mit spielerischem Lächeln. Sein Blick fiel auf die Nahrungsmittel, die sie zusammengestellt hatte. »Sag mal, Sulu, wer ist eigentlich der ansehnliche und angenehm riechende junge Bursche, den du mitgebracht hast?«

Chekov musterte sie finster von der Seite, dann errötete er, und Sulu ließ sich lachend auf eine Sitzgelegenheit fallen. »Hab' ihn auf der Orbitalplattform aufgelesen. Er behauptet, er hätte früher mal hier gearbeitet.«

»Ach, wirklich?«

Chekov berührte eine Essensschale, denn er wußte aus langjähriger Erfahrung, daß man den Scherzen der beiden am besten entging, wenn man sie ignorierte. »Hast du das ganze Futter nur repliziert, damit wir es anschauen, oder können wir jetzt anfangen?«

»Ihr könnt loslegen, wenn ihr wollt.« Uhura beugte sich auf ihrem Stuhl vor und deutete mit müder Skepsis auf seine Schale. »Aber macht bloß mich nicht für das verantwortlich, was ihr eventuell findet.«

Chekov hob die Schale hoch, roch daran und zuckte die Achseln. »Es sieht wie Nahrung aus. Es riecht auch so. Es ist besser als alles, was ich in letzter Zeit gegessen habe.« Und außerdem war er zumindest sicher, daß der Replikator nichts produzierte, das ihn umbringen konnte.

»Was ist das hier?« Sulu hielt den dampfenden Becher, den er in der Hand hielt, vorwurfsvoll in Uhuras Richtung.

Uhura schenkte ihm nicht mal einen Blick. »Ich glaube, es soll Gazpacho sein.«

»Es ist aber heiß!«

»Ich habe ja auch gesagt, ich glaube.«

»Und das hier?« fragte Chekov. Was es auch war, es roch verlockend nach Kohl.

»Salat.« Sie klang freilich nicht ganz sicher.

Sulu war hingegen schockiert. »Es ist Krautsalat!«

»Ich mag Krautsalat«, sagte Chekov protestierend. Sulu schob ihm ohne weiteren Kommentar die Schüssel entgegen.

»Außerdem haben wir noch Tortellini mit ...« Uhura blickte mit ängstlichem Stirnrunzeln auf ein anderes Gericht. »... irgendeiner roten Soße.«

Chekov brauchte nur einen Bissen, um das Rätsel zu lösen. »Ketchup.«

Dies trug ihm die Schalen der beiden anderen und einen würgenden Ton des Abscheus von Sulu ein. »Und was wollt ihr jetzt essen?« fragte er mit leicht schlechtem Gewissen. »Sagt bloß nicht, ihr steht auf Schafsmagen.«

»Wir«, sagte Uhura mit einem listigen Heben der Brauen, »essen dann eben den Nachtisch.« Sie wog einen durchsichtigen Glaskelch auf der Handfläche und bot ihn Sulu über den Arbeitsplatz hinweg mit einer großartigen Geste an. Es sah so aus, als sei er mit eingeweichten Brotteigstangen und Milch gefüllt. »Tiramisù.«

»*Tiramisù?* Aus dieser Schrottkiste?« Sulu riß den kleinen Kelch an sich, drückte ihn an seinen Brustkorb und richtete den Blick zum Himmel. »Es gibt also doch einen Gott.«

Für Chekov sah es noch immer wie aufgeweichtes Brot aus. »Was ist Tiramisù?«

»Ein abscheulich üppiger Nachtisch aus Biskuit, Espresso, Mascarpone und Rum.«

Chekov verzog das Gesicht, schob Sulu seinen Nachtisch hin und nickte Uhura billigend zu, als sie seinen heißen Gazpacho nahm. Der Krautsalat und die Tortellini ergänzten einander zwar weniger gut, als Chekov erwartet hatte, aber nach fast 27 Stunden, in denen er kaum etwas Festes zu essen bekommen hatte, war ihm nach Beschwerden nicht sonderlich zumute. Als Sulu sich schließlich vorbeugte, um ein paar Tortellini aus der zwischen ihnen stehenden Schüssel zu stibitzen, stand Chekov vom Tisch auf, um den leeren Wasserkrug nachzufüllen.

»Liegt es nur an mir«, fragte Sulu kurz darauf, »oder ist das Zeug wirklich so erbärmlich?«

Chekov knallte den frisch aufgefüllten Krug wieder

mitten auf den Arbeitstisch. »Es liegt nicht nur an dir.«

Uhura seufzte in ihr Tiramisùglas, bot jedoch keine gegenteilige Meinung an.

»Unterwegs nach Tasmanien hatte ich eine Menge Zeit zum Nachdenken«, sagte Sulu und bohrte seine Gabel in die Schale. »Ich konnte mir ums Verrecken nicht vorstellen, was man damit erreichen will, wenn man uns derlei abscheulich verräterische Untaten in die Schuhe schiebt. Als ich dann in der Gegend der Fidschi-Inseln war, wurde mir klar, daß es bei der Sache gar nicht um uns geht – es geht um das einzige, was Chekov und mich verbindet.«

Chekov hob Sulus Gabel auf, um den letzten Essensrest aus der Schale zu kratzen. »Admiral Kirk.«

»Wir haben beide zu Kirks Brückenmannschaft gehört.« Sulu lehnte sich auf seinem Stuhl zurück und legte die Füße müde auf den Tischrand. »Ich weiß zwar nicht, warum, aber die Verräter wollen Admiral Kirk durch uns diskreditieren. Vielleicht wollen sie Indizien verstreuen, laut denen er uns zu diesen Diebstählen angestiftet hat – oder vielleicht wollen sie auch nur die Gerüchteküche die Schmutzarbeit für sie erledigen lassen. Die Karriere des Admirals wäre jedenfalls mit der unserigen für immer ruiniert.«

»Aber wie können die Verräter gewußt haben, daß ihr an wichtigen Projekten mitarbeiten werdet?« wandte Uhura ein. »Immerhin warst du doch schon als Stabsoffizier auf die *Resolution* versetzt, bevor die *Enterprise* zur Erde zurückkam.«

»Stimmt, aber ich habe die Aufgabe abgelehnt, sobald mir angeboten wurde, beim *Phantom*-Projekt einzusteigen. Irgend jemand muß meinen Namen an die Projektleitung weitergegeben und dann überwacht haben, ob ich angenommen wurde oder nicht.«

»Aber Dr. Piper hat mich erst in letzter Sekunde für

das Intervaller-Projekt angeheuert«, sagte Chekov. »Niemand hat wissen können, daß ich annehmen würde.«

»Sie haben anfangs möglicherweise geplant, Dr. Piper hereinzulegen«, sagte Uhura. »Doch nachdem du zum Forschungsteam kamst, warst du eben der bessere Sündenbock.«

Sulu lachte schnaubend und stieß Chekov in die Seite. »Sie meint, wenn du die Kommandoausbildung gemacht hättest, würdest du jetzt nicht in diesem Schlamassel hängen.«

Chekov zog den Arm zurück; die ganze Diskussion erfüllte ihn plötzlich mit Abscheu. »Und wenn du die Stelle auf der *Resolution* angenommen hättest, ginge es dir jetzt auch beträchtlich besser.« Seine Worte klangen grober als beabsichtigt, und er fühlte sich deswegen noch schlimmer. »Kritisiere meine Beschlüsse nicht.«

»He, Pavel ...« Sulu stellte die Beine auf den Boden und richtete sich in dem Stuhl auf. »Es war doch nur ein Witz. Tut mir leid.«

»Tja, aber ich kann den Witz nun mal nicht mehr hören. Was kümmert es dich, welche Ausbildung ich mache?« Er stapelte das leere Geschirr in der Mitte des Tisches auf. »Kann ich denn keine Entscheidung treffen, ohne daß alle das Gefühl haben, mich davon abbringen zu müssen?«

»Es geht doch nur um ...« Sulu wollte ihm helfen, ließ jedoch davon ab, als Chekov ihm den kleinen Geschirrstapel aus den Händen riß. »In den letzten drei Monaten unserer Mission hast du doch immer nur von der Kommandoausbildung geredet. Ich schätze, wir sind wohl alle davon ausgegangen, daß du sie durchziehen wolltest, solange wir im Dock sind.«

»Tja, dann hab' ich's aber nicht getan! In Ordnung?« Chekov schüttete die Reste zusammen, stand auf und entfernte sich vom Tisch.

»Sie haben deine Bewerbung abgelehnt.«

Chekov erstarrte, schaute Uhura erschrocken an und wünschte sich, das Thema wäre nie zur Sprache gekommen. Er hätte sich am liebsten umgedreht und wäre weggegangen. In ihren großen, Bedauern ausdrückenden Augen funkelte eine Entschuldigung, aber die Hand, mit der sie sich auf den Mund schlug, um den letzten verfluchten Satz zu unterbinden, war etwas zu spät gekommen. Dann wurde Chekov klar, daß es ihr niemand erzählt hatte. Sie hatte es einfach erraten und war damit herausgeplatzt.

Schließlich brach Sulu das unbehagliche Schweigen. »Sie haben dich nicht genommen?« Er drehte sich auf dem Stuhl, um Chekov anzuschauen, und der Fähnrich zog sich an den Geschirrverwerter zurück, um seinem Freund nicht in die Augen schauen zu müssen. »Das ist doch wohl ein Witz! Warum denn?«

»Wegen meines ... Alters«, erwiderte Chekov vorsichtig, während er das Geschirr nacheinander in den Schacht schob. Eigentlich hatte sich die Ablehnung speziell auf seine ›Reife‹ bezogen, aber er brachte es nicht über sich, dies laut auszusprechen. »Der Kommandoausschuß war der Meinung, ich sei noch nicht bereit für die Kommandoschule. Man hat gesagt, ich solle mich vielleicht in vier, fünf Jahren, wenn ich etwas mehr Erfahrungen gesammelt hätte, noch mal melden.« Fast ein Viertel seines Lebens. Eine frustrierende kleine Ewigkeit.

»Es hätte doch viel schlimmer kommen können.« Uhura meinte es gut, er wußte es, aber ihre freundlichen Worte klangen schmerzhaft nach Herablassung. »Du bist wirklich noch unheimlich jung – und du hast noch eine Menge Zeit, dich noch mal zu bewerben.«

Chekov lächelte humorlos die Instrumentenreihe vor ihm an. »Admiral Kirk war ein Jahr jünger als ich, als er von der Kommandoschule angenommen wurde.«

»Yeah«, sagte Sulu zustimmend. »Aber wir sind nicht alle Admiral Kirk.«

War es die Sache wert, ihm zu erklären, wie sehr er sich wünschte, genau das zu sein?

Uhura bewahrte ihn davor, die Frage weiter zu verfolgen. »Aber warum bist du zur Sicherheit gegangen?« fragte sie und kämpfte dabei deutlich gegen irgendwelche inneren Vorbehalte an. »Es gibt doch eine Menge anderer Positionen, die deinen Talenten viel besser entsprochen hätten.«

Chekov lehnte sich seufzend mit der Schulter an den Wiederverwerter. »Als ich auf der *Enterprise* war, habe ich die Kraft und Hingabe, die man braucht, um in dieser Abteilung zu funktionieren, immer respektiert und ...« Er mußte kurz nachdenken, um das passende Wort zu finden. »... geschätzt. Der Chef einer Sicherheitsabteilung ist ebenso für die Besatzung eines Raumschiffes verantwortlich wie der Captain. Ich dachte ...« Daß es einem Kommando zumindest nahekam. Daß er sich in der Sicherheitsabteilung eines Raumschiffes nützlicher vorkommen würde als in der Position des Navigators. Daß eine solche Tätigkeit etwas von der Reife enthüllen würde, von der der Ausschuß meinte, daß sie ihm fehlte. »Ich dachte, die Leitung der Bordwache könnte mir den Schliff geben, den ich brauche, wenn ich meine Bewerbung in fünf Jahren wiederhole.«

»Dann bist du also ziemlich sicher, daß man dich nach dem Examen wieder auf eine Raumfahrtmission schickt?« fragte Sulu. Er klang hoffnungsvoll.

Chekov lächelte in Anerkennung der Besorgtheit seines Freundes, dann wurde ihm die Ironie dessen klar, hier zu stehen und es ihnen zu erzählen. »Ich habe die Versetzung auf die *Enterprise* für eine neue Fünfjahresmission längst in der Tasche.«

Sulu blinzelte, als wisse er nicht genau, wie er diese Information verarbeiten solle, und Uhura brach in ein strahlendes Lächeln aus. »Natürlich nur unter der Voraussetzung«, fuhr Chekov mit einem hoffnungslosen Achselzucken fort, »daß wir überhaupt noch eine berufliche Zukunft haben, wenn diese Sache zu Ende ist.«

Das leise Zischen der Lazarettür weckte Uhura am nächsten Morgen auf und ließ sie aus einem rastlosen Schlummer innerhalb weniger Sekunden hellwach werden. Sie zuckte vom Behandlungstisch hoch, der ihr als Lager gedient hatte, und lauschte angestrengt den Stimmen, die sich dem Hilfslazarett näherten. Kurz darauf erkannte ihr vom Schlaf noch benebeltes Hirn das tiefe Dröhnen von Commander Scotts Stimme, der Sulus noch tieferes Murmeln antwortete. Sie seufzte erleichtert auf, sprang zu Boden und ging in das kleine Badezimmer, um sich zu kämmen und zu waschen.

Als sie später in jenen Teil des Raums trat, in dem die anderen geschlafen hatten, sah sie, daß Mr. Scott eine sorgenvolle Miene aufgesetzt hatte. »Aber in den letzten paar Wochen sind Tausende von Lieferungen hier angekommen, mein Junge«, sagte er gerade zu Sulu und zog eine Tasse mit heißem Kaffee aus dem kleinen Nahrungsautomaten. Chekov lag noch schlafend hinter ihnen, er hatte sich wie ein Welpe in seine Thermodecken gewickelt. Der Ingenieur sprach mit leiser Stimme weiter. »Solange wir nicht wissen, um was für eine Art Lieferung es sich gehandelt hat ...«

Uhura warf einen Blick auf ihre Armbanduhr, und ihre Stirn legte sich in Falten. Es war erst 4.00 Uhr Pazifikzeit. Kein Wunder, daß sie noch immer müde war.

»Warum suchen wir Dr. Pipers Päckchen denn schon jetzt?« fragte sie klagend. Die Datumsanzeige ihrer Uhr erinnerte sie daran, welcher Tag heute war, und so fügte sie hinzu: »Der Weihnachtsmann war doch auch noch nicht da.«

Sulu warf ihr mit einem wehmütigen Lächeln einen

Blick von der Seite zu. »Wir waren beide zu aufgedreht zum Schlafen«, gestand er. Dann deutete er mit der dampfenden Kaffeetasse auf sie. »Tee oder Kaffee?«

»Kakao.« Uhura baute sich neben den beiden Männern am Nahrungsautomaten auf und stellte fest, daß seine Wärme sie fast an die Heimeligkeit eines Herdes erinnerte. »Das heißt, falls das kleine Ungeheuer so was überhaupt herstellen kann.«

»Das krieg' ich schon hin.« Scott beugte sich über die Schaltungen, setzte eine finstere Miene auf, als er den richtigen Knopf nicht gleich fand, und gab dann über die Tasten einen direkten Code in den Speicher des Geräts ein. Kurz darauf tauchte aus dem winzigen Inneren eine dampfende Tasse mit Kakao auf.

»Man muß nur tricksen können.« Uhura nahm die Tasse lächelnd entgegen. »Und die Geheimsprache der Maschinen sprechen.«

»Das sind die Vorteile, die man als Ingenieur hat, Mädel.« Scott trank in Gedanken versunken seinen Kaffee. »Aber nicht nur das. Man muß auch an Bord der *Enterprise* bleiben können, während die anderen sich auf der Erde alle möglichen Probleme auf den Hals laden.«

Sulu setzte eine ironische Miene auf, dann drehte er sich zu Uhura um. »Hat Dr. McCoy irgendwie angedeutet, welche Art Päckchen Dr. Piper hier raufgeschickt hat?«

»Ich glaube nicht.« Uhura schloß die Augen und versuchte sich an das eilige Gespräch zu erinnern, das sie mit McCoy geführt hatte. Der Schock der Brandbombe hatte den größten Teil ihrer Erinnerung ausradiert. »Ich erinnere mich nur noch daran, daß er gesagt hat, Piper habe ein Päckchen mit Beweisen für die Identität der Verräter zur *Enterprise* geschickt. Wie und von wo aus, hat er nicht erwähnt.«

»Tja, eins weiß ich genau – von der Universität ist es

nicht gekommen.« Scott machte einen Schritt an der Instrumentenreihe entlang und schwang einen medizinischen Computer auf dessen Drehzapfen herum. Als seine Hand über den Bildschirm fuhr, erwachte er zum Leben, und die Steuermenüs flackerten auf, als der Ingenieur sich einen Weg in das Hauptnetz des Schiffes bahnte. Schließlich zeigte der Schirm etwas, das wie eine genormte Lagerstatistik aussah. Er gab einen kurzen Befehl ein. »Seht ihr? Hier sind nie Warensendungen von der Johns Hopkins-Universität angekommen.«

»Dann muß es woanders abgeschickt worden sein.« Sulus Finger umfaßten die heiße Teetasse, und sein Gesicht nahm jenen buddhahaften Ausdruck an, der besagte, daß er konzentriert überlegte. »Das Problem ist, daß wir nicht wissen, zu welchen sonstigen Starfleet-Lieferanten Piper eventuell Zugang hatte. Sind überhaupt irgendwelche Warensendungen aus dem Bostoner Gebiet gekommen?«

Mr. Scott gab einen erneuten Befehl in den Computer ein, dann verzog er das Gesicht. »Nein. Der Absender, der Boston am nächsten kommt, wohnt im Norden des Staates New York.«

Uhura blies den Dampf von ihrem Kakao und nippte vorsichtig an dem Getränk. »Das war's also.«

»Na schön, versuchen wir mal was anderes.« Sulu gab noch nicht auf. »Wenn wir genau berechnen könnten, wann das Päckchen hier oben angekommen ist ...«

»... könnten wir auch die Liste der Lieferungen finden, in denen es enthalten war. Aye, das könnte hinhauen.« Scott rief ein anderes Menü auf. »Der Computer hat die Lieferungen schon nach Datum und Zeit sortiert. Wir brauchen nur ein Anfangs- und Enddatum, dann können wir uns anschauen, was in diesen Zeitrahmen fällt.«

Uhura runzelte die Stirn. »Ich schätze, das Enddatum dürfte wohl Pipers Todestag sein. Also ungefähr die Mittagsstunde am vergangenen Freitag.«

Scott schaute sie und Sulu fragend an. »Und das Anfangsdatum?«

»Das ist schon schwieriger.« Uhura tauschte einen nachdenklichen Blick mit Sulu. »Vielleicht der Tag, an dem wir ihn in Harborplace getroffen haben? Er hätte Chekov doch bestimmt nicht gebeten, für ihn zu arbeiten, wenn er nicht gewußt hätte, daß in seinem Labor irgendwas nicht stimmt …«

Ein Geräusch vom Behandlungstisch hinter ihnen ließ sie innehalten. »Genau deswegen hat er mich gebeten zu kommen«, sagte Chekov schroff. Es gelang ihm, sich aus den Thermodecken zu wickeln; er setzte sich auf den Rand seines Lagers und stabilisierte sich mit dem gesunden Arm. »Ich sollte ihm beweisen helfen, daß Peter Broad ein Spion ist.«

Uhura strich über die Falten, die sich auf ihrer Stirn gebildet hatten. »Dann hätte er die Beweise praktisch an jedem Tag dieses Monats zur *Enterprise* schicken können!«

»Möglich, aber unwahrscheinlich.« Chekov stieg vorsichtig von dem medizinischen Bett herunter. »Kann ich einen Kaffee haben?«

»Nicht, wenn du weiterhin wie Mr. Spock redest«, sagte Sulu, drückte aber trotzdem gehorsam den Kaffeeknopf. »Warum ist es unwahrscheinlich?«

»Weil ich glaube, daß Dr. Piper keine Bedrohung vermutet hat – zumindest nicht vor dem Tag, an dem er ums Leben kam.« Chekov kam zu ihnen herüber und nahm die Tasse, die Sulu ihm reichte. »Ich nehme an, er hat die Beweise am Morgen seines Todestages abgeschickt. Als eine Art … Lebensversicherung.«

Uhura warf Scott, der geduldig vor dem Computer saß, einen Blick zu. »Das wäre dann Freitag, der 21. Dezember«, sagte sie. »Irgendwann zwischen null und zwölf Uhr Ortszeit.«

Scott gab die entsprechenden Zahlen ein und wartete, während der Computer eine Liste zusammenstellte. Sogar von ihrem Platz am Nahrungsautomaten konnte Uhura sehen, daß die Liste nichts enthielt. Der Ingenieur schaute sie mit einem düsteren Blick an.

»Tut mir leid, Kollegen«, sagte er. »Aber an dem Tag wurde rein gar nichts zur *Enterprise* geschickt.«

Chekov runzelte die Stirn. »Versuchen Sie den Tag davor.«

Scott gab seine Anfrage ein, dann schüttelte er erneut den Kopf. »An dem Tag kamen nur die Segmente der neuen Jeffriesröhre an Bord. Und jetzt fällt mir ein, daß dies in der ganzen Woche die einzige Sendung war.«

Sie saßen eine Weile schweigend mit ihren Tassen da und zogen von Frustration erfüllte Mienen. Einige Minuten später rief Scott mit einem Seufzer ein anderes Menü auf. »Während wir nachdenken, überprüfe ich schon mal den Überholungsplan«, sagte er finster.

»Oder auch nicht nachdenken. Mir fällt nichts mehr ein.« Sulu beugte sich auf seine typisch neugierige Weise vor und warf einen Blick über Scotts Schulter. »Abschirmschaltungen im Primärdiskus austauschen?« las er vor. »Ich dachte, der wird unten auf der Erde überholt.«

»Aye, so ist es«, bestätigte Scott. »Aber ich bin noch immer der Hauptüberwachungsingenieur, deswegen werden mir sämtliche Pläne und Datenpäckchen täglich zugeleitet ...«

»Datenpäckchen!« Chekov und Uhura stießen das Wort in der gleichen Sekunde aus. Sie tauschten einen Blick des Verstehens, doch Chekov artikulierte es als erster. »Angenommen, das von Dr. Piper so genannte Päckchen mit den Beweisen ...«

»… wurde von McCoy versehentlich wörtlich genommen… «, fuhr Uhura fort.

»… so daß wir es für einen festen Gegenstand gehalten haben, obwohl es in Wirklichkeit ein Datenpäckchen ist!« beendete Sulu den Satz für die beiden.

Chekov warf Scott einen fragenden Blick zu. »Jetzt, da der Hauptcomputer eingeschaltet ist – könnte uns jemand von der Erde eine elektronische Botschaft schicken?«

»Das könnte jeder, der Zugang zum Starfleet-Netz hat«, bestätigte Scott. »Wäre Dr. Piper dazu in der Lage?«

»Da gehe ich jede Wette ein«, sagte Uhura, obwohl Chekov zögerte. »Immerhin hat er doch an einem Forschungsprojekt der Flotte gearbeitet.«

»Aber das Flottennetz wird von der Sicherheitsabteilung überwacht«, sagte Sulu stinrunzelnd. »Dann hat man alles überprüft, was Piper gesendet hat.«

Chekov stieß einen garstigen russischen Fluch aus. »In diesem Fall könnte es sogar sein, daß seine Botschaft nie hier angekommen ist!«

»Nein.« Uhura schüttelte den Kopf. »Laut Dr. McCoy hat Piper die Nachricht abgeschickt, was bedeuten muß, daß er auch eine Empfangsbestätigung erhalten hat.«

»Aber Dr. McCoy hat auch von einem Päckchen gesprochen«, gab Chekov finster zu bedenken.

»Ja, doch Piper hätte auch andere Netze benutzen können.« Uhura fiel plötzlich wieder ein, wie Christine Chapel und Admiral Kirk in ihrem Büro gesessen und Chapel gesagt hatte: »Also hat er die Nachricht über das medizinische Netz verschickt und es als vertrauliche Patientendatei codiert.« Woraufhin Kirk gesagt hatte: »Gut gemacht, Pille!«

»Mr. Scott …« Uhura fuhr dermaßen hektisch herum, daß die Brauen des Ingenieurs sich erschreckt hoben.

»Können Sie mit diesem Computer medizinische Daten abfragen?«

»Müßte eigentlich gehen, Mädel. Schließlich ist es ein Lazarettcomputer.«

»Dann prüfen Sie doch mal nach, ob am 21. Dezember irgendwelche Datenpäckchen über das medizinische Netz eingegangen sind.«

Scotts Finger trommelten auf den Bildschirm und tippten sich durch eine Kaskade von Menüs. Er grunzte und stieß schließlich auf jenes, das er suchte. »Verdammt!« Er deutete grinsend auf den Bildschirm.

Unter dem Datum vom 21. Dezember listete das medizinische Netzlogbuch auf: »Empfangen: 1 Datenpäckchen. Inhalt: codierte Patientendaten für James Tiberius Kirk.«

»Das ist es!« Sulu brach in ein lautes Lachen aus. »Das muß es einfach sein!«

»Aber können wir es auch öffnen?« fragte Chekov.

Scott tippte gegen den Bildschirm, doch das Päckchen blieb stur geschlossen. Er knurrte ungehalten. »Zuerst muß ich den halsstarrigen Computer davon überzeugen, daß ich der Chefingenieur der *Enterprise* bin. Moment mal.« Er ging wieder ins Hauptmenü, gab einen geheimnisvollen Code ein und kehrte ins medizinische Netz zurück. Die Datei mit dem Namen ›James Tiberius Kirk‹ gab mit einem Aufleuchten bekannt, daß sie zugriffsbereit war.

»Öffnen«, sagten Uhura, Chekov und Sulu wie aus einem Munde.

Scott tippte ein letztes Mal gegen den Schirm, und die Datei gab ihr Geheimnis preis. Alle beugten sich über die breiten Schultern des Ingenieurs und lasen in angespanntem Schweigen die Botschaft.

Pipers Nachricht war unverblümt und kam gleich zur Sache. Dort stand: »Peter Broad kam mit beiliegender Sicherheitsüberprüfung und technischer Bescheinigung vom Projektunterstützer UniMed, Inc. Bescheinigung ist möglicherweise gefälscht, doch Signatur und Daumenabdruck des Ausstellers haben sich als echt erwiesen. Ich glaube, daß UniMed den Intervaller haben will.«

Sulu stöhnte auf. »Na, das ist mir ein Beweis! Jetzt kennen wir zwar den Namen einer Firma, wissen aber nicht, wer in dieser Firma die Verantwortung trägt!«

»Moment, da ist noch was.« Scott blätterte zur elektronischen Nachbildung einer Starfleet-Sicherheitsüberprüfung weiter und dann zu etwas, das wie eine Art technische Bescheinigung aussah.

»Da steht ein Name.« Uhura deutete auf den Schirm. »Der Name des Ausstellers von UniMed …« Ihre Stimme brach plötzlich ab.

Denn ganz unten, unter den Abbildungen der Siegel und der schmucken lateinischen Schrift, stand die dynamische Unterschrift von Jackson Kahle.

17

USS *Enterprise*
Sektor Erde, Standardorbit
Terrestrisches Datum: 25. Dezember 2269
7.00 Uhr Bordzeit

»Jackson Kahle?« stieß Chekov hervor. Erst als Sulu und Scott ihn und Uhura mit fragenden Blicken musterten, wurde ihm klar, daß auch sie diesen Namen ausgerufen hatte.

»Ihr kennt ihn?« fragte Sulu.

»Ein Ex-Captain«, erklärte Uhura mit einem fassungslosen Nicken. »Er hat die Firma UniPhase gegründet. Er ... war in diesem Semester als Gasthörer in meinem Seminar.« Erst jetzt löste sich ihr Blick vom Bildschirm. »Ich kann einfach nicht glauben, daß er die Flotte so hintergehen würde!«

»Der Mann, der sozusagen die Raumschiff-Phaserbänke erfunden hat?« Scott stieß ein äußerst skeptisches Schnauben aus, dann schaute er sich die Unterschrift auf dem technischen Zertifikat erneut an. »Sie haben recht, Uhura. Er kann unmöglich hinter dieser ganzen Sache stecken!«

Chekov warf einen Blick auf die Unterschrift. »Doch, kann er.« Er deutete auf den Firmennamen auf dem kurzen Dokument. »UniMed. Es ist offenbar eine Art Tochtergesellschaft der UniPhase Incorporated. Wenn sie das Unternehmen war, das Dr. Pipers Intervaller-Forschungsprojekt finanziert hat, wie es hier steht ...«

»Kahle könnte das ganze Projekt möglicherweise nur gestartet haben, um den klingonischen Intervaller in die Hände zu bekommen!« Sulu schlug sich mit beiden Händen gegen den Kopf, als sei er von den in seinem Inneren umherwirbelnden Gedanken völlig überrumpelt. »Aber was will er damit anfangen? Was könnte er dadurch gewinnen?«

Uhura war plötzlich alles klar. »Er hat vor, ihn an die Romulaner zu verkaufen.« Sie schaute die anderen an, die ihr bestürzte Blicke zuwarfen. »Ich habe von Admiral Kirk erfahren, daß Jackson Kahle federführend bei der Organisation der romulanischen Territorialkonferenz war, die morgen in Annapolis stattfindet. Wenn er wirklich für den Diebstahl des Intervallers verantwortlich ist, ist die zeitliche Abfolge zu dicht, um ein Zufall zu sein. Er hat wahrscheinlich vor, den Intervaller den Romulanern dort zu übergeben.«

»Aber warum sollte jemand eine Technik dieser Art an die Gegner der Föderation weitergeben?« sagte Chekov protestierend.

»Weil er möchte, daß sie gegen andere Gegner der Föderation eingesetzt wird«, erläuterte Scott mit grimmiger Entschlossenheit. »Sie wissen vielleicht nichts davon«, fuhr er fort, als er Chekovs verständnislosen Blick bemerkte, »da Sie auf der Erde stationiert sind, aber in den Raumnetzen hat es in letzter Zeit eine Menge Gerede über Feindseligkeiten zwischen den Klingonen und Romulanern gegeben. An den Grenzen ist es schon zu vereinzelten Scharmützeln gekommen. Ich wette, Mr. Kahle möchte dazu beitragen, daß sie sich zu einem Krieg entwickeln.«

»Indem er den Romulanern die schlimmste Waffe der Klingonen aushändigt?« Dann fügte sich ein neues Mosaiksteinchen in das Puzzle mit beinahe übernatürlicher Klarheit ein. »O mein Gott!« keuchte Chekov und fuhr zu Sulu herum. »Ist dir klar, was das bedeutet?«

»Kahle hat den Klingonen das Tarngerät verkauft.« Der Steuermann stieß eine endlose Reihe orionischer Flüche aus. »Wie, zum Henker, ist es ihm gelungen, die Pläne aus White Sands herauszuschmuggeln?«

»Ich fürchte, ich weiß es«, sagte Uhura seufzend. »Admiral Kirk hat mir schon vor Wochen erzählt, daß Kahle dafür bekannt ist, Flottenoffiziere zu überreden, für ihn tätig zu werden. Wenn er Leuten, die noch im Dienst sind, hohe und gut bezahlte Positionen in seiner Firma anbietet ...«

Chekov kamen bittere und unerfreuliche Erinnerungen an Leong. »Manch einer ist sicher bereit, für eine solche Belohnung auf seinen Eid zu pfeifen.« Der Abscheu, mit dem der Gedanke an den verräterischen Lieutenant ihn erfüllte, bereitete ihm Übelkeit.

»Tja, ich kann nur ...« Ein hektisches Piepsen unterbrach Scott und ließ Chekovs Adrenalin bis in seinen Kopf schießen. Scott prüfte den Datenblock an seinem Gürtel und stieß ein Grunzen aus. »Nun, das ist genau das, was ich zu sehen gehofft habe.«

»Was ist es denn?« fragte Sulu.

Scott schaltete das Signal des Datenblocks ab, spitzte die Lippen und setzte eine finstere Miene auf. »Drei Leute treiben sich auf der Orbitalplattform herum.« Er warf seinen drei Gefährten einen bedeutungsvollen Blick zu. »Und keiner davon gehört zu uns.«

Chekov schlich vor der offenen Schleuse des Laufgangs auf und ab. »Warum darf ich nicht mitgehen?«

»Weil durchaus die Möglichkeit besteht, daß eine der Reparaturmannschaften früher als gewöhnlich zurückkommt«, sagte Scott vom Durchgang der Schleuse her. Er hatte mit größter Sorgfalt genügend Werkzeuge und willkürliche Ausrüstungsgegenstände eingesammelt, um erklären zu können, wieso er soviel Zeit auf der *Enterprise* verbrachte. »Wir können es uns nicht leisten, daß sie einen von euch zu Gesicht bekommen.«

»Und wenn es keine Reparaturmannschaft ist?« sagte Chekov protestierend. Er hielt gerade so lange inne, um sich zwischen Uhura und Sulu vorzubeugen und noch einmal an Scott zu appellieren. »Angenommen, es ist den Verrätern gelungen, uns hierher zu verfolgen? Was wollen Sie in diesem Fall machen?«

»Chekov«, fiel Scott ihm mit einem Seufzer ins Wort. »Selbst ein Sicherheitsmann muß nicht in jeder Situation mit dem Schlimmsten rechnen. Und Sie sollten auch nicht …« Er hob mit ernster Miene einen Finger, um den Einwand des Fähnrichs im Keim zu ersticken. »… meinen Dienstgrad ignorieren und sich meinen Befehlen widersetzen. Ich weise Sie an, hierzubleiben und darauf zu warten, daß ich zurückkomme. Haben Sie mich verstanden?«

Sulu griff nach hinten, packte Chekovs Arm, übte einen warnenden Druck auf ihn aus und nickte Scott gehorsam zu. »Wir sind hier, Sir. Aber seien Sie bloß vorsichtig.«

Der Ingenieur klopfte den beiden jungen Männern auf die Schulter, dann gab er ihnen das Zeichen, die Schleuse hinter ihm zu schließen. »Machen Sie sich keine Sorgen um mich.«

Chekov konnte jedoch nichts anderes tun, als sich Sorgen zu machen.

»Wir müssen unser Wissen über Mr. Kahle an die Territorialkonferenz weitergeben.« Er lief wie ein Tiger im Käfig in dem halb fertigen Korridor auf und ab.

»Pavel …« Als er an ihr vorbeikam, packte Uhura seine Hände. »Hör jetzt auf, dir Sorgen zu machen. Wir kriegen das schon alles auf die Reihe.«

Chekov machte sich kopfschüttelnd wieder los. »Wir kriegen es erst dann auf die Reihe, wenn wir jemanden gefunden haben, dem wir die Information übermitteln können.« Es lag noch eine riesige Strecke vor ihnen, bevor sie sich in Sicherheit wähnen konnten.

Das Geräusch der in den langen Laufgang einströmenden Atmosphäre weckte sofort ihre Aufmerksamkeit. »Es ist noch nicht mal fünf Minuten her«, sagte Sulu, dessen Stimme kaum mehr als ein Flüstern war. Chekov ging eine kurze Strecke durch den Korridor und fand eine noch offene Pforte, durch die man einen Blick auf die draußen befindliche Werftplattform werfen konnte.

»Nun?« rief Sulu.

Chekov schüttelte den Kopf. Er konnte zunächst keinerlei Bewegungen durch die durchsichtigen Wände des Laufganges erkennen. Dann entdeckte er eine Gestalt, die rasch und verstohlen näher kroch, und er spürte vor Furcht jedes Nervenende in seinem Körper. »Es ist nicht Mr. Scott.«

Chekov jagte zurück zur Schleuse.

»Es ist nicht Mr. Scott. Sie sind es!« Er schlug auf die Kontrollen, um die Innentür der Schleuse zu öffnen, dann wandte er sich um, um Uhura zu helfen, die ein Kabelbündel heranschleppte. »Ich halte sie so lange draußen wie möglich. Ihr sorgt dafür, daß Admiral Kirk erfährt, was wir wissen.« Die Tür klemmte die Kabel ein, hielt aber an, bevor sie sich versiegelte.

»Wir können dich doch nicht hier oben lassen«, setzte Uhura an, doch Sulu packte ihren Arm, um sie zum Schweigen zu bringen.

»Krieg raus, was sie mit Mr. Scott angestellt haben!« rief er, während er die Kom-Offizierin durch den Gang zerrte. »Sobald wir können, schicken wir Hilfe!«

»Sei vorsichtig!« rief Uhura über die Schulter zurück.

Chekov wußte eigentlich nur noch, wie man vorsichtig war. »Paßt auf euch selbst auf!« schrie er ihnen hinterher.

Doch Uhura und Sulu waren schon verschwunden.

Chekov gab sich Mühe, nicht an sie zu denken. Er wollte so tun, als wären sie so sicher wie in Abrahams Schoß. Dann kreischte die Schleusentür hinter ihm. Ein überheißer Phaserstrahl hatte sie von außen getroffen.

Uhura rammte den dünnen Metallrahmen eines in Planung befindlichen Eingangs und blieb einen Moment keuchend stehen. Nun, da das Geräusch ihrer rennenden Füße verstummt war, konnte sie Sulus donnernde Schritte hören, die ihr durch den gekrümmten Gang folgten. Obwohl es hoffnungslos war, wünschte sie sich, sie könnten etwas tun, um den Lärm ihrer Fortbewegung zu dämpfen. Das kahle Innere der *Enterprise* verstärkte jedes ihrer Geräusche zu einer Krachlawine. Unter diesen Umständen war es ein sinnloses Unterfangen, dem Gegner aus dem Weg zu gehen.

Als Sulu um die Ecke fegte, rappelte sie sich auf und bereitete sich auf den nächsten Sprint vor. Doch der Pilot erwischte ihren Arm und hielt sie fest.

»Sind wir in Sicherheit?«

Sulu nickte, er war zu atemlos, um zu sprechen. »Keine Echos«, keuchte er dann. Uhura lauschte und erkannte, daß er recht hatte.

»Wo gehen wir jetzt hin?« Sie schaute sich um, die charakterlosen Gestängeansammlungen des Maschinenraums verwirrten sie. »Wissen wir überhaupt, wo wir sind?«

»Nicht mehr«, gestand Sulu ein. »Aber wir brauchen nur ein Aussichtsfenster zu finden, dann wissen wir, wo wir im Verhältnis zum Fährenhangar und zur *Phantom* sind.«

Sie gingen weiter durch den Gang, diesmal mit vorsichtigen Schritten, die trotzdem die Deckplatten unter ihnen beben ließen. Nun, da sie nicht mehr um ihr Leben lief, hatte Uhura Zeit zu registrieren, wie sehr der halb fertige Boden unter ihrem Gewicht nachgab.

Sie trat an die Wand heran, dann erstarrte sie, denn sie vernahm das gedämpfte Geräusch eines Phaserschusses, der weit hinter ihnen ein Echo warf.

Sulu blieb neben ihr stehen. Er neigte den Kopf nach hinten, um zu lauschen, aber dem ersten Geräusch folgten keine weiteren. Uhuras Ansicht nach war die Stille schlimmer als jedes Geräusch. Sie schaute Sulu besorgt an. »Ob Chekov einen Phaser gefunden hat?«

»Wollen wir es hoffen«, sagte Sulu grimmig. »Komm weiter, da hinten ist eine Einbauschleuse. Wir müssen in der Nähe des Rumpfes sein.«

Sie folgten einem Strahl blaßglänzenden Erdlichts bis an seine Quelle: eine Hilfsschleuse, die man in etwas eingebaut hatte, das nach einer Torpedoschachtluke aussah. Die Transparentaluminiumpforte gähnte über einer Aussicht auf mehrere unfertige Torpedolager, die sich an der Krümmung des Maschinenraumdiskus entlangzogen. Mehrere Decks über ihnen erblickte Uhura die gerade Wand des Haupthangars, umgeben von angeketteten Drohnen und Startrampen.

»Wenn die Typen so schlau sind, wie sie es bisher waren«, murmelte Sulu neben ihr, »nehmen sie vielleicht an, daß wir zur *Phantom* wollen. Dann müssen wir also den Schleichweg nehmen.«

»Den Schleichweg?« Uhura hatte irgendwie das Gefühl, daß ihr Sulus Vorhaben nicht gefallen würde. »Was meinst du damit?«

Sulu drehte sich um und eilte zum Hauptgang zurück, wobei er pausenlos die Wände absuchte. »Hier muß irgendwo einer sein«, sagte er atemlos. »Sie werden zuerst eingebaut ...«

»Wie? Was?« Uhura eilte stirnrunzelnd hinter ihm her. »Sulu, wonach suchen wir überhaupt?«

»Nach einer Zugangsplatte.« Der Pilot stieß plötzlich ein zufriedenes Brummen aus und blieb vor einer abnehmbaren Eisenplatte stehen. Er zog sie heraus und enthüllte eine schmale vertikale Öffnung mit metallenen Handgriffen. »Für die Wartungsschächte.«

»Wir sollen fünf Decks hochklettern?«

»Nein, wir klettern sechs rauf.« Sulu drehte sich um und grinste sie an. Seine strahlende Miene zeigte, daß er allmählich anfing, Spaß an den Adrenalinstößen zu haben, die die Situation ihm verpaßte. Uhura schaute ihn finster an, und er sagte rasch: »Weil es von den Wartungsschächten keinen direkten Ausgang in den Fährenhangar gibt, rechnen sie einfach nicht damit, daß wir von oben kommen.«

Der metallisch scharfe Geruch von Ozon stach in Chekovs Augen, als die überhitzte Schleusentür sich mit einem knallenden Quietschen ausdehnte.

»Warnung«, sagte eine computerisierte Stimme in freundlichem Tonfall aus irgendeiner Ecke des Ganges. »Nicht abgeschirmter Einsatz phasenverschiebender Geräte in Vertäuungslaufgängen können Atmosphäreverlust hervorrufen.«

Chekov hatte schon daran gedacht, als das erste Transparentaluminiumsiegel anfing zu dampfen. Er zog das Kabelgewirr weiter und schlug auf die Schleusenkontrollen ein, damit die Tür sich vor der Öffnung schloß. Sie rastete mit einem hohlen Klicken.

»Aus Sicherheitsgründen errichten Sie bitte eine passende Abschirmung, bevor Sie mit der Arbeit fortfahren«, schlug der Computer mit unmenschlicher Geduld vor. Dann fuhr er fort, ohne auch nur die geringste Pause einzulegen: »Innere Schleusentür eingerastet.«

Sie war nicht wieder zu öffnen, solange die Außentür aufgebrochen war. So sollte es zumindest sein. Chekov hatte freilich keine Ahnung, ob die Ingenieure schon so weit gekommen waren.

Falls der Angreifer die Meldung des Computers gehört hatte, schien ihn das kaum zu beeindrucken.

Von den beiden Schleusentüren gedämpft, trommelte das schrille Heulen des Phasers nun gegen die Elemente der Schiffsstruktur, eine gereizte Ermahnung, wie begrenzt die Optionen hier oben im Grunde waren. Chekov trat gegen eine halbfertige Wand und schaute sich flink im Korridor um, um sich inspirieren zu lassen.

»Regel eins bei jedem Sicherheitsauftrag«, bellte Oberstis Stimme in seinem Schädel. »Nehmen Sie nie einen Kampf auf, von dem Sie wissen, daß Sie ihn nicht gewinnen können.« Er sah immer noch ihr schweißnasses Gesicht in der Sporthalle der Akademie vor sich, das ihn nach einem besonders demütigenden Zweikampf finster musterte. »Was aber nicht bedeutet, daß man sich gegen Feinde nicht wehrt. Es bedeutet vielmehr, daß man seinen Grips einsetzt.«

Irgendein stures Überbleibsel des jungen Burschen, der vor vielen Monaten zum ersten Mal den Fuß in die Sicherheitsakademie gesetzt hatte, ballte in seinem Brustkorb eine bockige Faust, die sich weigerte, diesem Ratschlag zu glauben. Er wollte nicht wegrennen – er wollte dem Feind nicht den Triumph gönnen, in die *Enterprise* zu gelangen und dort auf einen leeren Korridor zu stoßen, in dem sich niemand aufhielt, der ihn herausforderte.

»Hören Sie auf, wie ein Navigator zu denken, der seinen Captain beeindrucken will!« mahnte Oberstis Stimme in seiner Erinnerung. Er konnte das grobe Schubsen ihrer Hand an seinem Brustkorb beinahe spüren. »Denken Sie wie eine Wache, verdammt! Was ist Ihre erste Pflicht, damit die Mission ein Erfolg wird?«

Das sichere Entkommen seiner Freunde – und des Wissens, über das sie verfügten.

»Und wie wollen Sie dazu beitragen, wenn Sie sich einem überlegen bewaffneten Gegner entgegenwerfen, ohne auch nur einen Knüppel zu haben, mit dem Sie sich verteidigen können?«

Dann also nicht.

Setz deinen Grips ein.

Chekov stieß sich von der Wand ab und entsagte dem Rest seines kindlichen Trotzes. Ein mit Schweißgeräten behängtes Gerüst schrammte über den Boden, als er es herumzog, um den Eingang zum Nebenkorridor zu blockieren. Er raffte ein paar Kabelschlaufen zusammen und warf sie in der Hoffnung über die Sprossen und Beine des Gerüsts, daß es irgendwie so aussah, als stünde es schon seit Tagen oder Wochen hier und sei nicht erst vor einem Augenblick dorthin geschoben worden. Mit etwas Glück hielt der Eindringling den blockierten Durchgang für einen ungeeigneten Fluchtweg und würde Chekov durch den einzigen anderen Gang folgen, fort vom Hangar und weg von Sulu und Uhura.

Die Korridore der *Enterprise* waren kalt und zugig, der Kälte des Weltraums mehr ausgesetzt als in der Zeit, in der Chekov in dem Schiff seine Heimat gesehen hatte. Er berührte die freigelegten Streben nicht, als er hinter einer Krümmung des langen Tunnels in Deckung ging. Ihm war, als störe er jemanden, der in leichtem Schlaf lag.

Ein donnerndes Scheppern ertönte in dem Gang: Broad hatte die Luftschleuse durchbrochen. Er trat mit dem Phaser im Vorhalt zuerst auf das vor ihm aufragende umgestellte Gerüst zu. Chekov zog den Kopf ein. Als er sich von dem Eindringling und der Schleuse abwandte, ballte er die gesunde Hand, um sich Mut zu machen, und brüllte, als rede er mit seinen Kameraden: »Sie sind durch die Schleuse gekommen! Los, wir müssen uns beeilen!« Dann rannte er los.

Zuviel Kälte, Mißhandlung und Anspannung. Seine Muskeln zerrten und schmerzten bei jedem Schritt und beschwerten sich, da er nach den vielen Tagen harten Lebens nun einfach zu viel von ihnen verlangte. Sie drohten sich zu verkrampfen. Chekov zog den Kopf zwischen die Schultern und ignorierte den Schmerz. Muskelkater, redete er sich ein, löst sich nach etwa hundert Metern auf; die einzige Möglichkeit, ihn sich vom Hals zu schaffen, ist ein kräftiges Durchtreten. Außerdem bestand die Konsequenz, wenn er nun anhielt, in seinem sicheren Tod, und er konnte sich den anderen gegenüber nur dann als hilfreich erweisen, wenn er am Leben blieb.

»Chekov, warten Sie!« Broads Stimme hallte, schon dünner werdend, hinter ihm in der Ferne. »Zwingen Sie mich nicht dazu, Sie zu jagen! Sie machen die Sache nur noch schlimmer!«

Die runde, rot erhellte Pforte einer funktionsfähigen Schleuse tauchte vor ihm auf. Noch ein Laufgang, wurde Chekov klar. Vertäuungstunnels waren überall auf diesem Deck eingebaut; sie dienten der Arbeit der zahllosen Techniker, die jeden Tag zwischen der Orbitalplattform und der *Enterprise* hin und her eilten. Wenn er die Schleuse öffnen und die Kluft zur Plattform überspringen konnte, bevor Broad ihn einholte, konnte er den Verfolger vielleicht wieder von der *Enterprise* fortlocken, so daß Sulu und Uhura sicher zur *Phantom* zurückkehren konnten. Es war bestenfalls ein Zeitgewinn, doch der Gedanke an einen so kleinen Sieg ließ sein Herz zum ersten Mal, seit Piper im Treppenhaus der Universität getötet worden war, Hoffnung schöpfen.

Er kam rutschend zum Halten und hielt sich mit den Händen an der großen runden Tür fest, dann schrie er verzweifelt auf, als er nach den Kontrollen griff und die Anzeige sah, die noch immer auf dem Display blinkte.

Noch jemand außer Broad war vor siebeneinhalb Minuten an Bord gekommen, hatte die Schleuse verschlossen und die Atmosphäre in dem Laufgang abgelassen.

18

USS *Enterprise*
Sektor Erde, Standardorbit
Terrestrisches Datum: 25. Dezember 2269
8.30 Uhr Bordzeit

»Nun?« Uhura bemühte sich, leise zu sprechen, aber ihre schmerzenden Gelenke und wunden Handflächen ließen sie schärfer artikulieren als beabsichtigt. »Ist da draußen irgend jemand?«

Statt einer Antwort öffnete Sulu die Einstiegsluke über ihnen und schwang sich auf das Deck hinaus. Uhura unterdrückte einen Seufzer der Erleichterung und zog sich die letzten Sprossen hinauf, um sich zu ihm zu gesellen. Dabei gab sie sich alle Mühe, die empörten Beschwerden ihrer frisch verheilten Verbrennungen zu überhören. Verglichen mit dem eisigen Luftzug in den Reparaturtunnels war die Luft auf diesem Deck fast warm. Sie schüttelte sich dankbar und zog sich zu Sulu hoch.

»Hier entlang.« Die Stimme des Piloten war kaum mehr als ein Flüstern, und Uhura fühlte sich durch sie daran erinnert, daß sich die Eindringlinge hinter jeder Ecke verbergen konnten. Das resultierende Aufwallen von Adrenalin dämpfte den Schmerz ihres verbrannten Handgelenks. Sie folgte Sulu mit leisen, vorsichtigen Schritten. Sie schlichen durch den gekrümmten Gang, bis er sich mit einem der geraden, radialen Korridore kreuzte, die den Rumpf in zwei Abschnitte teilten. Diesem folgten sie dann, bis sie die Turbolift-Schächte erreichten.

Die Schächte wirkten finster und leer, sie warteten auf Kabinen, die man erst installieren würde, wenn die baulichen Renovierungsarbeiten abgeschlossen waren. Sulu hielt sich am Rand einer der Öffnungen fest und beugte sich in die Dunkelheit hinein, was Uhura zu der überraschend mütterlichen Reaktion inspirierte, ihn am Rücken seiner Jacke festzuhalten. »Da ist die Trittleiter«, sagte der Pilot kurz darauf und schwang sich in die Schwärze hinunter. »Die Techniker haben es endlich begriffen und beschlossen, sie statt an der Rückwand an der Vorderwand zu installieren.«

Uhura atmete tief ein und folgte ihm. Als sie drinnen waren, erschien ihr der Durchgang weniger dunkel als befürchtet, wenngleich ihre Hände und Schultern auch nicht glücklicher darüber waren, daß es nun statt aufwärts abwärts ging. Zum Glück mußte sie diesmal nur zum nächsten Deck hinabsteigen. Doch es handelte sich dabei um das Deck, auf dem die Meuchelmörder auf sie geschossen hatten, deswegen mußte der Abstieg unter allen Umständen langsam und still erfolgen. Uhura schloß die Augen, um sich besser darauf konzentrieren zu können, daß ihre Hände und Beine keine Geräusche erzeugten. Daß sie das unter ihr befindliche Deck erreicht hatte, erfuhr sie erst, als Sulu nach oben griff und ihr bestiefeltes Fußgelenk umfaßte.

Diesmal ersparte sie es sich, ihm Fragen zu stellen. Sie schaute in atemlosem Schweigen zu, als seine schlanke Gestalt in den Gang hinausglitt und verschwand. Die Zeit verging. Als Uhura das Warten nicht mehr ertragen konnte, stieg sie leise die letzten verbliebenen Sprossen hinab.

Sulu eilte zum Einstieg in den Turboschacht zurück und hob einen Daumen, um ihr zu sagen, daß die Luft rein war, dann half er ihr auf den Boden hinab. Uhura folgte ihm durch den leeren Korridor zurück zum Haupthangar, dessen Tür offen war. Uhura beugte sich nach vorn und versuchte, in alle abzweigenden Gänge gleichzeitig zu schauen, als Sulu sich mit der Türsteuerung beschäftigte. Er brauchte zwar nur einen Moment, um festzustellen, daß der Hangar geschlossen war und über eine Atmosphäre verfügte, doch es erschien ihr wie eine Stunde.

»Wir können jetzt rein.« Sulus leises Flüstern wurde fast vom Zischen der Türhälften übertönt, als diese auseinanderfuhren. Uhura trat durch den Eingang, sobald er breit genug war, um sie hindurchzulassen, und Sulu folgte ihr auf dem Fuße.

Ein rascher Blick sagte ihr, daß sie allein waren. Sie drehte sich zur offenen Tür um und suchte nach der Steuerung auf dieser Seite. Sulu eilte schon zu den Schutzanzügen, die er und Chekov auf dem Hangarboden zurückgelassen hatten. Er hob sie auf, und als Uhura die Steuerung gefunden und bedient hatte, kam er schon zu ihr zurück. Nichts geschah.

»Die Tür geht nicht zu«, sagte Uhura drängend.

»Dann laß sie offen!« Sulu warf ihr einen Schutzanzug zu und schlüpfte in seinen eigenen. »Vielleicht haben die Renovierungsarbeiten die Programmierung verpfuscht.«

»Oder vielleicht hat jemand bemerkt, daß wir sie benutzen, und sie außer Kraft gesetzt.« Uhura schlängelte sich in den zu großen Anzug und griff nach dem Helm, den Sulu ihr hinhielt.

»Dann ist das Beste, was wir tun können, von hier zu verschwinden.« Sulu packte ihren Arm und zog sie zur *Phantom*. »Auf geht's. Steigen wir ein, bevor …«

Ohne die geringste Warnung durchschnitt der Strahl eines Phasers die Stille.

Als Chekov aus der Richtung, aus der er gekommen war, das Öffnungssummen einer fernen Schleuse hörte, wußte er mit übelkeiterzeugender Gewißheit, was Broad vorhatte. Ein widerhallendes Geräusch bestätigte seine Ahnung. Es bebte wie ein Todeszittern durch die nackten Schiffsaufbauten, bevor eine Stille eintrat, die so endgültig war wie der Weltraum selbst. Chekov konnte sich sehr gut vorstellen, wie der Laufsteg sich träge zurück zur Orbitalplattform schlängelte, losgerissen von dem Ring aus Notbolzen. Heute würde niemand mehr die *Enterprise* über diesen Weg verlassen.

Chekov stieß sich mit einem leisen Fluch von der vor ihm befindlichen Schleuse ab. An wie vielen Laufgängen waren sie beim Anflug auf den Hangar der *Enterprise* vorbeigekommen? An einem Dutzend? An fünfen? Er wünschte sich plötzlich, er wäre wacher gewesen, um sie wahrzunehmen. Wie die Antwort auch ausfiel, er konnte es sich nicht leisten, Broad zu allen hinzuführen – nicht, wenn er die Absicht hatte, wieder auf die Plattform zu gelangen und Scott zu suchen. Waren die Laufgänge erst einmal von der *Enterprise* getrennt, saß er zusammen mit Broad und allen anderen, die bereits herübergekommen waren, an Bord fest. Wenn es ihm vielleicht auch gelang, Broad und Stern so lange aus dem Weg zu gehen, bis Hilfe von der Erde eintraf, er konnte sich Leong nicht all die Stunden vom Hals halten, bis Hilfe von außen eintraf.

Und was wurde dann aus Sulu und Uhura? Konnten sie die *Phantom* überhaupt erreichen, wenn ein zweiter Killer die Gänge nach ihnen absuchte? Wie sollte er überhaupt in Erfahrung bringen, ob sie Erfolg gehabt hatten?

»Wenn Sie zur Bordwache wollen, müssen Sie den ganzen abstrakten Mist vergessen, den Sie als Navigator getan haben, und lernen, mit dem zu arbeiten, was real und bekannt ist.« Eine frustrierende Vorlesung über Methodik, nachdem er bei einer Computersimulation jämmerlich versagt hatte. Chekov hatte behauptet, es gäbe nicht genügend Informationen zur Extrapolation der Antwort, die das Testprogramm haben wollte. Obersti hatte entgegnet, daß er nicht wisse, wie er seinen Verstand auf die vor ihm liegenden Informationen richten solle. »Machen Sie sich keine Gedanken über die Variablen, die Sie nicht betreffen und die Sie nicht kennen können. Sagen Sie mir, welcher Teil des vor Ihnen liegenden Problems wirklich ist, sofort.«

Peter Broads Schritte warfen hinter der Gangkrümmung Echos. Er bewegte sich in einem abgemessenen Trott, der nie ganz zu einem Rennen wurde. Anhand der sich überlappenden Geräusche seiner Bewegungen hatte er bereits die Hälfte der sie trennenden Entfernung zurückgelegt.

»Kümmern Sie sich erst um dieses Element. Wenn Sie das, was vor Ihnen liegt, unter Kontrolle haben, können Sie sich noch immer Gedanken über andere Dinge machen, mit denen Sie es zu tun bekommen.«

Chekov eilte weiter durch den Gang, leiser diesmal, wischte die belanglosen Gedanken beiseite, zog einen Schlußstrich unter sie, bis nur noch Broad und die Unmittelbarkeit seiner hallenden Schritte übrigblieben.

»Chekov?« Es war nicht der Ruf eines Menschen, der sein Opfer hören konnte. Broads Stimme verblaßte zu einem Knurren, zu einem gedämpften Grollen, wurde kurz leiser, dann wieder lauter und stieg dann zu einem einzelnen scharfen Fluch an. Chekov hörte das entmutigte und frustrierte Klopfen von Broads Faust gegen ein Schott. »Pavel, es spielt keine Rolle, wie weit Sie gehen! Reden Sie mit mir!«

An der nächsten Wendung verstellten Streben und Ausrüstungsgegenstände den Weg. Chekov stellte beide Füße fest auf den Boden, glitt zur Seite, um seinen Schwung zu neutralisieren, und ging auf alle viere nieder, um nicht in den unordentlichen Metallstapel zu fallen. Über seine zusammengebissenen Zähne kam ein schmerzhaftes Grunzen, als er gegen einen abgeschalteten Gravschlitten prallte, und eine Kiste mit losen Muffen knallte irgendwo hinten in dem Stapel zu Boden. Das zum Thema Geschicklichkeit und Finesse. Chekov kroch unter einer überhängenden Schottplatte hervor, quetschte sich zwischen den Gravschlitten und die halbfertige Wand und hätte beinahe einen überraschten Schrei ausgestoßen, als der Boden unter ihm einen halben Meter absackte. Hinter ihm wurden Broads Schritte abrupt lauter und schneller.

Chekov griff nach den freigelegten Decksrippen, packte eine mit der gesunden linken Hand. In diesem Gang war nichts fertig außer Stromleitungen und einfachen Wandplatten. Er zog sich am letzten Bauschutt vorbei und stieß sich die Knie und Ellbogen an, als er darum kämpfte, aufrecht auf eine Reihe von Eisenträgern zu steigen. Der Tanz von einem zum nächsten ließ seine Fußgelenke schmerzen, aber er wagte nicht den Versuch, von einer Grube zur anderen zu springen, aus Angst, er könne ausrutschen oder auf etwas landen, auf dem man als Mensch nicht gehen sollte. Er konnte einfach nur hoffen, daß trotz seiner müden Beine und seines schmerzenden Rückens sein mühsames Vorankommen schneller vonstatten ging als das Broads.

Er war noch knapp zehn Meter von der ursprünglichen Tunnelblockade entfernt, und sein Herz hämmerte beim Lärm von Broads schwerfälliger Verfolgung, als er die tragbare Computerkonsole fand.

Es war eine kleine, automatische Frachteinheit. Ihr Steuerfeld war von Kohlenstoff und Metallspänen befleckt, das Podium von den Kisten, Kästen und Gravschlitten verschrammt, die man in zahllosen Jahren seines treuen Einsatzes darüber hinweggezogen hatte. Irgendein Techniker hatte die Einheit direkt ans

Hauptstromgitter des Decks angeschlossen. Isolierte verdrehte Kabel schlängelten sich aus der offenen Wand zum Transporter, und die Säule, in der die automatische Steuerung untergebracht war, blinkte gelassen im kalten Halbdunkel. Auf dem kleinen Bildschirm stand nur BEREITSCHAFT.

Chekov zog sich über die beiden letzten Eisenträger und warf den Aktivierungsschalter mit der Handkante an. Der Transporter erwachte zum Leben, und die Kontrollen meldeten BITTE WARTEN. »Dazu habe ich keine Zeit«, knirschte Chekov ungehalten.

Wie zur Antwort tauchten auf der kleinen Kontrollanzeige Koordinaten auf, eine Reihe nichtssagender Zahlen, im Verbund mit irgendeinem Versandcode. Chekov ging die Liste durch, und ein Schauer von Furcht breitete sich wie Eis in seinem Kreislauf aus. Es waren insgesamt 57 Codes. Irgendwann nach dem zwanzigsten hörte er auf, sie zu begutachten.

Am Anfang des Semesters hatte er einen Fachkundekursus belegt. Der Gastdozent – ein Fachmann für Sicherheitsfragen, extra aus Bombay angereist – hatte fünfzehn Studierende durch die Wechselfälle des Transportwesens an Bord von Schiffen geführt und deren unglaubliche Gefahren ebenso wie die Wichtigkeit bestimmter Risikosituationen dargelegt. »Wenn Sie sich schon sonst nichts über Ihren Transporter einprägen, sollten Sie wenigstens immer die Koordinaten für die Brücke, die Arrestzellen und das Lazarett im Kopf haben«, hatte der Mann gesagt. »Diese Orte müssen einem Sicherheitsprofi am wichtigsten sein; es sind die Orte, bei denen Sie keine Zeit vergeuden dürfen, um sie zu erreichen.« Die Vorstellung hatte damals so wahr und vernünftig auf Chekov gewirkt, daß er die nächste Woche damit zugebracht hatte, die vier Koordinatensätze so lange auswendig zu lernen, bis er sie sogar im Schlaf herunterbeten konnte.

Aber das war nun vier Monate her.

Er nahm sich die Koordinatenaufstellung erneut von Anfang an vor. Das Nichtvorhandensein eines funktionierenden Warp-Triebwerks war nun der Vorteil des Versuchs eines schiffsinternen Transports. Ohne Subraumfeld, das den Strahl verzerrte, war eine sichere Materialisation an x-beliebige Koordinaten keine größere Herausforderung als das Plazieren einer normalen Landeeinheit. Jedoch ging er ohne die absolute Gewißheit, welcher der vielen Dutzend Codes für das Hilfslazarett zuständig war, das Risiko ein, irgendwohin gebeamt zu werden: in einen versiegelten Laderaum oder gar in den offenen Weltraum hinaus. Die Brücke und die Arrestzellen waren zusammen mit dem Primärdiskus verschwunden und taten während der Überholung als Touristenattraktion Dienst auf dem Marinegelände in San Francisco. Damit blieb ihm als Ziel nur das Hilfslazarett, das ihm zudem mit seinen Laserskalpellen, Schneidewerkzeugen und anderen potentiellen Waffen Hilfe bot.

Chekovs Blick fegte zwischen zwei Codes hin und her, die sich nur durch drei nebeneinanderstehende Zahlen voneinander unterschieden. Bist du dir auch ganz sicher? fragte er sich, als er sah, daß seine Hand so schlimm zitterte, daß er kaum die Tastatur bedienen konnte. Kannst du einfach eine auswählen und dich dazu bringen, dich auf die Plattform zu stellen – und dir vorstellen, daß du am anderen Ende an einem Stück wieder ankommst? Drei Zahlen machten im Ergebnis mehrere Meter Unterschied aus.

Das Heulen eines Gravschlittenmotors durchdrang die zweifelnde Stille. Broads Stimme schrie etwas, das Chekov durch das Kratzen und Ächzen des sich bewegenden Metalls nicht verstehen konnte, und die Frage der Gewißheit wurde plötzlich für ihn beantwortet. Er wählte willkürlich zwischen den beiden Codes und gab eine Verzögerung von fünfzehn Sekunden ein. Die Ladung baute sich auf, als er sich eilig auf den leuchtenden Platz zog.

Zum allerersten Mal in seinem Leben hätte ihn das juckende Kitzeln der Dematerialisierung beinahe laut aufschreien lassen.

Uhura sah den Blitz, als der erste Schuß des Angreifers ein Gerüst im Hangar traf. Er mußte von tief unten abgefeuert worden sein, aus einem Außenkorridor, denn es verging eine weitere Minute, bevor Uhura das Stampfen von laufenden Schritten hörte. Sie waren ein bösartiges Echo ihrer eigenen. Ein zweiter Phaserschuß sengte eine lange Rinne in den Hangarboden, diesmal nur wenige Meter von ihr entfernt. Uhura keuchte auf und jagte im Endspurt auf die Fähre zu. Sulu war ihr einen halben Schritt voraus und zerrte sie hinter sich her.

Der nächste Phaserschuß traf die *Phantom* genau vor ihnen und wurde in einem Glitzern brechender Strahlung von der reflektierenden Hülle der Fähre zurückgeworfen. Uhura sah, wie Sulu von dem reflektierenden Strahl getroffen wurde und nur wenige Schritte von der Fährenluke entfernt zu Boden ging. Sie schrie auf, bückte sich und versuchte den Piloten aufzuheben, aber schon kreischte der vierte Schuß über ihren Kopf hinweg. In einem ungelenken Gewirr aus Armen und Beinen landeten die beiden in der *Phantom.* Vor Verzweiflung schluchzend, schlängelte Uhura sich unter dem schlaffen Gewicht des Piloten hervor und knallte die Tür hinter ihnen zu.

Ein weiterer Phaserstrahl knisterte gegen die reflektierende Außenhaut der Fähre. Uhura ignorierte ihn und beugte sich über Sulu, um nachzusehen, wie schwer er verletzt war. Es war nun ihre beste Verteidigung, die *Phantom* hier herauszubringen, und um das zu tun, brauchte sie einen Piloten.

»Verdammt, Sulu, kratz jetzt bloß nicht ab!« Sie drehte ihn auf den Rücken und zuckte zusammen, als der Geruch von verbranntem Fleisch aus einer Wunde an seiner Seite auf sie eindrang. Ungebetene Erinnerungen an McCoy stellten sich ein und verschleierten kurz ihren Blick. Sie holte tief Luft und blinzelte die Tränen fort, und plötzlich wurde ihr bewußt, daß Sulu sich unter ihren Händen regte.

»Stillhalten, stillhalten ...« Sie legte beide Hände auf seine Schultern. »Ist ein Medokit an Bord?«

»Luke ... verriegeln ...«, keuchte Sulu und hielt sich an ihr fest. »Luke ...«

Uhura stöhnte über ihre Dummheit und griff nach oben, um seiner Anweisung Folge zu leisten. Im gleichen Moment kratzten Hände von außen über die Luke. Die *Phantom* bebte unter dem heftigen Zerren an der Tür, aber das Schloß war fest zu. Uhura wandte sich wieder zu Sulu um, der aufstehen wollte. Sie stieß einen wortlosen Protestruf aus und sprang auf ihn zu, um ihn zu stützen.

»Sulu, du brauchst medizinische Behandlung ...«

»Keine Zeit ...« Sulus Stimme klang dünn; er knirschte mit den Zähnen. »Wir müssen ... hier raus.«

Er wankte ungelenk zum Pilotensitz. Uhura musterte die Wände des winzigen Cockpits und suchte nach dem Erste-Hilfe-Kasten, von dem sie wußte, daß er an Bord sein mußte. Doch statt dessen fiel ihr Blick auf das vertraute Leuchten der Funkanlage, genau in dem Moment, als ein langes Phaserfeuerbombardement gegen die Luke knisterte. Das Innere der Luke fing langsam an, kirschrot aufzuleuchten.

»Wir können nicht zulassen, daß sie sich hindurchbrennen ...« Sulu warf einen schnellen Blick zur Seite. Seine Finger rasten über die Steuerung, um die Sequenz zu starten, die die Steuerdüsen aufwärmte.

»Wenn die Luft entweicht, können wir den Hangar nicht mehr verlassen!«

»Ich weiß.« Uhura glitt neben ihm in den Sitz des Kopiloten, beugte sich über den Kommunikator der *Phantom* und suchte in einem hektischen Versuch, eine zu finden, die sie Kontakt mit dem Bordcomputer der *Enterprise* aufnehmen ließ, alle Frequenzen ab. Das Phasergeknalle draußen ebbte ab, und sie seufzte erleichtert. »Sie haben aufgehört.«

»Und kommen um die Seite.« Selbst durch das Dröhnen des Impulstriebwerks hallten außerhalb der *Phantom* unheimliche Schritte. Sulu schlug auf die starrsinnige Düsenkontrolle ein. »Beeil dich, verdammt noch mal – ein Schuß durch das Aussichtsfenster, dann sind wir erledigt!«

Als hätten seine Worte sie gerufen, materialisierte vor dem Fenster eine grobknochige Frau in einer medizinischen Uniformjacke und mit erhobenem Phaser. Sulu rief eine Warnung und gab den halb erwärmten Düsen Saft. Die *Phantom* schlitterte im Halbkreis herum, gerade so weit, um den Phaserbeschuß zu reflektieren.

Kurz darauf fand Uhura ihre Computerfrequenz und gab einen Notbefehl ein, den sie noch nie zuvor verwendet hatte. Ein hurrikanartiges windiges Brüllen fegte wie eine Antwort an ihnen vorbei und ließ die *Phantom* über den Hangarboden vor ihnen rutschen.

»Verdammt, was …« Sulu aktivierte erneut die Düsen und brachte die *Phantom* schlitternd zum Halten, bevor sie gegen das Hangartor knallte. Die Torhälften fuhren langsam auseinander, genau so, wie es ihnen befohlen worden war, und stießen in einem Riesenatem von ausströmender Luft und Eiskristallen auch einen menschengroßen Gegenstand aus. Uhura erhaschte einen kurzen Anblick des Ausdrucks von plötzlichem Entsetzen, der nun auf ewig in das Gesicht der Angreiferin eingefroren war, dann wirbelte diese in die Schwärze des Weltraums hinaus.

Im Inneren der Fähre breitete sich Stille aus. Die Stille einer Mischung aus Erleichterung und Bedauern. »Wie ...?« fragte Sulu heiser. Dann hielt er inne, schluckte und versuchte es erneut. »Uhura, wie, zum Henker, hast du das Tor aufgekriegt, obwohl noch jemand im Hangar herumlief?«

Uhura holte tief Luft und rieb sich die Feuchtigkeit von den Wangen. »Notprozedur 1-90-3«, sagte sie leise. »Evakuierung der Fährenmannschaft während einer feindlichen Übernahme des Schiffes.«

Sie sah, daß Sulus Brauen nach oben zuckten. Das Hangartor stand nun weit offen, enthüllte die türkisfarbene Scheibe der Erde unter ihnen, eingerahmt von einer abnehmenden Mondsichel. »Und du hast den Code auswendig gelernt?«

»Mußte ich.« Uhura machte ein ironisches Geräusch, das weder ein Lachen noch ein Seufzer war. »Es war die Antwort auf die letzte Examensfrage.«

19

USS *Enterprise*
Sektor Erde, Standardorbit
Terrestrisches Datum: 25. Dezember 2269
9.00 Uhr Bordzeit

Als das Klingeln des Transportereffekts verblaßte, kehrte Chekovs Bewußtsein schlagartig zurück. Im gleichen Augenblick, in dem sich sein Körper verfestigte und seine Nervenbahnen schrien, daß er sich im freien Fall befand, wußte er, daß unter ihm kein Boden und kein unmittelbares Gravitationszerren war, das seine Wahrnehmungen ausglich; daß er die falschen Transporterkoordinaten ausgewählt hatte und des Todes war.

Dann trafen seine Füße so fest am Boden auf, daß ihm die Knie einknickten, und kurz bevor sein Hintern in der Mitte des Lazarett-Diagnosezentrums auftraf, erkannte er die Regale, Wägelchen und Tische mit medizinischer Ausrüstung. Offenbar war seit dem Bau des Transporters noch niemand auf diese Weise ins Lazarett gekommen. Wenn alles vorüber war, mußte er Scott daran erinnern, die Koordinaten entsprechend zu verändern.

Chekov rappelte sich auf die Knie, zog sich an einem der herumstehenden Karren hoch und durchwühlte, als er wieder stand, die Regalbretter und Medokits. Antiseptika, Synthohaut und eine versiegelte Packung mit einem Mittel gegen Laserverbrennungen schob er beiseite, ohne die sterilen Hüllen nur zu öffnen. Das einzige, was in der gesamten Sammlung einer Waffe nahekam, war eine krumme Schere, die halb versteckt unter einer Bandagenrolle lag. Doch auch sie hatte eine stumpfe Spitze, war kurz und nur zum normalen Schneiden geeignet. Er schob den Karren zwischen den Behandlungstischen auf die Seite und eilte an die Wand mit den pharmazeutischen Schränken, in denen es jede Menge Injektoren und Medikamente gab.

Trazadonhydrochlorid, Dextromethrophan, Loperamid, Sodiumsalycilat ... Chekov stöhnte, stieß weiter in den Schrank vor, doch alle Hoffnung, irgend etwas Nützliches in dem medizinischen Krimskrams zu finden, löste sich in nichts auf. Er knallte eine Lade auf den Arbeitstisch und betete um etwas Handfesteres als Chemikalien.

Das Summen eines Transporters in der näheren Umgebung ließ Chekov mit einem heftigen Keuchen herumfahren. Peter Broad materialisierte in einen Umriß funkelnder Energie, dann fiel er ebenso, wie Chekov erst wenige Augenblicke zuvor gefallen war. Nach einem schweren Stolpern jedoch fing er sich sofort wieder. Den Phaser noch immer im Vorhalt, wedelte er mit der anderen Hand und hielt sich am Untersuchungstisch fest, um nicht zu stürzen. Setz deinen Grips ein, dachte Chekov, als Broad hochzuckte und ihn sofort ins Visier nahm. Der Phaser blinkte zwar zur Warnung, daß seine Ladung begrenzt war, aber er hatte noch genug Energie, um ihn zu töten. Solange du noch lebst, hast du nicht verloren.

»Ich bin unbewaffnet«, sagte Chekov laut. Seine Hand umfaßte die nutzlose Phiole fester, und er wünschte sich, sie wäre wenigstens so groß gewesen, daß sich ein Wurf gelohnt hätte. »Sie brauchen mich nicht umzubringen.«

Als sei Broad von Chekovs freundlichem Tonfall

überrascht, nahm er eine entspanntere Haltung ein. Er behielt jedoch eine Hand auf dem Tisch und senkte den Phaser nicht. »Ich soll Sie auch gar nicht töten«, gab er zu, wobei er fast entschuldigend klang. »Leong will nur, daß ich Sie zu ihm bringe. Er hat gesagt, er bringt den Ingenieur um, wenn Sie sich weigern mitzugehen.« Seine Wangen röteten sich und verdunkelten die Schrammen an seinem noch immer geschwollenen Kinn. »Die ganze Sache tut mir wirklich leid.«

Chekov stellte das Reagenzglas hinter sich ab und trat von der Wand fort. »Warum machen Sie es dann?«

»Hab' ich doch gesagt.« Broad ließ den Phaser ein Stück höher zucken. Chekov blieb stehen. »Er hat Ihren Freund als Geisel. Leong hat geschworen, daß er ihn umbringt, aber ich möchte nicht, daß irgend jemandem etwas passiert.«

»Obwohl Leong auch vorhat, mich zu töten.«

Broad sagte nichts, blickte nur zur Seite. In Chekovs Magen formte sich ein Knoten der Angst. Dann stimmte es also. Man würde ihn nicht verhaften, nicht den Medien vorführen, ihm keinen Prozeß machen. Man hatte von Anfang an geplant, ihn rasch zu beseitigen.

Broad rieb seine Schrammen mit einer Hand, beugte sich über den Untersuchungstisch und stieß einen zittrigen Seufzer aus. »Ich möchte Ihnen sagen, daß ich solche Dinge nicht tue. Weder für Geld noch für etwas anderes.« Er hielt den Phaser jetzt gerade und fest, deswegen widerstand Chekov dem Drängen, etwas gegen ihn zu unternehmen. Broad nahm die Waffe nun in beide Hände und musterte ihn mit einem verdrießlichen Blick. »Ich stehle – aber nur von großen Firmen, nichts von kleinen Leuten oder so. Ich tue nie jemandem weh.«

Chekov fragte sich, wie viele Lebewesen verletzt werden würden, wenn der klingonische Intervaller weiter verbreitet würde, aber er entschied, daß momentan wohl nicht die beste Zeit war, das Thema zur Sprache zu bringen.

»Als Mr. Kahle mich bat, den Job in der Universität anzunehmen, habe ich es nur getan, um nicht ins Gefängnis zu müssen. Er hat nämlich herausbekommen, daß ich UniPhase-Pläne an Firmen auf anderen Planeten verkauft habe. Er sagt, seine Freunde bei der Justiz können dafür sorgen, daß ich nicht auf Bewährung freikomme und daß keine Geldsumme dies wert sei.« Broad zuckte hilflos die Achseln, seine Augen glänzten lebhaft. »Er hatte recht.« Er klang, als schäme er sich dieser Tatsache ungeheuer. »Mr. Kahle hat gesagt, er will nur die Pläne haben. Mehr nicht – nur die Intervallerpläne.«

»Und die sind es wert, in den Knast zu gehen?« fragte Chekov. Solange du noch lebst ... »Peter, ich weiß, daß Sie noch niemanden umgebracht haben. Ich habe gehört, was mit Dr. Piper geschah. Ich habe gesehen, was mit Commander Obersti passiert ist. Falls Leong Sie gezwungen hat, Ihnen zu helfen, brauchen Sie mich, um sich zu schützen.« Er riskierte einen Schritt nach vorn. »Ich bin Ihr Zeuge, Peter. Wir können füreinander aussagen – Sie über Kahles Engagement bei den Technikdiebstählen, ich über die Morde und darüber, daß Sie nicht bereit waren, daran teilzunehmen. Sie brauchen nicht ins Gefängnis«, versprach er ernst. »Wir brauchen nicht zu sterben.«

Broads Blick fiel sinnierend in die Leere, dann nickte er schwach und senkte den Phaser. »Ja, das ist es, worum es in erster Linie geht.« Herbe Ironie färbte seinen ansonsten ruhigen Tonfall. »Ich habe mir nie vorstellen können, wie Mr. Kahle es rechtfertigen will, mich am Leben zu lassen, wenn er erst mal alles hat, was er will. Es kommt mir einfach nicht wie eine gute geschäftliche Idee vor.« Er schaute Chekov nun wieder an, und irgend etwas, fast ein Lächeln, verzog seine Mundwinkel. »Ich glaube, wir beide sitzen wirklich tief in der Scheiße.«

»Nicht unbedingt.« Chekov streckte erwartungsvoll eine Hand aus. Broad blinzelte, als wisse er nicht genau, was er von dieser Geste halten solle, dann schien er wieder zu sich zu kommen, reckte sich über den Untersuchungstisch und ließ den Phaser in Chekovs Handfläche fallen. Das beruhigende Gewicht der Waffe erfüllte Chekov mit einer Erleichterung, die ihn schwindelig machte. Er trat von Broad zurück und steckte den Phaser taktvoll weg. »Wissen Sie irgend etwas, das wir gegen ihn verwenden können? Irgend etwas, das ihn veranlassen könnte, meinen Freund allein zu lassen?«

»Klar.« Broad, der nun, da die Todesdrohung nicht mehr zwischen ihnen schwebte, plötzlich müde wirkte, deutete an Chekov vorbei. »Zuerst kann ich Ihnen mal sagen, was in den Reagenzgläsern ist, die hinter Ihnen in dem Regal stehen.«

Sulu hatte vor langer Zeit eine Studie gelesen, die bewies, daß Menschen im Gegensatz zum Rest der Säugetierwelt mehr Schmerzen empfinden, wenn sie unter Streß stehen, als im Ruhezustand. Es kam ihm höchst ungerecht vor. Angesichts des lebensnotwendigen Bedürfnisses, Uhura und ihr Beweispäckchen sicher durch die zerrissenen, aber noch immer mörderischen Wirbel des Hurrikans Kevin nach Annapolis zu fliegen, zog er in Betracht, daß wenigstens sein verbrannter Arm und seine Seite mitarbeiten konnten, ihn so lange am Leben zu erhalten, bis man sie kurieren konnte.

Doch Logik funktionierte nicht bei versengten Nerven, es sei denn, man war zum Teil Vulkanier. Der Schmerz in Sulus Seite wurde mit jedem Atemzug und jeder Bewegung schlimmer, obwohl Uhura alles versuchte, sie mit Salben zu behandeln. Die Vorschriften verboten den Einsatz stärkerer Mittel, es sei denn, der Pilot befand sich in Lebensgefahr. Und leider hatte der Sensor des Notmedokits Sulus Verbrennungen nur als ›kleine Oberflächenbeschädigung‹ diagnostiziert. Sulu hatte den argwöhnischen Verdacht, daß die Intensität des Schmerzes, den er verspürte, mehr auf die Subraumstrahlung zurückzuführen war, die der Riß in seinem Schutzanzug hineinließ, statt auf die eigentlichen Verletzungen.

Zum x-ten Mal, seit sie die *Enterprise* verlassen hatten, verdrängte er diesen Gedanken aus seinem Gehirn und versuchte sich auf den Bildschirm zu konzentrieren. Der Hurrikan Kevin fegte nun wie eine graue Masse über dem Westatlantik dahin, knapp nördlich von New York City. Der ursprüngliche Flugplan, den der Bordcomputer ausgespuckt hatte, hatte die ausgestreckten Arme des Hurrikans sorgfältig umgangen und hätte sie über Ohio und Virginia nach Annapolis geführt. Sulu hatte darüber nachgedacht, wie viele Starfleet-Basen in diesen Staaten existierten, und den Beschluß gefaßt, lieber das Risiko einzugehen, am Rand des Hurrikans entlang zu fliegen.

Uhura rührte sich im Kopilotensitz und deutete mit einem behandschuhten Finger auf die Wetterkarte des Bildschirms. »Kann die Flotte uns nicht aufspüren, wenn wir das da empfangen?«

»Nein.« Sulus Blick bewegte sich von der Wetterkarte zum Bild der langsam unter ihnen größer werdenden Erde. »Es ist nur ein allgemeiner Lotsenschirm, der zusammen mit globalen Positionssignalen für sämtliche Atmosphärenflieger von den Satelliten gesendet wird. Ich habe mich in keine schiffsspezifische Flottenfrequenz eingeklinkt. Sie wissen nicht, daß wir hier sind.« Er spürte das erste Kitzeln der Lufthülle an den Seiten der *Phantom* und fügte ehrlicherweise hinzu: »Jedenfalls bis jetzt noch nicht.«

»Aber sie könnten es?« fragte Uhura. »Auch, wenn das Tarngerät eingeschaltet ist?«

Sulu wollte die Achseln zucken, dann spürte er den wütenden Protest seines Körpers und ließ es bleiben. »Nur, wenn jemand das Glück hat, daß ihm der visuelle Anblick unserer Turbulenzen im Inneren der Atmosphäre auffällt. Wenn wir erst mal in dem Hurrikan drin sind, sind wir sicher.«

»Irgendwie scheinen mir die Worte Hurrikan und sicher nicht zusammenzupassen«, sagte Uhura ironisch. »Ich hoffe, du weißt, was du tust.«

Ich hoffe es auch, dachte Sulu, aber er sprach es nicht aus. Er beobachtete die zerklüfteten alten Appalachen, die nun ins Blickfeld kamen. Ihre höchsten Gipfel waren vom Frühwinterschnee weiß gebleicht. Er orientierte sich am abrupten Knick der Kette in Pennsylvania, nahm die Höhe der *Phantom* herunter und flog in Richtung Südosten. Das Trommeln der atmosphärischen Reibung nahm an den Seiten der Fähre zu.

»Meinst du, wir sollten Verbindung mit der Flotte aufnehmen und darum bitten, ein Kommando zur *Enterprise* hochzuschicken?« fragte Uhura plötzlich. »Ich zerbreche mir den Kopf, was wir tun könnten, um Chekov zu helfen ...«

»Ich auch.« Eine graue Sturmwolkenwand ragte vor ihnen auf, an ihrem unteren Rand von prasselndem Regen zerrissen. Sulu knirschte mit den Zähnen und ließ die *Phantom* in den Mahlstrom hinab. Die plötzliche Zunahme der Turbulenzen war für seine versengte Seite die reine Folter. »Aber wir können es nicht tun, ohne unsere Position preiszugeben. Und selbst, wenn wir es könnten: Kahles Leute würden unsere Sendung abfangen und in Deckung gehen, bevor wir eine Chance haben, sie zu schnappen.«

Uhura verfiel in Schweigen. »Ich kann noch immer nicht glauben, daß er es ist«, sagte sie dann. »Er war doch so nett.«

Sulu stieß ein unfreiwilliges Lachen aus, das eine Woge von Schmerzen durch seinen Brustkorb jagte. »Das war Kodos der Henker auch.«

Uhura seufzte. »Ja, das stimmt. Ich sollte wohl lieber sagen, daß ich nicht möchte, daß er es ist.« Sie hielt inne, dann wurde ihre sanfte Stimme ungewöhnlich kalt. »Aber wenn er es ist, will ich, daß man ihn faßt und bestraft.«

Sulu grunzte zustimmend. »Sobald wir Kahle festgenommen haben, lassen wir von Admiral Kirk ein Kommando hochschicken, um Chekov zu helfen.«

Auf dem Bildschirm der *Phantom* fingen Navigationsbojen an aufzuleuchten, als sie in die unteren Schichten der Erdatmosphäre eintauchten. Die kreisenden Radarsonden zeigten in ihrer Umgebung nur wenig Flugverkehr. Die Luftverkehrskontrolle schien die meisten kommerziellen Maschinen weiter nach Südwesten umgeleitet haben, so wie Sulu es bei der Auswahl der Route vermutet hatte. Die zwei oder drei Einheiten, die sich zeigten, trugen Standardcodes, die sie als bewaffnete Starfleet-Schiffe auswiesen. Sulu hoffte inständig, daß sie hier waren, um die romulanische Delegation zur Territorialkonferenz zu eskortieren, und nicht, um einen Abwehrschirm um die Sicherheitsakademie zu legen.

Die kleine Annapolis-Navigationsboje meldete sich endlich, schwächer und weniger präzise als die der umliegenden Großstädte. Sulu klinkte sich auf sie ein, dann nannte er dem Computer den letzten Kurs. Sie flogen so niedrig, daß der sie umgebende Dunst mehr aus prasselndem Regen bestand als aus Wolken, was es ihnen gelegentlich erlaubte, einen Blick auf die unter ihnen liegende Landschaft von Maryland zu werfen. Die spitzen Ecken der Appalachen weichten in die rollenden Winterwiesen des Frederick Valley auf und wurden dann zum breiten, schneebedeckten Kamm der Blue Ridge. Von dort aus geht's nur noch bergab, dachte Sulu in grimmiger Erheiterung und bereitete die Antigravitatoren auf die Landung vor.

»Sind wir gleich da?« Uhura saß zwar angesichts des sie schüttelnden Hurrikans sehr still, aber ihre Stimme zeigte einen Anflug unterdrückter Angst.

»Sind gerade über Baltimore.« Sulu spürte, daß seine eigene Anspannung zu einem hämmernden Klopfen anstieg und endlich den Schmerz in seiner Seite überlagerte. Sie fegten über die Chesapeake Bay dahin, deren graue Wasser fast unsichtbar waren unter den fegenden Schlieren des Regens, der dichter wurde, je näher sie der Küste kamen. »Dreißig Kilometer ... zwanzig ...« Falls man einen Abwehrschirm errichtet hatte, mußten sie ihm jetzt jeden Augenblick begegnen, er wußte es. Ein kurzer Blitzschlag am Horizont ließ ihm das Herz in die Hose springen, aber die ruhigen Sensoren der *Phantom* sagten ihm, daß er nur ein natürlicher Bestandteil des Hurrikans war. »Zehn Kilometer ... fünf ...«

Er erhaschte den Anblick des militärischen Geländes aus roten Ziegelsteinen und Schieferdächern, aus denen die alte Marineakademie bestand, vertraut aufgrund vieler früherer Besuche in Chekovs Begleitung. Die Antigravitatoren der *Phantom* pulsierten, als er sie einschaltete und die Impulstriebwerke schrittweise herunterfuhr, nach einer guten Stelle suchte, an der er auf dem nassen Gras des Hauptplatzes der Schule landen konnte.

»Da!« Diesmal zeigte Uhuras deutender Finger ihm die wehenden romulanischen und irdischen Flaggen im prasselnden Regen. Sie wehten über einem uralten Gebäude aus rotem Ziegelstein, das mit Säulenvorbauten und Balustraden verziert war und einen mit Steinen ausgelegten Innenhof umgab. »Da muß es sein.«

»In Ordnung.« Sulu manövrierte die Fähre über die Köpfe zweier Kadetten der Sicherheitsabteilung hinweg, die durch den Regen eilten und fluchten; sie rissen ihre Köpfe nach oben, um die Fähre in großäugigem Erstaunen zu mustern. Er hatte sich dermaßen auf die völlige Lautlosigkeit des Antigravs verlassen, daß er vergessen hatte, daß die *Phantom* natürlich die Luft zerriß, die sie durchflog. »Sie haben uns gesehen, Uhura. Mach dich fluchtbereit.«

Sie eilte zwischen den Sitzen nach hinten und stürzte auf dem Weg zur Luke über das Tarngerät. »Was hast du vor?«

»Hierbleiben und mich festnehmen lassen.« Sulu brachte die *Phantom* genau auf den Steinen in der Mitte des Innenhofes herunter, wo ihr Gewicht den Boden nicht eindrücken konnte. »Okay, los!«

Uhura schlug auf den Türmechanismus, dann fluchte sie, denn nichts geschah. »Es geht nicht! Die Tür ist verklemmt!« Sie drosch vergeblich mit den Fäusten auf sie ein. »Die Frau an Bord der *Enterprise* hat die Luke mit ihrem Phaser verschmolzen.«

Sulu drehte sich um und ächzte, als seine Rippen protestierten. »Notbolzen absprengen.«

»Wo …« Uhura verstummte, als sie die Notsteuerung fand, und kurz darauf ließ ein trockenes Klopfen die *Phantom* erbeben. Die Luke knallte auf. Uhura hechtete hinaus, bevor der Rauch der Explosion Gelegenheit hatte, sich zu verziehen. Sulu hörte das Echo ihrer schnellen Schritte im Brüllen des Regens verschwinden.

Irgendwo auf dem Gelände heulten Alarmsirenen. Sulu grinste und lehnte sich in den Sitz zurück. Er wartete auf die Ankunft der Wachen. Als die ersten vorsichtig die Läufe ihrer Phaser durch die offene Luke schoben, hatte er schon die Hände gehoben, um sich zu ergeben.

»Lieutenant Commander Hikaru Sulu«, sagte er mit

ernster Stimme. »Verhaften Sie mich. Mein Flug ist nicht autorisiert – und die Landung schon gar nicht.«

»Nein, Commander.« Die Wachen teilten sich, um einen hochgewachsenen Schwarzen einzulassen, dessen tiefe Stimme im Inneren der Fähre Echos warf. Sulu schaute Commodore Adam Willis überrascht an. »Wir verhaften Sie wegen des Diebstahls geheimer technischer Flottenpläne. Und wegen Hochverrats.«

20

Starfleet-Sicherheitsakademie
Annapolis, Nordamerika
Terrestrisches Datum: 25. Dezember 2269
9.30 Uhr Ortszeit

Der prasselnde Regen trieb Uhura über den Innenhof und ins Obdach des ersten Säulenvorbaus. Sie brach durch eine Reihe sauber geschnittener Eiben, dann zog sie sich hoch und duckte sich hinter das Ziersteingeländer, wischte sich das Wasser aus den Augen und orientierte sich.

Als erstes fiel ihr auf, welches Glück sie gehabt hatte. Die Flaggen der Territorialkonferenz wehten über dem anderen Gebäudeflügel, und es sah so aus, als hätte das Sicherheitspersonal seine Kräfte dort konzentriert. Diese Seite war finster und still, die alten Bleifenster zeigten dunkle Schatten von Betten, Schreibtischen und Spinden. Uhura wurde klar, daß es sich um einen Kadettenschlafsaal handelte, der während der Feiertage verwaist war.

Sie eilte auf Händen und Knien am Säulenvorbau entlang und hoffte, daß der starke Regen ihre Bewegungen vor den wachsamen Blicken auf der anderen Hofseite verbarg. Ihre Vorsicht wurde kurz darauf belohnt, als die behandschuhte Hand, mit der sie aus Gleichgewichtsgründen an der Hauswand entlangfuhr, auf eine glatte, nachgebende Fläche traf. Uhura schaute überrascht auf eine Reihe von Fenstern und sah, daß eins davon ein Stück offenstand.

Sie freute sich über die Zurückhaltung der Flotte, sich an der Architektur historischer Gebäude zu vergreifen, indem sie automatische Fenster installierte, schob das Fenster weiter auf und schlängelte sich in das zwielichtige Innere des Raumes. Der Regen blieb ihr auf den Fersen, befeuchtete einen dunklen Teil des abgetretenen Bodenteppichs in dem kurzen Augenblick, den sie brauchte, um das Fenster wieder zu verschließen. Sie wartete ab, doch kein Alarm ging los, um ihre Anwesenheit den Autoritäten zu melden. Ein matter Lichtstrahl fiel vom Korridor aus durch die offene Tür, doch die absolute Stille, die er mitbrachte, sagte ihr, daß der gesamte Flügel verwaist war.

Sie seufzte erleichtert, pirschte zur Tür und machte sie zu. Dann entledigte sie sich des auffälligen silbernen Schutzanzugs und stopfte ihn in einen altmodischen Papierkorb. Eine schnelle Durchsuchung der Spinde enthüllte großformatige Overalls der Sicherheitskräfte. Uhura biß sich auf die Lippe und machte sich vorsichtig zum nächsten Raum auf, wobei sie Gott dankte, daß die Kadetten so diszipliniert waren, sämtliche Räume offen zu lassen, damit ihre Vorgesetzten schon auf den ersten Blick sehen konnten, ob sie sauber waren.

Im dritten Raum fand sie endlich eine Kadettenuniform, die klein genug war, um ihr zu passen. Sie zog sich rasch um, wusch sich Gesicht und Hände und warf ihren gesamten Schmuck und ihre Rangabzeichen zusammen mit der ausgeliehenen Ärzteuniform in den Papierkorb. Keiner der Stiefel, auf die sie gestoßen war, wollte ihr passen, so daß sie sich schließlich damit begnügte, die zu polieren, die sie trug. Dann trat sie vor einen kleinen Spiegel und schaute sich das Ergebnis an.

In der rotschwarzen Uniform des Sicherheitspersonals sah sie fast wie ein Kadett aus, wenn auch nicht ganz, und sie brauchte eine ziemliche Weile, bis sie den Grund dafür erkannte: Kein weiblicher Starfleet-

Kadett auf der Welt hatte genug Zeit, sein Haar in die gepflegten Flechten zu legen, wie Uhura sie trug. Sie zuckte zusammen, dann holte sie tief Luft und nahm eine Schere von einem Schreibtisch.

Zehn Minuten später trat ein weiblicher Kadett mit militärisch kurzem Haarschnitt und einem Arm voller Computernotizbücher an das Wachlokal am Eingang des Konferenzsaales heran. »Ich habe gehört, bei der Konferenz sind Zuschauer zugelassen«, sagte sie mit freundlichem Respekt zu einem Wachmann in den mittleren Jahren, der aufstand, um ihr entgegenzukommen. »Stimmt das?«

Bei Verhandlungen von sekundärer Wichtigkeit war es das übliche Starfleet-Verfahren, den Kadetten und Fähnrichen zu gestatten, hinter einem trennenden Kraftfeld zuzuschauen. Uhura hatte Admiral Kirk sagen hören, daß dies den angehenden Offizieren nicht nur zeigte, wie man Verhandlungen führte, sondern die Stabsoffiziere, die sie leiteten, auch auf den Beinen hielt. Uhura wußte zwar nicht genau, ob man das Standardverfahren auch bei einem so heiklen Thema wie einer Gebietskonferenz mit den Romulanern beibehielt, aber ihrer Meinung nach kostete Fragen ja nichts.

»Nur für die Eröffnungszeremonie heute morgen«, sagte der Wächter. Dann deutete er auf das Treppenhaus, das vom Haupteingang des Gebäudes nach oben führte. »Auf dem Balkon im zweiten Stock.«

»Danke.« Um den Eindruck besonderen Diensteifers zu erwecken, eilte Uhura mit großen Schritten die Treppe hinauf. Erst als sie im zweiten Stock angekommen war, gestattete sie sich, nach Luft zu schnappen. Sie wartete noch mehrere Minuten, um sicherzugehen, daß sie wieder normal atmete, bevor sie sich auf den Balkon hinauswagte.

Eine schmale, eichengetäfelte Brüstung umgab drei Seiten eines ehemaligen Speisesaals, der wie ein Verhandlungssaal hergerichtet war. Es gab nicht allzu viele Sitzplätze, und die meisten waren nicht besetzt. Die Urlaubszeit, die auch den Schlafsaal geleert hatte, hatte nur eine Handvoll Kadetten zurückgelassen, die sich die Eröffnungszeremonie anschauten.

Sie trat an den Rand des Balkons heran und blieb dabei mehrmals stehen, als suche sie nach einer guten Aussicht in den unter ihr liegenden Raum. In Wirklichkeit suchte sie den Kraftfeldgenerator. Das Schutzfeld warf einen fast unsichtbaren Schimmer über die unter ihr befindliche Szenerie, obwohl Uhura wußte, daß es von der anderen Seite wie eine undurchsichtige weiße Wand aussah. Sie warf einen schnellen Blick auf die umherwimmelnden Gruppen der romulanischen und vulkanischen Diplomaten, Flottenoffiziere und Zivilisten, deren schicke Samtjacken das Sternhaufensymbol von Jackson Kahles Friedensstiftung trugen. Admiral Kirk war zwar nirgendwo zu erblicken, aber es sah so aus, als würde die Konferenz gleich anfangen.

»Meine Herrschaften, bitte nehmen Sie Ihre Plätze ein.« Das vertraute Bellen der Stimme von Jackson Kahle ließ Uhura urplötzlich frösteln. Sie blieb erneut stehen, vom letzten kurzen Zweifel erschüttert, als sie auf den alten Milliardär hinabschaute, der in ihren Vorlesungen stets so vertrauenswürdig gewirkt hatte. War es wirklich möglich, daß der Ex-Captain hinter den schrecklichen Ereignissen der letzten Tage steckte? Dann sah sie, wie Kahle die noch immer verstreute Menge musterte, und ihr fiel auf, daß seine Augen in ungeduldigem stählernem Feuer aufblitzten. »Meine Herrschaften, ich habe gesagt, Sie möchten Platz nehmen.«

Seine peitschende Stimme durchbrach das Gemurmel, und die Diplomaten setzten sich in Richtung auf ihre Plätze an dem kreisrunden Verhandlungstisch in Bewegung. Außerdem durchbrach sie Uhuras Unentschlossenheit und erinnerte sie aus irgendeinem Grund an die rücksichtslose und drakonische Weise, in der McCoy in Stanford angegriffen worden war. Sie schritt weiter am Rand des Balkons entlang.

Sie fand den Feldgenerator auf halbem Weg zur Rückseite, wo er zwei symmetrische Energiezonen erzeugen konnte. Uhura ließ sich mit einem erleichterten Seufzer auf den Stuhl fallen, der ihm am nächsten war, und legte die Notizbücher auf den daneben. Die zwei oder drei Kadetten auf der anderen Balkonseite hatten ihr schon neugierige Blicke zugeworfen, doch nun richtete sich ihre Aufmerksamkeit wieder auf die tieferliegende Etage.

Ein stämmiger Mann in der Uniform eines Commodore der Sicherheit stand auf und räusperte sich; er wartete wohl darauf, daß sich die letzten Zauderer endlich setzten. Uhuras Herz machte einen Sprung, als sie die dynamischen Schritte der letzten Gestalt sah, die im Gold und Schwarz der Flotte eintrat. Admiral Kirk war endlich da – zusammen mit einer kapuzenbewehrten Gestalt in einem vulkanischen Gewand, die sie für Botschafter Sarek hielt. Die beiden nahmen schweigend auf ihren Stühlen Platz. Sie wußte, daß sie selbst alle Beweise hatte, die Kirk brauchte; sie waren auf der Computerdatenkarte in ihrer Tasche.

Der stämmige Commodore ergriff nun das Wort, zuerst leicht zögernd in romulanischer, dann weitaus sicherer in vulkanischer und englischer Sprache. Uhura wartete auf den passenden Augenblick, um in die Handlung einzugreifen. Ihre Handflächen waren feucht und juckten; sie rieb sie am Hosenbein ab und zückte dann die Datenkarte. Ihre andere Hand näherte sich dem Feldgenerator.

»Herrschaften von Vulkan, Romulus und der Erde.« Der Offizier richtete sich nun zu voller Größe auf. »Ich bin Commodore Keith DeCandido und heiße Sie im

Namen unserer Flotte in der Sicherheitsakademie im irdischen Annapolis willkommen. Es gibt keinen besseren Mann, um die heutige Konferenz zu eröffnen, als den, der diesen noch nie dagewesenen Schritt in der Verständigung zwischen sich bekämpfenden Spezies inspiriert hat. Meine Herrschaften, hier ist Jackson B. Kahle, der Gründer der Friedensstiftung.«

Freundlicher Applaus aus den Reihen der irdischen Delegierten und respektvolles Schweigen der Romulaner und Vulkanier begrüßten den Milliardär, als er von seinem Platz aufstand. Uhura beugte sich vor, um ihn anzusehen. Ihre Finger tasteten blind hinaus und erwischten die Energiesteuerung des Feldgenerators.

Kahle nickte kurz in den Applaus hinein, enthielt sich jedoch in seiner Rede typischerweise aller weiteren Präliminarien. »Meine Herrschaften, wir haben uns heute hier versammelt, um einige lange schwärende Wunden entlang der Neutralen Zone zwischen der Föderation und den Romulanern zu kurieren.« Körperlose Stimmen begleiteten seine Worte und übersetzten sie simultan ins Vulkanische und Romulanische. Uhura hörte ein zweites Echo aus der Nähe und schaute am Balkon hinunter. Sie sah sich bewegende Lippen und Mikrofone in der Gruppe, die sie für Kadetten gehalten hatte. Übersetzer, dachte sie zufrieden. Und sie waren dermaßen in ihre Arbeit versunken, daß sie es nicht mal bemerken würden, wenn sie aktiv wurde.

»... auf diese Weise können wir versuchen, unsere gegenseitigen Vorurteile und Feindseligkeiten zu überwinden und ein Klima der Hoffnung zu erzeugen«, beendete Kahle seinen Vortrag. »Selbst wenn wir jetzt nur eine Lösung für wenige Grenzkonflikte erreichen, werden wir einen Präzedenzfall für die Zukunft schaffen. Einen Präzedenzfall für den Frieden.«

Günstige Gelegenheiten erkannte Uhura auf den ersten Blick. Der Applaus, der auf Kahles Rede folgte, übertönte ganz und gar das Winseln, das bei der Abschaltung des Feldgenerators entstand. Sobald das Schimmern vor ihr erstorben war, stand Uhura auf und warf die Computerdatenkarte auf den Verhandlungstisch, wo sie klatschend aufschlug und weiterschlitterte.

Mit einer Explosion aufgebrachter Stimmen wandten sich die Köpfe sämtlicher Anwesenden dem Balkon zu und suchten nach der Quelle des Wurfgeschosses. Uhura stand da, umklammerte das Geländer mit beiden Händen und betete darum, daß keine der unten befindlichen Wachen sich dermaßen bedroht fühlte, um sie mit einem Phaser zu lähmen. Sie wußte, sie hatte nur wenige Minuten, um gegen Jackson Kahle vorzugehen.

Sie holte tief Luft und hob ihre ausgebildete Stimme, damit sie auch in den hintersten Winkeln des Raumes zu hören war. »Welchen Präzedenzfall für den Frieden haben Sie geschaffen, als Sie den Klingonen das romulanische Tarngerät verkauft haben, Mr. Kahle?«

Ihre Frage fiel wie ein Stein in das Gebrüll von unten und brachte es zum Schweigen. Uhura sah, daß sich der Ausdruck auf den Gesichtern der Menschen von Erbostheit zu Unglauben veränderte. Die Romulaner schauten sich mit finsteren, argwöhnischen Mienen um, und die Vulkanier hoben verdutzt die Brauen. Wenn's schiefgeht, dachte Uhura ironisch, haben die Konferenzteilnehmer in der Mittagspause wenigstens interessanten Gesprächsstoff.

»Commander Uhura.« Kirks harte Stimme durchbrach die Stille. Der Admiral stand von seinem Platz auf und hielt ihre Datenkarte für alle sichtbar in der erhobenen Hand. »Können Sie diesen Vorwurf beweisen?«

Er weiß es auch, dachte Uhura plötzlich, denn sie hörte die Intensität hinter den Worten ihres ehemaligen

Kommandanten. Er hat die Beweise, die er braucht, zwar nicht bekommen, aber er weiß es. Sie nickte, dann wurde ihr klar, daß die Nichtmenschen unter ihr diese Geste vielleicht nicht in ihrer Bedeutung erkannten. »Ja, Admiral, ich kann es. Auf dieser Datenkarte befindet sich die Kopie einer Sicherheitsbestätigung, unterzeichnet von Jackson Kahle, mit der er einen Verräter in Dr. Pipers Labor an der Johns Hopkins-Universität geschickt hat. Die Unterschrift und der Daumenabdruck sind als echt verifiziert worden.«

Kahle funkelte sie an. »Aber was, verdammt noch mal, hat das mit dem romulanischen Tarngerät zu tun?«

»Es … es war Teil eines Gesamtplans.« Laß dich nicht von ihm verwirren, ermahnte sich Uhura verzweifelt. Die Aura der Starfleet-Autorität, die sich in Kahles stählernem Blick zeigte, hätte sie beinahe dazu verführt, wie ein schüchterner Fähnrich eine schnelle Entschuldigung zu stammeln. »Sie haben das Tarngerät schon an die Klingonen verkauft, und jetzt verkaufen Sie den Intervaller an die Romulaner, um … beide Seiten für einen interplanetarischen Krieg zu bewaffnen.« Schritte donnerten hinter ihr, aber sie wollte sich um keinen Preis ablenken lassen. »Die Leute, die den Intervaller gestohlen haben, kamen von einer Ihrer Tochterfirmen. Die Sicherheitsbestätigung beweist es.«

Kahle stieß ein kurzes bellendes Lachen aus. »Die Leute, die den Intervaller gestohlen haben, kamen von Admiral Kirks altem Raumschiff, und Sie, Commander Uhura, gehören ebenfalls dazu!« Er deutete mit einem Finger über den Tisch auf Kirk, der grimmig und schweigend an seinem Platz stand. »Ich habe Nogura gesagt, daß Sie zu jung sind, um Admiral zu sein, Kirk. Andere Männer kommandieren ihr Schiff seit Jahrzehnten und werden nie befördert. Sie ziehen ein paar auffällige Unternehmen durch, kriegen ein paar Belobigungen und hinterlassen Ihre Stiefelabdrücke auf der Stirn aller anderen. Einfach nicht genug Erfahrung, nicht genug Zeit im Außendienst, als daß man Ihnen trauen könnte. Und dieses Debakel ist der Beweis dafür!«

Grobe Hände packten Uhura von hinten, als sich eine Wache auf sie stürzte. Sie gab sich keine Mühe, sich gegen sie zur Wehr zu setzen. »Commodore DeCandido, was sollen wir mit ihr machen?« rief ein Wächter über den Balkonrand in den Raum hinunter.

Der Chef der Sicherheitsakademie zögerte. Er schaute zuerst Admiral Kirk und dann Jackson Kahle an. Keiner der beiden Männer sagte etwas. Sie tauschten nur einen Blick, der zwischen ihnen wie ein elektrischer Bogen knisterte.

Commodore DeCandido seufzte. »Nehmen Sie sie fest«, sagte er.

Nachdem Broad die Dunkelheit der Orbitalplattform endlich überwunden hatte, brachte er die Verschlüsse des letzten Laufgangs zur Explosion. Chekov stand dabei und betastete seinen frisch geschienten Arm. Der leichtgewichtige Schutz hatte sich nicht so gut verhärtet wie der alte; die Ausrichtung des Gelenks und der Handfläche ließen seinen Unterarm mit vagem Unbehagen schmerzen, und der Rand unter dem Ellbogen griff etwas zu fest in seine Muskeln. Vielleicht ist der Bruch wieder angeschwollen, dachte er. Was die Ursache auch war, er konnte sich nicht daran hindern, so an der Öffnung zu zerren, wie er es an einem ihn beengenden Uniformkragen getan hätte. Und so wie der Kragen widersetzte sich auch die Schiene allen Versuchen, sie nachträglich zu verändern.

»Das war's.« In dem Moment, in dem seine Hände das Lösen des Laufgangs beendet hatten, wandte Broad seinen Rücken der Schleuse zu. Es war, als könne er die

Zerstörung, die er angerichtet hatte, nicht ertragen, als zählten die Konsequenzen dessen, was er getan hatte, auf diese Weise nicht. »Das ist zumindest der letzte, von dem ich weiß.«

Chekov nickte und trat vor. »Und was sollten Sie tun, nachdem Sie den letzten Fluchtweg abgeschnitten haben?« Die sich schlängelnde Röhre aus Kabel, Glas und Polycarbon rollte sich zurück wie ein Stück brennender Kunststoff, blitzend in der weltraumkalten Berührung der fernen Sonne.

»Ich sollte Sie zu Leong auf die Werft-Transporterplattform bringen.«

Chekov maß ihn stirnrunzelnd von der Seite und zerrte erneut an den Kanten seiner Schiene. »Was ist mit Stern?«

Broad schaute ihn nur an. Seine Fähigkeit, unbehagliche Fragen zu beantworten, nahm zunehmend ab.

»Sie ist zur *Enterprise* rüber, nicht wahr?«

Broad nickte.

»Und Leong hat Ihnen befohlen, sie dort zu lassen?« Nicht, daß Chekov etwas dagegen hatte, sie vom Rest der Plattform abgeschnitten zu wissen, doch die Falschheit des Lieutenants gegenüber seinen eigenen Leuten entsetzte ihn auch nach all dem, was er von Leong sonst erfahren hatte.

Und als hätte Broad Chekovs Gedanken in dem leeren Korridor gehört, lächelte er schwach. »Es hatte etwas mit meiner zunehmenden Überzeugung zu tun, daß meine Interessen für Leong eigentlich nur einen Dreck wert waren.«

Aber Sie hätten es trotzdem getan, dachte Chekov nüchtern. Er hatte den Eindruck, daß es ganz gut war, nicht zu vergessen, auf wie vielen Seiten Broad in diesem Konflikt schon gestanden hatte. Es war offenbar nicht so, als hätte er sich den vertrauenswürdigsten Verbündeten aller Zeiten gesichert.

»Bleiben Sie an dem Problem dran, vor dem Sie stehen«, erinnerte ihn Oberstis Stimme, und Chekov nickte ungeduldig, als er sich von der Luftschleuse entfernte. Broad folgte ihm eilig.

Die Orbitalplattform der Werft war zwar aufgrund eines Netzes fertiggestellter Atmosphärenventile wärmer, aber ebenso leer und still wie das Schiff. Chekov suchte sich einen Weg, der so weit wie möglich vom Schleusendurchgang entfernt war, und blieb an jeder Kreuzung stehen, um Broad voranzuwinken und sich prüfend umzuschauen.

Sie hatten die Luftschleusen nacheinander gesprengt, die vom zentralen Rückgrat der Werft fortführten. Trotzdem konnte Chekov das laute Scheppern ihrer Schritte auf dem knirschenden Boden nicht ausstehen, und ebenso die langen offenen Gänge, die sich von einem Ende der Werft zum anderen erstreckten. Er machte einen Umweg durch den zweiten Wartungsschacht, an dem sie vorbeikamen, unfähig, das Ausgesetztsein noch länger auszuhalten.

»Wo gehen wir hin?« Broad ruckte vor und hielt im Tunneleingang an. Seine Stimme hallte in den hohen Schacht hinauf.

Chekov, schon drei Sprossen hoch, hielt inne, um ihn mit einem finsteren Blick zum Schweigen zu bringen. »Ich bringe Sie zur Mannschaftsunterkunft«, sagte er leise. Er streckte die Hand aus, um Broads Ärmel mit den Fingern zu packen, die aus der Schiene ragten, und drängte ihn zwei Schritte weiter in den Tunnel. »Sie ist nur zwei Decks höher. Wir müssen schnell und vorsichtig sein.« Rasch, leise und tödlich. Er wußte nicht mehr, wer ihm an der Akademie dieses inoffizielle Motto mitgeteilt hatte, aber es ließ ihn frösteln, als ihm klar wurde, wie passend es geworden war.

»Aber wenn wir nicht zu Leong gehen ...«

Chekov richtete sich auf, stieg einige weitere Sprossen hoch, um Broad die Möglichkeit zu geben, die Leiter unter ihm zu ergreifen. »Ich werde zu Leong gehen«, versprach er und kletterte mit einer Mutwilligkeit höher, von der er glaubte, sie werde Broad ein Beispiel sein. »Sie rufen das Oberkommando der Flotte von einem Komgerät im Quartier aus an und wenden sich an jemanden, der uns Hilfe schicken kann. Ich gebe Ihnen den korrekten Dringlichkeitscode und zeige Ihnen, wie Sie antworten müssen.« Ein unsicheres Gemurmel, das irgendwo aus der Gegend seiner Füße kam, ließ Chekov über einen Ellbogen in das verschrammte, ängstliche Gesicht unter sich blicken. »Vergessen Sie nicht: Wir brauchen uns gegenseitig als Zeugen. Ich kann es mir auch nicht leisten, Sie zu verlieren.«

Broad zog den Kopf mit einer Geste ein, die ein unsicheres Nicken sein konnte, dann kletterte er schweigend weiter.

Als sie den Zugang zu Deck drei über sich sahen, hatten Chekovs Beine den Punkt bleierner Taubheit erreicht, die auf der anderen Seite der Erschöpfung gelauert hatte. Er kroch auf Händen und Knien in den Gang hinaus und benutzte dann die nächste Unterkunftstür, um sich ungelenk auf die Beine zu ziehen. Trotz alledem verschwendete er drei Minuten kostbare Zeit damit, den geschienten Arm an ein Schott zu pressen, und beugte den Rücken, um irgendein Gefühl in die Schenkel zu kriegen. Broad ging mit winzigen, nervösen Schritten im Kreis auf und ab, unfähig zu verbergen, wie unglücklich er über die Verzögerung oder Chekovs langsamen Fortschritt war. Endlich legte der Fähnrich hinkend das letzte Dutzend Meter zum Eingang von Scotts Quartier zurück.

»Wenn wir so nah dran waren«, sagte Broad mißmutig, »warum haben Sie's mir nicht gesagt?«

Chekov öffnete die Tür, ohne ihm zu antworten.

Als er drin war, ließ er sich auf den Schreibtischsessel vor dem Kommunikationsterminal fallen, rieb seinen Schenkel und gab mit einem Finger, so schnell seine verletzte Hand es erlaubte, Codes in die Tastatur ein.

»Geben Sie mir zwanzig Minuten, bevor Sie mit dem Senden anfangen.« Ein hellblauer Bildschirm, der das eiförmige Starfleet-Emblem zeigte, hieß ihn im Kommunikationsnetz willkommen. Chekov stieß sich vom Terminal ab und stand vorsichtig auf. Die Muskeln seiner Unterschenkel schienen in den letzten drei Tagen einige Zentimeter geschrumpft zu sein. »Ich gehe davon aus, daß Leong die Kommunikation überwachen läßt, also müssen Sie mir Zeit geben, ihn abzulenken, oder er erfährt es sofort, wenn Sie loslegen.«

Broad sank, ohne Chekov anzusehen, auf einen Stuhl, stierte den wartenden Bildschirm an und fuhr sich mit beiden Händen durchs Haar, als bereite er sich auf das problematischste Planspiel vor, das die Akademie sich je ausgedacht hatte. »Aber werden zwanzig Minuten reichen? Ich meine ... Was wird aus mir, falls Sie ihn nicht abgelenkt haben, wenn ich anfange zu senden?«

Broads offenkundiger Egoismus wirkte vor dem Hintergrund mehrerer Morde und einer interstellaren Intrige eigenartig erheiternd. »Wenn es mir in zwanzig Minuten nicht gelungen ist, mit Leong etwas anzustellen«, erwiderte Chekov mit einem müden Lächeln, »hat er mich wahrscheinlich schon umgebracht und wird nach Ihnen suchen. Ich schlage vor, Sie bitten das Oberkommando, sich zu beeilen – denn dann kann Ihnen kein anderer mehr helfen.«

»Großartig.« Broad holte tief Luft und legte die Hände neben die Tastatur. Er war eingabebereit, sobald die Uhr ihm die Erlaubnis dazu gab. »Wirklich toll.«

Chekov ließ ihn in dieser Position allein. Er befürchtete nur, daß Broad in seiner Angst möglicherweise zu früh mit dem Senden begann und so die Überlebenschancen aller ruinierte. Aber andere Möglichkeiten hatten sie nicht, also verbannte er Broad und das Funkgerät aus seinem Denken und nahm den zweiten Teil des Plans in Angriff.

Er brauchte nur sieben Minuten, um den Zentralsektor zu erreichen.

Der Abstieg über die Leiter war schwieriger als der Aufstieg. An jeder Sprosse drohten seine Knie einzuknicken. Er kam jedes Mal schwer auf, wenn er auf die nächste Sprosse trat, immer sicher, nicht korrekt positioniert zu sein, um zu verhindern, die gesamten drei Stockwerke hinabzufallen. Seine Hände zitterten vom festen Zupacken an kalten Eisensprossen, und sein Unterkiefer schmerzte vom Zusammenpressen. Es war alles, was er tun konnte, um leise von den beiden letzten Sprossen auf den Decksboden hinabzugleiten und dann in dem offenen Gang zu gehen, ohne wie ein Bär zu tapsen.

Es war in dieser Echos werfenden Kammer unmöglich, sich an jemanden heranzuschleichen. Schon der Versuch würde auffallen. Also bemühte er sich, fest und zuversichtlich auszuschreiten, die letzte Strecke zur Tür des Transporterraums hinter sich zu bringen, als hätte er keinen Grund, sich davor zu fürchten. Schließlich sollte Leong ihn für Peter Broad halten, der als Sieger mit seinem Gefangenen und seiner Waffe zurückkehrte. Sollte Leong Broad doch für so blöd halten, ohne den kleinsten Hintergedanken seinem Mörder einfach in die Arme zu laufen. Doch es war Chekov, der sich nun mit dem Phaser in der Hand näherte.

Er hatte zwar nicht vorgehabt, kurz vor der offenen Tür langsamer zu werden, aber er tat es trotzdem, ballte die geschiente Hand zur Faust und preßte den Arm fest an die Seite. Als er den Phaser hob, um Einstellung und Streuung zu prüfen, rief eine helle, lockende Stimme: »Kommen Sie rein, Chekov. Ich warte schon die ganze Zeit darauf, ob ich die Schritte von zweien oder von einem höre. Wenn ich Sie in den nächsten dreißig Sekunden nicht sehe, blase ich sein Gehirn direkt durch die Wand.«

»Mach dir keine Sorgen um mich, Junge!« schrie Scott. Der Ingenieur klang trotzig und wütend, und Chekov empfand angesichts seiner mutigen Worte ein leicht schlechtes Gewissen.

Chekov kam mit dem stur ausgestreckten Phaser in der Hand um den Türrahmen. Er würde ihn nicht retten, das wußte er. Er gab ihm nur das Recht, mit einem Schießeisen in der Hand zu sterben. Doch dies war immerhin auch das Recht, Leong nicht so einfach davonkommen zu lassen. »Na schön, da bin ich, verdammt noch mal.« Chekov rang sich in Richtung Scotty ein steifes Nicken ab. Er war sogar zu wütend, um dem Schotten in die Augen zu schauen. »Lassen Sie ihn jetzt gehen.«

Leong setzte eine Miene verletzter Überraschung auf, zwang sich zu einem spröden Lächeln und drückte den Lauf seines Phasers boshaft an Scottys Schläfe. »Damit Sie mich in der gleichen Sekunde umlegen, in der er aus der Schußlinie ist? Ich glaube, das tue ich nicht.« Haß funkelte hell in seinen kalten schwarzen Augen auf. »Diesmal bin ich am Zuge, Fähnrich. Werfen Sie den Phaser weg, oder der Ingenieur stirbt.«

21

Starfleet-Sicherheitsakademie
Annapolis, Nordamerika
Terrestrisches Datum: 25. Dezember 2269
10.00 Uhr Ortszeit

Seit sie die *Enterprise* verlassen hatten, hatte Uhura sich nur an eine Sache nicht zu denken erlaubt: die Möglichkeit einer Niederlage. Nun, da sie ihr unmittelbar gegenüberstand, fühlte sie sich eher gelähmt als verärgert. Sie war sich so sicher gewesen, daß Dr. Pipers Beweise ausreichten, um Jackson Kahle des Verrats zu überführen. Doch statt dessen war es dem Milliardär gelungen, ihre Vorwürfe zu verdrehen und gegen die Mannschaft der *Enterprise* einzusetzen. Uhura wußte zwar nicht genau, was sie nach der Übergabe der Datenkarte an die Konferenz erwartet hatte, aber gewiß nicht das, daß man sie völlig unzeremoniell dorthin brachte, wo sich der interne Knast der Sicherheitsakademie befand.

Am Fuße der Treppe gesellten sich die Wächter, die sie umzingelten, zu einer zweiten Gruppe von Uniformierten, die recht naß aussahen und von draußen aus dem Regen kamen. Die mit Handschellen gefesselte Gestalt in ihrer Mitte trug einen versengten silbernen Schutzanzug und bestimmte ihr Tempo mit schmerzend langsamen Schritten. Uhura öffnete den Mund zu einem beleidigten Protest, doch dann erhaschte sie einen Blick auf die Plasthautbandagen unter den zerrissenen Anzugfetzen und verstummte. Immerhin waren die Leute, die Sulu festgenommen hatten, so rücksichtsvoll gewesen, ihn medizinisch zu versorgen, bevor sie ihn in den Regen hinausgezerrt hatten.

Sulus Blick traf den ihren durch den Schwarm der schweigenden Wächter, und seine Schritte wurden sichtlich schneller. »Glück gehabt?«

Uhura hob die Handgelenke, um ihm ihre Fesseln zu zeigen. »Ich habe ihnen die Datenaufzeichnungen gegeben«, sagte sie eilig, als die beiden Gruppen sich am Fuß der Treppe trafen. »Kahle hat uns ganz einfach beschuldigt, den Intervaller gestohlen zu haben, und nur die Achseln gezuckt. Falls sie dich reinbringen, versuch mal, ob du …«

»Es ist den Gefangenen nicht gestattet, miteinander zu sprechen.« Die tiefe Stimme gehörte einem hochgewachsenen Schwarzen, der Sulus Bewachern in das Gebäude hinein gefolgt war. An seinen Ärmeln prangten die Rangabzeichen eines Commodore sowie die goldene Sonne und das Abzeichen des Experimentalflugzentrums in White Sands. Uhura runzelte in stummer Überraschung die Stirn. Was, in aller Welt, machte der Kommandant der Basis White Sands in Annapolis? Sie warf Sulu einen fragenden Blick zu, doch seine Antwort bestand nur aus einem Achselzucken.

Die Tür zum Konferenzsaal flog auf, und eine Gestalt im Gold der Flotte trat heraus und musterte den Eingang mit herrischen braunen Augen. »Bringen Sie die beiden Gefangenen zum Verhör herein«, befahl Admiral Kirk, als er sie sah – in einem Tonfall, der weder Zögern noch Widerspruch duldete. Die Wachen setzten sich gehorsam in Bewegung, doch als der hochgewachsene Commodore in ihren Weg trat und sie anhielt, blieben sie verwirrt stehen.

»Ich glaube, wir sollten die Konferenz nicht stören«,

riet er. »Wenn Sie Admiral DeCandido bitten könnten, zu uns herauszukommen, Admiral …«

»Ich habe gesagt: Bringen Sie die Gefangenen herein.« Die stumme Kälte in Kirks Stimme verriet Uhura, daß er stinkwütend war. »Das war ein direkter Befehl eines vorgesetzten Offiziers, Commodore Willis. Wollen Sie ihn etwa verweigern?«

Der Chef der Basis White Sands schaute Kirk einen Moment lang in die Augen, doch er war der erste, der den Blick wieder senkte. »Nein«, sagte er steif. »Sir.«

Kirk grunzte billigend und winkte die Wachen in den Konferenzraum hinein. Als Uhura durch die schweren, geschnitzten Türflügel schritt, wurde sie vom Aufbrüllen wütender Stimmen begrüßt. Da sie annahm, daß die Vorwürfe gegen sie gerichtet waren, erstarrte sie auf der Schwelle. Der Wächter neben ihr zupfte an ihrem Arm und machte den Weg für Sulu frei, der hinter ihnen eintrat. Als Kirk – Commodore Willis klebte an seinen Fersen – ihm folgte, wurde Uhura klar, daß das Geschrei sich nicht gegen einen von ihnen richtete. Außerdem erkannte sie nun, warum Kirk sich keine Gedanken darüber gemacht hatte, die Konferenz zu stören.

Die Romulaner hatten den Konferenztisch verlassen und sich zu einer soliden Wand der Empörung am anderen Ende des Saales vereinigt. Die meisten Würdenträger der Friedensstiftung und einige vulkanische Diplomaten schienen den Versuch zu machen, mit ihnen ins Gespräch zu kommen, doch die Lautstärke der romulanischen Entrüstung machte es fast unmöglich. Die restlichen Vulkanier und die Flottenoffiziere hatten sich vor der Tür versammelt. Als Kirk eintrat, schauten mehrere von ihnen auf, und ihr Gesichtsausdruck spiegelte sowohl Argwohn als auch Erleichterung wider.

»Na schön, meine Herren.« Kirk zog Uhura und Sulu aus dem Pulk ihrer Bewacher und nahm sie mit an den

Tisch. »Wollen wir doch mal sehen, ob wir irgendwie Vernunft in diese …«

»Nein!« Eine der schrillen romulanischen Stimmen überschrie nun alle anderen und erzeugte eine relative Stille, in der sie sprechen konnte. »Wir werden nicht mit Ihnen verhandeln. Wir weigern uns, auf einem Planeten solcher Schande zu bleiben!«

»Praetor, wir wissen doch nicht, ob diese Anschuldigungen stimmen!« rief einer der Leute von der Friedensstiftung protestierend.

»Aber wir wissen es.« Der stämmige Praetor trat vor und zog den mit Nieten beschlagenen Umhang um seinen Leib. »In den vergangenen sieben Erdtagen haben wir die Ionenspur eines getarnten Schiffes entdeckt, das nicht zu den unseren gehört, sondern aus der Neutralen Zone der Klingonen kam. Wir gingen davon aus, es handele sich um einen romulanischen Gesetzlosen, der sich bei unseren Feinden verbirgt. Doch nun wissen wir …« Ein dicker Finger fuhr zornig über die Gruppe der Flottenoffiziere und richtete sich auf Admiral Kirk. »… daß der gleiche tückische Lump, der unser Tarngerät gestohlen hat, es auch an die blutgierigsten unserer Feinde verhökert hat!«

Kirk maß den Anführer der Romulaner mit einem kalten und freudlosen Lächeln. »Mit Ihrer Erlaubnis, Praetor, ich würde gern beweisen, daß es nicht genau der gleiche tückische Lump war. Ich stelle es Ihnen frei zu gehen – es sei denn, Sie wollen ebenfalls in Erfahrung bringen, wer Ihre wirklichen Feinde sind.«

Der Romulaner musterte ihn zwar finster, doch als sein Stellvertreter sich knurrend anschickte, sich an ihm vorbeizudrücken, machte er eine Geste, die ihn verharren ließ. »Wir bleiben«, sagte er knapp und machte eine weitere Bewegung, die die hinter ihm stehende Delegation unheimlich still werden ließ. »Führen Sie die Inquisition durch, Kirk.«

Der Admiral nickte, dann fuhr er herum und schaute Uhura an. »Commander, bitte fassen Sie kurz die Abfolge der Ereignisse zusammen, die zum Erwerb Ihrer Beweise gegen Mr. Kahle geführt haben.«

»Nicht nötig.« Es war eine neue Stimme, und obwohl sie von der kapuzenbewehrten Gestalt kam, die mit Admiral Kirk eingetreten war, gehörte sie nicht Sarek. Uhura riß die Augen auf, als die Kapuze nach hinten flog und die finstere Miene eines Klingonen enthüllte.

»Kang!« Uhura schüttelte sich, als sie den klingonischen Commander erkannte, der einst versucht hatte, die *Enterprise* zu übernehmen. Ein Raunen ging durch die anwesenden Flottenoffiziere, und rings um die vermummte Gestalt entstand ein freier Raum. Kang antwortete mit einem geringschätzigen Schnauben und trat vor, bis er genau vor Sulus Bewachern stand.

»Da, Kirk.« Kang spuckte die Worte in englischer Sprache aus, als schmeckten sie seiner Zunge schlecht. »Da ist der Verräter, den ich für Sie identifizieren soll.« Uhuras Herz pochte wie wild, als der Klingone einen weiteren Schritt auf Sulu zumachte und die Bewacher den Kreis um ihn verdichteten. »Wir haben das romulanische Tarngerät direkt von ihm gekauft.«

Es gab keine Warnung. Im Hintergrund der Wachmannschaft explodierte Bewegung, als habe jemand die Flucht ergriffen. Doch der Versuch war nicht von Erfolg gekrönt. Kang machte einen mächtigen Satz, griff in das dicht stehende menschliche Gewimmel hinein und zerrte Commodore Willis ins Freie.

»Haben Sie nicht verstanden, Chekov? Lassen Sie den Phaser fallen.«

Obwohl er das Ultimatum von Leong erwartet hatte, ertappte Chekov sich dabei, daß er aufgrund einer solchen herzlosen Entscheidung die Zähne zusammenbiß. »Klar, hab' ich verstanden.« Er nickte Scott zu, der mit

Draht und Klebeband an irgendwelche Instrumente gefesselt war, die auf das Ende der Feiertage warteten, um auf die *Enterprise* gebracht zu werden. Leong hatte gerade einen weiteren Klebestreifen über Scotts Mund geklebt, womit er ihn wirkungsvoll von jeder weiteren Diskussion ausschloß. »Was könnte Sie daran hindern, ihn zu töten, sobald ich mich selbst entwaffnet habe?«

Leong zuckte die Achseln. »Nichts.«

Eine Kette russischer Verwünschungen blitzte in Chekovs Verstand auf, und er erfuhr mit einem Anflug von Abscheu, was man genau empfand, wenn man einem anderen Lebewesen den Tod wünschte. Man hatte kein schlechtes Gewissen, keine Freude daran – es war nur stumpfer, schmerzender Haß. »Waren Sie es nicht, der mir erzählt hat, daß ein Angehöriger des Sicherheitsdienstes nie seine Waffe hergibt? Egal, wer der Feind ist? Egal, vor welcher Bedrohung man steht?«

»Das ist eine Regel für Wachen, die sich ihren Rang ehrlich verdient haben.« Die von Abscheu erfüllte Stimme Leongs war wild und verbittert. »Nicht für Typen, die aus der Kommandantenschule geflogen sind; die nur deswegen eine Zuteilung gekriegt haben, weil sie einen Captain beim Oberkommando haben, der für sie an den Strippen zieht.« Er winkte mit seinem Phaser, diesmal schärfer als vorher, und Scott fuhr instinktiv vor der Bewegung zurück. »Ich bin's allmählich leid, es zu wiederholen. – Die Waffe weg.«

In Chekovs Innerem meldete sich Oberstis Stimme – so scharf und beharrlich, als stünde sie gleich neben ihm. »Setzen Sie Ihren Grips ein«, sagte sie mit warnender, finsterer Miene.

Das geht aber nur, wenn man welchen hat. Wenn alles hinter mir liegt, können Sie mir ja eine Note erteilen.

Sein Phaser schepperte gegen den Fuß der Transporterkonsole, rutschte schräg ab und blieb auf halbem

Weg vor Leong liegen. Der Lieutenant warf einen schlangenhaft schnellen Blick auf die geopferte Waffe, dann schüttelte ihn ein dröhnendes Gelächter. »Wie vorhersehbar«, erläuterte er.

Chekov richtete seinen Zorn weiterhin auf Leong. »Sie auch.«

»Das werden wir noch sehen.« Leong entfernte sich zackig von Scott und dem Instrumentenstapel und legte die eigene Waffe mit einer großspurigen Geste in seine Handfläche. Dann warf er sie mit einer Drehung hinter sich auf die Transporterplattform, wo sie hinter das Podium glitt und außer Sichtweite verschwand. »Jetzt wird sich ja zeigen, wer in Verfahrensfragen recht und unrecht hat. Also los.« Er richtete sein Kinn auf den zwischen ihnen liegenden Phaser und grinste boshaft. »Nehmen Sie ihn und töten Sie mich, bevor ich Ihnen das Genick breche.«

Scott kämpfte plötzlich gegen die Drähte an, mit denen seine Hände gefesselt waren, riß warnend die Augen auf und wollte trotz des seinen Mund zuklebenden Bandes einen Schrei ausstoßen. Doch Chekov machte sich nicht die Mühe, seine Konzentration aufzugeben, um den Ingenieur anzuschauen. Besorgnis war zuviel Ablenkung. Furcht war zuviel, wie der Glaube, Leong habe schon gewonnen.

Chekov kam nicht mal in die Nähe des Phasers. Leong zuckte mit der spielerischen Eleganz eines Tänzers vor, versetzte der Waffe mit dem Fuß einen Stoß und ließ die Ferse gegen Chekovs Schulter knallen, um den Fähnrich nach hinten zu werfen. In dem Bewußtsein, daß Entfernung sein einziger Schutz vor Leong war, versuchte Chekov auf die Beine zu springen, ohne den geschienten rechten Arm irgendwie zu belasten. Der Gleichgewichtsverlust zwang ihn zu einem weiten seitlichen Schritt, bevor er sich zu einer passenden Verteidigung bereitfand. Leong materialisierte urplötzlich vor ihm. Der Schmerz explodierte blendend hell im Inneren von Chekovs Schädel, und irgendein entfernter, intellektueller Teil seines Ichs erkannte, daß Leong ihn getroffen haben mußte, auch wenn er den Schlag weder gesehen noch gespürt hatte. Chekov krachte fest gegen das Schott hinter ihm und wäre sofort zu Boden geflogen, wenn Leong ihn nicht unter dem Kinn erwischt hätte, so daß er wieder hochflog.

»Ich bin wirklich enttäuscht.« Leong legte den Kopf auf die Seite, als dächte er nach, und Chekov registrierte beinahe geistesabwesend, daß die Rückhand des Lieutenants von frischen Blutstropfen bedeckt war. »Ich habe wirklich geglaubt, es würde etwas länger dauern.«

Chekov, sich des schleimigen Blutflusses an seiner Kehle unbehaglich bewußt, dachte trübe: Von mir aus könnte es ruhig schneller gehen. Er fragte sich, ob seine Nase gebrochen war oder ob Leong noch etwas Schlimmeres mit ihm angestellt hatte.

»Ich hab's doch gesagt, Chekov: Sie verstehen einfach nicht, was in unserer Branche zum Überleben gehört. Mal unter uns: Würden Sie jetzt nicht lieber eine gefährliche Landemission anführen?«

Statt einer Antwort schlug Chekov mit der flachen Hand auf Leongs ungeschützte Kehle. Er rechnete eigentlich nicht damit, etwas Lebenswichtiges zu treffen, dazu wäre er auch ohne die hindernde Schiene zu langsam gewesen, geschweige denn mit einem halben Kilo Harz, das sein Tempo begrenzte. Doch er hatte auch nicht mit Leongs scharfen Reflexen gerechnet. In einem Aufwirbeln von Gold und Rot schoß der Arm des Lieutenants ihm entgegen und erwischte Chekovs Hand, als wolle er sie schütteln. Es war besser als das, was Chekov sich erhofft hatte. Er schloß erleichtert die Augen und ließ den Kopf mit einem Seufzer nach hinten gegen das Schott fallen.

Chekovs plötzliches Nachgeben schien Leong mehr zu überraschen als das Zischen des Injektors. Er zog in schwachem Unglauben seine Hand zurück und stierte die Handfläche an, als sei er absolut von dem überrascht, was er dort sah. Er rührte sich auch nicht, um die Spritze zu inspizieren, die in die Innenfläche von Chekovs Schiene eingebettet war; er hob auch nicht den Blick, um zu fragen, was gerade mit ihm passiert war. Er sank nur ganz langsam auf die Knie und fiel wie eine übergewichtige Schaufensterpuppe nach hinten.

»Ich wollte nur das Beste.«

Uhura blickte gerade rechtzeitig von ihren juckenden, nun befreiten Handgelenken auf, um zu sehen, daß Admiral Kirk und Sulu über Commodore Willis' gebeugten Kopf hinweg einen ironischen Blick tauschten. Der Chef der White Sands-Basis saß niedergeschlagen und mit Handschellen gefesselt da und war von einer Reihe feindseliger Admirale und Wachen umgeben. Die anderen Stabsoffiziere hatten einen ebenso dichten Ring um Jackson Kahle gebildet, auch wenn Willis sich bislang geweigert hatte, ihn zu belasten.

Der Beweis, daß Sulu nichts mit dem Diebstahl des Tarngeräts zu tun hatte, hatte das Pendel zugunsten der Angehörigen der *Enterprise*-Mannschaft ausschlagen lassen. Ein leises Wort von Commodore DeCandido, der inzwischen nach einem medizinischen Team geschickt hatte, das sich Sulus Verbrennungen annehmen sollte, hatte Uhura befreit. Der Pilot hatte sich, für den Fall, daß man ihn als Zeugen gegen Willis brauchte, standhaft geweigert, den Verhandlungssaal zu verlassen.

»Mr. Willis.« Der höchstrangige Admiral ergriff nun das Wort, der kleine und irreführend friedfertig aussehende Hajime Shoji. »Wollen Sie uns wirklich weismachen, daß die Föderation davon profitiert, wenn Sie den Klingonen die wichtigste taktische Waffe der Romulaner aushändigen?«

»Ja!« Willis' widerhallende Stimme wurde trotzig und lauter. »Sie liefert ihnen die Munition, die sie brauchen, um die Romulaner in ihrem eigenen Spiel zu schlagen.«

»Damit sie das Tarngerät gegen uns einsetzen, wenn sie mit den Klingonen fertig sind!« fauchte Kirk. Auf der anderen Seite des Raumes wurde das wütende Knurren der romulanischen Delegation laut, doch Uhura stellte fest, daß niemand den Versuch machte hinauszugehen. Kang stand etwas abseits; seine lebhaften dunklen Augen waren auf Willis gerichtet. Uhura wußte nun, daß Admiral Kirk den Klingonen überzeugt hatte, den Mann zu identifizieren, der ihm das Tarngerät verkauft hatte, doch es war unverkennbar, daß Kang auch wütend auf Willis war.

Der Basenchef zuckte vor dem zustimmenden Gemurmel zurück, das Kirks Worten folgte. »Nein! Wenn die Klingonen und Romulaner über die gleichen Waffen verfügen, werden sie sich gegenseitig aufreiben.« Er schaute in den Kreis der ihn umgebenden ernsten Gesichter und suchte eindeutig nach Unterstützung. »Wir haben ihnen nur zum gleichen Niveau verholfen.«

»Und das Motiv, es uns in die Schuhe zu schieben, wenn sie verloren hätten«, erläuterte Shoji schonungslos. »Ganz zu schweigen von der negativen Auswirkung, daß die halbe Galaxis sich in einen blutigen Völkerkrieg gestürzt hätte.«

Uhura holte tief Luft. »Es gibt eine Auswirkung, die für manche Leute nichts Negatives hat. Tausende von neutralen Planeten werden aufrüsten – und Phaserbänke, Torpedos und planetarische Verteidigungsschilde kaufen.«

»Aber wir werden doch daran kein Geld verdienen«, protestierte Willis. Dann zuckte er von seinem Sitz hoch, als er begriff, was er gerade gesagt hatte. »Ich wollte sagen ...«

»Wir wissen, was Sie sagen wollten, Mr. Willis.« Kirks Stimme war eiskalt geworden. »Sie stehen für das kommende Jahr zur Pensionierung an, und es ist allgemein bekannt, daß die UniPhase Incorporated Ihnen einen gut dotierten Posten in der Geschäftsleitung angeboten hat.«

»Das ... kann sein.« Willis schluckte und gewann seine Haltung mit offensichtlicher Mühe zurück. »Aber was ich gesagt habe, stimmt trotzdem. UniPhase wird an diesem Austausch militärischer Technik nichts verdienen.«

»Ach, wirklich?« Kirk wandte sich von ihm ab, um seinen kalten Blick auf Jackson Kahle zu richten. Der Milliardär wich ihm nicht aus, doch er faltete seine altersfleckigen Hände, um ihr Zittern zu unterdrücken. Wenn Uhura nicht die arktische Kälte in Kahles hellen Augen gesehen hätte, hätte sie angenommen, er habe Angst. »Und warum«, sagte Kirk langsam, »hat UniPhase in ihrem orionischen Werk gerade vierzigtausend Torpedoantriebe gebaut?«

Willis' Handschellen rissen die Lehne seines Stuhls in die Höhe, als er auf die Beine sprang. »Ist das wahr?« fragte er.

Kirk nickte grimmig, aber Uhura wußte, daß die Frage nicht an ihn gerichtet war. Der Basenchef von White Sands starrte Jackson Kahle an. Uhura wußte zwar nicht genau, was sie in der Miene des alten Milliardärs lesen sollte, aber sie sah, daß der Moment der Überraschung in Willis' Blick zu einem Gefühl des Betrogenseins wurde.

»Sie haben mir doch versprochen ...« Willis tiefe Stimme versagte unter Kahles Peitschenblick eine Sekunde, dann wurde sie wütend und lauter. »Sie haben mir versprochen, daß Sie das alles nur zum Nutzen der

Föderation tun. Sie haben geschworen, daß Sie daraus keinen Profit für sich selbst schlagen werden!«

Kahle sagte endlich etwas. Seine einst stählern scharfe Stimme kratzte nun wie ein stumpfes, rostiges Messer. »Werde ich auch nicht. Jedenfalls nicht persönlich. Sollte UniPhase daran Geld verdienen, geht alles in die Friedensstiftung und ihre Arbeit ...«

»Und das soll den Tod von Millionen Lebewesen in der Galaxis rechtfertigen?« fragte Sulu aufgebracht.

Kahle zuckte die Achseln. »Dann müssen wir eben weniger von ihnen bekämpfen.« Sein eisiger Blick fuhr abschätzig über die wütenden Romulaner und Kang hinweg. »Diese Wilden werden sich nie mit der zivilisierten Galaxis einigen. Es gibt in der Flotte keinen Captain, der dies nicht weiß. Früher oder später werden wir uns mit ihnen schlagen müssen. Ich habe die Chancen nur zu unserem Vorteil manipuliert.«

»Und zwar auf Kosten«, sagte Admiral Shoji trocken, »des Rufes und der Laufbahn einiger unserer besten Offiziere und künftigen Raumschiffkommandanten.«

Kahle schaute Uhura an und seufzte. »Ein notwendiges Übel«, sagte er schroff. »Irgend jemand muß ja der Bösewicht sein, und mir erschien es als eine gute Gelegenheit, Kirk aus der Flotte zu werfen.« Seine buschigen Brauen sanken leicht herab; es war entweder Reue oder einfache Anerkennung, daß er sich verrechnet hatte. »Ich habe nicht damit gerechnet, daß sich die ganze Mannschaft der *Enterprise* zusammentut, um einigen ihrer ehemaligen Brückenoffiziere zu helfen.«

»Oder daß alte Feinde zusammenarbeiten, um in Erfahrung zu bringen, wer sie in einen Krieg stürzen will.« Kirk nickte Kang zu, der ihm irgendeine klingonische Antwort zuschnaubte.

Admiral Shoji schüttelte den Kopf. »Aber es gibt noch etwas, Mr. Kahle, womit Sie nicht gerechnet haben: daß es in der Flotte von ehrenwerten Menschen nur so wimmelt, die Ungerechtigkeiten nicht zulassen, wenn sie etwas dagegen unternehmen können.« Er winkte den Wachen an der Tür, die sofort heranstürmten. »Mr. Kirk, ich glaube, ich übergebe Ihnen die Befehlsgewalt. Es scheint mir nur passend zu sein.«

»Vielen Dank, Mr. Shoji.« Kirk richtete sich zu seiner vollen Größe auf, seine braunen Augen leuchteten. »Jackson Kahle und Adam Willis, Sie stehen hiermit unter Arrest – wegen Mord, Mordversuch, Verschwörung, Diebstahl von geheimer Technik und ...« Kirk legte eine Pause ein, um seine letzten Worte in die wartende Stille zu werfen. »... Hochverrat. Bringt sie raus.«

Chekov wankte von Leongs ausgestrecktem Körper fort, sein Kopf drohte zu platzen. Im Moment wünschte er sich nichts sehnlicher, als einen Platz zu finden, wo er sich hinsetzen konnte.

Eine gedämpfte Beschwerde aus Richtung des Transporters fing seine Aufmerksamkeit ein, bevor er sich sehr weit von der Wand entfernt hatte. Er machte leicht benommen einen Umweg und stolperte durch den Raum, um an Scottys Fesseln zu fummeln, während der Ingenieur knurrte und zerrte und ihm allgemein nur im Weg war. Chekov wollte schon fast aufgeben und ihn sitzen lassen, als es Scott endlich gelang, eine Hand zu befreien und sich das Klebeband vom Mund zu reißen.

»Gütiger Himmel, Junge!« Er stand auf und machte eine halbe Drehung, um sich des Restes seiner Fesseln zu entledigen. »Sind Sie in Ordnung? Sie bluten ja, als hätte Sie jemand abgestochen!«

Chekov hätte zwar gern genickt, aber schon die Vorstellung einer solchen Bewegung ließ seinen Schädel wie wahnsinnig schmerzen. »Trazadonhydrochlorid«, sagte er sehr langsam und sorgfältig.

Scott schaute aus dem Gewirr der Drähte und Instrumente, aus dem er sich gerade befreite, auf. »Was soll das sein?«

»Trazadonhydrochlorid«, sagte Chekov erneut. Er ließ sich auf der Transporterstufe nieder und stützte seinen Kopf auf einen Arm. »Ich weiß nicht, wie viele Kubikzentimeter. Ich wußte, Leong würde mich nie töten, ohne mir die Chance zu geben, mich zu erniedrigen. Ich brauchte es ihn nur tun zu lassen.« Er hob die Handfläche seines geschienten Arms und packte den Injektor, den Broad mit einem Anästhetikum seiner Wahl geladen und geschickt dort verstaut hatte. Schlagartig wurde ihm schlecht, und er schloß die Hand und stützte sich mit einem Stöhnen auf den Transporter.

»Können Sie Mr. Leong bitte festbinden, Sir? Ich glaube, ich kann jetzt nicht aufstehen und Ihnen helfen.«

Noch bevor Scott antworten konnte, fiel Chekov in gnädige Bewußtlosigkeit.

22

New Harborplace
Baltimore, Nordamerika
Terrestrisches Datum: 1. Januar 2270
0.00 Uhr Ortszeit

Phosphoreszierendes Feuer explodierte in der Nacht über dem Innenhafen von Baltimore und warf goldenen und scharlachroten Glanz über das dunkle Wasser. Von ihrem Sitzplatz am Fenster eines Turmrestaurants in der Innenstadt sah Uhura das Glitzern des Widerscheins in einem Schauer von leuchtendem Rot und Topas zu Boden sinken. Sie seufzte in ihre gefalteten Hände.

»Hätte mir jemand vor einer Woche erzählt, ich würde mir am Silvesterabend mit dir ein Feuerwerk anschauen«, sagte sie, »hätte ich es nicht geglaubt.«

Sulu grinste ihr über die eleganten Tischkerzen hinweg zu. Einige Tage Antistrahlungsbehandlung hatten seinem Gesicht wieder die normale Glätte verliehen, und die nachfolgende ›Erholung‹ in einem Skigebiet in Colorado hatten auch seinen Wangen ihre typische Farbe zurückgegeben. Aus Respekt vor dem Vier-Sterne-Restaurant, das sie für die Neujahrsfeier ausgewählt hatten, hatte er den silbernen Schutzanzug gegen eine formellere Flottenuniform getauscht, doch der Presserummel der Vergangenheit ließ die anderen Gäste noch immer zu ihnen herschauen und tuscheln. Die Beachtung schien Sulu nicht zu stören, doch Uhura wäre am liebsten zum nächsten Spiegel geeilt, um nachzuschauen, ob möglicherweise eine Nudel an ihrer Nase klebte.

»Und wenn man dir gesagt hätte, wir würden hier sein, um unsere Rückversetzung auf die *Enterprise* zu feiern?« fragte Sulu, während er die Weinkarte überflog. »Was hättest du dann getan?«

»Ich hätte mich gekniffen und wäre aufgewacht!« gab Uhura lachend zurück. »Was willst du bestellen, damit wir es würdig feiern können?«

»Altairianischen Schampus.« Als sie erschreckt nach Luft schnappte, grinste er noch einmal. »He, ich kann die Gefahrenzulage einer ganzen Woche verjubeln! Ganz zu schweigen von unserem Sonderbonus dafür, daß wir Kahle und Willis entlarvt haben. Wozu mir einfällt ...« Er griff in die Tasche und entnahm ihr ein Armband, das er ihr beiläufig über den Tisch zuwarf. Es leuchtete türkis, strahlte wie Abendwolken, Kürbisblüten waren darin, es war echt gehämmertes Navajosilber. »Da. Ich hab's in Alamogordo mitgehen lassen – auf den Vorschlag eines Freundes hin.«

»Sulu! Es ist wunderschön.« Uhura legte das schwere Schmuckstück bewundernd auf ihr Handgelenk, dann schaute sie auf, als neues Geflüster durch das stille Restaurant strömte. Eine Gestalt im unverkennbaren Rot des Sicherheitsdienstes bahnte sich einen Weg durch das von Kerzen erhellte Zwielicht zu ihnen. Das Lächeln auf dem Gesicht des Mannes wurde vor Verlegenheit schief, als er bemerkte, daß man ihn erkannte. »Chekov! Die Schiene ist ja ab!«

Der Russe nickte und nahm den Platz neben Uhura ein. Das nächste Feuerwerk ließ den Himmel in hellen Farben erstrahlen. »Und das ist noch nicht alles.« Er zeigte ihnen seinen Ärmel, damit sie die Streifen seines neuen Dienstgrades sehen konnte, und als er ihren verblüfften Blick sah, mußte er lachen. »Admiral Kirk hat's mir erst heute gesagt.«

»Du bist Lieutenant!« Uhura packte ihn und drückte ihn kurz und glücklich an sich. »Ach, Pavel, wie wunderbar!«

»Zwei Flaschen altairianischen Champagner«, sagte Sulu zu dem wartenden Kellner.

»Und was zu essen«, warf Uhura ein. »Ich habe seit ...«

»... seit du Kalifornien verlassen hast, nichts mehr gegessen«, sagten Chekov und Sulu wie aus einem Munde.

Uhura zog über den Tisch hinweg eine Schnute. »Tja, es stimmt. Ich möchte vegetarisch gefüllte Weinblätter, Taboulehsalat und Langustenkuskus.« Sie warf ihren Gefährten einen lachenden Blick zu. »Und außerdem Datteln und in Phyllo gebackene Nüsse zum Nachtisch.«

Der Kellner nickte und gab die Bestellung in seinen auf alt getrimmten Notizblock ein. »Und für die Herren?«

Sulu zögerte keine Sekunde. »Ich möchte als Vorspeise Mihjadra, Löwenzahn mit gebratenen Zwiebeln, Okra und Lammeintopf, und zum Nachtisch Zalabee.« Er musterte Chekov mit einem boshaften Grinsen. »Für dich das gleiche, Pavel?«

»Nein.« Chekov beugte sich über die Speisenkarte, die über die Tischplatte lief. »Ich möchte eine Fleischpastete, etwas Schischkebab und Kibbe.«

»Kibbe?« Uhura und Sulu tauschten einen verblüfften Blick, als der Kellner sich in Bewegung setzte. »Chekov, weißt du überhaupt, was das ist?«

Chekov musterte sie erstaunt. »Lamm, Zwiebeln und Bulgurweizen, alles zusammen zermahlen. Warum?«

»Weißt du, wie man es kocht?« fragte Sulu.

»Es wird nicht gekocht.« Chekov grinste ihre sprachlosen Gesichter an. »Es schmeckt mir roh.«

Sulu stieß einen erstaunten Pfiff aus. »Hören die

Wunder denn nie auf? Er ißt fremdartige Speisen, und Lieutenant ist er auch noch.« Er beugte sich vor und knuffte seinen Freund hocherfreut auf den Oberarm. »Gott, du hast die Ausbildung noch nicht hinter dir und bist trotzdem befördert worden! Wie hast du das nur gemacht?«

Chekovs Grinsen wurde so breit, bis es dem Sulus fast entsprach. »Indem ich mich zum neuen Sicherheitschef der *Enterprise* hab' machen lassen«, sagte er bescheiden und setzte sich zurück. »Admiral Kirk hat beim Ausschuß ein Wort für mich eingelegt. Er sagte, es hätte ihn beeindruckt, wie ich mit der Situation auf der Orbitalplattform fertig geworden bin.« Die dunklen Augen des jungen Russen leuchteten vor Stolz. »Er hat gesagt, ich hätte viel mehr Reife bewiesen als ein durchschnittlicher Fähnrich.«

Sulu lachte prustend. »Als wir zu euch raufkamen, um euch zu retten, hast du mir nur eins bewiesen: daß du unheimlich laut schnarchen kannst.«

Uhura gab Sulu einen verzweifelten Klaps. »Admiral Kirk hatte recht«, sagte sie zu Chekov. »Du hast nicht nur Mr. Scott gerettet und uns den Rücken freigehalten, du hast dies auch mit minimalen Verlusten bewerkstelligt.«

»Das hat der Ausschuß auch gesagt, als er der Empfehlung des Admirals folgte.« Chekovs Miene wurde nun nüchterner. »Aber es stimmt gar nicht. Ich hätte Leong wahrscheinlich umgebracht, wenn mir eine sichere Methode eingefallen wäre. Ich wußte nur keine.«

Sulu prustete erneut los, doch diesmal ernsthafter. »Ach, wirklich? Soll das heißen, du hättest in den Medizinschränken nichts finden können, mit dem du ihn in den Orkus hättest blasen können? Du hättest nur ein Gift statt des Schlafmittels in den Injektor laden müssen, dann wäre Leong jetzt tot.« Er richtete einen ernsten Finger auf Chekov. »Du hast vielleicht geglaubt, du hättest ihn töten können, aber du wolltest es nicht. Das ist ein großer Unterschied – und der Ausschuß kennt ihn.«

Uhura nickte. »Deswegen haben sie dich ausgewählt. Weil du nicht bewußt den Beschluß fassen mußtest, Leben zu retten – deine Instinkte sind einfach so ausgerichtet.«

Chekovs Wangen röteten sich, doch die Ankunft des altairianischen Champagners, jasminsüß und prickelnd wie Perlen, rettete ihn vor einer weiteren Peinlichkeit. Uhura lächelte, griff nach dem ersten rubinroten Glas und hob es hoch über den Tisch.

»Auf uns«, sagte sie. Ein Gold-und-Silber-Feuerwerk erblühte draußen in der Nacht und warf funkelnde Schatten über die Gläser, die Chekov und Sulu hoben, um mit dem ihren anzustoßen. »Und auf die nächsten fünf Jahre an Bord der *Enterprise*.«

Epilog

USS *DeGama*
Sektor Erde, Standard-Abflugorbit
Terrestrisches Datum: 1. Januar 2270
6.00 Uhr Bordzeit

Das Diskussegment der *Enterprise* funkelte silberblau im aufgehenden Licht der Erde, ein ferner Engel, dessen Schwingen in den Talmiglanz von Gerüsten und Kabeln eingewickelt waren. Kirk musterte es durch das Bullauge des diplomatischen Kurierschiffes, taxierte fast unbewußt die neu eingebauten Linien der Pylonen und Streben und den radikal neu gestalteten Warp-Antrieb, der ihr eine Geschwindigkeit verleihen würde, von der er in seiner Zeit als Captain nur geträumt hatte.

Ein Schnauben beschlug das Bullauge und verwischte die Aussicht. »Ihr Schiff da draußen?« fragte Kang und beugte sich mit der schroffen Neugier über Kirks Schulter, die wohl nur bei Klingonen als freundlich durchgegangen wäre.

Kirk seufzte und richtete seine Aufmerksamkeit wieder auf die gegenwärtige Aufgabe: die Begleitung seines ungebärdigen momentanen Verbündeten zu dessen wartendem Schiff. »Ja, die *Enterprise*. Sie wird überholt.«

Kangs Augen leuchteten unter den zottigen Brauen mit der finsteren Intelligenz, die Kirk ständig mahnte, sein Gegenüber nicht zu unterschätzen. »Nicht mehr unter Ihrem Kommando?«

»Nein.« Wenigstens brauchte er sich keine Sorgen mehr darüber zu machen, wie kurz seine Antwort vielleicht klang. Für Klingonen war ein solcher Tonfall normal. »Ich bin ... befördert worden.«

»Schlachtführer?« fragte Kang, und das sich vertiefende Grollen seiner Stimme verriet erwachte militärische Instinkte. »Stratege?«

Kirk verzog den Mund. »Diplomatischer Gesandter.« Er wagte es nicht, die Frustration zu verbergen, die in seiner Stimme mitschwang. »Zuständig für Konferenzen wie jene, die wir gerade mit den Romulanern hatten.«

Ein noch geringschätzigeres Schnauben fegte heiße Luft über das Bullauge des Kurierschiffes. »Schlachten, die statt mit Tapferkeit mit Worten geschlagen werden, sind eines Kriegers nicht würdig, Kirk.«

»Was Sie aber nicht abgehalten hat, an dieser Schlacht teilzunehmen«, erwiderte Kirk ironisch.

Kang grunzte. »Es ist weniger unehrenhaft, den Romulanern ein paar wertlose Sonnensysteme zu überlassen, als auf Geheiß eines menschlichen Verräters gegen sie zu kämpfen.« Er hielt Kirk eine zornige Faust unter die Nase. »Aber ich werde meinen Intervaller niemals ablegen und mein Schiff einem anderen Kommandanten übergeben.«

Kirk verbiß sich die wütende Antwort, die ihm auf der Zunge lag, und ließ seine Anspannung dann mit einem Schnauben freudlosen Gelächters hinaus. »Werden Sie erst mal berühmt, weil Sie interstellare Probleme lösen können, Kang. Mal sehen, ob Sie das dann noch immer sagen.«

Der Klingone musterte ihn in sprachlosem Schweigen. »Ich hatte gehofft, ich würde Ihnen noch mal auf dem Schlachtfeld begegnen, Kirk«, sagte er schließlich. »Sie und das Schiff da ...« Kangs Kinn ruckte zur Silhouette der *Enterprise* hinüber, die nun hinter ihnen zu einem fernen silbernen Leuchten geworden war. »Zusammen hätten Sie ein würdiger Gegenspieler für mich sein können.«

Zusammen. Kirk schüttelte das unwillkommene Sehnen bei diesem Wort achselzuckend ab. Zusammen war nun etwas, das ein anderer von sich sagen konnte; irgendein junger Captain, dessen Laufbahn in der Flotte erst anfing. Zum Vokabular eines Admirals paßte das Wort nicht mehr.

»Ein anderes Mal, Commander Kang.« Kirk bemühte sich, seine Stimme glatt klingen zu lassen, doch das letzte Phantomaufblitzen der *Enterprise*, die hoch über dem blauweißen Erdgürtel ihre Bahn zog, machte seine Worte vor Bedauern schartig. »In einem anderen Leben.«

STAR TREK™

in der Reihe
HEYNE SCIENCE FICTION & FANTASY

STAR TREK: CLASSIC SERIE

Vonda N. McIntyre, Star Trek II: Der Zorn des Khan · 06/3971
Vonda N. McIntyre, Der Entropie-Effekt · 06/3988
Robert E. Vardeman, Das Klingonen-Gambit · 06/4035
Lee Correy, Hort des Lebens · 06/4083
Vonda N. McIntyre, Star Trek III: Auf der Suche nach Mr. Spock · 06/4181
S. M. Murdock, Das Netz der Romulaner · 06/4209
Sonni Cooper, Schwarzes Feuer · 06/4270
Robert E. Vardeman, Meuterei auf der Enterprise · 06/4285
Howard Weinstein, Die Macht der Krone · 06/4342
Sondra Marshak & Myrna Culbreath, Das Prometheus-Projekt · 06/4379
Sondra Marshak & Myrna Culbreath, Tödliches Dreieck · 06/4411
A. C. Crispin, Sohn der Vergangenheit · 06/4431
Diane Duane, Der verwundete Himmel · 06/4458
David Dvorkin, Die Trellisane-Konfrontation · 06/4474
Vonda N. McIntyre, Star Trek IV: Zurück in die Gegenwart · 06/4486
Greg Bear, Corona · 06/4499
John M. Ford, Der letzte Schachzug · 06/4528
Diane Duane, Der Feind – mein Verbündeter · 06/4535
Melinda Snodgrass, Die Tränen der Sänger · 06/4551
Jean Lorrah, Mord an der Vulkan Akademie · 06/4568
Janet Kagan, Uhuras Lied · 06/4605
Laurence Yep, Herr der Schatten · 06/4627
Barbara Hambly, Ishmael · 06/4662
J. M. Dillard, Star Trek V: Am Rande des Universums · 06/4682
Della van Hise, Zeit zu töten · 06/4698
Margaret Wander Bonanno, Geiseln für den Frieden · 06/4724
Majliss Larson, Das Faustpfand der Klingonen · 06/4741
J. M. Dillard, Bewußtseinsschatten · 06/4762
Brad Ferguson, Krise auf Centaurus · 06/4776
Diane Carey, Das Schlachtschiff · 06/4804
J. M. Dillard, Dämonen · 06/4819
Diane Duane, Spocks Welt · 06/4830
Diane Carey, Der Verräter · 06/4848
Gene DeWeese, Zwischen den Fronten · 06/4862
J. M. Dillard, Die verlorenen Jahre · 06/4869
Howard Weinstein, Akkalla · 06/4879
Carmen Carter, McCoys Träume · 06/4898
Diane Duane & Peter Norwood, Die Romulaner · 06/4907
John M. Ford, Was kostet dieser Planet? · 06/4922
J. M. Dillard, Blutdurst · 06/4929
Gene Roddenberry, Star Trek I: Der Film · 06/4942

STAR TREK™

J. M. Dillard, Star Trek VI: Das unentdeckte Land · 06/4943
David Dvorkin, Die Zeitfalle · 06/4996
Barbara Paul, Das Drei-Minuten-Universum · 06/5005
Judith & Garfield Reeves-Stevens, Das Zentralgehirn · 06/5015
Gene DeWeese, Nexus · 06/5019
D. C. Fontana, Vulkans Ruhm · 06/5043
Judith & Garfield Reeves-Stevens, Die erste Direktive · 06/5051
Michael Jan Friedman, Das Doppelgänger-Komplott · 06/5067
Judy Klass, Der Boacozwischenfall · 06/5086
Julia Ecklar, Kobayashi Maru · 06/5103
Peter Norwood, Angriff auf Dekkanar · 06/5147
Carolyn Clowes, Das Pandora-Prinzip · 06/5167
Michael Jan Friedman, Schatten auf der Sonne · 06/5179
Diana Duane, Die Befehle des Doktors · 06/5247
V. E. Mitchell, Der unsichtbare Gegner · 06/5248
Dana Kramer-Rolls, Der Prüfstein ihrer Vergangenheit · 06/5273
Michael Jan Friedman, Schatten auf der Sonne · 06/5179
Barbara Hambly, Der Kampf ums nackte Überleben · 06/5334
Brad Ferguson, Eine Flagge voller Sterne · 06/5349
J. M. Dillard, Star Trek VII: Generationen · 06/5360
Gene DeWeese, Die Kolonie der Abtrünnigen · 06/5375
Michael Jan Friedman, Späte Rache · 06/5412
Peter David, Der Riß im Kontinuum · 06/5464
Michael Jan Friedman, Gesichter aus Feuer · 06/5465
Peter David/Michael Jan Friedman/Robert Greenberger, Die Enterbten · 06/5466
L. A. Graf, Die Eisfalle · 06/5467
John Vornholt, Zuflucht · 06/5468
L. A. Graf, Der Saboteur · 06/5469
Melissa Crandall, Die Geisterstation · 06/5470
Mel Gilden, Die Raumschiff-Falle · 06/5471
V. E. Mitchell, Tore auf einer toten Welt · 06/5472
Victor Milan, Aus Okeanos Tiefen · 06/5473
Diane Carey, Das große Raumschiff-Rennen · 06/5474
Diane Carey, Kirks Bestimmung · 06/5476
L. A. Graf, Feuersturm · 06/5477
A. C. Crispin, Sarek · 06/5478
Simon Hawke, Die Terroristen von Patria · 06/5479
Barbara Hambly, Kreuzwege · 06/5681
L. A. Graf, Ein Sumpf von Intrigen · 06/5682
Howard Weinstein, McCoys Tochter · 06/5683
Diane Carey, Invasion! – 1: Der Erstschlag · 06/5694

STAR TREK: THE NEXT GENERATION
David Gerrold, Mission Farpoint · 06/4589
Gene DeWeese, Die Friedenswächter · 06/4646

STAR TREK™

Carmen Carter, Die Kinder von Hamlin · 06/4685
Jean Lorrah, Überlebende · 06/4705
Peter David, Planet der Waffen · 06/4733
Diane Carey, Gespensterschiff · 06/4757
Howard Weinstein, Macht Hunger · 06/4771
John Vornholt, Masken · 06/4787
David & Daniel Dvorkin, Die Ehre des Captain · 06/4793
Michael Jan Friedman, Ein Ruf in die Dunkelheit · 06/4814
Peter David, Eine Hölle namens Paradies · 06/4837
Jean Lorrah, Metamorphose · 06/4856
Keith Sharee, Gullivers Flüchtlinge · 06/4889
Carmen Carter u. a., Planet des Untergangs · 06/4899
A. C. Crispin, Die Augen der Betrachter · 06/4914
Howard Weinstein, Im Exil · 06/4937
Michael Jan Friedman, Das verschwundene Juwel · 06/4958
John Vornholt, Kontamination · 06/4986
Mel Gilden, Baldwins Entdeckungen · 06/5024
Peter David, Vendetta · 06/5057
Peter David, Eine Lektion in Liebe · 06/5077
Howard Weinstein, Die Macht der Former · 06/5096
Michael Jan Friedman, Wieder vereint · 06/5142
T. L. Mancour, Spartacus · 06/5158
Bill McCay/Eloise Flood, Ketten der Gewalt · 06/5242
V. E. Mitchell, Die Jarada · 06/5279
John Vornholt, Kriegstrommeln · 06/5312
Laurell K. Hamilton, Nacht über Oriana · 06/5342
David Bischoff, Die Epidemie · 06/5356
Simon Hawke, Die Beute der Romulaner · 06/5413
Rebecca Neason, Der Kronprinz · 06/5414
John Peel, Drachenjäger · 06/5415
Diane Carey, Abstieg · 06/5416
Diane Duane, Dunkler Spiegel · 06/5417
Jeri Taylor, Die Zusammenkunft · 06/5418
Michael Jan Friedman, Relikte · 06/5419
Susan Wright, Der Mörder des Sli · 06/5438
W. R. Thomson, Planet der Schuldner · 06/5439
Michael Jan Friedman & Kevin Ryan, Requiem · 06/5442
Dafydd ab Hugh, Gleichgewicht der Kräfte · 06/5443
Michael Jan Friedman, Die Verurteilung · 06/5444
Simon Hawke, Die Rückkehr der Despoten · 06/5446
Robert Greenberger, Die Strategie der Romulaner · 06/5447
Dean Wesley Smith & Kristine Kathryn Rusch, Invasion! – 2: Soldaten des Schreckens · 06/5754
J. M. Dillard, Star Trek VIII – Der erste Kontakt · 06/5757

STAR TREK™

STAR TREK: DIE ANFÄNGE
Vonda N. McIntyre, Die erste Mission · 06/4619
Margaret Wander Bonanno, Fremde vom Himmel · 06/4669
Diane Carey, Die letzte Grenze · 06/4714

STAR TREK: DEEP SPACE NINE
J. M. Dillard, Botschafter · 06/5115
Peter David, Die Belagerung · 06/5129
K. W. Jeter, Die Station der Cardassianer · 06/5130
Sandy Schofield, Das große Spiel · 06/5187
Dafydd ab Hugh, Gefallene Helden · 06/5322
Lois Tilton, Verrat · 06/5323
Esther Friesner, Kriegskind · 06/5430
Diane Carey, Die Suche · 06/5432
Melissa Scott, Der Pirat · 06/5434
Nathan Archer, Walhalla · 06/5512
Greg Cox/John Gregory Betancourt, Der Teufel im Himmel · 06/5513
Robert Sheckley, Das Spiel der Laertianer · 06/5514
Diane Carey, Der Weg des Kriegers · 06/5515
Diane Carey, Die Katakombe · 06/5516
Dean Wesley Smith/Kristine Kathryn Rusch, Die lange Nacht · 06/5517 (in Vorb.)
L. A. Graf, Invasion – 3: Der Feind der Zeit · 06/5519

STAR TREK: STARFLEET KADETTEN
John Vornholt, Generationen · 06/6501
Peter David, Worfs erstes Abenteuer · 06/6502
Peter David, Mission auf Dantar · 06/6503
Peter David, Überleben · 06/6504
Brad Strickland, Das Sternengespenst · 06/6505
Brad Strickland, In den Wüsten von Bajor · 06/6506
John Peel, Freiheitskämpfer · 06/6507
Mel Gilden & Ted Pedersen, Das Schoßtierchen · 06/6508
John Vornholt, Erobert die Flagge! · 06/6509
V. E. Mitchell, Die Atlantis Station · 06/6510
Michael Jan Friedman, Die verschwundene Besatzung · 06/6511
Michael Jan Friedman, Das Echsenvolk · 06/6512
Diane G. Gallagher, Arcade · 06/6513
John Peel, Ein Trip durch das Wurmloch · 06/6514
Brad & Barbara Strickland, Kadett Jean-Luc Picard · 06/6515
Brad & Barbara Strickland, Picards erstes Kommando · 06/6516

STAR TREK: VOYAGER
L. A. Graf, Der Beschützer · 06/5401
Dean Wesley Smith/Kristine Kathryn Rusch, Die Flucht · 06/5402
Nathan Archer, Ragnarök · 06/5403

STAR TREK™

Susan Wright, Verletzungen · 06/5404
John Betancourt, Der Arbuk-Zwischenfall · 06/5405
Christie Golden, Die ermordete Sonne · 06/5406
Mark A. Garland & Charles G. McGraw, Geisterhafte Visionen · 06/5407
S. N. Lewitt, Cybersong · 06/5408
Dafydd ab Hugh, Invasion – 4: Die Raserei des Endes · 06/5409 (in Vorb.)
Karen Haber, Segnet die Tiere · 06/5410
Melissa Scott, Der Garten · 06/5812

DAS STAR TREK-UNIVERSUM, 2 Bde.,
von *Ralph Sander* · 06/5150
DAS STAR TREK-UNIVERSUM, 1. Ergänzungsband
von *Ralph Sander* · 06/5151
DAS STAR TREK-UNIVERSUM, 2. Ergänzungsband
von *Ralph Sander* · 06/5270

Ralph Sander, Star Trek Timer 1996 · 06/1996
Ralph Sander, Star Trek Timer 1997 · 06/1997
Ralph Sander, Star Trek Timer 1998 · 06/1998

William Shatner/Chris Kreski, Star Trek Erinnerungen · 06/5188
William Shatner/Chris Kreski, Star Trek Erinnerungen: Die Filme · 06/5450

Phil Farrand, Cap'n Beckmessers Führer durch STAR TREK – DIE CLASSIC SERIE · 06/5451
Phil Farrand, Cap'n Beckmessers Führer durch STAR TREK – DIE NÄCHSTE GENERATION · 06/5199
Phil Farrand, Cap'n Beckmessers Führer durch STAR TREK – DIE NÄCHSTE GENERATION – Teil 2 · 06/6457

David Alexander, Gene Roddenberry – Die autorisierte Biographie · 06/5544
Nichelle Nichols, Nicht nur Uhura · 06/5547
Leonard Nimoy, Ich bin Spock · 06/5548
Lawrence M. Krauss, Die Physik von Star Trek · 06/5549
J. M. Dillard, Star Trek: Wo bisher noch niemand gewesen ist · 06/6500
Judith & Garfield Reeves-Stevens, Star Trek – Deep Space Nine: Die Realisierung einer Idee · 06/5550
Judith & Garfield Reeves-Stevens, Star Trek Design · 06/5545
Herbert F. Solow & Robert H. Justman, Star Trek – Die wahre Geschichte · 06/6499

Diese Liste ist eine Bibliographie erschienener Titel
KEIN VERZEICHNIS LIEFERBARER BÜCHER!